RETOUR À BELLE ÉTOILE

DU MÊME AUTEUR

Romans

Holçarté, Calmann-Lévy, 1977
Une poupée dans un fauteuil, Orizons, 2008
L'Impasse Héloïse, Orizons, 2009
Une jeune fille différente, Orizons, 2011
Le Temps de l'oubli, De Borée, 2012
Le Destin de Louise, De Borée, 2013
La Chouette Idée d'Alexandre Pluche, De Borée, 2014

Poésie

Si les mots savaient ce qu'ils disent, Voix d'encre, n° 51, 2014

Pour la jeunesse

Contes du Pays basque, Hachette, 1981
3 Contes du Pays basque, Livre de Poche Jeunesse, 1994

Gérard Glatt

RETOUR À BELLE ÉTOILE

Roman

Terres de France

PRESSES DE LA CITÉ

ISBN 978-2-258-13366-2

Presses de la Cité un département **place des éditeurs**

place des éditeurs

Pour Madeleine, évidemment

Des jours brisés qu'il se rappelle
Il n'est pas sûr qu'il ait souffert
Tant sa douleur est naturelle
Son sourire est mort l'autre hiver

Joë Bousquet
La Connaissance du Soir, « Le déshérité »

1

Un jeune homme à son réveil

Le domaine n'était devenu domaine Ferrandon que peu après le mariage de Jules avec Cécile. Auparavant, on parlait du domaine Rochette, Cécile étant la fille unique de Louise et Ferdinand Rochette. C'était même plutôt de l'exploitation agricole Rochette qu'il était question, l'idée de domaine renvoyant davantage à la viticulture. En tout cas, qu'il s'agît d'un domaine ou d'une exploitation, la superficie était là, et bien là ! L'habitude voulait d'ailleurs qu'en montrant du doigt, le bras bien tendu, un enclos trop éloigné pour qu'on s'y rende ou une lande, voire une corne de bois le long d'une sente ou d'une jachère, on les désignât simplement par ces mots, parfois rehaussés de convoitise ou de dépit : « Cette terre que vous voyez là-bas, elle appartient aux Rochette, et cette lande également, dont ils ne tireront plus rien à présent, si abandonnée qu'elle a été… » Parce que le voisinage n'était pas toujours tendre avec eux. La raison en était que certains s'étaient souvent demandé, du vivant du père de Cécile, quelle frénésie avait bien pu le pousser, au fil du temps, à acquérir toutes ces parcelles de terre, ou de bois, ou de rien du tout, vu qu'il avait même acheté des ruines, des toitures écroulées, des murs effondrés, un peu comme on ramasse tout ce qui traîne, y compris les mégots, de crainte que d'autres n'y trouvent un attrait. « Ce n'est pas du raisonnable, tout ça ! concluait-on alors en s'accompagnant d'un haussement d'épaules. Non, c'est pas du raisonnable, que je vous dis… » Il n'empêche, lorsque Jules et Cécile s'étaient unis pour la vie, l'exploitation Rochette était bel et bien la plus vaste et la plus prospère du canton, peut-être même de tous les cantons environnants. Et ce que Jules avait apporté avec lui, en fait pas grand-chose, mais du pas désagréable malgré tout, ces bouts de vigne que les Ferrandon tenaient depuis la création du monde sans plus se souvenir comment ils avaient pu tomber dans leur sacoche, ce rubis rose pâle, baptisé corent, l'un des cinq crus d'appellation côtes d'Auvergne et le seul vrai gris de la région, avait achevé de décontenancer les habitants de Valliergue, le village le plus proche de la ferme. On rejoignait ce village éloigné de trois kilomètres en empruntant le chemin vicinal n° 2 jusqu'à la première intersection, puis en bifurquant sur la droite. Dans l'autre sens, du village vers la ferme, il suffisait de prendre la route qui fait face à la mairie, une départementale, puis de la suivre jusqu'à ce même chemin. On marchait alors sur cinq cents mètres, et bientôt, au cœur d'une clairière, on voyait surgir devant soi des corps de bâtiments, mafflus comme des remparts de citadelle : la ferme. Impossible de se tromper ! De beaux arpents de vigne que Jules avait donc apportés, outre sa musculature à toute épreuve, mais malheureusement situés au large des Martres-de-Veyre, à quinze kilomètres de distance. Trop éloignés pour un entretien quotidien, il avait dû en céder le soin, hormis le revenu et les bouteilles, pas si fou !, à un ancien copain à lui, viticulteur de père en fils. Inutile de peindre la jouissance de Ferdinand quand il avait appris ce que son beau-fils allait ajouter à son bric-à-brac de propriétaire terrien. De la vigne, et de la belle ! Exactement ce qu'il n'avait jamais pu s'offrir ici, dans son coin ! Jouissance de courte durée, cependant, qu'il n'avait pu apprécier tout à sa guise. Parce qu'il s'était affaissé au bout de deux saisons, en plein champ, sous le soleil de mai, comme il venait de se désaltérer. Mort d'un coup, sans souffrance, sans avoir eu le temps de devenir vraiment vieux ni pris celui de faire ses adieux à quiconque. Ce qui en avait chagriné un bon nombre, notamment Louise, qui, à ce qu'on avait appris par la suite, du moins par ceux qui la connaissaient, ne lui avait que difficilement pardonné de s'être sauvé sans l'indulgence préalable du curé. Il venait d'avoir quarante-huit ans, elle en avait quarante-six, tandis que Cécile frôlait les vingt et un et que Jules, à quelques semaines de là, avait touché les vingt-cinq. C'est ainsi que l'exploitation Rochette, un moment dénommée domaine Rochette, était devenue le domaine Ferrandon. Cela faisait moins de six mois que Jules et Cécile s'étaient mariés. Une date à ne pas négliger dans l'histoire à venir de Marguerite et de Renée : c'était le 11 mai 1935. Un jour qui s'était pourtant levé à l'est comme à son habitude ; un jour plein d'insouciance, tel un jeune homme à son réveil, ce Jour qui se serait baigné nu dans la Dore pour se sécher ensuite à la tiédeur du soleil.

La Dore et le Jour qui s'y serait baigné, cela renvoie à une légende étrange dont nul ne saurait plus expliquer l'origine. Une légende à laquelle plus personne ne croit, évidemment, mais que l'on se répète cependant durant les longs soirs d'hiver, qui voulait que le jour, peu avant que la nuit ne lui cède la place, l'aube étant encore absente mais à deux doigts de poindre, prît l'apparence d'un jeune homme pâle et charmant comme un prince, éclatant de beauté. Le Jour, qui, selon ce que l'on dit, exhorté chaque matin par les nymphes du val où coule la rivière à les accompagner jusque sous l'eau où elles avaient leur royaume, un royaume invisible, orné d'or et d'argent, leur aurait inlassablement résisté, sauvegardant ainsi l'humanité de l'Enfer et de l'obscurité éternelle.

Ferdinand Rochette disparu, Jules avait dû prendre la main. A seulement vingt-cinq ans, malgré un service militaire accompli dans les règles et propre à vous bâtir un homme, c'était là d'un paquetage bien lourd qu'il s'était vu confier la charge. Heureusement, pour l'épauler lui restaient Cécile, une fille bien ardente au labeur, et plus qu'elle encore peut-être, aussi maîtresse femme qu'on la disait, Louise Rochette, au caractère bien trempé, grenouille de bénitier à ses heures, ce qui n'offensait personne, au contraire, d'autant que tout le monde en profitait lors des kermesses ainsi qu'à d'autres moments qu'il serait vain d'énumérer, si nombreux ils étaient ; mais une Louise Rochette également pourvue d'une poigne de fer sans pareille et oublieuse de ses dévotions lorsque le domaine avait besoin qu'on se consacre à lui sans sourciller ni rechigner, ce qui n'était pas rare, les saisons se répétant sans discontinuer, de même que les soins à donner à la terre et aux bêtes.

Si au tout début, à ce qu'on prétendait, mais ici comme ailleurs on ne parlait pas toujours des choses comme il aurait convenu, entre le gendre et la belle-mère les mésententes furent plutôt sévères, leur ressentiment s'était très vite contenu, du jour où Louise avait blêmi de déshonneur.

— Ça non ! s'était-elle écriée cette fois-là, sans raison apparente, en s'adressant à Cécile. Je ne m'en ferai jamais remontrer par un autre homme que mon Ferdinand !

— Mais papa n'est plus là, avait alors remarqué Cécile. Et Jules est maître du domaine, c'est heureux, parce que sinon…

— Sinon quoi ?

Cécile avait soupiré.

— Sinon rien, avait-elle fini par lâcher, lasse qu'elle était de devoir toujours répondre à sa mère.

Cette sortie, inattendue, avait eu lieu à Valliergue, devant témoins, rue du Pavé, près de la fontaine de Ravel, là où les potins prenaient facilement leur envol. Et pour brève qu'elle avait été, elle n'en avait pas moins été perçue par quelques âmes aussi pieuses que dénigreuses. Louise s'était alors trouvée honteuse de n'avoir su se retenir. Et d'en avoir eu après sa fille, dont elle appréciait pourtant le jugement. Aussi, toujours selon ce qu'on prétendait dans la contrée, mais que fallait-il croire ?, dès ce moment on ne les avait plus jamais surpris à se tirer la tronche, ni Louise ni Jules, soudain tout sourire et plus faux jetons que des vrais ! Du moins encore à ce qu'on avait cru, parlant de faux jetons, parce que tous les deux, en réalité, n'avaient jamais éprouvé l'envie de s'abominer comme le démontrèrent ensuite ces longues années qui les conduisirent sur le même chemin avec, pour l'un et pour l'autre, plus d'amour qu'on ne l'imagine. En fait, à l'époque des mésententes, qui devaient plutôt ressembler à des fâcheries de gamins, chacun ne désirait que défendre le bien commun, la manière de s'y prendre n'étant tout bonnement pas du même âge, ce qui était bien naturel.

Le domaine Ferrandon, assez vaste en nombre de cornes, pas moins de quarante laitières, comptait également quelques cochons, une quinzaine de chèvres plus le bouc, un superbe animal au poil luisant, l'œil toujours aux aguets, sans compter une volaille abondante et les incontournables lapins ; mais il se composait surtout de terres arables et de prairies, le tout réparti dans un environnement aisément accessible pour qui connaissait les plis et replis que forment les vallonnements forestiers de cette région où se situe Valliergue, un coin d'Auvergne serré entre Forez et Livradois. Tout seul, Jules aurait été incapable de venir à bout de l'ouvrage quotidien. Déjà, avec son beau-père, pourtant épaulés qu'ils étaient par un ouvrier agricole à demeure, ils y parvenaient à peine, œuvrant quand la saison était belle et les jours assez longs jusqu'à des heures impensables. Dieu sait que l'ouvrier en question, un certain Victor, baraqué comme trois et pourvu de cuisses à faire pâlir un bœuf, n'était ni manchot ni cul-de-jatte ! Mais c'était ainsi, rien n'y pouvait. Le travail appelait le travail. A la disparition dc Ferdinand Rochette, Victor avait été sacrément remué et, sans même penser à tout ce qu'il abattait à lui seul, il avait craint un moment d'être remercié. C'est que Jules et lui ne se pratiquaient pas encore depuis si longtemps. Mais Jules avait eu tôt fait de le tranquilliser :

— Tu connais tout du domaine, avait-il observé en lui donnant une tape sur l'épaule, le moindre bout de terre, la moindre corne de bois, jusqu'à nos bêtes, que tu pourrais me désigner une par une si l'envie t'en prenait. On a trop besoin de toi, Victor. Et puis tu irais où, tu veux bien m'expliquer ? Serais-tu capable au moins de me dire depuis combien de temps tu gîtes ici ? Sérieux, je suis sûr que non !

Pour le coup, Victor en était resté bouche bée. Non pas à cause des années qu'il n'avait pas eu l'intention de dénombrer, mais en raison du Jules qu'il venait de découvrir. Un bon jeune homme ! et qui ne manquait surtout pas de cœur !

— Ici, tu es chez toi, avait conclu Jules. Et nous deux, maintenant, il faut qu'on fasse comme si on était toujours trois.

Un seul ennui, mais Jules n'en avait rien soufflé, Victor filait doucement sur la soixantaine. Combien de temps tiendrait-il encore ? Cinq, six ans ? Alors, quelque trois mois après la mort de Ferdinand Rochette, à un moment où Louise et lui n'étaient pas encore vraiment décidés à s'entendre, Jules avait attendu la fin d'un repas, un soir, pour lui faire part d'une idée qui lui trottait dans la tête depuis bientôt deux semaines. Comme il l'avait prévu, la réaction avait été des plus vives :

— C'est quoi encore, cette lubie ? s'était alors écriée Louise en se tournant vers Cécile comme pour la surprendre elle aussi en délit de manigances.

Puis elle avait continué, tout en sortant de table :

— Vous voulez ruiner la ferme ? Démolir le travail de Ferdinand ? Et quoi, encore ?

L'idée de Jules n'était pourtant pas si stupide. Ce qu'il avait imaginé ? Embaucher un deuxième ouvrier, rien de plus. Pas si vieux que Victor, mais pas trop gamin non plus. Et justement, il y en avait un, qu'il savait plein de courage, un de trop dans une famille déjà nombreuse.

— Qu'est-ce que tu en penses, toi ? avait-il demandé à Cécile une fois Louise Rochette montée dans sa chambre.

Cécile avait haussé les épaules.

— Est-ce que je sais ?

— Enfin, avait-il insisté, tu dois te rendre compte tout comme moi qu'on n'y arrivera bientôt plus. On ne peut pas tirer sur le mulet indéfiniment…

— Tu parles de Victor ?

— De Victor, oui. Aujourd'hui, c'est un roc, mais demain ? Tu as vu comment ton père est parti ? En même pas deux secondes. Ferdinand était là, il est tombé comme une guimauve, sous mes yeux. Tout ça me fait peur, Cécile.

Il y avait eu un silence.

Cécile avait pris les mains de Jules, elle les avait serrées dans les siennes, étroitement, l'œil humide, parce que cette peur, elle la partageait, mais sans oser se l'avouer, redoutant soudain de le perdre un jour, lui aussi.

— Bien sûr, avait-elle soupiré.

Puis après un nouveau silence :

— Seulement, il faut la comprendre... Ils s'aimaient tant, tous les deux... Alors, dès qu'il s'agit de remettre en cause tout ce que papa a construit, même si ça n'avait aucun sens, comme tous ces riens qu'il achetait, maman s'imagine qu'on veut l'effacer de notre mémoire ; elle me l'a dit déjà... Mais elle va réfléchir, ne t'inquiète pas, tu la connais bien.

Cécile avait osé un sourire, puis elle s'était levée à son tour, comme Louise quelques instants auparavant, mais pour débarrasser la table ; elle monterait plus tard à sa chambre. De son côté, Jules était sorti, la nuque basse, le dos voûté, ses bras ballants lourds d'ennui, aussi défaits que leur propriétaire. Au fond de la cour, un espace de trente mètres sur trente environ, pavé sur son pourtour et que protégeait, en son centre, l'ombre d'un noyer, il avait remarqué que la chambre de Victor, située au deuxième étage d'un corps de logis que les Rochette avaient renoncé à occuper depuis des lustres au profit d'une bâtisse plus ancienne mais aussi plus cossue, était encore éclairée. Que faisait-il donc à cette heure ? Et pourquoi, ce soir-là, la prunelle assombrie, avait-il refusé de manger avec eux, comme les autres soirs et les autres midis ?

Cécile avait pourtant insisté, sachant que Jules en serait contrarié. Mais rien n'y avait fait. Une vraie bourrique, Victor ! Machinalement, Jules avait hoché la tête, incapable de trouver les réponses à ces questions et s'en moquant peut-être aussi ; puis, se détournant, il avait poursuivi sa ronde et s'était dirigé du côté de l'étable où, bercées par l'obscurité, les bêtes poursuivaient, inlassables, leur travail de mastication. Comme autant de mères qui auraient chuchoté de doux rêves à leurs enfants, juste avant de déposer un baiser sur leur front et d'éteindre la lumière. Parce que l'obscurité est ainsi, qu'elle permet de tout imaginer d'un son, qu'il soit proche ou lointain, le pire comme le meilleur, la crainte ou bien au contraire, comme c'était le cas ici dans l'esprit de Jules, l'inclination d'un cœur. Combien de temps était-il resté ainsi, immobile, l'oreille attentive à toutes ces vies dont il était devenu le gardien ? Ç'avait été si précipité, tout ça. Jules avait du mal à s'y faire. Et il était vrai, Cécile ne s'y était pas trompée, que la présence de Victor à ses côtés lui était nécessaire. A cause de son âge, de son expérience. Tout ce qui manquait encore à Jules. Il en était conscient. Et s'il n'y avait eu que cela ! Ce qui lui faisait le plus défaut ? C'était aussi la rugosité d'une voix. C'était la chaleur partagée d'une main posée sur la sienne, bien différente de celle, amoureuse, d'une femme ; d'une main calleuse, abîmée par la terre, comme la lourde patte de Ferdinand, quand, il y avait peu encore, recluse de fatigue, elle s'abattait soudain sur son épaule. Une poigne qui lui griffait la peau, là où le soleil, durant les heures les plus écrasantes, l'avait déjà abondamment brûlée, mais qui le comblait aussi d'ardeur nouvelle.

Ce soir, Victor lui avait refusé cet échange d'homme à homme. Ce partage quasi paternel. En y repensant, un rien déconfit, Jules avait dodeliné du chef. Bien que la nuit fût sans lune, il avait alors entrepris de faire le tour des bâtiments par cet étroit sentier que Ferdinand et lui, avant qu'il fût marié, avaient défriché à grand-peine. Il en avait ainsi oublié Victor. Et le ruminement des bêtes. Parce qu'il devait maintenant prêter attention aux endroits où il allait poser les pieds. Le sentier était plein d'embûches, de pièges. Avec Ferdinand, Jules s'en souvenait, ils en avaient bavé pour le tracer, à cause des arbres que les anciens avaient laissés grandir trop près des murs, certains à même pas un mètre, sans songer un instant que les racines toujours à la recherche du meilleur n'auraient de cesse de se faufiler entre les pierres, puis de les forcer une à une, les emprisonnant peu à peu sans qu'on y puisse quoi que ce soit ensuite, sauf à risquer de tout faire dégringoler. Il en avait été de même des branches, qu'ils n'avaient sans doute pas osé tronçonner, grosses comme des souches, si bien fixées aux toitures et aux gouttières depuis des lustres et des lustres.

— Dans quelle entreprise nous as-tu donc entraînés ? s'était plaint Ferdinand un jour qu'il n'en pouvait plus de se battre contre les fourrés. Personne n'avait encore jamais eu cette idée, et je comprends bien pourquoi !

N'empêche que tous les deux, à ce travail du dimanche, parce que Jules, la semaine durant, il œuvrait encore aux Martres avec son père et Simon, son frère aîné, n'empêche qu'ils s'en étaient donné, avec une ardeur qui n'avait pas manqué de questionner les curieux.

— Vous ne croyez pas que c'était utile ? avait répondu Jules. Ces murs envahis par la misère, ça me faisait quelque chose. Ils sont trop beaux, ils en ont trop vu pour rester cachés...

— Les vieux, pourtant, on les mettrait bien parfois sous des draps pour ne plus les voir, avait alors grommelé Ferdinand, sans bien savoir s'il s'adressait à Jules ou à lui-même. On les voudrait plutôt enfermés dans des placards que vif-argent dans nos rues. L'amour des vieilles pierres, c'est ça ? Tu penses pas plutôt qu'on devrait commencer par aimer les gens ?

Jules s'était passé la main dans les cheveux.

— Vous allez me faire raisonner, Ferdinand ! Ça ne me vaut rien quand je suis déjà à la besogne. Deux choses à la fois ? Bon pour ceux qui font des études ! Pas pour nous autres, avec nos petites cervelles...

Ferdinand à son tour s'était gratté la tête.

— Tu as raison, mon gars, avait-il fini par reconnaître. On reprendra ça plus tard, quand tu seras à demeure chez nous et non plus seulement le coquin de ma Cécile. Si tu savais comme j'ai hâte de te voir parmi nous ! Avec Victor, c'est sûr, tu ne seras pas de trop.

Puis il avait encore soupiré :

— Quelle chance elle a eue, Cécile, de tomber sur un brigand de ton espèce ! Bien savant sous son chapeau et pas fier…

Tout en continuant d'avancer, Jules s'était revu avec Ferdinand, tous deux pareils à ces explorateurs perdus dans la jungle, affamés de trésors, se frayant une piste à coups de machette, se méfiant à chaque pas des serpents et chassant les moustiques de leur main libre. Il en avait même souri, se rappelant aussi leur joie quand tout avait été achevé, et celle de Louise, et celle de Cécile, lorsque, pour la première fois, elles avaient cheminé le long des murs, leurs murs à elles, de pierre et de pisé, les caressant par instants avec amour. Elles allaient devant, l'une près de l'autre, radieuses et le port fier, telles des châtelaines.

— Mes chers remparts ! s'était soudain écriée Louise, en ouvrant grand les bras.

Parce que, bien qu'elle ne s'en glorifiât jamais, avant qu'ils appartiennent à Ferdinand, ils avaient bel et bien été les siens, ceux de son père et de sa mère, et de ses grands-parents, et ainsi de suite depuis toujours, ou presque, en remontant les siècles. Car Ferdinand, lui, il n'avait rien apporté d'autre que le sang qui bouillonnait dans ses veines et sa stature d'athlète. Pas même un arpent de terre, bonne ou mauvaise. D'aucuns s'étaient d'ailleurs souvent demandé, ricanants, si son besoin d'acquérir tout ce qui se présentait, les années passant, n'était pas venu de là ; du trop peu, à son déplaisir, qu'il avait donné à Louise quand ils s'étaient unis : une Cécile de rien du tout, pas même un garçon pour la survie du nom, toute maigrelette, arrivée neuf mois plus tard… Exactement ! Ni huit ni dix. Neuf mois tout ronds. Régulier, le bonhomme ! Il est vrai aussi que Louise, en bonne chrétienne, avant l'échange du « Oui » magique, avait su calmer ses ardeurs de jeune coq ! Une Cécile, en tout cas, qu'il avait ensuite dorlotée, chouchoutée, gâtée, et plus qu'idolâtrée.

Et puis Jules se souvenait de ça aussi ; de cette confidence que lui avait faite Ferdinand, un beau soir :

— Elle a tout, ma Cécile. Je te le jure. Il ne lui manquait plus que toi. Et t'es arrivé, comme tombé du ciel. Mais, je vais te dire, je crois que ça ne pouvait pas se goupiller autrement. Parce que le bon Dieu, là-haut, il prévoit tout…

Pour l'heure, Jules s'était avancé jusqu'au premier angle que formait la bâtisse, toujours en tâtonnant, puis il avait longé le mur le plus imposant, tant en hauteur qu'en longueur, réunion de trois corps de bâtiments constitués, au centre, d'un pan aveugle flanqué, sur sa droite et sur sa gauche, des murs latéraux, aveugles tout autant, de deux autres bâtisses, également tournées vers l'intérieur de la cour, bien que plus récentes. Enfin, non sans avoir manqué de s'étaler à plusieurs reprises, les nuages s'obstinant à masquer la lune, Jules avait rasé au plus près cette partie de la ferme qui surplombe le val de Dore, puis se transforme, à quelque cinq ou six mètres de distance du mur selon les endroits, en un dangereux à-pic rocheux. Un secteur où personne, selon ce que Louise en savait, et les gens de Valliergue à cette époque-là auraient assuré la même chose, ne s'était jamais aventuré avant Jules et Ferdinand.

A un moment, comme il tournait le dos à la bâtisse, Jules avait cru percevoir une lueur incertaine entre les branchages des arbres. A peine plus brillante, tout au bout de la nuit, que la flamme dorée d'une lampe à pétrole. C'était, de l'autre côté du val, à trois cents mètres à vol d'oiseau, la ferme qu'occupaient les Chassaigne, une vieille famille, peut-être la plus ancienne de Valliergue. Pour s'y rendre, que ce soit en attelage ou en automobile, on devait compter au moins cinq kilomètres. Parce qu'il n'y avait d'autre moyen pour passer le val de Dore que de rejoindre Valliergue et prendre la première route, sur la gauche, en direction de Thiers. Elle menait au pont qui enjambait le val. Puis il suffisait ensuite de prendre à nouveau la première à gauche. On avait alors le sentiment de retourner sur ses pas. Pourtant, la vue était différente, qui, au lieu de s'ouvrir sur l'est et le Forez, s'ouvrait à présent sur les monts du Livradois et la Limagne, au lointain, chaudron de notre Auvergne. Jules n'était encore jamais allé jusque-là. Il ignorait tout des Chassaigne et il n'avait nul besoin de les rencontrer.

Quand il avait enfin terminé son tour et qu'il s'était retrouvé au milieu de la cour, il n'avait pu s'empêcher de regarder à nouveau du côté de chez Victor. La lumière était encore là. Mais cette fois, pas uniquement chez lui. Dans la pièce d'à côté aussi, celle où dormait Justine, la bonne de Louise. Une brave femme qui faisait peu parler d'elle, quasi transparente tant son pas, d'où qu'elle vienne et où qu'elle aille, était discret, et qui, pour rien au monde, n'aurait accepté de partager les repas de ses maîtres. Une femme de soixante-six ans, qui se retirerait bientôt, Louise en avait déjà été prévenue. Une femme rougeaude, épaisse du fessier et de la poitrine, sans compter les dix poils qu'elle portait au menton, disgracieux et rebelles, écussonnés sur une verrue. Une femme d'un autre âge, se plaignait parfois Jules. Mais c'était sans réelle méchanceté.

— Avec elle, on se croirait encore en 1800…

A ce discours, Cécile haussait toujours les épaules.

— Maman et elle s'entendent bien comme ça, protestait-elle gentiment. Alors, ne te fais pas de souci, surtout pour Justine. Le dévouement, qu'est-ce que tu veux, c'est sa raison de vivre...

Mais était-il vraiment question de dévouement ? N'était-ce pas davantage de la servilité ? A son tour, agacé, Jules haussait les épaules.

— On est tous égaux, de nos jours, bougonnait-il.

— Que tu imagines... faisait Cécile, qui s'éloignait toujours à ce moment de la discussion pour éviter la chicane.

Jules avait donc remarqué que les deux chambres voisines étaient éclairées, celle de Justine et celle de Victor, se rappelant à cet instant qu'il en restait encore une, de l'autre côté de celle de Victor, et que celle-là, depuis bien longtemps, n'avait pas été habitée. Alors il avait repris sa marche et il était rentré, pensant qu'il y ferait un tour prochainement. Peut-être même dès le lendemain, si Cécile n'y voyait aucun inconvénient, des fois que Louise viendrait à changer sa position, et qu'un nouvel occupant puisse bientôt s'y installer à son aise.

Pour que Louise fît marche arrière, il n'avait pas fallu plus d'une nuit. Jules l'avait compris dès son arrivée, le matin suivant, dans la salle du rez-de-chaussée attenante à la cuisine. Déjà toute fraîche, elle l'avait accueilli avec le plus franc des sourires, celui de ses bons jours.

— Je me range à votre idée, mon gendre. Votre compagnon, vous irez le chercher quand vous voudrez. Il vous portera l'aide qui vous manque depuis la disparition de Ferdinand, vous en avez bien besoin.

Elle s'était ensuite tournée vers Victor, assis à la table, un bol de café fumant au bord des lèvres.

— Qu'est-ce que vous en pensez, Victor ?

— Pour sûr, avait mâchonné Victor. A nous deux, avec seulement nos bras, ce n'est pas toujours aisé. Pour une bonne nouvelle, c'est une bonne nouvelle. Mais où donc que vous allez nous le dégotter, ce compagnon ? Par ces temps, ça ne doit pas être si facile à trouver.

— J'ai mon idée, avait répondu Jules.

— Ça ne va pas tarder, alors ?

— Surtout pas, Victor. Faut pas que ça traîne davantage. Vu ce qu'on doit abattre ces prochains jours, c'est dès ce matin que je me rends aux Martres…

— Un bon garçon au moins ?

— Il a fait ses classes avec moi, on était dans le même régiment. Courageux comme il faut, parfait pour s'entendre, mais de trop dans sa famille. L'exploitation est petite, pas assez de terres, et pas suffisamment de bêtes, et point de vigne du tout. Alors, ici, il n'aura pas l'impression de voler son pain.

A ce moment, on avait entendu Justine :

— Une bouche de plus à nourrir, avait-elle murmuré. Bah, ça me fera jamais lever que cinq minutes plus tôt. Et puis, si la maison y trouve son content…

Elle avait à peine levé la tête. Pourquoi en aurait-elle eu besoin puisqu'elle se parlait à elle-même ? Pourtant, après un court silence, elle lâcha les pommes de terre qu'elle était en train de peler et s'adressa à Louise :

— Ce p'tit, lui faudra bien une chambre, pas vrai ? Celle d'à côté de la chambre à Victor, je suppose ? Mon Dieu, ma Louise, ce que ça doit sentir le renfermé, là-dedans… Alors, je vais me dépêcher et j'irai la lui préparer. Vous me direz où sont les draps, les couvertures, enfin tout ce qu'il faut…

Louise s'était approchée d'elle.

— Tu as ton travail, Justine. Il te conduira bien jusqu'au repas. Cécile et moi, on va s'en occuper…

— Oh ça non, avait protesté Justine. Vous n'allez pas vous occuper du lit d'un ouvrier. Le temps que monsieur Jules aille et revienne, et, moi, là-haut, j'aurai déjà tout rangé.

Louise avait alors posé la main sur l'épaule de Justine.

— Cécile et moi, je te dis…

Elles avaient échangé un regard.

Justine avait baissé la tête, et elle avait repris son ouvrage. Puis, elle avait dit, la mine résignée :

— C'est comme vous voulez, ma Louise.

Là-dessus, tout en branlant du chef, Justine avait continué de marmotter, Jules l'avait remarqué, puis elle était redevenue aussi transparente que l'air, aussi effacée qu'à son habitude. Tout juste, au rythme de l'économiseur qu'elle maniait avec habileté, avait-on entendu à nouveau les épluchures s'étirer en longs rubans couleur de crème, puis tomber en flocs amollis dans le tablier qu'elle tenait tendu entre ses cuisses.

La nuit se réinstallait déjà quand Jules revint avec son copain de régiment. Il avait pour prénom Guilhaume et pour nom Besse. Mais on décida de l'appeler le Guilh, comme on l'appelait depuis toujours, dans sa famille et à l'armée. « Tu viens, le Guilh ? », on disait. Et à chaque fois, il se retournait, parce que le Guilh, ça ne pouvait être que lui.

Pour revenir, Jules avait mis plus de temps que prévu. La Renault Celtaquatre que Ferdinand Rochette s'était empressé d'acheter dès sa sortie, en 1934, et que la force des choses lui avait fait léguer quelques mois plus tard à son gendre, seul détenteur dans la famille du permis de conduire, ne s'était pourtant pas montrée récalcitrante. La faute, tout bonnement, en avait été à la vitesse à laquelle Louise avait pris sa décision. On n'avait pris la peine de prévenir personne. Notamment les Besse, de braves gens, qui ne s'attendaient pas à voir filer si vite leur dernier rejeton. C'était une bouche en trop, mais tout de même ! Et puis Jules, de son côté, il aurait pu seulement les informer et ne revenir que le lendemain ou le surlendemain !

Seul le Guilh avait tout compris quand il avait vu la voiture stationner devant leur porte. Ce ne pouvait être que Jules Ferrandon. Ce qui, pour lui, signifiait une belle surprise. Alors, il n'avait plus pensé qu'à une chose : prendre ses affaires !

— Comment que tu vas ? s'était-il écrié, enjoué, et serrant fort contre lui son camarade. Alors, ça y est ? Tu m'emmènes ?

La réponse de Jules n'avait pas tardé :

— Oui, je t'emmène, du moins si tu veux toujours. Ma belle-mère, elle est d'accord. Elle nous l'a annoncé ce matin même. Et comme tu vois, j'ai pris l'automobile. Comme ça, tu pourras y loger ton barda !

Le père du Guilh s'était avancé sur le pas de la porte. Ses yeux n'en avaient que pour la Celtaquatre. Mais c'était une feinte.

— Elle est à toi ? avait-il demandé.

— Non, elle était au beau-père. Enfin, oui, maintenant c'est moi qui la conduis. Vous auriez préféré que je la maraude ?

Tout le monde avait éclaté de rire.

— Sûr, avec tout ce qu'ils ont, les Rochette, pas besoin de casser les vitrines, avait encore fait le père du Guilh. Et à présent, c'est toi qui mènes tout ça ? Et la Louise, au moins, elle ne t'en fait pas trop voir ? Parce que déjà, du temps de Ferdinand, c'était elle qui menait la maisonnée. Le porte-monnaie aussi, tu penses !

Puis il s'était soudain adressé à son fils, l'amertume au cœur :

— Tu feras bien attention, mon Guilh, qu'on ne te roule pas. Parce que la Louise Rochette, avant d'être Rochette, elle était surtout Chautard. Et les Chautard, dans un temps plus ancien encore, à cinquante lieues d'ici, je te jure, on les connaissait trop bien. Tu vois ce que je veux dire ?

Le Guilh, perturbé, honteux, était alors devenu aussi rouge qu'une crête de coq.

— Qu'est-ce qui le chauffe ? avait-il grondé à voix basse. Il est devenu dingue ou quoi ?

Allait-il voler dans les plumes de son père ? L'étrangler, pourquoi pas ?

Heureusement, d'une poigne ferme, Jules lui avait saisi le bras, le retenant à son côté.

— Il en a gros sur la patate, ton paternel, lui avait-il murmuré dans le creux de l'oreille. Quand un fils s'en va, tu sais… Tu crois que le mien, quand il a su que je me mariais, il m'a vu déguerpir avec bonne humeur ? Va faire tes paquets, je me charge de lui redonner un peu de sourire…

Le Guilh s'était alors sauvé, la tête basse, s'empêchant de courir pour aller à sa chambre.

Il avait les sabots crottés.

— Foutue glaise où plus rien ne pousse, avait maugréé le père Besse en regardant son fils s'éloigner.

Puis, après avoir reniflé un coup et s'être essuyé le nez du revers de la main, il avait tenté des excuses :

— Je n'ai pas voulu t'offenser, Jules, tu le sais bien. Mais c'est dur, tout de même. Tu aurais pu nous l'annoncer. Regarde, sa mère n'est pas sortie. Je suis certain qu'elle pleure comme une madone. Entre donc, veux-tu ?

— Si je veux ? avait fait Jules. Et comment donc !

— Alors, vas-y. Tu vas nous parler de chez toi. Et nous dire comme il sera bien, à Valliergue, notre Guilh. Et puis vous mangerez un bout avant de repartir tous les deux. Conduire le ventre creux, ça ne doit pas être bien bon…

Jules lui avait pris la main.

— Il faut que vous sachiez, père Besse, vous pourrez le dire à votre femme, que le Guilh, c'est d'abord un camarade de classe. On l'embauche parce qu'on a besoin d'un homme comme lui, en qui je pourrai avoir confiance. Pas pour le rouler, comme vous avez dit tout à l'heure.

— C'était pas ma pensée, Jules, tu le sais bien.

— Tout de même, père Besse, le mot, vous l'avez prononcé et je l'ai entendu, et le Guilh aussi, il l'a entendu. Il en avait honte pour vous. Des choses comme ça, même si on a de la peine au cœur, on les garde pour soi.

Le père du Guilh s'était rembruni.

— Tu ne serais pas un peu donneur de leçons, par hasard ? avait-il lâché, le regard en dessous et la bouche empreinte d'une vilaine grimace.

Mais il s'était aussitôt radouci :

— Allez, lâche-moi à présent et n'en parlons plus. J'ai eu tort, je le reconnais. Et je sais bien comme on estime partout ta belle-mère. La Louisie, comme on la surnomme parfois. Bien croyante et honnête femme…

— Je suis content de vous l'entendre dire, père Besse…

— C'est naturel.

— Tout de même, je n'ai pas vraiment apprécié…

— Bof, bof… avait encore bafouillé le père Besse. Je te dis d'entrer. Entre donc ! Notre Guilh nous rejoindra bien.

Ils avaient franchi le seuil de la ferme et, comme l'avait prédit le père du Guilh, c'est une mère éplorée qu'ils avaient retrouvée, assise devant sa table, la tête entre les mains. Elle avait tant sangloté que c'est à peine si Jules l'avait reconnue derrière ses paupières gonflées.

— Tu voudras bien qu'il vienne nous rendre visite de temps en temps ? lui avait-elle demandé après l'avoir embrassé, comme un bienfait qu'il aurait pu lui rendre.

Ennuyé, Jules avait soupiré, puis :

— Voilà qu'après le père c'est la mère ! s'était-il exclamé. Mais, enfin, qu'est-ce que vous vous imaginez donc ? Que chez les Rochette, maintenant Ferrandon, c'est le bagne ? Qu'on va lui mettre les fers aux chevilles tous les soirs, à votre Guilh, de peur qu'il ne se sauve ? Eh quoi, bon sang, c'est lui qui me suit avec la joie au cœur, ou bien c'est moi qui le pousse en avant, à coups de botte dans le cul ? Vous pouvez me dire ?

— On sait bien, on sait tout ça, avait tempéré le père Besse, accompagnant ces mots de tapes amicales sur l'épaule de Jules. Faut pas que tu t'emportes à ton tour à cause de nos angoisses. Elles sont bien justifiées, non ? C'est qu'on l'aime, notre Guilh, on n'y peut rien. Allez, assieds-toi près de moi. Prends cette chaise. Qu'est-ce que tu veux boire ? Un petit vin gris ?

L'affaire en était restée là. Dans les minutes qui avaient suivi, on avait espéré le Guilh et ses bagages, et bu sans doute un peu trop. Mais le vin n'était pas si puissant et, sur la route à venir, la circulation encore relative. Cela avait pourtant permis à la mère Besse de s'effrayer à nouveau :

— Bois donc pas tant ! avait-elle intimé à Jules, et ensuite au Guilh enfin revenu, des fois que par la force des choses il serait amené à conduire la Celtaquatre.

Mais l'omelette aux pommes de terre, bien crémeuse au milieu, qu'elle avait confectionnée sur le pouce et qu'on avait appréciée, chacun à sa façon, le père Besse en rotant plus qu'à son habitude, avait fini par éponger les gouttes qui débordaient. Si bien qu'à l'heure de la séparation Jules et son camarade cheminaient (presque) aussi droit que des amateurs d'eau de source.

A Valliergue, le Guilh n'était pas sorti de la voiture que Louise était déjà devant lui, les mains posées sur les hanches et les rides au front, en train de le jauger : son allure, sa taille, la largeur de ses épaules, jusqu'à son grain de peau et sa couleur de cheveux, ainsi qu'elle aurait fait, c'est probable, au marché, pour s'acheter une bête à cornes. Cette fois-ci, ce fut à Jules de sentir le rouge lui monter au front.

— C'est pas du bétail que je vous ramène, dit-il en roulant de gros yeux. Vous faudrait pas aussi son carnet de santé ? Et puis savoir s'il a des champignons entre les orteils ?

Mais le Guilh, au contraire, s'en était amusé. Surtout, il le savait, que sa silhouette dégingandée, style fil de fer ou asperge montée trop vite en graine, et son nez tout en longueur, effilé et pointu, idéal pour les coureurs de fond, manquaient rarement de questionner le monde.

— Ce n'est rien, Jules, fit-il avec le sourire.

Louise en profita pour s'adresser elle aussi à son gendre :

— Tu devrais te taire, espèce de brigand, observa-t-elle. Tu as vu l'heure à laquelle vous revenez ? Regarde donc, même ton compagnon de voyage se moque de toi. Procède plutôt aux présentations d'usage, veux-tu…

Interdit, Jules marqua un temps.

Alors, le Guilh poursuivit à sa place :

— Moi, c'est le Guilh, fit-il. En fait, je m'appelle Guilhaume. Guil-haume, avec un *l* et un *h*, pas Guillaume. Mais tout le monde s'en fout. Depuis tout petit, je suis le Guilh.

— C'est bon pour le Guilh, opina Louise. Et moi, c'est Louise. Vu votre âge, vingt-cinq ans puisque vous avez fait l'armée avec Jules, je vous tutoierai. Quant à toi, tu me diras vous, comme tout le monde ici, à l'exception de ma Cécile. Et puis, là…

Mais Louise resta la bouche ouverte, cherchant autour d'elle ceux qu'elle croyait y trouver, Victor et Justine.

— Je voulais te présenter notre Victor, reprit-elle, désappointée. J'ai l'impression qu'il est déjà reparti s'occuper des litières. Tu feras donc sa connaissance à table, d'ici une heure. Et Justine… Mais, regarde, là-haut, la pièce dont la fenêtre est ouverte. Elle doit être avec Cécile en train de terminer ta chambre. Elle en avait besoin. Dès qu'elles auront fini, tu pourras t'y installer. La fenêtre voisine, sur la droite, c'est celle de la chambre de Victor. Jules t'a expliqué ? Victor, il est là depuis plus de trente ans, je crois bien. C'est comme si je l'avais connu toute gosse. Tu pourras l'écouter avec intérêt et en tirer avantage. Parce que si ça te plaît de rester avec nous, sûr qu'avec ce qu'il t'aura appris, tu n'auras pas de mal à prendre sa place ensuite. Il est rustaud, parfois maladroit, pas fin comme t'es bâti, non, plutôt le genre fût de chêne, mais Ferdinand me disait toujours que sans lui... Parce que c'était sa plus grande inquiétude : devoir le perdre un jour. Et puis le Seigneur en a décidé autrement...

A ce moment, Louise marqua une pause. Elle avait repensé à Ferdinand et les larmes ne demandaient qu'à lui couler sur les joues. Elle en essuya une d'un geste furtif.

— Bon, je vais te laisser...

Jules, qui s'était écarté tandis que Louise parlait, revint vers eux. Il avait sorti les bagages du Guilh.

— Je vais t'aider à monter tout ça, fit-il.

Louise s'éclipsa.

— Alors ? demanda Jules.

La réponse du Guilh fut immédiate :

— Je crois que je vais me plaire ici. Ces murs qui nous entourent, ces corniches sous les tuiles rondes, ce noyer, les pavés, cette vieille charrette, là-bas au fond, ces hauteurs boisées que nous avons traversées avant d'arriver...

— Ça te laisse rêveur, dis ?

— Tu sais quoi, Jules ? Dès demain matin, j'écrirai à mes parents pour leur dire comment je suis maintenant. Ce que je ressens. Ma mère sera si contente...

— Et encore, tu n'as rien vu, le Guilh. Avant que tu écrives, Cécile et moi, on te fera faire un tour. Je dirai aussi à Victor de nous guider. Des choses, cet homme, il en a plein la tête. Il m'en apprend tous les jours, à chaque instant. Et s'il n'est pas avec moi, je te jure, il me manque. Vous vous entendrez bien. J'en suis certain.

Sur quoi, Jules désigna les bagages du Guilh, plutôt des ballots de linge et deux vieilles valises défraîchies qui les attendaient, et il acheva, tout sourire :

— On y va, cette fois ?

— Oui, on y va, fit le Guilh.

Deux minutes plus tard, cependant que la nuit avait achevé de prendre place au-dessus de leurs têtes, le Guilh s'installait à son tour dans sa chambre ; et c'était un peu comme s'il arrivait au monde une deuxième fois, ne pensant plus qu'à lui seul, et à ce bonheur unique, le sien, qu'il avait tant espéré et qui lui était tombé dessus ce jour-là. Un jour de triste figure, pourtant, où le soleil, malgré l'été, s'était refusé à pointer le nez.

Ce soir-là, avant que le sommeil ne les prenne, Jules et Cécile, nus comme des vers et coincés l'un dans l'autre sous le drap de lin qu'ils avaient tiré jusque par-dessus leur tête, des fois qu'un moustique vînt à les observer d'un peu près, s'échangèrent les idées qui leur passaient sous les paupières. Des idées de sérénité. D'apaisement. De vie réussie. A présent, rien n'était plus sûr, le domaine irait son chemin comme il allait auparavant, avec Ferdinand. Le Guilh, c'était pour Jules la meilleure des choses qui pût leur arriver. Deux bras de plus, apparus dans l'amitié, comme une belle étoile. Cécile était de son avis. Elle en avait parlé avec Justine, quand elle nettoyait la chambre, et Justine lui avait révélé la confiance que Louise avait placée en Jules, bien qu'elle ne voulût rien lui en laisser paraître.

A ce moment, Jules serra Cécile encore plus fort contre lui. Elle était si chaude, tandis que sa peau exhalait un mélange de réglisse, de rose et de griotte. Alors, il aurait voulu se dissoudre en elle, disparaître, se consumer ; dans sa tête, et dans tout son corps, l'envie se fit bientôt plus pressante ; Cécile se donna à lui, sans préalable ni rien qu'il eût à lui demander ; doucement, très lentement, sans impatience, sans hâte aucune ; ils s'offrirent le plus doux des plaisirs, s'étreignirent, se découvrirent tour à tour, curieux et délicats, comme si le temps, les heures, les minutes ne dépendaient plus que d'eux seuls, attentifs et consentants.

Un peu moins de neuf mois plus tard, le 17 avril 1937, il était juste midi, Marguerite fit son apparition dans cette même chambre où elle avait été conçue. Le soleil était alors à son zénith et le ciel dégagé de tout nuage.

2

Un jour, si vous prenez une femme

La première sortie officielle de Marguerite fut pour rendre visite à son grand-père Ferdinand, au cimetière de Valliergue. Elle n'avait pas encore un mois.

Cela se passait le 11 mai 1937. Pour le deuxième anniversaire de la mort de son mari, Louise avait tenu à ce que toute la famille soit présente. Et pas seulement la famille au sens strict du terme, car elle avait entendu par là tous ceux qui vivaient au domaine : Victor, Justine et le Guilh étaient donc également de la partie. Ainsi, du reste, en avait-il été l'année précédente, pour Victor et Justine.

Le dimanche suivant, le 16 mai par conséquent, on les revit encore tous ensemble à l'église de la Chabasse, cette fois parce que la messe était dite à la mémoire de Ferdinand. C'est Louise qui en avait fait la demande au curé de Valliergue. Ce jour-là, la nef et les bas-côtés étaient combles. Si tous les habitués étaient là, les curieux ne manquaient pas non plus. Dans le village tous s'étaient donné le mot. De fait, ils en eurent sinon pour leur argent tout au moins pour leurs yeux et oreilles. On eut droit, par la profusion de fleurs qu'autorisait ce printemps, à la décoration du chœur généralement réservée aux cérémonies importantes. Du côté de l'orgue, Jean Destremeau, le titulaire occasionnel que Jules était allé chercher tout exprès à Thiers, donna à entendre – c'était écrit sur le programme qu'il avait distribué à chacun – la *Toccata* de Bach, le *Concerto en la mineur* de Vivaldi et le *Carillon de Westminster* de Louis Vierne, qui en fit pleurer plus d'un, tandis qu'on essayait de gagner l'allée centrale de l'église pour se diriger vers la sortie. Mais comme tous ceux qui voulaient s'en aller souhaitaient également l'entendre, l'embouteillage fut bientôt tel qu'au bout d'un moment, découragés, de nombreux fidèles préférèrent se rasseoir pour écouter cette œuvre aussi magistrale que céleste jusqu'à sa note ultime.

Et Marguerite, pendant la cérémonie ? Qu'on se tranquillise, pas une seconde elle n'avait quitté les bras de Louise.

Habillée d'une admirable robe en dentelle d'Arlanc, on ne lui voyait que le visage, encadré dans un bonnet de fine laine rose, et les mains, qu'elle avait déjà potelées et tout aussi roses sinon plus que la laine. C'est surtout pour elle, évidemment, et non pour Ferdinand, que les habitants du village s'étaient précipités en si grande foule à la messe. Car on voulait savoir à qui cette petite pouvait bien ressembler. Etait-ce à sa grand-mère Louise, qui la tenait serrée contre elle, comme un précieux trésor ? Etait-ce à son autre grand-mère, qu'ici on ne connaissait pas ou bien fort peu ? A Cécile, peut-être ? Ou au défunt Ferdinand ? Ou encore à Jules, ce qui n'aurait été que naturel ? Bien difficile d'en juger, hélas ! déplorèrent beaucoup. D'autant qu'elle ne sembla que rarement dans son assiette. Etait-ce à cause de la musique, parfois tonitruante, il faut le reconnaître, ou de coliques ? Car soit elle criait à s'en faire éclater les veines, soit elle gonflait les joues et devenait quasi violette. Ainsi, à l'offertoire, comme l'orgue tonnait, certains jurèrent que Louise, debout et Marguerite toujours dans ses bras, secoua timidement sa main droite comme pour la sécher. Sans doute le pipi de l'enfantelet, plus abondant que prévu par Cécile, avait-il traversé les langes dans lesquels on l'avait emmaillotée. Un peu plus tard encore, tandis que Marguerite, les yeux exorbités, se violaçait davantage à chaque seconde, sur le point d'éclater comme qui, assis sur le trône, aurait poussé fort « on imagine quoi », d'autres garantirent, ironisant à peine, qu'une mine de vive réprobation avait alors marqué le visage de Louise. Il est probable que ceux-ci n'avaient pas eu tort. C'était à la fin de la messe, alors qu'on s'entassait déjà dans l'allée centrale. Or, à ce moment précis, on remarqua, paraît-il, que de bonnes intentions proposaient leur siège à Louise, afin qu'elle pût se reposer et elles autres, sans rien en dire, respirer un parfum moins fort que celui qui les environnait.

Le *Carillon de Westminster* résonnait alors dans la nef de la Chabasse. Et Marguerite, les intérieurs délestés, se plaignait maintenant de ne pas avoir le derrière aussi propre qu'il aurait dû l'être.

De retour à la ferme, Louise remit Marguerite et son généreux présent à Cécile. Puis elle observa, tout sourire, qu'elle avait là une petite à l'humeur prometteuse. Ignorant ce que cela pouvait insinuer, Cécile la regarda s'éloigner sans répondre.

Le mois de juin s'écoula. Puis, le mois de juillet. Le 15 août, Marguerite apparut pour la deuxième fois à la Chabasse. C'était à l'occasion de son baptême. Mais elle n'était plus la seule, l'unique héroïne du moment. Car il y avait d'abord, et surtout, la Vierge Marie, dont on fêtait l'élévation au ciel. Et puis un autre petiot qui, lui aussi, devait être admis ce même jour parmi les chrétiens. Etait-ce pour cela qu'elle se tint silencieuse, oubliant jusqu'à satisfaire ses besoins naturels ? Impressionnée, peut-être ? Ou plus simplement grande fille, à déjà presque quatre mois ? Le fait est qu'on ne l'entendit pas une fois de toute l'heure que dura la cérémonie, plus réservée qu'un orage sans tonnerre, pas même lorsque le curé lui versa l'eau consacrée sur les cheveux de naissance qui lui restaient encore et appliqua l'huile sainte sur son front, juste au-dessus des beaux et grands yeux qui lui dévoraient le visage, tant elle les ouvrait, et qui n'avaient jamais été si bleus. Plus que tout autre, Louise remarqua cette soumission au divin et conclut, à part elle, qu'outre son humeur prometteuse Marguerite jouirait d'une foi de bonne chrétienne, tout comme elle et Cécile, sa maman. Aussi, à la sortie de l'église, où, ce jour-là, le tumulte de l'orgue ne s'était imposé à personne, Jean Destremeau étant demeuré à Thiers, où il tenait celui de l'église Saint-Genès, Louise ôta Marguerite des bras de Simon, le frère de Jules, à présent son parrain. Puis, les yeux pleins d'une tendre affection, elle l'emmena, bien serrée contre elle, jusqu'à la Celtaquatre qui devait les conduire jusqu'à la ferme. A cette touchante vision, Cécile laissa couler quelques pleurs.

Le repas que Justine avait préparé pour l'événement, avec l'application qu'on imagine, s'était éternisé. Mais quoi d'étonnant à cela ? Chacun y avait trouvé son plaisir de bonne chère et de bon vin, c'était là le plus important. Il est vrai aussi que Louise n'avait épargné ni sur la qualité ni sur la quantité, et qu'ils étaient tous un peu ivres, les jeunes comme ceux qui l'étaient moins, lorsque le café, qui précédait la gnôle, avait rempli les tasses.

Comme il y avait eu un bref silence, Simon sortit soudain de table et s'adressa à tous :

— Si nous allions maintenant faire un tour ? suggéra-t-il. Cécile et sa maman nous ont tant comblés que ça ne pourrait que nous faire du bien. Qu'en dis-tu, frangin ?

— Oui, certainement, acquiesça Jules. C'est une bonne idée. Qu'en pensent ces dames ?

Un éclat de rire fusa.

— Elles sont bien ici ! répondit Cécile.

Puis elle poursuivit, parlant aux autres convives :

— En revanche, nous ferions bien de nous déplacer un peu, car je vois que l'ombre du noyer[1] nous gagne…

De fait, le repas s'était déroulé à l'extérieur, dans la cour, sur le pavement, à l'abri des murs de la ferme, tandis que le soleil n'étirait pas encore cette ombre redoutée.

— Cécile a raison, insista Louise. Je crois que nous devrions plutôt nous mettre à l'intérieur.

Il y avait là la maman de Jules, de deux ans plus âgée que Louise, ainsi qu'une sœur de son père, la tante Annette. Elle avait été invitée sur l'insistance de Cécile, qui appréciait de parler avec elle. Autrement, elle serait restée seule aux Martres. Le père de Jules également, c'est évident, que Louise avait eu à sa droite, tandis que Simon, qui arborait de superbes bretelles depuis qu'il avait tombé la veste, avait été placé à sa gauche. Qui y avait-il encore ? La sœur de Jules et son ami, dont les fiançailles prochaines étaient annoncées. Le Guilh et ses parents : une idée « farfelue » de Jules, mais que Louise n'avait pas su lui refuser.

1. Une ombre très fraîche en plein été, que l'on accuse d'être mortelle.

Une camarade de Cécile, Françoise Lachaume, née Chappuis. Toutes deux s'étaient connues à Billom, quand elles étaient encore à l'école élémentaire, et depuis le bac qu'elles avaient passé à Clermont la même année – une « invention » de Louise qui ne servirait à rien, lui avait prédit Ferdinand un jour où il s'était levé du pied gauche ; il est vrai qu'en 1931 les bachelières, filles de paysans ou non, ne couraient pas encore les rues –, malgré la distance qui les séparait, une vingtaine de kilomètres, elles avaient continué à se visiter. C'est d'ailleurs sans réfléchir un instant, de façon naturelle, que Cécile lui avait proposé d'être la marraine de Marguerite. Son mari, Bertrand, presque chauve et au ventre déjà rondelet, était là lui aussi. Et puis, sauf erreur commise, mais ce serait surprenant, par les curieux qui n'avaient pas hésité à faire la route, de Valliergue au domaine, pour savoir comment se déroulaient les festivités, il y avait le Victor, assis en bout de table, mais pas solitaire pour autant. Au total, si le compte est exact, Justine avait cuisiné pour quinze personnes… plus elle. De quoi être fière. Et qui méritait bien un peu de repos.

Cela dit, comme aucun de ses invités ne s'était levé après qu'elle en eut pourtant donné le signal, Louise frappa un coup dans ses mains et donna de la voix :

— Allez, allez, fit-elle. Tout le monde dans la maison, où une collation digestive nous attend.

Bientôt, la table fut désertée.

Jules prit alors Simon par le bras. Il lui demanda :

— On descend jusqu'à la rivière ?

— Sûr, on y descend, répondit Simon en dégrafant son col de chemise. Et on s'y baigne, c'est ça ? Je suis déjà tout en eau, ça nous fera du bien.

— Prends garde que ce ne soit l'alcool...

— On verra bien, frangin !

Victor les aurait bien suivis.

— Mais il y a les vaches, bougonna-t-il. Peuvent pas attendre jusqu'à demain. J'y vais tout de suite. Et puis je pense que vous iriez trop vite pour moi.

Il s'éloigna, le dos voûté, les mains dans les poches.

Bertrand Lachaume aurait bien suivi aussi.

— Françoise, elle préfère que je reste auprès d'elle et du bébé, s'excusa-t-il en faisant la moue.

En définitive, seul le Guilh emboîta le pas aux deux frères.

La descente, Jules l'avait tracée avec l'aide de Ferdinand une fois terminé le sentier qui permettait de contourner les bâtiments. Celui-ci était plus étroit et sinueux, et il démarrait, passant à l'écart, là où il n'aurait pas fait bon aborder l'à-pic rocheux sous peine, le dévalant bientôt à grande vitesse, de ne plus pouvoir se rattraper aux arbres. Les lacets, Jules et Ferdinand les avaient calculés au plus juste, de telle sorte qu'on passait à plusieurs reprises sous de sinistres aplombs de basalte, souvent recouverts de mousse, dont la vision en aurait effrayé beaucoup. Jusqu'à présent, depuis la mort de Ferdinand, Jules n'était redescendu qu'une fois jusqu'à la Dore. C'est pourquoi il allait en tête et ne parlait plus, jetant des coups d'œil à droite, puis à gauche, s'assurant que son frère et le Guilh restaient bien derrière lui, à quelques pas seulement. A un moment, sous des ormes, ils traversèrent une longue fougeraie, sèche et roussâtre, qu'on aurait dite prête à s'embraser.

— On y est presque, fit Jules.

Simon et le Guilh se contentèrent d'acquiescer du bout des lèvres, plus attentifs à empoigner la branche qui se présenterait à eux et les garderait d'une chute malencontreuse. Puis on entendit le bruissement de l'eau, et le touffu des arbres commença à s'éclaircir.

Quand ils arrivèrent enfin sur la berge, qui ressemblait plus à une plage de fins galets qu'à une roselière, pour Simon comme pour le Guilh, la surprise fut extrême. Parce qu'ils s'étaient imaginé que le lit de la Dore leur paraîtrait moins large qu'il ne l'était, plus profond aussi et sans doute plus impétueux. Or, tout au contraire, ils avaient devant eux, étincelante sous le soleil, une eau cristalline et pure, que seuls de légers remous, comme une lente respiration, la respiration tranquille d'une personne endormie, agitaient à regret. Ici, la Dore était paisible, elle prenait le temps de regarder autour d'elle, les yeux à peine ouverts, vraiment comme l'aurait fait cette personne à la respiration si lente, mais bien moins endormie qu'il n'y paraissait, simplement aux rives du sommeil ; et puis elle cachait encore son secret, cet univers souterrain que les nymphes hantaient depuis la création du monde ; ces nymphes, follement amoureuses du Jour, qui se manifestaient chaque matin quand elles le surprenaient, jeune homme nu et doré l'espace de quelques instants, juste avant que le soleil inonde le val de sa clarté et l'enveloppe de ses rayons, le corps brillant de mille perles d'eau, comme d'une étoffe précieuse qu'on aurait tissée pendant la nuit.

Jules fit encore quelques pas. Simon et le Guilh eurent tôt fait de le rejoindre.

— Alors, que pensez-vous de mon histoire ? demanda Jules. Elle n'est pas jolie ? Je la tiens de Cécile.

Simon s'approcha de lui.

— Il ne serait pas un peu poète, mon frangin ?

— Moi, poète ? s'étonna Jules, amusé. Pourquoi pas ? C'est une légende comme il y en a beaucoup. Cécile me l'a racontée parce que sa mère, Louise, la lui racontait quand elle était enfant. Et parce que Louise la savait aussi de sa mère.

Jules se tourna vers le Guilh, un peu à l'écart.

— Et toi, mon Guilh, qu'est-ce que tu penses ?

Mais le Guilh s'était soudain renfrogné.

— Je pense comme toi, Jules.

— Qu'est-ce que ça veut dire, encore ?

Le Guilh haussa les épaules, il fronça les sourcils et accentua sa vilaine moue. Il marmonna :

— Maintenant, tu sais bien que t'es devenu mon patron, c'est plus comme avant. Alors, je pense comme toi, c'est tout.

— C'est des foutaises, le Guilh !

Mais le Guilh continua de ronchonner :

— Non, c'est pas des foutaises.

— Bien sûr que si ! insista Jules avec force. Et puis, ton patron, c'est ma belle-mère. Ta paye, c'est elle qui te la donne, pas moi. Parfois, on dirait que tu déplores d'être venu à Valliergue… Merde ! Tu ne vas pas me faire croire que c'est vrai, tout de même ?

Puis il changea de ton et continua, l'air plus bonhomme :

— Alors, le Guilh, ma légende, elle t'a plu, oui ou non ? Et ce que dit Simon, tu le crois aussi ? Tu penses, toi aussi, que je suis poète ? Enfin je veux dire : un peu ?

Disant cela, il avait défait sa chemise et laissé tomber son pantalon sur ses pieds. Simon en avait fait autant, qui délaçait déjà ses chaussures.

— Vous allez vous baigner pour de bon ? s'enquit le Guilh.

— Oui, pourquoi ? fit Simon.

— Tu vois pas qu'il fait le grincheux, aujourd'hui ? se moqua Jules, gentiment.

Le Guilh bougonnait encore. Pourtant, il commença lui aussi à se défaire. Il ôta sa chemise, laissa paraître une poitrine étroite, à peine développée, que soulignaient les côtes, comme autant de signes de ponctuation, des virgules qu'on aurait tracées au fusain, d'un geste vif. Sa taille était inexistante. Et quand il se retrouva les jambes à l'air, ce fut tout d'abord ses genoux que remarqua Simon. Parce qu'ils étaient vilains, proéminents, comme enveloppés dans des gants de peau translucide. Pas plus que de taille, le Guilh n'avait de mollets et de cuisses. Alors, Simon, qui s'était pris à le fixer, comprit pourquoi son humeur avait changé d'un coup. Parce qu'il avait honte de son corps. Grande bringue, fine comme un roseau et d'allure délicate. Le Guilh avait honte de son ventre, aussi creux qu'une misère, de ses épaules d'écorché, de ses bras qu'on aurait dit d'un enfant, sans forme ni force.

— Et pourtant, il en abat, je te jure ! dit Jules en riant.

Secoué par l'exclamation de son frère, Simon tressaillit, puis il s'excusa auprès du Guilh :

— Je... voulais pas, bredouilla-t-il.

— C'est pas grave, répondit le Guilh. J'ai l'habitude qu'on me regarde. Je suis comme un squelette qui respirerait encore, tu sais, ces squelettes qui font des bruits de sonnailles quand on les secoue et que le maître sortait de son armoire, à l'école, quand il nous apprenait le corps humain, ses os, ses entrailles...

Mais Jules le coupa, poursuivant son idée :

— Certains jours, Simon, je te certifie, même aux heures où ça cagnarde le plus, en plein midi, il en fait davantage que Victor et moi. Alors, essaie donc de savoir où il va les chercher, tous ses muscles ? Moi, j'ai pas réussi.

La voix de Jules tremblait un peu.

— Un copain comme lui, j'en avais jamais eu. C'est pour ça que je suis allé le trouver. Parce que je savais que tous les deux on ferait des choses bien. Déjà, depuis qu'il est ici, si je te disais ! Et dans l'avenir, avec lui, ensemble, on n'aura pas seulement que des projets. Qu'est-ce que t'en dis, mon Guilh ?

Alors, le Guilh, maintenant aussi nu que Jules et Simon, tenta enfin un sourire.

— Que veux-tu que je réponde à ça ? Au régiment, sous la douche, tu te souviens ? J'étais la risée de tous. Jusqu'à ce que tu fasses le coup de poing avec ce connard de Jouan… Allez, faut plus parler de ça. Sautons dans la flotte…

En fait de saut, c'est plutôt en hésitant que Jules, le premier, s'avança dans la Dore. Le tour du Guilh vint peu après. Et, enfin, Simon commença à se tremper les pieds. Quand ils eurent de l'eau à mi-corps, par prudence, ils s'en envoyèrent sur la poitrine et sur le dos, histoire de se rafraîchir avant de nager.

— Mieux vaut descendre le courant, mais sans aller trop loin, recommanda Jules. En amont, il y a quelques trous, on les voit d'ici, aux endroits où l'eau est plus sombre. Il y a aussi pas mal de truites, à moins que ce ne soit des ombres, je ne m'y connais pas trop, mais inutile de les déranger.

Il plia un peu les jambes et tendit les bras vers l'avant, puis il esquissa quelques brasses.

— Il y a de la profondeur ? s'enquit Simon.

— Non, dit le Guilh. Avec mes pieds, je racle le fond.

— Faites gaffe aux nymphes ! cria Jules.

Simon plaisanta :

— Tu te prends pour le Jour ?

— Pourquoi pas ? J'ai plu à Cécile. Je pourrais bien plaire à des nymphes, moi aussi, pas vrai ?

Tous les trois, sans se quitter des yeux, ils continuèrent de nager pendant quelques minutes encore. Puis Jules se redressa et s'étira, et il déclara qu'il en avait maintenant assez et qu'il allait retourner sur la berge pour se sécher.

— Vous revenez ? demanda-t-il.

La baignade n'avait pas duré longtemps, mais la bonne humeur était là. Tous les trois, ils s'allongèrent tout nus sur les galets que la Dore, pendant des millénaires, avait dû polir avec soin, pensant qu'un jour ils viendraient sûrement se reposer à cet endroit. Et chacun, sans rien dire aux deux autres, se prit à rêver de ce qui le préoccupait à ce moment. Simon songeait à ses vignes, à ce travail qu'il aurait voulu terminer avant de venir, mais c'était sans regret. Le Guilh, qui s'était mis sur le ventre, histoire de se dorer les fesses, se rappela qu'il avait laissé Victor s'employer sans son aide à la traite des vaches et qu'il n'aurait pas dû. Et puis, Jules, les mains posées sur la poitrine, pensa à Cécile, et à cet enfant qu'il lui ferait dans un an ou deux, un garçon superbe, plus grand que lui, plus costaud encore et mieux bâti, un peu comme Simon, c'était clair, quand Marguerite, déjà assez grandelette, marcherait toute seule. Alors, Louise pourrait s'en occuper davantage. Ou bien Justine. Oui, avec sa Cécile près de lui, dans son lit, Jules se sentait capable de créer ce qu'il y avait de mieux au monde. Le plus beau, le plus grassouillet des bébés. Le bébé le plus heureux de vivre. Sans qu'il s'en rendît compte, son visage s'était éclairé peu à peu ; un léger sourire avait fendu ses lèvres ; ses mains, ses bras s'étaient aussi resserrés contre sa poitrine ; son souffle plus bruyant s'était activé ; et son corps tout entier, des cheveux jusqu'aux orteils, s'était tendu, avait tressailli, s'exprimait à sa manière. Et puis, soudain, Jules sursauta, revint sur terre. Simon venait de l'interpeller :

— Frangin ! Qu'est-ce que tu nous fais là ?

A la fois rigolard et gêné par ce qu'il avait sous les yeux, il continua tout en se relevant :

— T'as vu un peu ton engin, dis ? Bon sang, pour nous faire ça, tu pensais à qui ? Aux nymphes ou à Cécile ? Que le Guilh, regarde, il en est comme moi, tout abasourdi !

Le Guilh opina, se détourna délicatement.

Le torse redressé, reposé sur les coudes, Jules pencha la tête et observa à son tour ce qui avait grandi sur son ventre.

— Ça vit tout seul, ce truc-là, s'amusa-t-il, pas peu fier. C'est pas comme le Guilh, ça n'a pas de patron…

Le Guilh haussa les épaules.

— Me faudrait une femme, murmura-t-il.

— A Valliergue, ça ne manque pas…

Mais le Guilh en resta là, coincé, refusant de poursuivre.

Ensemble, ils se rhabillèrent et prirent bientôt le chemin du retour, Jules en avant, comme durant la descente, car il tenait toujours à s'assurer de l'état du sentier. Au début, parce que la côte était très raide, ils ne dirent rien. Puis, le plus dur étant fait, le goût du verbe ne tarda pas à refaire surface. Le Guilh fit part de ses craintes à Jules :

— Faudrait pas que Victor, il se fatigue… conclut-il, désolé.

— Moi, c'est surtout à Justine que je pense, répondit Jules.

Quant à Simon, il parla de ce que l'actualité, à la radio, balançait à longueur de temps depuis des mois et des mois. Ça l'apeurait, il l'avoua.

— Ce Hitler, il nous foutra sur la gueule un jour ou l'autre, on ne me retirera pas ça de l'idée, je vous le jure…

Alors, rembruni, tout en continuant de progresser, Jules soupira :

— Pour une fois qu'on était tranquilles, Simon, ce n'est pas imaginable, il faut que tu nous ramènes encore les histoires de ce cinglé. Moi, de toute façon, je fais confiance à Léon Blum. Parce que je crois qu'il reviendra[1]. Et puis, Paris, c'est la capitale, c'est loin d'ici. On ne connaît pas tout, Simon, tu le sais comme moi, on nous dit ce qu'on veut bien nous dire. Peut-être que c'est pour nous flanquer la peur, justement. Une peur comme la tienne…

Essoufflé, Jules s'arrêta un court moment. Puis il se tourna vers son frère :

— Je n'ai pas bien raison, dis-moi ?

Mais Simon, devenu tout pâle, eut un geste d'impuissance. Que pouvait-il répondre ? Il n'en savait rien.

Les mois s'écoulèrent et Marguerite fit ses premières dents. A la fin de l'automne 37, comme les travaux des champs et des bois étaient maintenant moins pressants et que les vaches ne sortiraient plus qu'au printemps suivant, Jules entreprit avec le Guilh de faire le tour complet du domaine, y compris par conséquent de ces endroits éloignés, dans la montagne toute proche, aux abords du Forez, où Ferdinand ne l'avait jamais emmené. « A moins que je ne m'en souvienne plus », avait dit

1. A la suite de la démission de Léon Blum, le 21 juin 1937, le président du Conseil était alors Camille Chautemps.

Jules en souriant. Parce que Ferdinand lui en avait tant montré, bien souvent des lopins sans valeur, inexploitables pour beaucoup. Ce qui lui importait surtout, c'était ces fameuses ruines dont il avait été si souvent question. « Un jour, j'en ferai bien quelque chose », opinait constamment Ferdinand, quand il en causait. D'anciennes jasseries[1] ? Jules n'y croyait pas. Et pourtant, quoi d'autre ? Les restes démembrés de vieux châteaux ? Il fallait donc voir pour savoir. Pour tout dire, ce que Jules aurait souhaité, c'était comprendre ce que son beau-père avait eu dans le crâne quand il les avait achetées. En faire quelque chose, certes, mais quoi ? Parce qu'il n'était pas homme, Jules l'avait tout de même connu assez longtemps pour l'affirmer, à dépenser ses sous sans idée précise.

Avec le Guilh, il fit quelques virées, certaines durèrent une journée, d'autres un après-midi. La plus lointaine les conduisit au-delà de Saint-Pierre-la-Bourlhonne, à la lisière des pentes boisées. Cette fois-là, pour faire étape, ils s'arrêtèrent deux nuits chez des cousins éloignés de Louise, si éloignés qu'ils ne l'avaient même jamais rencontrée. Encore heureux, Jules avait bien avancé avec la Celta-quatre. Mais la fin de la route praticable, passé

1. Ensemble de bâtiments traditionnels du Forez, généralement situés en lisière de forêt, où, à la période des estives, se côtoyaient habitation, animaux et fromagerie. Leur déclin remonte au milieu du siècle dernier, en raison, notamment, du développement des laiteries industrielles.

Saint-Pierre-la-Bourlhonne, justement, n'avait pas tardé. Alors, ils avaient fait le reste à pied, jusqu'au jas de Pierre et Marie Renard, les fameux cousins. De sacrées braves personnes, déjà d'un bon âge, pas étonnées de les voir débarquer, qui les accueillirent avec le sourire, comme si c'était leurs enfants à eux.

— Qu'on vous prendrait bientôt pour des jumeaux ! s'exclama Pierre Renard en les considérant, l'œil amusé, vu que, l'âge mis à part, ils se ressemblaient autant qu'une asperge et un concombre.

La première nuit, comme il n'y avait pas de chambre prête, Jules et le Guilh, après avoir goûté la pompe aux pommes qu'avait préparée pour eux la maîtresse de maison, dormirent, bien emmitouflés, dans la bergerie.

Le lendemain matin, on les réveilla avec le café déjà bouillant et le lait de brebis tout frais tiré, encore tiède de la chaleur des bêtes. Pas de toilette ce jour-là ! Le ventre plein et les musettes garnies comme il fallait par Marie Renard, ils s'en allèrent sans en demander davantage, mais tout en disant « A ce soir ! » à leurs hôtes. Parce que, dans l'idée de Jules, c'est en un rien de temps qu'ils devaient repérer ce que Ferdinand avait acquis dans les hauteurs, et qui figurait sur l'acte notarié, pour s'en revenir bien vite ensuite à Valliergue. Car il était hors de question de laisser Victor et Justine, et Louise, elle aussi toujours à la besogne, sans parler de Cécile, s'occuper plus longtemps et sans aucune aide des bêtes, de la basse-cour ou du bois de chauffe à débiter. Et c'est en effet ce qu'ils réussirent à accomplir. Combien de bornes avaient-ils parcourues, montées et descentes comprises ? Difficile à indiquer. Mais à leur retour au jas des Renard, dans les environs de 6 heures du soir, la nuit déjà bien tombée, ils étaient fourbus et aussi propres que s'ils s'étaient roulés tout le jour dans la gadoue la plus grasse. En revanche, le contentement de Jules était sans pareil, et le bonheur du Guilh, à voir sa figure réjouie, n'en était pas moins lumineux.

— Mon Dieu, comme ils sont faits ? manqua s'étouffer Marie Renard en leur ouvrant la porte. En plus de ça, qu'ils ont l'air tout contents... Si c'est pas une misère d'être crottés à ce point !

Mais ça ne l'empêcha pas, cependant, de les encourager à entrer vivement, à cause du froid, puis à grimper dans la chambre située à l'étage où les attendaient les deux bons lits qu'elle leur avait préparés dans la journée.

— Allez donc vous faire beaux, ordonna-t-elle en leur tendant des brocs. J'y ai mis de l'eau chaude, elle vous fera point de mal sur la peau. Dans la chambre vous trouverez aussi le savon et de quoi vous sécher. Ensuite, vous viendrez pour le souper.

Jules et le Guilh obéirent sans discuter.

Pendant qu'ils se lavaient, le Renard, comme Marie appelait son époux, s'affaira tant bien que mal à disposer la table un peu mieux qu'à son habitude. Parce que c'était le deuxième et dernier repas qu'ils allaient prendre ensemble et – qui aurait pu le dire ? – peut-être sans plus jamais se revoir de leur vivant à tous. Il sortit même d'une cachette, un trou de pierre qu'il avait derrière le cantou[1], deux de ses meilleures bouteilles.

— Alors, qu'est-ce qu'ils nous taisent, ces deux-là ? s'enquit-il, déjà installé et le verre à la main, quand Jules et le Guilh réapparurent, un quart d'heure plus tard, plus présentables et sentant le propre. Vont-ils au moins nous expliquer leur contentement ?

Mais Marie Renard, bien que toute à sa cuisine, se retourna brusquement, l'œil sévère.

— Et qu'est-ce que ça te regarde ? gronda-t-elle.

— Tudieu ! C'est des cousins à nous, oui ou non ? répliqua l'autre en simulant le bougon. Moi, je te dis qu'on a le droit de savoir. Et même qu'on va le savoir !

— J'ai pas dit ! Mais leur secret, c'est leur secret.

Jules avait éclaté de rire.

— Faut pas vous chicaner, les cousins. Sûr que vous ne tarderez pas à apprendre pourquoi on était si contents en revenant. Que, d'ailleurs, je veux vous montrer sur le papier ce qu'on a vu, que vous m'en disiez votre sentiment.

---

1. Vaste cheminée auvergnate, souvent unique source de chaleur de la maison, à l'intérieur de laquelle, autrefois, lors des veillées, on se réunissait, assis sur de grands coffres en bois, de part et d'autre du feu de l'âtre.

Aussitôt, le Renard se glorifia de cette réponse.

— Ah, tu vois, Marie, que je n'ai pas toujours tort ?

— Mais, baste, t'es pas toujours bien délicat non plus ! rétorqua Marie Renard.

Sur quoi, elle posa un plat fumant qui sentait bon le chou et le jarret de porc au milieu de la table.

— Mangez ! fit-elle. Vous raconterez vos histoires après.

Le silence s'installa alors de lui-même, comme s'il était chez lui, entrecoupé par instants, entre des tintements de cuillères, de fourchettes et de couteaux qui choquaient la faïence, de manifestations diverses telles que hochements de tête ou échanges de sourires, clignements des yeux destinés au voisin d'en face ou à celui d'à côté, mastication, ingestion, déglutition, interjections démonstratives de la satisfaction qu'ils ressentaient tous les quatre à apprécier, savourer, déguster ce que contenait leur assiette. Oui, Marie Renard avait décidément la main pour tirer le meilleur parti de son fourneau, et ce qu'elle avait mitonné ce soir-là, pour Jules et le Guilh, était pour chacun un vrai régal.

— Ah, s'extasia Jules quand il vit arriver la fourme d'Ambert, Louise ne m'avait pas menti en parlant de vous, sans vous connaître, simplement par les on-dit, qu'on ne pourrait pas être mieux reçus. Qu'est-ce que t'en penses, mon Guilh ?

Mais le Guilh était trop heureux et il n'osa rien répondre.

Bientôt, le repas toucha à sa fin ; ce fut alors le dernier verre de vin avant le café, et le dernier café avant la gnôle.

— C'est pas trop bon pour ta santé, ne put retenir Marie Renard, les sourcils froncés, en regardant son époux.

Le Renard fit celui qui n'avait rien entendu.

— Alors, tes écrits de notaire ? demanda-t-il à Jules.

— Les voilà ! répondit Jules illico, en les arrachant rapidement de sous sa chemise.

Aussitôt, le Guilh se redressa, puis il se leva pour aider Marie Renard à débarrasser la table et à l'essuyer. Mais elle le renvoya sans tarder à sa place.

— Assieds-toi donc ici, crut devoir ajouter Jules, et ne sois pas gêné. Parce que tout ça, je me dis qu'un jour ça pourrait bien aussi te concerner.

L'heure était donc aux choses sérieuses.

Sur la table débarrassée des assiettes et des couverts, et nettoyée d'un coup d'éponge rapide, Jules ouvrit l'acte notarié auquel il avait fait allusion et déploya un plan si bien plié deux secondes plus tôt qu'on n'aurait jamais cru qu'il pût être si grand et si détaillé. Puis il essaya de s'y retrouver, tant les écritures à l'encre noire y étaient nombreuses.

— C'est là que nous nous sommes rendus, déclara-t-il enfin, en posant le doigt sur un point précis du plan. Au lieu-dit Belle Etoile. Vous voyez toutes ces délimitations ? Autant de parcelles à rattacher à la jasserie Champommier...

Le Renard s'étonna :

— C'est de la jasserie Champommier que vous revenez ?

— Ça oui, pourquoi donc ? demanda Jules.

— Tu entends ça, Marie ? Que Ferdinand, quand il est passé, c'était en 34, je ne crois pas me tromper, pour s'y rendre justement, il ne nous a rien dit de ce qu'il allait y faire...

— Ben, oui, j'entends, et alors ?

Le Renard se racla la gorge.

— Ben, rien, enchaîna-t-il. Rien du tout. Mais, tout hypocrite qu'il était, le Ferdinand, il aurait tout de même pu nous dire deux mots. Qu'il avait l'intention de l'acheter, la jasserie, par exemple. Enfin, bon...

Puis, s'adressant à nouveau à Jules :

— Dans quel état vous avez trouvé tout ça, expliquez-moi un peu. Les bâtisses, surtout. Parce que c'était du beau et du solide à l'époque des Champommier. Marie et moi, je me souviens, on s'y rendait assez souvent ou bien, selon le besoin, c'était l'inverse. C'est qu'on est isolés par ces contrées de montagnes, et bien chanceux de pouvoir compter sur les voisins, du moins tant que l'envie ne les attrape pas de s'étrangler entre eux...

— S'étrangler ? l'interrompit Jules.

— Pas vraiment, non, rectifia le Renard avec un sourire. Ce sont les gosses, ils ont tout bousillé, incapables de s'entendre à la disparition du vieux Champommier. Il était veuf, alors la fille, qui était mariée depuis des années et vivait à Thiers, elle a voulu son argent, et fissa, à cause des dettes qu'elle avait, tandis que le fils, il n'avait qu'une idée en tête, rester chez lui avec ses bêtes. Un gentil garçon, un peu comme toi et le Guilh, mais qui n'avait guère envie de prendre femme. Seulement, célibataire, à Belle Etoile, ça n'aurait jamais pu marcher. Vois donc nous deux : je commence doucement à tirer la patte ; c'est Marie qui s'occupe maintenant des travaux les plus pénibles. Un jour, faudra bien qu'on se trouve une solution. Alors, plus haut encore en altitude, avec nos hivers rigoureux, que serait-il devenu, le petit ?

Le Renard s'arrêta, reprit son souffle un moment ; puis, tendant la main vers la bouteille de gnôle, il fit signe au Guilh de lever son verre et il lui approcha le goulot.

— Un dernier ? Et toi, le Jules ? Ça vous rendra le sommeil plus réparateur. Mais au fait, à propos de la jasserie, vous ne m'avez encore répondu ni l'un ni l'autre. C'est toujours habitable au moins ? Les toits, l'intérieur, et les planchers ? Je sais, comme dirait Marie, que ça ne me regarde pas trop, mais j'aimerais assez savoir, parce que voilà des années, maintenant, que personne est venu la visiter. On tourne bien autour quand on est dans les parages, mais ça s'arrête là. Alors ?

— Alors ? Eh bien, non, c'est pas brillant, reconnut Jules.

— Surtout le chaume, renchérit le Guilh.

— Mais la charpente ? Parce que c'est bien là l'essentiel.

— Oh, elle, ça doit encore coller, fit Jules, pas trop certain de ce qu'il avançait. Mais quelqu'un qui s'y connaîtrait et nous donnerait son avis, on ne refuserait pas. Sûr, en tout cas, qu'une famille s'y installerait, elle ne serait pas miséreuse. Mais, avant ça, il y a de l'ouvrage. Pour le reste, les étendues de prairie sont plaisantes, comme ces murettes qui en ceinturent la plupart, et ces langues de forêts qui descendent en s'effilant, pareilles à des coulées de lave. Quel beau pays vous avez là, Pierre !

Le Renard éclata de rire, manqua s'étouffer.

Marie Renard intervint :

— On n'en profite plus guère, tu sais…

Puis, se tournant vers son époux :

— Ah, je vois que le Renard, il est bien fatigué, à moins qu'il ait un peu bu… Si on s'en tenait là, les jeunes ?

Ainsi s'arrêta la veillée.

Jules et le Guilh sortirent alors pour soulager leur vessie, puis ils montèrent se coucher. De leur côté, les Renard gagnèrent leur chambre et on ne les entendit bientôt plus.

Dans le noir complet, plus noir que la nuit, et les paupières closes, la couverture et le drap remontés jusque sous le menton, Jules ne s'endormit pas tout de suite. Sans résistance, il se laissa emporter par une douce rêverie. « Quel beau pays vous avez là », avait-il observé, s'adressant à Pierre Renard, comme si ce pays où s'entremêlaient pour l'éternité, aussi remarquables qu'un long baiser, le Forez et le Livradois n'avait jamais été le sien. « Quel beau pays vous avez là », se répéta-t-il à plusieurs reprises. Puis il réalisa que Ferdinand, s'il avait acheté la jasserie Champommier, ce devait être en pensant à l'avenir, à ses petits-enfants, donc à ses enfants à lui, à Marguerite, et à ce bébé d'homme dont il s'imaginait parfois entendre les braillements comme s'il était déjà né, et à cet autre encore, fille ou garçon, qui leur viendrait plus tard. Il y avait là de belles superficies, assez pour au moins vingt-cinq bêtes ; la fromagerie, elle aussi, était de dimension raisonnable. Comme il l'avait dit à Pierre Renard : « Pas de misère possible pour qui viendrait s'y installer avec femme et enfants ! » Et, en attendant, pourquoi ne pas aussi l'allouer au Guilh ? Le Guilh qui ronflait à présent comme un bienheureux, sans trop de bruit, juste au rythme de sa respiration. A table, à un moment, quand il avait déplié ses plans, Jules y avait bien songé ; et puis, dans le flux des palabres avec le Renard, ça lui avait bientôt échappé. Le Guilh, son meilleur copain, l'ami vrai, le seul, son deuxième frère. Oui, c'était une idée, une idée qui les réunirait à jamais, le Guilh et lui, le Guilh et toute la famille Ferrandon. « A la vie, à la mort ! » s'étaient-ils juré une fois, quand ils faisaient leur service, au tout début. Alors jeunes recrues du 92ᵉ régiment d'infanterie, eux et quelques autres avaient été envoyés à Riom pour y effectuer des travaux d'intendance. Une semaine écoulée, on les avait réexpédiés vite fait à Clermont. « A la vie, à la mort ! » Jules ne se rappelait plus ce qui avait justifié un tel serment, mais probable qu'à ce moment l'un des deux était venu à l'aide de l'autre. N'importe ! Jules était heureux d'avoir récupéré le Guilh auprès de lui. Plus heureux qu'il ne l'avait peut-être jamais été. Cécile n'avait pas mis longtemps à s'en rendre compte. Et même Louise. Parce que son humeur de chaque jour avait changé presque aussitôt, était redevenue ce qu'elle était auparavant, quand ils traçaient, lui et Ferdinand, le sentier qui descendait jusqu'à la Dore. Une humeur sans ennui. Courageuse et chantante.

Alors, comme le sommeil commençait à lui piquer les yeux, Jules se vit à la jasserie, assis à califourchon sur le toit de l'habitation, une longère pour partie creusée dans le sol, qui faisait face à l'est. Finalement, le chaume avait été remplacé par des tuiles creuses dont la couleur orangée contrastait délicatement avec les paillettes micacées du granite ; et, juché comme il était, il mettait en place les dernières faîtières, une opération qu'il n'avait autorisée à personne d'autre, se réservant la vue qui, à travers la limpidité de l'air, s'étendait de La Renaudie, au nord, jusqu'au sommet de Pierresur-Haute, au sud. L'immensité désertique des Hautes Chaumes s'étendait au loin, adoucie par la première neige, en plaques espacées, dissimulant, au bas des pentes, l'herbe des prairies, puis les bruyères, ne laissant transparaître de lieu en lieu que des roches rougeâtres ou quelques arbres égarés, torturés par le vent. Etait-ce la réflexion de la neige sur ses rétines qui l'aveugla soudain ? Jules tenta encore de résister au sommeil, il était si bien, tout là-haut, grimpé sur son toit, mais il dut bientôt lui céder, et il finit par s'endormir. Ainsi, sa respiration rejoignit celle du Guilh, et jusqu'au petit matin l'une et l'autre vibrèrent à l'unisson.

L'hiver passa. On ne parla plus guère de la jasserie Champommier, devenue jasserie Rochette, du nom de Louise. De toute façon, il y avait trop à faire à Valliergue pour que l'on se préoccupât des ruines de Ferdinand, aussi intéressantes qu'elles fussent. Là-dessus, Jules et Louise étaient tombés d'accord. Aussi, quand le printemps daigna s'annoncer, plus en avril qu'en mars, c'est tête baissée, sans réfléchir, parce que la terre, le temps, les jours ne le permettaient plus, qu'on se mit à l'œuvre, en harmonie avec le renouveau. Les prairies se refirent une beauté. Les myosotis, les centaurées les y aidèrent, le papillon nacré également, pareil à une fleur de vent. Dans les basses-cours, comme naguère, au lever du soleil, on se reprit à caqueter. Et les coqs, pas peu fiers de ces bavardages, se hissaient sur le fumier, au point culminant des odeurs, ou sur le barreau le plus élevé des échelles de grange, pour y lancer leur premier cri d'ivresse, celui des beaux jours revenus et des amours nouvelles.

Victor emmena la moitié des bêtes, de superbes ferrandaises encornées de lyre, à la robe blanche, mouchetée de rouge, dans les vastes enclos de landes situés à quelque distance de la ferme – sans doute les dernières acquisitions de Ferdinand qu'un remembrement favorable avait réunies en une pelouse unique –, où elles passeraient l'été, puis une partie de l'automne. L'autre moitié du troupeau, des limousines, irait au pré chaque après-midi, comme il en avait toujours été, du temps des Chautard, puis des Rochette et maintenant des Ferrandon. « La routine... » aurait souri Ferdinand s'il avait encore été de ce monde.

Pendant cette année, comprise entre novembre 37 et novembre 38, un jour, cependant, échappa à la routine : un jour de chaleur humide, à la mi-juillet. Cécile promenait alors Marguerite, âgée de seize mois tout juste, dans la forêt qui avoisinait la ferme, quand un héron cendré s'était posé devant elles deux, au milieu du sentier. Avant de replier ses ailes, il les avait encore battues dans l'air, maladroit, comme pour maintenir son équilibre, tantôt martelant le sol de son bec pointu, tantôt développant son long cou et se tournant vers les promeneuses, l'œil noir et luisant, comme pour leur signifier de ne plus bouger. Loin d'être effrayée, Marguerite avait tendu la main vers l'échassier, déjà prête à le rejoindre, et Cécile avait dû la prendre dans ses bras. Cependant, le héron avait encore et encore frappé le sol, presque avec acharnement. Puis il avait à nouveau déployé ses ailes et, après plusieurs rebonds successifs, il s'était enfin envolé, se frayant non sans peine un chemin entre les arbres dont le feuillu se resserrait au-dessus du sentier. Marguerite, comme hypnotisée, l'avait longuement suivi du regard. « Oise… Oise… » s'était-elle écriée en désignant l'oiseau. Puis elle s'était agitée, avec ses poings, avec ses pieds, pour que Cécile la remette par terre. Parce qu'elle voulait marcher, et marcher encore, et se rendre là où le héron s'était posé cinq minutes plus tôt. Epouvantée, Cécile y avait alors découvert les restes déchiquetés d'un serpent. Une couleuvre ou peut-être une vipère. Le crâne éclaté, haché par les coups de bec du héron, vidé de sa substance. Immédiatement, elle avait soulevé Marguerite et l'avait serrée contre elle. « On rentre, on rentre vite, ma puce ! » avait-elle déclaré tout en l'embrassant. Ensuite, sans comprendre pourquoi, elle s'était mise à trembler. Des serpents, ici, il y en avait toujours eu quelques-uns ! Puis elle avait couru ; elle avait couru jusqu'à en perdre haleine. Et c'est en pleurant, couverte de sueur, qu'elle s'était jetée dans les bras du Guilh qui s'en revenait de la fenaison. Aussitôt, il avait confié la fille et la mère à Justine, qui était apparue à l'entrée de la maison, et il était parti au-devant de Jules pour le presser de rentrer.

Voilà. Jusqu'à l'automne 38, aucun autre événement notoire ne marqua ces douze mois, hormis, naturellement, le 11 mai, qui, à la demande de Louise, les avait tous retrouvés au cimetière de Valliergue pour le troisième anniversaire de la mort de Ferdinand Rochette. Aucun autre événement, à l'exception peut-être encore du trouble du Guilh quand il avait reçu contre lui, un peu comme une balle de jeu, le corps bouleversé, bouleversant, de Cécile, et son étrange chaleur, et son cœur qui battait la chamade, un instant contre le sien, et l'ensorcelant parfum, ce parfum puissant qui s'était échappé de sa peau à elle, tandis qu'elle avait couru jusqu'à lui. Un trouble qui n'avait fait que s'amplifier, les minutes, puis les heures s'écoulant, et qui, la nuit tombée, lui avait rappelé cette partie de son individu, au bas du ventre, qui, depuis des mois, des années, piteusement rangée chaque matin, parfois redécouverte le soir, ne demandait qu'à vivre. Une émotion sourde, si profonde enfin qu'il lui aurait paru criminel de laver cette chemise, ce morceau de tissu blanc, rayé de bleu, qui s'était imprégné de la sueur de Cécile, de son odeur, et sur lequel, c'était prodigieux, elle avait eu la grâce d'abandonner l'un de ses cheveux.

L'automne s'écoula, puis ce fut l'hiver et à nouveau le printemps. Jules et le Guilh étaient retournés à la jasserie, d'abord fin octobre puis, malgré les intempéries d'alors, au début du mois de décembre. Au mois d'octobre, Louise les avait accompagnés et, cette fois-ci, la décision avait été prise de commencer les travaux dès le mois de septembre de l'année suivante. Louise en était ravie. Car elle ne doutait plus qu'ainsi elle donnerait une réalité au projet que Ferdinand avait dû former lorsqu'il avait acheté ce bien. Il faut dire aussi que Jules, assisté du Guilh et, surtout, de Marie et Pierre Renard, avait mis tout son savoir persuasif pour en arriver là. L'accueil des cousins, que Louise avait vivement regretté ensuite de ne pas avoir connus lorsqu'elle était plus jeune, avait été parfait. Sur la route de Valliergue, au retour, tandis que Jules tenait le volant, elle s'était même interrogée sur les raisons qui avaient pu pousser ses parents à tenir les Renard à l'écart de leur quotidien. Etait-ce à cause de l'éloignement, pas insurmontable pourtant ? d'une discorde aussi ténébreuse qu'ancienne qu'on lui aurait cachée ? Tout était possible, même l'inconcevable ! En tout cas, lorsqu'ils s'en étaient revenus, Louise n'avait eu de cesse de les louanger, eux et la cuisine de Marie, roborative, certes, mais si délicieuse. A tel point, avait-elle pressenti, que Justine en eût sans doute été jalouse. Elle s'était donc juré de ne pas lui en causer. Et puis, il y avait eu cette montée jusqu'à Belle Etoile. Pour la circonstance, le Renard avait fait ce qu'il fallait en attelant Capucine, sa vieille jument. « Seize ans d'âge, comme le bon vin ! » avait-il plaisanté. Tout le monde, parce que Marie avait voulu venir aussi, était grimpé dans la charrette. Les jambes tremblantes à cause des cahots du chemin, ils s'étaient tenus fort aux ridelles, avec la crainte de dégringoler au cœur. Mais ils avaient bien rigolé, aussi ! Rien que d'y songer, Louise en gloussait encore dans la Celtaquatre. « Je m'en souviendrai, mon gendre ! » avait-elle glissé à Jules. Lui et le Guilh s'étaient mis à glousser avec elle. Et puis, se rappelait Jules tout en conduisant, quand la charrette et son chargement étaient enfin arrivés là-haut, à Belle Etoile, et qu'il avait claironné : « On y est ! La jasserie Champommier, c'est ici », alors, Louise et Marie avaient repris leur sérieux ; et les yeux grands ouverts, les mains posées sur les hanches, bien ancrées dans le creux de la taille ou de ce qui en tenait lieu, elles en étaient restées coites. « Mon Dieu, que... c'est beau, avait bredouillé Louise après avoir repris son souffle. Et tout ça, là-devant, c'est à nous aussi ? » Jules avait alors poussé un énorme soupir, soulagé de voir sa belle-mère en si belle harmonie avec ses premières impressions. Celles qu'il avait éprouvées lorsque, à l'automne précédent, en compagnie du Guilh, il avait découvert la jasserie Champommier, ses landes et ses prairies, et ses murets de pierre sèche adossés à l'échine complaisante du Forez. « Oui, ça, et ça aussi, c'est à nous, enfin à vous... » avait répondu Jules, le bras tendu vers les Hautes

Chaumes, au sud, puis le remontant vers le nord, en direction des langues forestières qui déboulaient les pentes, du côté de La Renaudie. A ce moment, Louise avait paru s'absenter, se retirer du monde. Peut-être avait-elle tenté de s'entretenir en toute quiétude avec son cher Ferdinand ? Mais la présence de Jules, de Pierre et de Marie Renard, et du Guilh aussi, son grand échalas, comme elle l'appelait maintenant avec affection, leur présence à eux tous, qui la regardaient sans rien dire, intrigués, s'y prêtait-elle ? Alors, un peu gênée, elle était revenue très vite sur terre, comme elle savait le faire quelles que fussent les circonstances, et elle avait esquissé un sourire, comme pour s'excuser. « Il faudrait que l'on rentre, non ? » avait-elle plus tard proposé à voix basse, comme si elle redoutait d'être entendue. Mais pour Pierre Renard, ç'avait été comme un ordre, il avait saisi Capucine par les brides, l'avait fait reculer une fois, puis avancer, puis reculer à nouveau, jusqu'à ce que la charrette fût à sa place sur le chemin, dans le sens du retour. Alors, Marie, puis Louise, à qui elle avait tendu la main, et enfin les hommes, ils étaient tous remontés dans leur carrosse. En route pour le bourg, passé le jas des Renard de près de cinq cents mètres, où la Celtaquatre les attendait. Car il avait été convenu que le Renard les emmènerait jusque-là, quitte à retrouver son chez-lui plus tard qu'à l'habitude, et même de nuit si nécessaire. En passant devant, toutefois, il avait laissé Marie. « J'aurais bien souhaité vous retenir », avait-elle assuré, désappointée. Mais ni Louise ni Jules n'avaient cédé à son invitation. A Valliergue, Cécile les espérait, Justine aussi, et Victor, sans oublier la pitchoune.

— Mon Dieu, que c'est beau ! lâcha soudain Jules, pourtant bien absorbé par sa conduite. Mon Dieu, que c'est beau, répéta-t-il à l'adresse de Louise. Quand nous sommes arrivés à Belle Etoile, c'est ce que vous vous êtes écriée...

Louise, surprise, observa un instant de silence.

— Vous ne parliez plus, Jules, fit-elle. Ni le Guilh. Je supposais que c'était mieux pour vous, lorsque vous conduisez...

— Je repensais seulement à notre après-midi. Peut-être que le Guilh, derrière, en fait autant. Ou peut-être qu'il dort...

— Non, je ne dors pas.

— Je me demande comment Ferdinand avait eu connaissance d'une telle aubaine, reprit Louise. Mais oui, je m'en souviens, je me suis écriée : Mon Dieu que c'est beau !

Puis, après un temps, tout animée :

— Quelle belle occasion Ferdinand a eue là ! Vous aviez raison, Jules. Dès que la saison nous le permettra, nous en ferons quelque chose. Et ce sera certainement d'un bon rapport.

Elle se tourna alors vers l'arrière de l'automobile, où le Guilh était assis.

— Si un jour vous prenez une femme, le Guilh, vous ne seriez pas au paradis, là-haut, avec vos enfants ? A présent que je vous connais, je vous imagine bon gestionnaire.

En retrait, le Guilh sourcilla.

— Et… Jules ? Et Victor ? bredouilla-t-il. Ils s'en sortiront comment, sans moi ?

Jules pouffa.

— Tu te crois donc irremplaçable ?

— Non, mais…

— Mais quoi, mon Guilh ? Tu te vois retourner un jour pour besogner avec ton père et avec ton frère ? Bouche en trop t'as été, bouche en trop tu seras. Alors que chez nous tu auras toujours ta place. Mais pas comme ouvrier agricole toute ton existence. Alors, quand Louise te parle de la jasserie, même si c'est en souriant, c'est pas de la blague. Elle et Cécile, la mère et la fille, je ne les connais pas par cœur, pas encore du moins, mais je sens que ça vient. Et chez elles deux, il n'y a que du bon et du franc. Vous me direz le contraire, Louise ?

Louise ne put s'empêcher de sourire, elle répondit :

— Non, Jules, pas que du bon tout de même.

Puis elle continua :

— Je pensais aussi aux cousins Renard. Ce que je vais dire n'est peut-être pas très chrétien, mais bon, ils ont tout de même leur âge. Dans les soixante-dix. Aujourd'hui encore frais, mais qui sait dans dix ans ? Alors que vous, le Guilh ? Parce qu'ils le savent bien, eux aussi. Ils savent qu'après eux il n'y a plus que moi toute seule. Vous voyez au moins ce que je veux dire ?

Jules sursauta :

— La réunion de l'ensemble, c'est ça ?

— Sauf accident, oui, c'est ça.

— Mais Ferdinand, alors ?

— Eh bien, oui, mon Ferdinand avait du nez. Ce qu'il achetait, ce n'était pas seulement du naïf.

Jules était aux anges.

— T'entends ça, mon Guilh ? demanda-t-il. Quand je te disais que tu serais le plus verni de tous en venant chez les Rochette-Ferrandon… Comme ça, pour tes vieux jours, tu jouiras de ta jasserie d'été, au grand air, et de ta jasserie d'hiver, au chaud, près du bourg. Et par la même occasion, je gage que tu nous fabriqueras également les meilleures fourmes du Forez. Humm, j'en ai déjà la succulence tout en rondeur sur les papilles…

Un quart d'heure plus tard, sous un ciel entre chien et loup, une bruine légère, un vent glacial qui s'ingéniait à secouer les dernières feuilles du noyer, la Celtaquatre s'arrêta un moment devant la maison ; Jules en fit descendre Louise et le Guilh ; puis il la remisa à sa place, dans un hangar. En traversant la cour, il se prit à chantonner, tout joyeux de sa journée.

Le 10 février 1939, aux informations de la radio, on annonça que le pape Pie XI était mort. Le lendemain, Louise se rendit à pied à Valliergue, où le curé, vu la circonstance et la douleur de ses fidèles, célébra une messe à l'église de la Chabasse. Le 27 février, le gouvernement français reconnut le régime franquiste, institué à l'issue de la guerre civile espagnole. Le 2 mars, à la radio, on annonça que le cardinal Pacelli était élu pape et qu'il prendrait le nom de Pie XII. De nouveau, Louise se rendit à pied à Valliergue, car le curé devait y célébrer une messe, cette fois pour fêter l'événement dans l'allégresse générale. Le 5 avril, le président de la République Albert Lebrun fut réélu au premier tour à la majorité des deux chambres du Parlement réuni en Assemblée nationale avec plus de 55 % des voix. Le 11 mai, Louise entraîna tout son monde au cimetière de Valliergue : c'était le quatrième anniversaire de la disparition de Ferdinand Rochette. Pour l'occasion, elle demanda au curé, qui l'appréciait pour des motifs évidents, de consacrer une messe à sa mémoire. Au milieu de la cérémonie, Jules dut prendre Marguerite dans ses bras et se résoudre à sortir. Dehors, elle cria, pleura, gesticula tant qu'elle put, jusqu'à ce que les cloches se mettent à sonner. Un mois et demi plus tard, c'était l'été. Un été qui se révéla pluvieux, et désastreux pour les cultures.

Le 14 juillet, comme souvent, Jules se réveilla en pleine forme. Cécile, ni sourde ni aveugle, s'occupa de lui comme il convenait et inversement. Ils s'aimèrent en silence et sans cris, veillant à ne pas effrayer Marguerite. Le 15 août, les parents de

Jules, son frère et sa sœur, vinrent passer la journée à Valliergue. Après le repas, comme le temps n'y était pas, on resta à table et on parla de tout et de rien, mais aussi, comme deux ans plus tôt en remontant du val de Dore, de ce fou de Hitler. A nouveau, Simon évoqua l'idée d'un conflit généralisé. Presque sévère, il reprocha à Jules de ne pas l'avoir assez pris au sérieux jusque-là. « Et alors ? répondit celui-ci. Qu'est-ce que ça aurait changé ? » Entre les deux frères, le ton s'était envenimé très vite. Apeurée, Justine se retira dans sa chambre. Il fallut que le père de Jules intervienne pour les calmer, lui et son frère :

— Vous n'allez pas vous battre, mes enfants, alors que le malheur est déjà au-dessus de vos têtes ?

Des larmes montèrent aux yeux de Cécile, qui se cacha sitôt après dans les bras de Jules, puis dans ceux de Louise. Et comme en apothéose à ces dernières semaines, ce fut la déclaration de guerre : on était le 3 septembre, et il était 17 heures.

3

Des verres et une bouteille de gris

Au début, dans la contrée comme ailleurs, qui donc aurait cru que ce fût possible ? C'était tout juste hier qu'on était sorti de la précédente, à peine plus de vingt ans, alors on n'allait pas remettre ça maintenant ? Combien de garnements déjà la guerre de 14-18 avait-elle enlevés ? Le compte était infaisable. Alors, les politiciens, on ne pouvait pas admettre qu'ils fussent inconscients au point d'en élever encore le nombre. Certainement, ils avaient quelque chose en tête qu'on ignorait. Un plan de rechange qui mettrait un terme à cette péripétie. Le président Lebrun n'avait rien d'un va-t-en-guerre ; le président Daladier guère davantage. La France leur faisait confiance. Du moins, elle faisait confiance à ceux qui la représentaient. Jules, cependant, était déconcerté, lui qui avait toujours vu un sauveur en Léon Blum. Mais Léon Blum, contrairement à ce qu'il avait espéré un moment, n'était pas revenu au pouvoir. Parfois, à Valliergue, c'était encore au mois d'août, donc tout récemment, s'il passait un moment aux Volcans, l'unique estaminet du village, on lui demandait pourquoi il croyait tant en son Léon Blum. « Ce n'est pas le bon Dieu, tout de même ! » lui faisait-on remarquer. Mais Jules ne voulait pas en démordre. « C'est un homme de paix, voilà tout, et un homme de paix, on le préserve, on en prend soin ! » Il était arrivé aussi que deux bonnes âmes, voire trois, marmottent à l'occasion : « Oui, un homme de paix, mais surtout un Juif, qui se fera tout petit si un jour tout doit nous éclater dans la gueule… » A des observations de ce genre, personne ne répondait jamais. C'était comme si on était sourds. Pas très joli, se disait Jules. Pas très joli, pour ça non. Aussi, le 4 septembre 1939, toujours en parlant de gueule, c'est avec une certaine satisfaction qu'il descendit de son vélo et poussa la porte des Volcans, tout essoufflé, pour la leur fermer, à tous ceux qui prétendaient savoir, et leur demander si ce matin-là ils avaient un peu écouté la radio. Parce que, justement, aux informations de 7 heures, il avait été question de Léon Blum et d'un article qu'il avait écrit la veille dans *Le Populaire*[1], son journal à lui. Un article où l'homme illustre expliquait dans quel état d'accablement il était tombé à cause de la situation. « La France n'a pas voulu cela ! » C'était la phrase, les quelques termes que Jules avait retenus de ce

1. Léon Blum dirigeait pleinement *Le Populaire de Paris*, organe central du Parti socialiste (SFIO), depuis janvier 1927. L'article dont il est question a été publié le dimanche 3 septembre 1939 à la une du quotidien, qui titrait en pleine page : « Le Parlement unanime affirme la volonté de la Nation de défendre son honneur, sa liberté, son existence ».

qu'avait rapporté le journaliste, lui aussi tout rempli d'émotion. « On ne l'a pas voulu, mais on l'a eu quand même ! » a-t-on plaisanté – plutôt jaune, il faut bien l'avouer – entre deux lampées de piquette. Après tout, ce n'était pas si faux que ça. Alors Jules a haussé les épaules et, aussitôt son verre vidé, il a mis sa monnaie sur le comptoir, puis il est remonté sur son vélo. Direction la ferme. A toute vitesse. Et, tout en roulant, il a repensé à son frère. Simon avait vu juste. Ce Hitler, un Autrichien, même pas un Allemand, il avait eu le champ libre, et maintenant on voulait jouer les étonnés… Merde ! Qu'est-ce qu'ils allaient devenir, les enfants, les femmes, les vieux, dans les villes et dans les campagnes, si une solution n'était pas trouvée avant qu'on recommence à se taper dessus ? « La France n'a pas voulu cela ! » Facile à dire, ça oui, facile à dire. Mais, sacrebleu, quelle déception aussi !

Trois jours encore, avec quelques gouttes de pluie. Puis un autre, seulement nuageux. Bientôt, on a failli oublier cette histoire de guerre. Rien ne bougeait à Valliergue ni ailleurs, alors quoi de surprenant à ça ? Même à la radio, le calme était revenu après la tourmente. Et les esprits échauffés, à une plus juste raison. Mais étrangement, bien que l'été fût encore là pour plus de deux semaines, on s'était mis aux travaux de l'automne. Un peu comme si on prenait de l'avance sur le temps. Un temps qui, dans l'inconscient de chacun, n'allait pas manquer de manquer. Et pour ceux qui savaient observer, seulement pour eux, c'était forcément un signe. Un mauvais signe. Signe qu'il allait se passer quelque chose. Que l'hiver serait précoce. Pourquoi pas ? Ce qui n'était pas impensable puisqu'on en voyait, la nuit tombée, qui s'en revenaient du fond des bois avec des charges de fagots plein leur carriole. De braves gens qui, comme les oignons et leurs peaux multiples, s'emmitouflaient à l'avance d'une quantité de précautions. On commençait également à labourer les terres pour bientôt semer le blé dur à la fin de septembre. A coup sûr, ici comme ailleurs, et pas seulement en Auvergne, on avait le cerveau déboussolé, mais on ne s'en rendait pas vraiment compte. Parce que la fin de ce mois, pour procéder aux emblavages[1], c'était assez bizarre tout de même. D'autant qu'on devait aussi s'en occuper, de cette arrière-saison. D'elle et des besognes qu'elle avait toujours entraînées à sa suite, année après année. Y parviendrait-on ? Rien de moins certain. Et puis, le vendredi qui suivit le 3 septembre, comme on planait encore au-dessus des certitudes, sous les apparences de Frédéric Lutignat, maire-adjoint, et de son vélo noir, ce fut soudain le réveil. Brutal.

Avant de frapper à la porte de la ferme, le maire-adjoint chercha dans les documents qu'il avait emportés avec lui ceux qui concernaient les rappelés

1. L'emblavage est le fait d'ensemencer une terre.

Jules Ferrandon et Guilhaume Besse, puis il tenta de se redonner une allure. Parce qu'il était éreinté, le brave homme, et dégoulinait de sueur du front et des tempes, et que les ordres de mobilisation qu'il avait à passer n'étaient pas de ceux qu'il préférait. Bien que ce ne fût pas de sa faute à lui, depuis le matin qu'il était sur la route pour prévenir de ce qui les attendait les habitants de Valliergue trop éloignés du bourg pour s'y rendre chaque jour ou trop pris par le quotidien, cinq hommes en tout, il se rongeait les intérieurs, comme ulcéré, convaincu que sa mission n'était pas tant d'envoyer les jeunes du pays à la guerre – s'il n'y avait eu que ça, et quelques blessures vite cicatrisées par la suite, ma foi ! – mais surtout de les envoyer à la mort. La mort toujours vacharde. Ou bien encore, moindre mal, mais qui ne valait guère mieux au fond, qu'ils en reviendraient peut-être estropiés, amputés d'une jambe ou d'un bras, avec un œil en moins ou le visage rendu méconnaissable, déchiré par des éclats d'obus. Non, rien de tout ça ne serait de la faute du maire-adjoint, si jamais ça devait arriver. Pourtant, il ne se sentait pas bien. Surtout maintenant qu'il était chez les Ferrandon, ou plutôt chez son copain Ferdinand, Ferdinand Rochette, un peu moins âgé que lui, mais déjà disparu. Putain de vie ! Et voilà qu'à sa veuve qui trimait comme une folle et à sa fille qui n'en faisait pas moins malgré la gosse à s'occuper, il allait leur enlever les deux plus vaillants qui soient. Putain de putain de vie ! Enfin, il se décida et frappa trois coups. De l'intérieur, on lui fit signe d'entrer. C'était Justine, déjà penchée au-dessus de son fourneau.

— Quoi donc ? fit-elle en se retournant. C'est vous, monsieur Frédéric ? Vous êtes tout blanc ? Mauvaises nouvelles, c'est ça ? C'est Louise que vous souhaitez voir ? Ou bien Jules ? Cécile est en haut, avec la petite, je vous l'appelle ?

Elle se précipitait déjà.

Le maire-adjoint la retint vivement.

— N'en fais rien, Justine !

— Quoi, alors ? fit-elle en se libérant. Qu'est-ce que je peux pour vous, monsieur Frédéric ? Vous êtes tout embarrassé.

Dans un soupir, elle entendit :

— C'est la guerre, Justine…

Les yeux ronds comme des billes, affolée, les mains sur les joues, elle répéta malgré elle, hésitante :

— La guerre, monsieur Frédéric ?

Tremblante maintenant, elle demanda encore :

— Nos… nos hommes ? Vous venez ici pour nous les emmener, dites, vous nous les emmenez, c'est ça ?

Mais sans attendre que Frédéric Lutignat lui réponde, elle se sauva sitôt dans la cour, là où elle savait retrouver Louise. Une Louise qui ne se doutait de rien et qui lui apparut tout sourire, décoiffée par le vent, un panier rempli à chaque bras.

Pour elle, comme pour Cécile quelques secondes plus tard, le coup fut d'autant plus rude.

Tout d'abord, elle n'eut que ces maigres mots, qu'elle prononça lentement, comme s'ils pesaient des tonnes :

— C'est donc vrai…

Ce fut à cet instant que Cécile se montra dans l'embrasure de la porte d'entrée, avec Marguerite qui lui tenait la main. A cause du soleil, l'enfant clignait légèrement des yeux et grimaçait. Frédéric Lutignat, en la voyant, ne put retenir une mimique plaisante. Il s'approcha, distrait de ses obligations et heureux de l'être, et il la protégea d'un peu de son ombre.

— Qu'est-ce qui est donc vrai ? interrogea Cécile à son tour, d'une voix mal assurée.

Mais elle savait déjà quelle réponse lui serait bientôt faite. L'objet de la visite n'était pas douteux, et Frédéric Lutignat n'avait pas besoin d'en dire davantage. D'ailleurs, sa mimique à l'adresse de la gamine ne trompait personne.

Alors, elle poursuivit :

— Ils ne sont là ni l'un ni l'autre, vous le pensez bien, fit-elle en tenant Marguerite serrée dans ses bras, comme pour la protéger d'un danger. Le Guilh est encore avec les bêtes, de ce côté-ci, vers le bois, et Jules mène la charrue, de cet autre côté. Quelle heure est-il ? Ils ne vont plus tarder…

Louise reprit la parole à ce moment :

— Et c'est pour quand, vos histoires ? s'enquit-elle.

— Pour lundi, répondit le maire-adjoint.

— Ce lundi qui vient ?

— Oui, ce lundi qui vient.

— C'est-y Dieu possible, cette engeance qui ne pense qu'à se tirer dessus ! Et ils nous reviendront quand, nos garçons ? Sous le mois, j'espère ?

— Ah, ça… fit le maire-adjoint, évasif.

Louise tendit ses paniers à Justine.

— Tu sais où les mettre, lui dit-elle. Il y en a bien assez pour les vendre au marché de demain matin.

Dans le fond des paniers, le maire-adjoint avait lorgné des œufs superbes.

— Les œufs du jour ? demanda-t-il.

— Eh, pardi ! rétorqua Louise. C'est tous les jours, bien sûr, qu'on les ramasse. Vous ne le saviez pas encore, mon Frédéric ? En attendant, vous pouvez me dire ce qu'il va se passer maintenant ? Sans nos hommes ?

— Vous aurez toujours Victor…

Frédéric Lutignat avait répondu ça sans y penser, comme si c'était un moindre mal.

Il s'en mordit les doigts.

Le pauvre était bien embarrassé.

Comme pour le sortir du mauvais pas où il s'était fourré, le destin voulut que, ce jour-là, Jules rentrât avant 13 heures.

— T'inquiète pas, Frédéric ! s'exclama-t-il de loin.

Il détela les bœufs, leur essuya l'encolure, et d'un coup sur les fesses les envoya se rendre dans leur étable.

— Je suis au courant, continua Jules. J'ai rencontré Léocadie et elle m'a déjà prévenu de ton passage. Parce que son Henri est rappelé, lui aussi.

— Lundi, on vous prendra en car, devant la mairie.

— Et le Guilh, tu l'as informé ?

— Pas encore, non, répondit le maire-adjoint. Je vous espérais toi et lui pour vous remettre ça...

« Ça » ? C'était l'ordre de mobilisation.

Jules parcourut le document.

— Je suis bien dessus, fit-il en haussant les épaules, un rien désabusé. Et les autres, dit-il encore, tous ceux du bourg, tu dois également les prévenir ?

— Non. On l'a placardé sur la porte de la mairie. Sont déjà tous venus pour voir s'ils étaient concernés eux aussi. Classes 9 à 38, le calcul n'est pas compliqué.

— Pas compliqué, non...

Il y eut un silence.

— Tout de même, je crois qu'on aurait pu éviter ça...

Le maire-adjoint approuva. Lui et Jules, naïvement, venaient de penser la même chose.

— En attendant que le Guilh soit de retour, au moins tu viendras prendre un verre ? demanda Jules.

Ils rentrèrent dans la maison, les hommes, les femmes, la petite, et bientôt Victor, que la rumeur, comme une vilaine grippe, avait déjà ébranlé. Pendant qu'on mettait la table, Jules sortit les verres et une bouteille de gris. Il demanda à Cécile de s'asseoir à son côté. Mais il évita de croiser son regard. Avait-il peur de voir briller ses yeux ? Ou bien craignait-il lui-même de pleurer ? Louise non plus ne regardait personne, trop accablée qu'elle était, mais tous savaient pourquoi elle ne cessait de renifler. Seul Victor, avec Marguerite, simulait le bonheur. Ce bonheur si fragile, qui s'était envolé le 3 septembre. Et puis, soudain, l'on crut entendre les trilles joyeux d'un merle. Le Guilh était revenu. Il passerait bientôt la porte. Justine souleva alors son tablier pour s'essuyer les mains et, pour l'accueillir, elle traversa la cuisine, les bras grands ouverts. On aurait cru qu'elle allait au-devant de son enfant. Peut-être même était-ce à cet instant le sentiment qu'elle éprouvait. Au-devant de cet enfant à l'allure si délicate, qui lui ressemblait si peu et qu'elle n'avait jamais eu, mais dont elle redoutait aujourd'hui le départ. Et la destination : ce 92[1], qu'il rejoindrait dans trois jours. Lui et bien d'autres. Mais que ce fût le 92 ou n'importe quel autre régiment d'infanterie, pour Justine c'était pareil. Un tremblement qui s'emparait de son corps, une sueur froide qui coulait sur ses tempes et ses joues. Cela même que Jules sentait monter en lui, lentement, comme une brûlure, une douleur lancinante, incontrôlable, qui lui traversait la

1. Dénomination courante du 92e régiment d'infanterie, dont la ville de garnison est encore aujourd'hui Clermont-Ferrand.

poitrine, et qui éclata soudain en sanglots lorsque le Guilh, que les rayons du soleil, dans son dos, enveloppaient de lumière, ouvrit enfin la porte et les vit tous médusés, assis ou debout, le regard tourné vers lui, incapables de prononcer un mot, éblouis peut-être par sa haute silhouette, une silhouette inattendue de Christ ressuscité.

Dans la nuit du vendredi au samedi, Jules s'était réveillé un bon nombre de fois. Quant à Cécile, au petit matin, lorsque la lumière avait pénétré dans la chambre, elle avait eu l'impression de ne pas avoir dormi du tout. Leur tourment immédiat, à l'un comme à l'autre, lorsqu'ils s'étaient retrouvés, avait été d'avoir conservé à l'esprit, durant leur sommeil, cette image mystérieuse et bouleversante à laquelle, la veille, ils avaient aussitôt pensé, sans s'être pourtant concertés – comment l'auraient-ils pu, d'ailleurs, puisque l'imprévisible les avait pétrifiés au même instant ? –, l'image de ce Christ auréolé, flamboyant, un instant suspendu dans les airs. Un Christ heureux, et qui chantonnait, mais sans corps ni visage, le contre-jour cachant ses traits, content, avait-il semblé, d'être enfin rentré chez lui après cinq heures de labeur, d'avoir enfin retrouvé les siens.

Cécile, à peine levée, avait senti le froid l'envahir. Alors, elle s'était jetée dans les bras de Jules et, serrée fort contre lui, presque chancelante, cependant qu'il lui demandait ce qui n'allait pas, elle s'était repliée, comme ratatinée sur elle-même, et elle avait refusé de l'entendre, se bouchant bientôt les oreilles, le suppliant de se taire, de ne pas insister davantage, avec une envie soudaine de lui marteler la poitrine de ses deux poings, un peu à la manière d'une gamine capricieuse. « Ça va bien, ça va bien », disait-elle en se mâchouillant les lèvres pour éviter de crier. Parce que, durant la nuit, l'idée lui était venue que ce Christ sans visage, ce serait, ce pourrait être dans un mois ou deux, dans un an ou dans un temps plus lointain encore, celui des deux, de Jules ou du Guilh, son ami, qui reviendrait sain et sauf à la ferme une fois la guerre terminée, une fois la paix restaurée, la belle saison revenue. « Ne t'inquiète pas, petite âme, ne t'inquiète pas... » avait répété Jules, inlassable, en l'enlaçant de son mieux, avec amour, comme un homme sur le chemin du départ, le cœur tourmenté. Celui des deux, avait pensé Cécile, qui rentrerait de ce qui aurait été une boucherie. Mon Dieu ! Quelle monstrueuse pensée ! Mais la guerre, est-ce que ce n'était pas ça ? Une tuerie ? Cécile aurait voulu dire à Jules : « Ne t'en va pas, refuse de partir. » Mais elle n'y était pas arrivée. Parce que, à la place, ce qu'elle aurait voulu, c'était crier. De toute manière, elle le savait, il ne l'aurait jamais écoutée. A cause de Léon Blum, qui n'allait pas manquer de tout arranger, et vite. Pauvre Jules, qui croyait encore à ces chimères de politiciens. Il avait dit alors, la voix basse, comme s'adressant à lui-même : « Tout ça ne va pas durer, j'en suis sûr, tout ça ne va pas durer ;

et dans une semaine ou deux, on s'en souviendra comme d'un vilain cauchemar... » Mais, comme il prononçait ces mots, n'essayait-il pas aussi, amèrement déçu, de se convaincre de ce dont il doutait le plus ? Cette fin si rapide. Ce retour déjà programmé. Une illusion. Une illusion, il le savait, et alors ? Lui aussi, il avait eu le même réveil ; lui aussi, il s'était éveillé avec cette idée, cette même question en tête : ce Christ sans visage, l'espace d'un éclair incarné par le Guilh, de qui donc, de lui ou du Guilh, avait-il caché la renaissance ou annoncé la disparition ? L'un des deux ne reviendrait pas. L'un des deux, bientôt, souffrirait plus que l'autre une absence infinie. Pour l'un comme pour l'autre, quel inquiétant présage ! Triste ironie du sort que Jules, aussi fiévreux que Cécile, s'était lui aussi refusé d'évoquer, dès l'instant où il l'avait prise dans ses bras, toute glacée, saisie par le froid. Pouvait-il imaginer que Cécile, comme lui, redoutait à ce moment le pire ? Pour qu'il en fût ainsi, il aurait fallu que chacun avouât ses craintes, au risque de rendre leur séparation plus insupportable et douloureuse que ne l'était la pensée qu'ils s'en faisaient déjà. « Non, ne t'inquiète pas, petite âme... » avait répété Jules, caressant les cheveux de Cécile et s'imprégnant de leur odeur, dans l'idée que là où il serait, dans les jours à venir, il pourrait ainsi se la rappeler à tout moment, presque la bercer. « Ne t'inquiète pas, petite âme, ne t'inquiète pas... » avait-il répété, le regard perdu au loin.

Le samedi et le dimanche s'écoulèrent sans qu'ils s'en rendissent vraiment compte. Parce que l'ouvrage, c'était assez normal, n'avait fait défaut à aucun.

Le Guilh se pressa d'en terminer avec les travaux qu'il avait usage d'accomplir, mais, pour le coup, il demanda parfois à Cécile et même à Justine de le suivre, non pour qu'elles l'assistent mais pour leur expliquer les quelques petites choses dont il avait le secret, qui leur permettraient, selon ce qu'il croyait bien, d'éviter de perdre trop de temps. Parce que, dès le lundi, la charge de la ferme, ce serait sur elles qu'elle retomberait. Il en était désolé, mais qu'y pouvait-il ? Cécile avait beau lui dire de ne pas se soucier d'elles autres, ni de la ferme, ni du labeur qu'elles auraient à accomplir pendant son absence, le pauvre n'en restait pas moins contrit de devoir leur abandonner ces travaux d'hommes et leurs fâcheuses conséquences. Comme ces mains qu'elles auraient rugueuses et bientôt frappées de callosités, plus larges que des sous, si jamais le retour au calme devait tarder. Comme cette grêle de printemps qui meurtrit tant les visages quand le labeur est sous l'orage, ou ce soleil blanc de l'hiver qui flétrit le teint quand on lui fait face. Il leur disait tout ça, tremblant dans sa chair et songeant à ses parents qu'il n'irait pas voir avant de partir. Une visite, pourtant, qu'il aurait dû leur rendre, c'est vrai, il le reconnaissait, mais qu'il avait repoussée d'un geste brusque, lorsque Louise lui avait proposé de partir avec quelques bagages.

— Toi et Jules, vous vous retrouverez ensuite à Clermont, lui avait-elle dit pour le rassurer. Tes parents seraient contents…

Mais il avait refusé de l'entendre.

— Je suis bien, ici…

Il avait mis un silence, puis il avait ajouté :

— Jules, il est comme mon frère. Faut aussi me comprendre.

Louise avait protesté ; à défaut d'un meilleur argument, et s'imaginant bien faire, elle avait relancé :

— Avec l'automobile, tous les deux, vous auriez juste fait un aller-retour dans la journée…

C'est là que le Guilh, obstiné, avait eu ce geste du bras.

Louise n'avait pas insisté.

De toute façon, le Guilh et Jules étaient dans la même situation. A ceci près, toutefois, que Jules était son propre patron, quoi qu'il en dît, et que l'avenir de la ferme, ou plutôt du domaine qui portait déjà son nom, enfin presque, était entre ses mains depuis la mort de Ferdinand. Et qu'aujourd'hui plus que jamais, cet avenir il le remettait pour un temps encore indéfini entre celles de Louise et de Cécile, c'était ainsi, mais, pour le plus gros, le plus rude du travail, entre les mains de Victor. Or, pour Jules non plus, il n'avait pas été question de s'absenter pendant ces deux derniers jours. Les motivations n'étaient pas identiques, mais le résultat n'en était pas moins là. Et Louise n'avait rien trouvé à redire à la décision de Jules qui, dès le samedi matin, avait entrepris Victor, en lui répétant la même chose plus de fois qu'il n'aurait fallu, pour lui expliquer ce qu'il aurait à faire ces prochaines semaines, et peut-être ces prochains mois. Autant de travaux, notamment ceux qui concernaient la terre, que Victor avait souvent accomplis, bien avant que Jules n'épouse Cécile.

— Vous savez, j'aurai toujours des nouvelles de mes parents à Clermont, puisque mon frangin nous y rejoindra, répondit Jules à Louise, comme elle remettait la question sur le tapis. C'est comme le Guilh et son frère. On se retrouvera tous au 92. Du moins dans les débuts, c'est ce que je pense...

Sa voix était ferme, résolue.

— Pas vrai, Victor ? ajouta-t-il en éclatant de rire.

Mais Victor ne rit pas, Louise non plus.

— L'important, c'est que vous reveniez bien vaillants, toi et le Guilh, maronna Victor. Le reste, je m'en fous pas mal. La guerre, je connais ! Peuvent bien crever, nos politiques ! Toujours eux qui nous apportent la misère. C'est bien là tout ce que je vois. Que vous nous reveniez entiers.

— Ça oui, opina Louise qui s'essuyait les mains dans son tablier. N'empêche que tu aurais tout de même pu faire un saut jusque là-bas...

Mais on était déjà dimanche soir.

On ne l'avait pas vu arriver.

— A présent, il est trop tard, acheva Louise en balançant mollement la tête.

Il y eut un silence.

— En attendant, reprit Jules en se tournant vers Victor, appelle donc le Guilh et les femmes, s'il te plaît. Et notre petite Marguerite aussi, que je la mette une dernière fois sur mes genoux. Où donc est-elle ? On va tous boire une bonne bouteille avec elle.

Puis, apercevant la gamine qui s'avançait vers lui en se traînant à quatre pattes, il demanda, la voix devenue caressante :

— Doit bien y avoir un restant de jus de pomme quelque part, au frais ? Peut-être bien au cellier…

On fit durer la soirée plus que de coutume. Même Justine, pourtant prompte à se retirer dans sa chambre dès la vaisselle du souper lavée, essuyée, rangée dans le buffet, s'empêcha de partir malgré les picotements qui lui taquinaient les paupières. Et si elle faillit à quelques reprises sombrer dans le sommeil, les éclats de voix des trois buveurs, surtout ceux de Victor, plus éméché que les deux autres, la surprirent à chaque fois en flagrant délit d'évasion et lui firent brutalement, comme de belles tapes dans le dos, redresser la tête et les épaules. Il devait être minuit, voire un peu plus – Cécile avait couché Marguerite depuis longtemps –, quand, enfin, on décida de lever le siège. Parce que le lendemain, ce serait à 6 heures au plus tard. Nul ne se fit prier. Et, bientôt, la cuisine fut plongée dans le noir complet. Un noir de circonstance, sans lune dehors, sans étoiles, sans nuages. Ni vent. Ni pluie. Un noir où rien ne bruissait. Et dans lequel les chouettes n'osaient s'enfoncer de peur que le froissement de leurs ailes ne leur attire des ennuis. Un noir de nuit, où l'on n'y voyait goutte. Hormis, peut-être, ces deux masses sombres, plus sombres que le mur, posées sur le carrelage, près de la porte d'entrée, comme pour monter la garde, qu'un œil averti aurait sans doute distinguées. Deux valises placées l'une près de l'autre, décidées à ne pas se séparer d'avant longtemps. Des valises d'un autre âge. En carton bouilli. La première était marron, bien que dans la nuit cela ne se remarquât pas, et Cécile l'avait remplie de larmes, de vêtements soigneusement pliés, de pensées délicates. La seconde, d'un bleu passé, l'une de celles qui étaient arrivées à Valliergue en même temps que le Guilh et dont il ne pensait pas avoir à se resservir si rapidement. Elle aussi, elle avait été encombrée d'amour. De cet amour improbable, celui d'une mère sans âge, que Justine vouait au jeune homme. Elle était pleine de ces bricoles indispensables qui ne servent jamais à rien et qui une fois au 92, après un tri savant, lui seraient bientôt confisquées. « On vous les rendra quand la guerre sera terminée... » C'est ce qu'on dirait au Guilh, là-bas, comme à tous les autres.

Mais il n'en avait rien raconté à Justine. Ça l'aurait rendue trop malheureuse.

On avait fait durer la soirée ; certains se hasardèrent aussi à faire durer la nuit. Chacun selon son inspiration. Celle du moment, teintée de grisaille, car il est difficile de respirer le bonheur, le vrai, quand on est si près de l'instant où, la force des choses l'exigeant, on laissera derrière soi sa femme, son enfant, sa famille. Comme elle cherchait le sommeil, et avant lui cette fatigue indispensable qui vous expédie au lit, encore debout derrière sa fenêtre, Louise songea tout d'abord à Cécile, et puis à Jules. A leur inquiétude, ensuite. Une inquiétude qui ne la quitta pour ainsi dire pas de la nuit. Parce que pour le Guilh, bien qu'il lui fût maintenant très proche, plus proche certainement que ne l'avait jamais été Victor, malgré les années passées à se côtoyer, de l'enfance à aujourd'hui, ce n'était pas tout à fait pareil. Pendant cette nuit, tout au plus l'imagina-t-elle l'espace d'une seconde se retournant dans son lit et cherchant le sommeil lui aussi, mais sans succès véritable. Au tout début, il comptait les heures, puis, le matin arrivant, dès les quatre heures, il sursautait toutes les dix minutes à l'appel inexistant de Justine. Non, pour le Guilh, ce n'était pas pareil. Parce que rien de ce qu'il abandonnait n'était à lui, ce qu'il éprouvait ne pouvait pas ressembler à ce que Jules, durant cette nuit de veille, si longue et pourtant si courte, devait ressentir. Du moins était-ce ainsi que Louise envisageait le départ du Guilh. Comme une nouvelle étape dans sa vie de jeune homme. C'est pourquoi elle pensa si peu à lui. Comme elle ne pensa pour ainsi dire pas à Victor – sauf à 2 heures, le noir encore plein –, lui qui, cependant, un peu à la manière de Justine, souffrait en dedans, à tel point qu'il eut l'impression, à cette heure précisément, que son cœur allait lui exploser les côtes tant il battait vite et fort. Trop de questions lui trottaient alors dans la tête. Une tempête. Une révolte. Un éclatement sans nom. Saurait-il se montrer à la hauteur ? Et serait-il capable, tout seul, de mener la ferme comme ils le faisaient à eux trois, Jules, le Guilh et lui, depuis maintenant des mois ? Sûr, il serait aidé de Justine, de Louise et de Cécile. Mais il s'appliquerait à ne pas exagérer, à n'abuser ni d'elles ni de leur assistance. « Ah, fichtre non ! » s'entendit-il ronchonner dans l'obscurité. C'était sa fierté, soudain plus forte que le sommeil, qui venait de s'exprimer. Assis dans son lit, l'œil offensif, il alluma sa lampe de chevet et, la voix forte, il continua de grommeler son cauchemar. On ne voulait plus de lui pour partir à la guerre. Son courage d'hier, celui de 14, ne les intéressait plus. Les saligauds ! Ça, oui, il saurait bien leur montrer, à eux tous, qu'il avait encore sa place parmi les vivants. Et encore de sacrées couilles dans son caleçon. Même que, avec ou sans le permis de conduire, il n'en avait rien à foutre, c'était lui qui les emmènerait, les deux gamins, Jules et le Guilh, dans la Celtaquatre du Ferdinand. Jusqu'au car. Place de la mairie. Avec Cécile. Ou Louise. Ou toutes les deux, si elles se serraient comme il faut sur la banquette arrière. Sur quoi, la lumière bientôt éteinte, il se renfonça sous les draps.

Doit pas être trop calme... songea Louise qui, de sa fenêtre, avait observé le manège de Victor. Lampe allumée, puis lampe éteinte. L'espace de deux à trois minutes, pas davantage. De là où elle se situait, la chambre de Louise était la seule à donner sur les fenêtres d'en face, celle du Guilh, en commençant par la gauche, puis celle de Victor et celle de Justine, toujours la première à se noyer dans la nuit. Il y avait bien des volets, des volets en bois plein, mais ils étaient si vieux et leur bois si entamé, rongé par la vermine, qu'à la mauvaise saison, le noyer de la cour dépouillé de ses feuilles, dans ces chambres on pouvait deviner tout ce qu'il s'y passait sans trop de mal, comme au travers d'une dentelle. Etait-ce à cause de la lampe que Victor venait d'éteindre et de l'obscurité qu'elle avait instaurée alentour ? Toujours est-il qu'à ce moment, incapable de retenir un bâillement, Louise sentit enfin le sommeil la gagner.

Alors, elle tira les rideaux, regagna son lit. Puis elle ferma les yeux. Et, tout juste derrière ses paupières, celles-ci à peine closes, Cécile, qui devait l'attendre, lui réapparut. Elle était allongée sur le dos, presque nue ; Jules était auprès d'elle, allongé lui aussi. Il avait passé une main sous la tête de Cécile ; de l'autre, du bout des doigts, il lui caressait la poitrine, doucement, tout doucement. Cécile remuait les lèvres, lui se taisait, l'écoutait, elle continuait. Elle souriait aussi, le visage rempli de tendresse. Lui disait-elle qu'elle l'aimait ? Comme elle aurait voulu savoir, Louise, comme elle aurait voulu savoir ce que Cécile disait à Jules... Mais elle était trop loin, elle ne comprenait pas. Ou bien Cécile, fine mouche, parlait trop bas. Comme elle aurait voulu savoir, Louise, pourquoi Cécile souriait. Et pourquoi, dans les yeux de Jules, en plus des larmes qui brillaient, il y avait aussi de la joie. Comme elle aurait désiré que Cécile lui annonçât, comme elle l'avait annoncé à Jules une heure plus tôt, qu'elle attendait un autre enfant et que, bientôt, Marguerite ne serait plus toute seule. Qu'elle aurait un frère, et qu'il s'appellerait René, comme le père de Jules.

Mais non, cette nuit-là, Louise n'a rien appris du secret que Cécile et Jules partageraient encore pendant quelques semaines. Et sans doute aurait-elle eu honte, si du moins elle en avait été consciente, de les avoir surpris ainsi dans leur intimité. Mais elle s'était endormie, si rompue qu'elle était.

Le lendemain, le car, déjà bondé en arrivant, n'espérait plus qu'eux. Une vingtaine de jeunes et de moins jeunes étaient parvenus à se faire de la place à l'intérieur. Mais, à présent, il n'était plus question de ça. Jules et le Guilh, bons derniers, s'assurèrent comme ils purent sur le marchepied, à l'avant, et, s'accrochant aux bras de quelques copains, de Valliergue eux aussi, ils tentèrent des signes d'au revoir en direction de Cécile et de Louise, tandis que le car, les essieux écrasés, s'éloignait en crachant une fumée écœurante. Ce lundi-là était un 11 septembre. Et tous ceux qu'il embarquait avec lui, chauffeur compris, savaient qu'ils ne reviendraient peut-être pas. Combien ? Un joli nombre, c'était probable, à en croire les massacres de la précédente, celle de 14-18. Et c'était pourquoi, aujourd'hui, aucun d'eux n'avait le cœur à chanter. Tous avaient compris la leçon. Même les demeurés. Tous. Qu'ils fussent de Valliergue ou de partout ailleurs en France. A l'exception de ceux qui les expédiaient au front à leur place. Les pontes de la République. Ceux de 39 n'étaient plus ceux de 14. La fleur au fusil était fanée. On en était à la résignation.

A la fin de la semaine, après le passage de trois autres cars, Valliergue était devenu blafard, aussi blanc qu'un linceul. Plus aucun sang jeune ne circulait dans ses ruelles. En revanche, les bigotes qui s'en allaient à l'église pour prier le bon Dieu ou s'en retournaient chez elles après la messe n'avaient jamais été si nombreuses. Louise ne pouvait être comptée parmi celles-ci, ce qui l'aurait d'ailleurs vivement mécontentée, néanmoins, chaque matin, on avait toute chance de croiser son chemin, entre la ferme et Valliergue, ou de la voir grimper jusqu'à la Chabasse pour y réciter en vitesse des *Pater* et des *Ave.* Ensuite, elle repartait à pas véloces et ne regardait ni à droite ni à gauche, craignant dans sa tête que le travail ne soupire après elle si jamais elle venait à bavarder en cours de route ; ainsi, quand elle était rentrée, avait-elle au moins l'esprit en paix. Parce que prier chez elle, bien à l'abri, dans sa chambre, comme l'y engageait Cécile, n'aurait pas été prier selon ses idées. « Dieu se respecte, avait-elle répondu une fois, et mérite qu'on se dérange quand on souhaite lui parler. » Cécile avait haussé les épaules. Et Justine, qui avait entendu la réplique, avait senti, elle aussi, le haut de son dos la démanger. « A quoi bon se fatiguer pour qui ne vous écoute pas… » avait-elle murmuré. Cécile avait souri en l'entendant. Puis elle s'était couverte d'un manteau et d'un long châle, et elle était sortie rejoindre Victor à l'étable. Pour quoi faire ? Lui tenir compagnie, rien de plus, et tirer le lait des bêtes s'il en était d'accord.

Parce qu'on était maintenant en décembre et que le petit, dans son ventre, n'en avait plus que pour quatre mois, au grand maximum, avant de pointer le bout de son nez. Alors, en dehors de la traite et de donner à manger à la volaille et aux lapins, plus grand-chose des travaux de la ferme n'était autorisé à Cécile. A présent, elle passait surtout son temps avec Marguerite, qu'elle bichonnait avec amour et promenait dans les environs, jamais trop loin, bien qu'à même pas trois ans la gamine galopât sans rechigner. Toutes les deux, elles allaient lentement, s'amusaient, se couraient parfois après, reprenaient leur pas tranquille. Et puis, bien souvent, Cécile se revoyait dans les bras de Jules. C'était en général lorsqu'elles étaient sur le chemin du retour et atteignaient cet endroit où la sente qu'elles avaient empruntée rejoignait la route, à quelque cent mètres de la ferme. Marguerite s'arrêtait alors et elle criait soudain : « Papa ! Papa ! » On aurait dit qu'elle le voyait s'approcher, comme c'était arrivé parfois, et qu'elle allait bientôt s'élancer vers lui. Cécile la retenait, bien sûr, mais elle était ensuite toute remuée, comme la pauvre gosse qui, tapant des pieds sur le sol pierreux, ne voulait plus bouger de là où elle était, persuadée que son père, dont la présence lui manquait, ne tarderait pas à jaillir du bois voisin où il se cachait, certainement pour la taquiner. Cécile, qui maintenant ne pouvait plus la soulever, devait alors la tirer de force jusqu'à la ferme. Et plus elle lui tirait le bras, plus Marguerite piaillait. Finalement, Justine survenait, qui se mettait à crier elle aussi. « Mais qu'est-ce que c'est que tout ce tintamarre ? faisait-elle. Vous voulez bien me dire ce que ça signifie ? » Puis, le geste brusque, elle soulevait l'enfant et sans précaution inutile débarrassait Cécile de cette engeance qui, décidément, n'était guère obéissante.

« Tu ne vois donc pas que ta maman est surmenée ? demandait-elle à Marguerite. Oh là là, quelle mouraillée[1] elle nous fait, cette gamine ! » Apostrophée, Marguerite s'arrêtait aussitôt de pleurnicher ; elle se retournait vers sa maman, soudain inquiète, et, comme pour la consoler, elle lui adressait des sourires avec la main. Cécile, en léger retrait, lui répondait de même. Mais, dans sa tête, elle était déjà loin, bien loin de Marguerite et de Justine. Et elle ne songeait plus qu'à ces heures passées avec Jules. Des heures dont elle se rappelait chacune des précieuses minutes. Des heures, se disait-elle comme pour mieux se torturer l'esprit, qu'elle ne reverrait sans doute jamais. Alors, une main posée sur son ventre, elle s'élançait soudain et, la vue déjà brouillée par les larmes, elle s'engouffrait dans la maison, quitte à bousculer Justine et Marguerite sur le pas de la porte. Puis elle grimpait à l'étage, où elle se réfugiait dans sa chambre. Et là, elle se jetait sur son lit et pleurait un moment infini. Un moment que personne ne s'autorisait à troubler, ni Justine ni Marguerite et moins encore Victor, qui, malgré toutes ses années vécues à la ferme, n'était encore jamais monté à l'étage ; personne, à l'exception de Louise, la nuit presque tombée, lorsque, enfin revenue de la traite, elle n'entendait dans la cuisine que des bruits de couvercles ou de vaisselle déplacée.

1. Barbouillée, souvent en parlant du visage.

C'était Justine qui, avant d'aller nourrir les lapins, préparait le souper et mettait le couvert. Une habitude que Louise s'était toujours refusée à comprendre. Comme s'il était sensé que des lapins fussent nourris dans la soirée, souvent la nuit tombée, quand on était en hiver incapable de discerner les fanes de carottes des fanes de navets autrement qu'à la lumière falote d'ampoules installées naguère par Ferdinand, sous l'avant-toit qui protégeait les clapiers des violentes ondées que rabattait parfois le vent d'ouest. Louise, malgré l'électricité qui brûlait ainsi pendant des heures, avait laissé faire. « De toute façon, avait-elle remarqué l'un de ces soirs en plaisantant, si nos lapins n'en sont pas plus goûteux, ils n'en sont pas moins bons non plus... » Victor et Cécile avaient ri sous cape, tandis que Justine s'était payée d'un « Pfutt » dédaigneux. Puis on était passé à des choses plus essentielles, songeant à l'avenir, mais dont on ne s'était pas souvenu le lendemain, ce qui n'avait pas été bien grave. Le train-train de l'existence n'en avait pas été dérangé pour autant. Ainsi, certaines fins d'après-midi, quand elle revenait de la traite, une cruche de lait tiède à la main, et considérait le silence qui planait alors dans la maison, silence que Marguerite, assise à même le sol, pas trop loin de Justine qui la surveillait tout en menant ses affaires, colorait d'inquiétude, le visage en arrière et le regard fixe, tendu vers les dernières marches, en haut de l'escalier, Louise ôtait vite ses chaussures ; puis elle enfilait des pantoufles et grimpait à son tour jusqu'à la chambre où elle savait retrouver Cécile. Que se disaient-elles alors ? Sans doute que les malheurs de Cécile n'étaient pas si conséquents. Jules n'était-il pas encore en garnison à Clermont, comme tous ces copains de Valliergue embarqués le même jour, ce matin de septembre ? Cela ferait bientôt un plein trimestre ou plus encore. Louise n'avait plus vraiment le sens des jours et des semaines, elle s'en excusait, tant tout cela tournait vite, la terre, le soleil autour, cette lumière du dehors qui s'en allait à présent aussi vite qu'elle était venue. Elle en souriait parfois, se moquant d'elle-même, elle qui se souvenait de la guerre précédente. Une guerre dont elle avait connu les dégâts, surtout sur ces bougres à moitié écorchés qu'on ramenait sans trop d'égards dans les arrières des champs de bataille, là où le canon ne résonnait pas, c'était en 15, en 16, et encore en 17, lorsque son Ferdinand, bombardé infirmier au 105e régiment d'infanterie alors en garnison à Riom, les recevait par paquets de dix ou de vingt pour qu'on les charcute encore un peu plus, soi-disant pour leur bien. Une guerre qui n'avait pas été comme l'actuelle. Masquée. Dissimulée. Comme un chat qui n'aurait sommeillé que d'un œil. Et à laquelle on était presque tenté, par lassitude ou par faiblesse, de s'accoutumer. Comme on s'accoutume, l'âge venant, à souffrir de son dos et de ses articulations. « Mon cœur s'affole », prétendait Louise, en serrant fort Cécile contre sa poitrine, mais sans préciser ce qu'elle entendait par là. « Mon cœur s'affole... » Parce qu'elle voulait croire que Jules serait bientôt de retour. Dans une semaine. Ou bien deux. Que ce serait finalement une guerre sans guerre. Pas comme la précédente, certes inconnue en terre auvergnate, mais pourvoyeuse de cercueils en grand nombre et d'autant de croix dans les cimetières. Une guerre sans morts, sans gueules cassées. Louise voulait y croire. Elle y croyait parce que ça ne devait pas être autrement. Parce que Cécile, sa Cécile, elle aurait bientôt son enfant, ce garçon qu'elle et Jules espéraient avec tant d'affection. « Tu as raison, admettait Cécile en ravalant soudain ses larmes. Je suis idiote, je suis idiote. Tu as raison, maman. Ce Léon Blum, il va bien finir par nous la rendre, cette paix qu'on nous a ôtée. Et Jules nous reviendra, il sera là quand notre René poussera son premier cri... » Alors, un moment surprise, Louise se mordait les lèvres de peur d'en avoir trop dit, d'avoir trop promis à Cécile ; mais elle était contente cependant parce que Cécile lui souriait, et se levait, et sortait de la chambre, et retrouvait bientôt Marguerite, folle de joie, qui l'attendait en bas de l'escalier, les bras ouverts, seulement pour elle.

La drôle de guerre, comme un temps immobile, cette guerre qui n'en était pas une, se poursuivit ainsi tout l'hiver et une grande partie du printemps 1940. Chaque semaine, généralement le lundi matin, Cécile et Louise préparaient un colis à l'intention de Jules. Un autre tous les quinze jours était destiné au Guilh. Dans celui de Jules, Cécile ajoutait un mot. Dans celui du Guilh également, mais les sentiments qu'elle y exprimait, forcément, n'étaient pas les mêmes. Pour le Guilh, elle s'appliquait davantage, afin qu'il évitât de se méprendre, tandis que pour Jules elle laissait aller sa plume, sans réelle pudeur. Justine participait elle aussi à la composition des colis, au choix des aliments, frais ou en bocaux, des confiseries à expédier. Le café ne manquait jamais, qu'on moulait auparavant, ni la bouteille de vin, bien emmaillotée, pour éviter la casse pendant le transport. Victor avait la charge de procéder aux envois. De solides cartons bien ficelés. Dans l'après-midi, il partait à Valliergue et, sa course effectuée, il se rendait aux Volcans, où l'attendaient déjà ses amis, tous du même âge à quelques années près. De cet âge dont la guerre n'avait plus besoin. Au déplaisir des uns, mais au contentement, un peu gêné tout de même, des autres. Pendant une bonne heure, les coudes autour d'une table, les verres remplis sitôt vidés, ils discutaient de tout, essentiellement de ce qu'ils avaient lu dans le journal ou entendu à la radio. En tout cas, de choses peu réjouissantes, qui les amenaient parfois à de véritables disputes. Comme ce triste matin – triste, parce que Victor s'en voulut longtemps d'avoir élevé le ton pour finalement presque rien –, ce devait être aux alentours du 13 avril, où ils s'étaient tous embarqués dans des considérations plus ou moins avinées. Marius, un vieux garçon comme Victor, et de la même classe, qui respirait plutôt le moisi, un bonhomme râblé et sacrément costaud, la bouche cernée jusque sous les coins de lèvre par une moustache épaisse et pisseuse, déclara tout soudain que ce serait bien fait pour eux, la déroute de ces pauvres types qu'on embarquait à Brest, à destination de la Norvège[1], pour défendre un pays qui n'était même pas le leur.

— Avec des Polonais, en plus ! avait-il beuglé. Qu'on peut même pas avoir confiance en ces gens-là ! J'espère au moins que les nôtres auront un peu plus de tripes qu'eux !

A la radio, ce même jour, il avait entendu dire que les Allemands venaient de s'emparer des ports norvégiens ; et que maintenant, selon lui, parce qu'ils n'avaient pas encore pigé leur faiblesse, les alliés voulaient regagner le terrain perdu durant ces dernières heures.

— Pourront bien tous y rester, je vous le dis ! Pourvu qu'ils ne nous emmerdent pas après, c'est tout ce que je demande !

— Ah ça ! avait soudain sursauté Victor.

— Quoi ça ? s'était rengorgé Marius.

---

1. Allusion à la campagne de Norvège (du 9 avril au 13 juin 1940) et à l'embarquement à Brest, à compter du 12 avril 1940, au départ pour Namsos (Norvège), des troupes franco-polonaises composant le Corps expéditionnaire français en Scandinavie (CEFS).

— Sacrebleu, et si t'avais des fils, tu dirais ça aussi ?

— Oui, t'oserais le dire ? avait répété un anonyme, qui s'était approché de la tablée.

Marius s'était retourné d'un bond.

— Ce n'est pas à toi que je cause ! il avait répondu à l'autre. Pour le moment, c'est à Victor. Et le Victor, avec ses questions, il me les casse, si tu veux savoir ! Moi, ce que je dis, c'est ce que je dis. S'ils sont pas capables de se battre, parce que je suis sûr que ce sera comme ça vu leur allant, ce sera point de ma faute ! Pour se battre, il faut avoir du sang de vaillant !

Puis, se tournant vers Victor, il lui avait lancé :

— Comme si t'en avais, des fils, toi ! L'étonnant rigolo que tu me fais là !

Victor, ulcéré, le menton contracté par autant de stupidité, avait alors soupiré :

— Je pense au Jules, et aussi au Guilh, c'est tout.

— Eh bien, tu penses trop.

— Comment ça, je pense trop ?

— Parce qu'ils ne sont tes garçons ni l'un ni l'autre. Même que le Jules, c'est ton patron ; alors, tu vas le plaindre aussi ? Et que, de plus, il doit encore être à Clermont, au 92, à roupiller dans son coin, comme tous les planqués d'ici…

Marius aurait voulu ajouter « Point final ! », pour montrer la justesse de son propos, qu'il n'en aurait pas eu le temps. Parce qu'il avait prononcé le mot de trop et que, dans la seconde qui avait suivi, il avait reçu le poing de Victor sur le nez.

— N'auraient pas dû te louper, en 16 ; t'aurais fait moins de mal aux autres ensuite ! avait grondé Victor. Espèce de salopard ! Un éclat d'obus dans les fesses, t'as rien été capable d'attraper d'autre quand t'étais à leur place. Dans les fesses, parfaitement. Tandis que tu te sauvais à toute allure !... Tout de même, oser prononcer des horreurs pareilles...

Puis il était parti, furieux, sans même saluer son monde. Et la table, à sa suite, s'était bientôt vidée, abandonnant Marius à son nez qui pissait le sang. Qu'est-ce qui lui avait donc pris, à Victor ? Et aux autres aussi, qui n'avaient rien trouvé à redire à son geste ? Pas un pour le défendre. Marius était désemparé. Après un temps, tout en regardant le fond rougi de son mouchoir, il s'était levé, avait regardé le cafetier.

— Tu comprends donc pas qu'il y a des choses avec lesquelles on ne plaisante plus ? avait fait celui-ci.

— C'était pas bien méchant...

— T'es surtout plein jusqu'à la gueule, Marius, et ça te jouera des tours. Allez, va-t'en cuver, maintenant... Tu verras, demain, ils t'auront tous absous...

Marius avait hésité.

Sous ses pieds, il avait l'impression que la terre tremblait un peu. Au dossier d'une chaise, il avait tenté de raffermir sa position, puis il avait avancé d'un pas.

— Tu veux les voir ? il avait encore demandé au cafetier. Tu veux les voir, toi, mes fesses ? Pourquoi, il a dit, le Victor, qu'elles avaient reçu un éclat d'obus ? C'est pas vrai, ça. Il le sait bien. Il le sait bien qu'elles n'ont rien reçu, mes fesses…

Le cafetier éclata de rire.

— C'est peut-être dommage, non ?

— Qu'on m'ait pas botté le train, tu veux dire ?

Marius avait levé le bras, puis, comme désabusé, il l'avait laissé retomber. La porte des Volcans s'était bientôt refermée derrière lui, qui, dix mètres plus loin, la démarche déjà plus assurée, semblait avoir repris ses esprits. Sans doute à cause de l'air encore frais qui lui piquait les joues.

Un peu inquiet malgré tout, le cafetier avait suivi Marius des yeux tout en essuyant les verres, jusqu'à le voir prendre la rue des Agneaux. Un chemin coutumier, bien qu'il le conduisît à l'opposé de son domicile. Mais peut-être n'avait-il pas non plus l'intention de s'y rendre directement ? Dans l'état où il était, comment sa mère, une personne peu alerte mais au langage fourchu, l'aurait-elle reçu ? A défaut d'en savoir davantage sur Marius et sa mère, le cafetier avait souri pour lui-même à l'idée de les revoir tous le lendemain ou le surlendemain, parce que Victor ne venait aux Volcans que trois jours par semaine, aussi bons amis qu'ils avaient pu l'être la veille. Il les reverrait, comme il les voyait tous, plus ou moins régulièrement, pas seulement les amis de Victor, mais tous ceux qui avaient leur âge et beaucoup plus. Parce que c'était ainsi : en parlottes plus ou moins raisonnées ils dissimulaient tant bien que mal leur angoisse. La peur de cette guerre qui était bel et bien là, aucun d'eux n'en doutait plus, quand bien même l'odeur de la poudre ne planait pas encore au-dessus de Valliergue. Sans savoir pourquoi, ils étaient nombreux à se dire quc cette nouvelle guerre serait différente, peut-être plus atroce que la précédente, et qu'elle descendrait jusqu'ici ; qu'elle ne ferait de Paris qu'une bouchée, qu'Orléans, à son tour, serait avalé avec autant de voracité et que, par la suite, viendrait le tour de l'Auvergne ; ils n'osaient penser que la France, tôt ou tard, puisse passer tout entière sous l'hégémonie de ce buveur de sang, de ce dément de Hitler. Cet Adolf aux moustaches incongrues. Ils n'osaient le penser, mais c'était pourtant dans la tête de chacun, enfoncé comme un clou. Et le gouvernement que Paul Reynaud avait mis en place le 22 mars 1940, trois semaines plus tôt, succédant ainsi à celui d'Edouard Daladier, n'en avait pour l'instant tranquillisé aucun.

Le 17 avril était un mercredi. Le soleil rayonnait au milieu d'un bleu intense, sans un nuage pour l'ennuyer, comme il avait resplendi trois années auparavant. Ce matin-là, Victor fit sa réapparition aux Volcans. Mais ce fut d'abord en coup de vent. Il était 10 heures, à une ou deux minutes près. A la table habituelle, il y avait Marius et quatre autres vieux compères.

— Je ne reste pas longtemps ! s'exclama-t-il en entrant et plutôt agité. Je dois me rendre à la mairie et je reviens aussitôt. Vous autres, vous ne bougez pas !

Sûr de son fait, Victor n'avait pas attendu de réponse.

Une demi-heure s'était écoulée.

Une fois de plus, cette gourle[1] de Marius commençait à chicaner son monde. Mais il s'arrêta tout net lorsqu'il aperçut Victor, qui s'en revenait à vive allure.

— L'enfant est né ce matin ! claironna celui-ci à la cantonade, hors d'haleine et suant à belles gouttes.

Il fit signe au cafetier.

— Je paie la tournée, continua-t-il.

Les autres clients, intrigués, s'étaient déjà approchés de la table. Enchanté, Victor lança encore :

— Pour tout le monde, patron !

Et sitôt assis, il se mit à raconter la folle nuit qu'il venait de vivre. Une nuit remplie d'étoiles, il avait remarqué ça avant de se coucher, comme on en observe en été.

— Ça ne pouvait annoncer que du bon…

Il dormait déjà quand, sur les 23 heures, un boucan du diable l'avait réveillé en sursaut. C'était

1. Propre à rien, ivrogne.

la Louise qui tambourinait tant qu'elle pouvait sur la porte de la chambre de Justine. Une Justine qui ronflait comme une bienheureuse, si fatiguée de son ouvrage du jour. Victor s'était levé en même temps qu'elle. Maintenant qu'il était réveillé, comment faire autrement ? Le temps de sauter hors du lit et la Justine, il l'avait découverte sur le pas de sa porte, comme jamais de toute sa vie. Les tétons par-dessus la chemise. Epais. Couleur de nacre. Telles deux mottes de beurre à patouner[1]. Les cheveux défaits lui tombant sur les épaules. Le visage marqué par l'âge, autour des lèvres et sur le front, entre les yeux, mais qui respirait surtout l'affolement, et qu'il aurait voulu rassurer, tenir entre ses mains, rien qu'une seconde. Mais Victor s'arrêta là, soudain les joues rouges, stupéfié par son audace ; il se demanda pourquoi il leur relatait tout ça, à tous ces regards attentifs et muets, maintenant tournés vers lui. Il se posa la question. Mais la question s'étrangla, s'épuisa d'elle-même. Inutile, dépourvue de sens qu'elle était.

— Louise avait déjà disparu, reprit-il. Elle était déjà retournée auprès de Cécile, dont on entendait à présent les hurlements de douleur. Sûrement, l'enfant était sur le point de naître. Et peut-être que son petit crâne apparaissait déjà. Alors, Justine est rentrée dans sa chambre, sans me prêter la

1. A pétrir, comme le chat le fait d'une couverture, d'un pull-over, avec les pattes, en signe d'affection pour son maître.

moindre attention, puis elle est bientôt ressortie, mieux vêtue et plus couverte, des chaussettes aux pieds et les cheveux relevés par de grosses épingles. Et elle m'a fixé un moment. Comme si j'avais l'air d'un idiot. J'ai compris que je devais la suivre. Ce que j'ai fait aussitôt. Mais durant tout le temps du travail, jusqu'à une heure du matin, lorsque tout a été fini et qu'on a entendu le nouveau-né pousser son premier cri, pensez bien que je n'ai servi à rien, sinon à entretenir le feu, à monter des bassines d'eau chaude et des linges propres ; et à tenir contre moi, entre mes jambes, comme un grand-père qui l'aurait protégée, la petite Marguerite, que tout ce remue-ménage nous avait rendue tremblante…

Victor s'arrêta à nouveau. Il s'arrêta sur ce dernier mot qu'il laissa flotter en suspens dans la salle du bistrot, comme la fumée des cigarettes quand elle ondule, silencieuse et bleutée. Puis il soupira, longuement. Parce que cette nuit de rêve, de bonheur absolu, ne lui appartiendrait plus jamais. Et ce soupir, tous le respectèrent, et plus encore que ces hommes aux mains rugueuses, au cœur durci par la couleur des saisons et qui n'avaient pas été élevés, ça non, pour affronter de telles émotions, plus encore que ces hommes, Laure, la femme de Matthieu, l'un des quatre compères, y fut sensible à en pleurer, elle qui n'avait pas pu avoir d'enfant. Pourtant, unique femme à s'être glissée au milieu d'eux tous, elle n'en montra rien, si ce n'est, les yeux secs, ce soupçon de curiosité qui n'en trompa aucun :

— Fille ou bien garçon ? s'enquit-elle doucement.

Victor chercha d'où provenait la voix.

— Fille, répondit-il.

Puis il dit encore, comme si c'était son enfant :

— Et belle, sacré bon Dieu !

— Oui, j'imagine bien, fit Laure. Jules est beau gars et Cécile belle fille. Mais n'espéraient-ils pas un garçon ?

— Si, c'est vrai, répondit Victor.

— C'est Jules qui va être déçu, continua Laure.

Mais l'observation resta sans suite. Parce que Frédéric Lutignat, le maire-adjoint, venait d'entrer dans le bistrot et que ces derniers temps, quand on l'apercevait, c'était rarement pour son plaisir et pour celui des autres. Alors, tous se redressèrent, anxieux, Victor comme ses compagnons.

— Je vous savais là, fit Lutignat.

Il promena son regard en direction de Victor et de quelques autres. Maintenant, il avait pris un air désolé. Cet air des mauvais jours, qu'on lui connaissait depuis quelques mois. Le bec ouvert, il semblait hésitant.

— Alors, quoi ? demanda bientôt Victor. Tu te décides, oui ou non ? Nous tous, Frédéric, on voit bien que t'es pas dans ton assiette. Qu'est-ce que t'as donc encore à nous apprendre ? Il n'y a déjà plus un seul de nos jeunes, ici…

— Oui, on t'écoute, renchérit Marius.

Lutignat bredouilla :

— C'est... c'est la guerre, qu'est-ce que vous voulez...

— Quoi, la guerre ? demanda encore Marius.

— Eh bien...

— Eh bien quoi ? Tu vas nous le dire, oui ?

Alors, Victor est venu à son aide :

— On les a maintenant envoyés se battre quelque part, c'est ce que t'arrives pas à nous sortir ? C'est ça ?

— Par la voie ferrée, ce matin.

— Crénom de nom !

— Pas-de-Calais et Ardennes, précisa Lutignat.

Il s'était appuyé au comptoir, comme acculé par tous ces gens qui lui faisaient face, épaule contre épaule, Marius, Victor, Matthieu, Laure et tous les autres.

— Mais pas tout le 92, reprit-il. Seulement une partie. Surtout les nôtres. Ceux de Valliergue et des alentours, je veux dire. Ce sont les gendarmes qui nous ont fait prévenir. Victor, tu sais, je suis vraiment désolé...

Victor haussa les épaules.

— Tu n'y es pour rien, Frédéric.

Le maire-adjoint hocha la tête. Bien sûr, il n'y était pour rien, mais, tout de même, ça lui faisait du tracas, toutes ces nouvelles qu'il était chargé de porter à leurs destinataires.

— Je sais, je sais, répondit-il.

Puis, Victor, après un temps :

— Pour notre Jules, c'est donc sûr ? il demanda. Il est parti avec les autres ?

— Tous ceux de Valliergue, je t'ai dit.

— Et son Guilh ?

— Le Guilhaume Besse ?

— Oui, le Guilh.

Lutignat écarta les bras, impuissant.

— Ça, je peux vraiment pas te dire. Parce qu'il était pas d'ici, tu saisis ? Même s'il y travaillait avec vous autres. Et du 92, à ce qu'on m'a rapporté, il y en a pas mal qui sont restés à Clermont. Bien possible qu'il fasse partie du nombre.

Puis, après un moment, s'adressant encore à Victor :

— Tu veux bien t'en charger ?

Victor opina et alors, sans plus rien dire, il les laissa tous, un peu pantois. Sauf Marius, qui courut le rejoindre.

— Je t'accompagne.

Victor lui jeta un coup d'œil un peu interrogateur, puis il esquissa un sourire.

— Tu ne seras pas de trop.

Ils étaient sortis du village et n'avaient pas encore prononcé un mot. Victor, la mine soucieuse, se demandait maintenant ce que pouvaient bien augurer, de bon ou de mauvais, cette arrivée, d'un côté, et ce départ, de l'autre, ce 17 avril 1940 ; l'enfant qui venait de naître et son père qu'on lui enlevait, qu'on emmenait au loin et qui, peut-être, ne reviendrait jamais ; ici la vie, et là la mort. Et comme il marchait ainsi, toujours accompagné de Marius, les yeux humides et la vue troublée par tout ce qui lui tarabustait l'esprit, il avait l'impression que, devant lui, des ombres insolites, comme affolées par le vent, issues de rien ou du soleil qui brillait toujours autant, se détachaient des fourrés alentour, des ombres imaginées par le malin pour emballer, pour blesser, pour déchirer son cœur. Il marchait, il cheminait plutôt, parce que, à l'approche de la ferme, il avait ralenti son allure.

— Vous y arriverez, toi et les deux femmes ? s'émut soudain Marius, qui ajouta, après une brève hésitation : Parce que Cécile, avec les petiots...

Victor marqua alors un arrêt.

Le nez de Marius était encore enflé. Une tache verdâtre qui virait au marron foncé puis au jaune sale s'étirait doucement sur sa joue gauche. Victor savait que Marius ne lui en parlerait pas, qu'il ne lui en voudrait pas, qu'il avait déjà oublié.

Il se remit en route, Marius avec lui.

— Comment te dire ? fit Victor en haussant les épaules. Ce sera dur, mais on verra bien.

— Dur, oui, je me doute.

— On verra bien, répéta Victor à part lui.

Puis il reprit le cours de ses pensées. Ce qui le préoccupait surtout, c'était comment, en arrivant à la ferme, il lui faudrait s'y prendre pour annoncer à Louise et à Cécile que Jules était maintenant dans un train et que, demain ou après-demain, ou dans une semaine, il serait en campagne, un casque sur la tête, des guêtres aux pieds et un fusil à la main. Jules et pas seulement. Peut-être aussi le Guilh. Et beaucoup d'autres comme eux. Dans les Ardennes ou bien dans le Pas-de-Calais. A Sedan ou à Saint-Quentin. Dans les trous de la ligne Maginot où, tous, ils espéreraient dissuader les Allemands de les attaquer. Et que là-bas, dans la boue, dans le froid, sous la pluie et la grêle, Jules protégerait, défendrait leur existence à tous, celle de ses enfants, Marguerite et maintenant Renée, au risque de perdre la sienne. Oui, comment s'y prendrait-il ? Comment le leur annoncerait-il ? Elles étaient si radieuses tout à l'heure, si contentes, Louise, Cécile, Justine quand, ensemble, elles l'avaient envoyé déclarer la petite Renée à la mairie… Ainsi, tout en tenant d'une main le guidon de sa bicyclette, Victor marchait, la tête basse, les souliers raclant le sol, Marius près de lui, tandis qu'un écureuil au poil roux qui s'était joint à eux, par jeu sans doute, les devançait à présent, agile, nerveux, l'œil brillant et la queue érigée en forme de bâton pastoral. Un écureuil qui s'arrêtait après quatre ou cinq bonds, comme pour les attendre, puis qui repartait bientôt en sautant sur les ombres, on aurait dit pour les attraper, ces ombres affolées, toujours effrayantes, que le soleil, inlassable, griffonnait sur le sol et que les tourbillons du vent déformaient, tourmentaient sans discontinuer.

4

Les matins bleus de Cécile

L'offensive allemande avait débuté le 10 mai 1940, trois semaines après la naissance de Renée. En deux temps trois mouvements, la Belgique et les Pays-Bas avaient été occupés. A peine quatre jours plus tard, les divisions de panzers avaient franchi la Meuse, tant en Belgique, à Dinant, qu'en France, à Sedan, puis ils avaient obliqué vers la Manche. Le 28 mai, la Belgique avait capitulé. Le 4 juin suivant, la ville de Dunkerque, prise en tenaille, se voyait abandonnée à l'armée ennemie, les troupes britanniques et françaises, le dos à la mer, n'ayant plus d'autre solution que d'embarquer vers la Grande-Bretagne. Cinq jours plus tôt, dans les faubourgs de Lille, Jules et ses compagnons de malchance, parmi lesquels ne figurait pas le Guilh, toujours retenu au casernement du 92, la chose était à présent certaine, avaient été faits prisonniers après avoir résisté jusqu'à ce qu'ils n'aient plus de munitions. Un moindre mal, tout bien considéré, à en juger par le nombre impressionnant de victimes laissées sur le terrain. A compter du 7 juin, la ruée allemande s'était amplifiée, tout d'abord vers le sud de la France, ensuite vers l'ouest.

Le gouvernement français s'était alors replié sur Tours, pour bientôt gagner Bordeaux. Le 14 juin, Paris fut déclaré ville ouverte. C'était la Débâcle. La Débâcle avec un *D* majuscule. Et l'exode, depuis des semaines déjà, mais non plus pour quelques-uns, Belges ou Alsaciens, maintenant c'était pour tout un peuple. La peur, devenue collective, se lisait sur tous les visages. Aussi, on ne pensait plus qu'à une chose : fuir, décamper de là où on était, toujours trop près des Allemands. Déguerpir au plus vite. Sauver sa peau, celle de l'épouse, celle des gosses, celle des grands-parents. Sur les routes, sur les chemins, en rase campagne comme au milieu des forêts, dans les rues des villages dont certains avaient été désertés, des millions de civils marchaient à présent au hasard des heures, au hasard du jour, de la nuit, sans s'inquiéter du soleil ou de la pluie. Dans un étrange chaos où se mêlaient piétons de toutes origines, de toutes confessions, et véhicules de toutes sortes, on allait, on fuyait, affolés, tirant des charrettes ou poussant des landaus chargés de victuailles, de casseroles, de lessiveuses, parfois de tables et de chaises empilées les unes sur les autres, de vêtements ficelés en paquets informes, et de souvenirs aussi inutiles qu'encombrants, de photos jaunies, de poupées démembrées, de bonbonnières en porcelaine, de phonographes dont on avait oublié les aiguilles. Ils allaient, les femmes, les enfants, les vieillards, fatigués et grincheux ; certains suaient sang et eau, ahanaient, chutaient sur les genoux, suppliaient qu'on attende après eux, bien qu'il leur fût impossible de se relever ; d'autres, au contraire, dès qu'ils le pouvaient, forçaient soudain l'allure comme si de gagner quelques mètres sur ceux qu'ils dépassaient leur octroierait une meilleure place. Une place à l'orchestre, une place de choix, comme au théâtre. Mais c'était le théâtre de l'enfer. A croire qu'ils ne se rendaient pas compte, inconscients, de la gravité des événements. Comme si 14-18 s'était effacé de leur mémoire. Et si, devant eux, on n'avançait pas assez vite, alors ils criaient, ils gesticulaient, ils engueulaient le monde et faisaient le coup de poing, si nécessaire. Jusqu'aux soldats perdus, alliés et français, qui erraient, hagards, souvent sans armes, et réclamaient à manger. Ainsi, pendant plusieurs semaines, pendant plusieurs mois, la France n'avait plus ressemblé qu'à un cortège, un cortège qui s'étendait, s'étirait du nord vers le sud et s'ouvrait comme un delta, un fleuve éclaté aux ramifications innombrables, tant vers l'est que vers l'ouest ; un cortège martyrisé, torturé, mitraillé par l'aviation allemande. Ces Stukas dont on entendait à des kilomètres de distance, mais toujours trop tard, le bourdonnement des moteurs. Rares, alors, étaient ceux qui, les voyant fondre sur eux, pareils à des nuées de frelons, échappaient aux rafales qui les transperçaient, aux bombes qui les dispersaient en morceaux de chair sanguinolents, agités de soubresauts. Un profond silence s'instaurait sitôt passée la sinistre giboulée. Sur la route, pendant une minute, peut-être davantage, plus personne ne bougeait, n'osait soulever les paupières. Hormis cette fillette qui, comme pour se distinguer du reste de l'univers, se remettait à marcher, un peu mécaniquement, avant de s'effondrer quelques mètres plus loin, de s'écraser sur le bitume surchauffé. Fillette ou gamin, peu importe. A ce moment, un cri s'élevait dans la lumière et crachait sa haine sur le soleil. C'était la mère de l'enfant, qui, à force de retenir en elle sa douleur, en avait perdu la respiration. Il n'en fallait pas plus pour que les gens alentour, le nez encore dans l'herbe, se remettent en route, et que leur tintamarre, bientôt mêlé au chant des oiseaux, aux glapissements du renard, s'impose à nouveau au silence. Ainsi, à chaque fois, pour ceux que la mitraille et les bombes avaient épargnés, le cortège de la vie, comme une rivière, reprenait son cours. Les autres les rejoindraient plus tard : le temps de soigner les blessures, de rassembler les restes de quelques morts puis de les glisser en lieu sûr, à l'abri, c'est-à-dire au fond d'une bassine ou d'une valise, et ils repartiraient eux aussi. Toujours, la vie reprenait le dessus, plus forte que la désespérance.

Plus de deux années s'étaient envolées, lorsque, le 27 novembre 1942, les troupes allemandes envahirent la caserne du 92. Elles en prirent possession en quelques heures malgré la résistance de soldats valeureux. Certains furent tués ; les autres, faits prisonniers, furent expédiés dans des camps. Au vrai, cela avait commencé le 11 novembre.

— Mais le déroulement des opérations serait bien trop long à vous raconter, fit Victor à Louise.

Ce jour-là, comme souvent, il était revenu des Volcans, où il était allé pêcher les dernières nouvelles. Parce qu'à la ferme la radio grésillait parfois si fort qu'on ne comprenait plus rien de ce qui se disait. Quant aux journaux, comme *La Montagne*, ils étaient si souvent censurés qu'on ne savait plus les lire qu'à moitié.

— Et puis, de toutes les façons, je crois bien que je vous raconterais mal. Le certain, c'est qu'on ignore pour le moment ce que notre Guilh a pu devenir. Pas tué, là-dessus, il n'y a pas de doute. On l'aurait déjà retrouvé. Mais blessé, c'est pas impossible du tout. A l'abri quelque part. Faut espérer. Ou peut-être expédié en Allemagne, dans un camp, lui aussi, comme notre Jules. On n'en sait fichtre rien…

Victor se tourna alors vers Cécile, dont il avait longuement serré la main, puis vers les fillettes, qui s'amusaient près de la cheminée. Marguerite avait maintenant cinq ans et sept mois. Et Renée, grassouillette comme une caille, tout juste trois ans de moins. A ce moment, à cause du silence, elles s'étaient arrêtées de jouer et avaient levé la tête. Puis elles se précipitèrent vers Victor et, comme souvent, lui demandèrent pourquoi leur papa n'était jamais là, avec eux tous. Et pourquoi, ce soir-là, comme les autres soirs, il ne rentrerait pas. Renée, elle-même, qui pourtant ne l'avait encore jamais vu, si ce n'est sur les photos qu'on lui montrait, le réclamait elle aussi, prétendant comme sa sœur qu'il lui manquait beaucoup.

Alors, Cécile la souleva et elle l'installa sur ses genoux.

— Il va revenir, ma puce, lui assura-t-elle comme toujours. Il sera de retour bientôt, il ne faut pas que tu t'inquiètes…

Mais comme elle lui répétait ça pour la énième fois, ce 27 novembre, malgré la douce chaleur qui régnait dans la pièce, elle ne put s'empêcher de trembler.

Pourquoi, ce soir-là, jusque très tard dans la nuit, Cécile reprit-elle les lettres que Jules lui avait envoyées du Stalag IX B, puis du Stalag IX C[1], où il était encore prisonnier ? Etait-ce parce qu'elle n'avait plus reçu de nouvelles de lui depuis maintenant plus d'un mois et qu'elle s'en inquiétait ? Ou parce que l'occupant avait décidé, en envahissant soudain Riom, puis Clermont, et bientôt la France tout entière, c'était probable – Cécile en avait eu le pressentiment tout à l'heure en écoutant Victor –, de rayer le pays de la carte du monde ? Sans doute, elle n'aurait rien su en dire. Et peut-être même ne s'est-elle posé aucune de ces questions. Parce que, une

1. Camps de prisonniers de guerre destinés aux soldats et aux sous-officiers, pendant la Seconde Guerre mondiale. Le Stalag IX B se trouvait à Bad Orb, petite ville de la Hesse, à cinquante kilomètres de Francfort. Le Stalag IX C était situé quant à lui à Bad Sulza, en Thuringe.

fois dans sa chambre, sa chemise de nuit enfilée, elle se contenta, comme absorbée, affairée par un travail de première importance, de soulever le couvercle de la boîte métallique dans laquelle, depuis que Jules était en captivité, elle serrait le courrier qu'il lui adressait. Elle en sortit les lettres, une à une, les posant selon un certain ordre sur son lit défait, celles expédiées du Stalag IX B, tout d'abord, puis celles du IX C. Et après un temps, un peu au hasard, elle en saisit une. Mais elle ne la déplia pas tout de suite. Tout d'abord, elle la regarda longuement, un peu comme si elle en découvrait le format, la texture, le velouté du papier sous ses doigts. Oui, elle la caressa tout d'abord du bout des doigts, mais aussi avec les yeux, et en parcourut chaque détail. Ce tampon, en haut à gauche : *46 geprüft Stalag IX B*. Et cet autre cachet, à droite, qui marquait une date, mais imparfaitement lisible. Et encore, imprimée en gras, cette précision qui fit du mal à Cécile, comme à chaque fois qu'elle la lisait, et lui étreignit un court moment la poitrine : *Kriegsgefangenenpost*, correspondance des prisonniers de guerre.

Jules, prisonnier ? Prisonnier de guerre ? Jules qu'on avait enfermé, mis en prison, comme un voleur de poules ? Est-ce que c'était possible ? Se ferait-elle jamais à une idée pareille ? Cécile savait bien que non. Comme elle savait qu'avec lui, tout là-bas, en Allemagne, ils étaient des milliers, des centaines de milliers, peut-être des millions à écrire à leurs épouse, mère, père, enfants, fiancée ; à leur écrire qu'ils allaient bien, pour les rassurer, qu'ils ne souffraient d'aucune maladie, sinon d'un vilain rhume, d'une grippe ou d'une indisposition passagère ; en tout cas qu'ils étaient bien traités. Mais cela aussi, est-ce que c'était imaginable ? Cécile n'y croyait pas davantage. Dans une de ses lettres, Jules ne lui avait-il pas écrit qu'il ne pesait plus très lourd, ajoutant toutefois qu'il était déjà en train de se « remplumer » ? Que lui était-il donc arrivé de si important qu'il avait tenu secret à Cécile, qu'il n'avait pas osé ou n'avait peut-être pas eu le droit de lui dire ? Lui, si robuste, à la musculature si puissante… Avait-il été puni, battu, peut-être même torturé ? Privé de nourriture aussi ? Et tenu à l'écart de ses infortunés compagnons ? En France, maintenant, même en zone libre, comme ici, à Valliergue, il se passait tellement de choses incroyables, et tellement horribles. Victor en parlait assez souvent. A mots couverts. Parce qu'on ne vivait plus que dans la méfiance des uns et des autres. Alors, là-bas, à Bad Orb ou à Bad Sulza, à plus forte raison. Mais comment savoir ? Et pourquoi ? Jules s'était-il risqué à quelque combine de sa façon ? Avait-il tenté de s'évader ? Lui si indocile avec son père, quand il était tout jeune, et même à l'époque de son service militaire… Combien de fois, pas peu fier, il avait raconté ses exploits ? Rien que d'y songer, Cécile en frémissait encore.

Assise sur le lit, elle se laissa tomber à la renverse, la tête sur son oreiller, et pendant un moment, les yeux ouverts, elle balaya du regard les fissures qui craquelaient le plafond, en un endroit précis, un peu à gauche de la suspension qu'éclairait une ampoule de faible puissance, et bientôt elle s'abandonna à la rêverie, comme naguère, lorsque Jules, après qu'ils avaient fait l'amour, nu comme elle, allongé sur le dos lui aussi, continuait de la caresser tendrement. Elle éprouvait alors le poids de son bras sur sa poitrine, sa chaleur sur son ventre, la douceur moite de sa main qui glissait entre ses cuisses. Il n'était pas rare que Jules se redresse après un moment et que, penché au-dessus d'elle, il la regarde, regarde sa bouche qu'elle avait large, ses lèvres d'un rouge vif que leurs longs baisers avaient rendues plus brillantes encore, ses yeux à l'éclat si ardent ; qu'il la regarde avec gourmandise, inassouvi, jamais rassasié, jamais assez ivre d'elle, et de l'odeur de sa peau, de la délicatesse de sa taille, de ses seins blancs, tout gonflés.

Cécile poussa un long soupir, elle avait les paupières humides. Tout ça lui paraissait maintenant si loin. Elle se souleva et reprit la lettre. Celle-ci, comme les précédentes, Jules l'avait écrite avec un crayon. Un crayon à la mine noire et grasse dont l'empreinte sur le papier tendait à adoucir la vivacité du trait, les aspérités d'un tracé qu'il voulait toujours aussi volontaire, aussi résolu, sûrement, comme pour mieux estomper, dissimuler les tourments dont il était l'objet. Cécile reprit la lettre et la déplia avec soin :

Comment vas-tu petite fille ? J'ai reçu une lettre de mes parents. Ils me disent qu'ils vont bien. C'est mon frère qui les inquiète, car ils sont sans nouvelles de lui. Peut-être as-tu la possibilité de m'en dire davantage ? Ta maman m'a écrit, le savais-tu ? Elle m'assure que tu as bonne mine, malgré la fatigue, est-ce bien vrai ? Et les fillettes ? Marguerite pousse-t-elle comme il faut ? Maintenant, elle doit être grandelette. Donne-moi aussi des nouvelles de notre garçon manqué, notre petite Renée. Un peu rouquine, me disais-tu ? Les mêmes reflets que son papa, alors ? Non, sais-tu que je ne suis plus déçu du tout. Après tout, on a fait ce qu'on a pu. Mais, si tu veux bien, et pour que la relève soit à sa place, le jour viendra où nous le fabriquerons ensemble, notre dernier bambin…

Cécile s'arrêta alors de lire. Parce que sa gorge s'était soudain resserrée. A cause des sanglots qui montaient en elle et qu'elle retenait. Brûlants comme de la lave. Mais ces sanglots, pourquoi donc ? Etait-ce parce qu'elle venait soudain de repenser au Guilh ? A ces lettres nombreuses qu'il leur adressait, à Louise et à elle ? Toujours à elles deux, pour prendre de leurs nouvelles et donner des siennes ? Sûrement, elle s'en voulait de l'avoir délaissé, lui qui leur écrivait avec tant d'assiduité, donnant toujours du « Madame » à Louise, du « Chère Cécile » à Cécile, et n'omettait jamais d'embrasser les fillettes avec amour… D'où il était, continuerait-il à leur écrire ? Le pourrait-il à présent ? En aurait-il le droit ? Et s'il avait été blessé, l'avait-il été grièvement ? Ne pouvant répondre à ces questions, Cécile se sentit stupide et elle s'apaisa bientôt. Et de nouveau, comme s'enfuyant, elle se vit partir en rêverie. Tout éperdue, toute remuée entre les bras de Jules.

Pourtant, cela ne dura pas. Dans la pièce d'à côté, celle où dormaient Marguerite et Renée, Cécile entendit tousser, puis l'une d'elles pleurnicher. Alors, elle s'empêcha de respirer un instant, à l'écoute du moindre bruit, du moindre souffle d'air qui, à cette heure avancée, lui aurait semblé anormal, déjà prête à bondir s'il le fallait. Et elle s'en prit à elle-même un instant d'avoir négligé ses enfants, tandis qu'elle relisait la lettre de Jules et pensait au Guilh. Puis elle s'en voulut d'avoir oublié que Victor dormait dans une chambre, au rez-de-chaussée, et que, dehors, depuis des mois maintenant, lui et Marius avaient installé près de la porte d'entrée de la ferme la niche de Thelma, la chienne bas-rouge, une bête percluse de rhumatismes, certes, mais qui n'aurait pas manqué de les alerter si nécessaire. Thelma, dont Marguerite disait qu'elle était vieille, parce que les poils de son menton étaient tout blancs. En fait, depuis que Jules était parti à la guerre dans le nord de la France et qu'il avait été fait prisonnier par les Allemands, il s'était passé des choses en grand nombre. A la ferme, mais pas que. A Valliergue. En France. Partout dans le monde. Et pas des meilleures, le plus souvent. C'est pourquoi Victor dormait à présent dans la chambre du bas. Justement pour tranquilliser Louise et Cécile. Et pourquoi aussi Thelma ne gardait plus l'étable. Elle qui, depuis qu'elle était arrivée à la ferme, il y avait bien longtemps de cela – elle était alors toute jeune –, avait vécu dans l'ignorance de chacun. Et pourquoi, enfin, Marius, l'ami de Victor, s'était installé dans la chambre du Guilh. Pour que les nuits de Justine ne soient pas troublées par la peur des vagabonds. Et encore ! Parce que le danger, bien souvent, ce n'était pas des vagabonds qu'on devait le craindre. Ni de tous ces malheureux qui continuaient à fuir la France occupée, la France de Paris, et que la France libre, celle de Vichy, poursuivait également. Les Juifs, les communistes, les Tsiganes, les étrangers de toutes origines…

« Ici, on a de la chance, avait lancé Louise, un beau soir, car on ne parvient jusqu'à nous que dans la mesure où on sait qu'on existe. Sinon, on ne verrait jamais personne… »

A moins de s'être égaré, avait pensé Victor à part lui. En 42, c'était tout de même arrivé deux fois. Au cours de l'été, notamment, de bon matin, courant juillet. Surprise dans son sommeil, Thelma avait aboyé, mais tout d'abord sans montrer les crocs. Comme si la Peugeot 202 qui s'était arrêtée à l'entrée de la cour lui avait rappelé quelque chose. Mais, comme elle n'avait reconnu aucun des quatre occupants du véhicule au fur et à mesure qu'ils en étaient sortis, son humeur s'était vite changée en colère. La femme devait avoir une quarantaine d'années ; elle était élégante et brune, bien arrangée sur elle, mais elle montrait une grande lassitude. Deux enfants, d'environ neuf et dix ans, ainsi qu'un homme âgé, en pardessus à col large et la tête couverte d'un chapeau, s'étaient montrés à leur tour. Victor était allé ouvrir la porte. Louise l'avait suivi. Cécile avait gardé les enfants près d'elle, à l'intérieur de la maison. Manifestement, ces gens venaient de très loin. Peut-être étaient-ils de Paris ? L'homme s'était présenté, puis il avait présenté la femme comme étant sa fille, Emma, et ensuite ses petits-enfants, Nathan et Paul. Il avait une voix très douce et il parlait posément, en détachant les syllabes, un peu comme s'il craignait de ne pas être bien compris de ses interlocuteurs. Il avait aussi un accent. Mais, au juste, de quelle région ? Il avait expliqué que sa fille, à un moment, s'était trompée de direction, certainement, qu'ils n'auraient jamais dû aboutir ici, car il voyait bien qu'ils ne pourraient aller plus loin sinon en faisant demi-tour. Mais sa fille, avait-il poursuivi, était maintenant bien trop fatiguée pour reprendre le volant. Où ils comptaient se rendre ? Il ne savait pas trop. Mais l'essentiel n'était-il pas de sauver les enfants, de fuir l'envahisseur, si ce n'était pas déjà trop tard, parce que, à présent, de toute leur famille, ils n'étaient plus qu'eux quatre ? Sa femme et son gendre avaient été victimes d'une rafle, à Paris, dans le IXe arrondissement, alors qu'ils étaient en visite chez des amis. Et s'ils avaient réussi à s'échapper, le vieil homme n'avait toujours pas compris par quel miracle, mais c'était ainsi. « Vous connaissez Paris ? » avait-il brusquement demandé à l'instant où sa fille, sur le point de perdre connaissance, s'était retenue à son bras pour ne pas tomber. Ils avaient fait la route depuis Paris, quasiment sans s'arrêter. L'idée était alors venue à Victor que ces gens devaient être originaires de Pologne et qu'ils étaient juifs.

Dans le même temps, Marius était accouru et, comme Victor n'avait pas bougé, il avait soulevé la femme, légère comme une plume, et s'éloignant déjà il avait lancé à Louise : « Je m'occupe d'eux, si vous voulez bien. Peuvent pas rester ici trop longtemps. Pour leur sécurité et pour la vôtre. Juste ce qu'il faut pour les ragaillardir un brin, ensuite je les remettrai sur le bon chemin. Ça vous va ? » Louise avait opiné, un peu dépassée. « Vous m'accompagnez, s'il vous plaît ? avait continué Marius, s'adressant à l'homme et aux enfants. Dans ma chambre, là-haut, vous ne craindrez rien. Un brin de toilette, un repas copieux et du repos, voilà tout ce qu'il vous faut. Demain matin, je vous montrerai la route à suivre jusqu'à Saint-Flour. J'y ai de bons amis. Ils s'occuperont de vous à leur tour… »

Ni Louise ni Victor n'avaient entendu ce que Marius avait encore expliqué au vieil homme qui lui avait emboîté le pas, sans discuter, accompagné des enfants. Tout ce dont ils étaient certains, c'est que Marius disait vrai. Car des amis, de bons amis, il en avait du côté de Saint-Flour. D'où il les tenait ?

Victor ne le lui avait jamais demandé. Des résistants, c'était plus que probable. De toute façon, ça lui était bien égal. Parce qu'il avait toujours eu confiance en Marius, malgré son attirance pour la piquette, même si, que l'on fût en paix ou en guerre, ses activités n'avaient pas toujours été des plus honorables.

Quand Victor était ressorti dans la cour, quelques minutes plus tard, la Peugeot 202 n'était déjà plus là. Marius avait dû ajouter quelques litres de carburant dans son réservoir, puis la dissimuler quelque part dans les fourrés voisins. Et maintenant, sûr qu'il était aux vaches, en train de leur distribuer le fourrage. Le lendemain, Cécile s'en souvenait, quand elle s'était levée, les oiseaux s'étaient envolés avec leur voiture ; ils avaient emmené Marius avec eux. « Je leur ai tout préparé, comme Marius m'a demandé », avait assuré Justine. Jusqu'où Marius les avait-il conduits ensuite ? A son retour, le surlendemain, peu avant l'aube, il n'en avait soufflé mot à personne, pas même à Victor. Alors la vie, de son côté, avait joué l'indifférence.

Un peu comme eux autres, à la ferme, depuis ces longs mois qui n'en finissaient plus, songea alors Cécile tout en reprenant la lettre de Jules. Parce qu'ils avaient eu la bonne fortune, comme Louise en faisait parfois l'observation, mais sans en tirer gloire, ou bien la gloire en serait revenue à Dieu et à Lui seulement, d'être souvent passés à côté de la guerre. A moins que ce ne fût elle qui les ait méprisés jusqu'à ce moment. Ou bien épargnés. Comme ces avions de la Luftwaffe qui survolaient régulièrement les environs, mais n'avaient jusqu'alors jamais pollué leur ciel. Parce que oui, il fallait bien le reconnaître, au domaine Ferrandon, jusqu'à présent ils n'avaient manqué de rien. Les restrictions ne leur coûtaient pas trop. A part le riz et les pâtes. Jusqu'à Jules qui, dans son malheur, devait recevoir chaque mois le plus frais, le plus gros, le mieux garni des colis.

Mais pour Cécile, tout cela était en train de changer. Le 11 novembre dernier, elle y repensait, en avait déjà donné le signal, quand les troupes allemandes avaient franchi la ligne de démarcation. « C'est foutu, de Lattre[1] a été trahi, le pays est maintenant aux mains des Allemands ! » s'était exclamé Marius, accablé par la nouvelle qu'il venait d'apprendre. Il y avait de ça une dizaine de jours. Et puis voici que maintenant ils avaient pris possession du 92 et des bâtiments de la caserne, tué on ne savait encore combien de valeureux et déjà décidé, ça tombait sous le sens, d'emmener les autres, tous ceux qui n'avaient pas réussi à se sauver, dans leurs camps de prisonniers, là-bas, en Allemagne. Tout cela, ce ne pouvait être qu'avec

1. Le général de Lattre de Tassigny, acquis à la Résistance, fut interpellé le 11 novembre 1942, à Saint-Pons, puis incarcéré à la prison militaire de Toulouse. Condamné à dix ans de prison par une juridiction d'exception qui devait se tenir à Lyon, puis écroué à la maison d'arrêt de Riom, il s'évada dans la nuit du 2 au 3 septembre 1943 et regagna Londres le 17 octobre suivant.

une idée derrière la tête. Une idée machiavélique. Cette idée que Cécile, avec effroi, n'avait cessé de remâcher depuis le matin : éliminer la France, la supprimer de la carte. L'effacer ! A ce moment, malgré sa colère, le sommeil qui lui martyrisait les yeux l'obligea à bâiller. Quelle heure pouvait-il être ? Minuit passé, c'était possible.

— Qu'est-ce qu'on leur a donc fait ? se demanda-t-elle encore, sans se rendre compte qu'elle pensait maintenant à voix haute.

Bientôt, sentant le froid lui saisir les épaules et le haut du dos, elle se glissa entre ses draps. Mais aussi épuisée qu'elle était, elle s'acharna encore à finir cette lettre dont elle avait déjà parcouru les trois quarts.

Ainsi, Marius, ce boit-sans-soif, est avec vous ? Qui donc a eu cette idée ? En tout cas, j'en suis très heureux. C'est un brave homme, même s'il n'est pas toujours d'un commerce facile. J'étais inquiet tout de même de vous savoir toutes les trois, plus les gamines, avec seulement Victor pour vous protéger. C'est que le domaine est bien tranquille, mais aussi bien isolé par ces temps. Vraiment, vous êtes tous courageux. Je voulais te dire que je n'ai plus eu de nouvelles de notre Guilh depuis mon départ du 92. En as-tu eu de ton côté ? Peut-être ses parents t'ont-ils écrit ? Lui aussi, il me manque énormément. J'ignore toujours pourquoi on nous a séparés. S'il était là, tu n'imagines pas combien je me sentirais mieux. Plus courageux, surtout. Mais peut-être que son sort est plus doux que le mien. Je l'espère vivement pour lui. Si tu en as l'occasion, on ne sait jamais, dis-lui que ma santé est bonne. Il est inutile de l'inquiéter. J'avais encore des choses à te raconter, mais comme tu vois je n'ai plus guère de place. Je reprendrai donc mes confidences une autre fois. Embrasse Marguerite et Renée. Petite fille, je te serre tendrement contre moi et te couvre de doux baisers…

Quand Cécile se réveilla, le soleil était sur le point de se lever. Ce qui voulait dire qu'elle était déjà bien en retard. Alors, très vite, elle rangea les lettres dans la boîte en fer d'où elle les avait tirées. Sans négliger celle qu'elle avait espéré relire jusqu'au bout, bien qu'elle pût se la réciter par cœur. Comme souvent, le sommeil avait été le plus fort ; il avait dû la surprendre au moment où elle s'y attendait sans doute le moins. Bientôt, elle sortit du lit et ouvrit les volets. Pendant la nuit, une légère couche de neige avait profité du silence pour iriser de blanc les pavés de la cour et les branches du noyer.

Les fillettes entrèrent dans la chambre comme Cécile refermait sa fenêtre. Elles lui dirent qu'elles avaient grand-faim et l'entraînèrent sans tarder jusqu'à la cuisine, au rez-de-chaussée, où Justine et Louise étaient à l'ouvrage, tandis que Victor et Marius se préparaient à partir. Juste avant de franchir le seuil, ce dernier annonça qu'il ne serait pas de retour au soir, ni même le lendemain. Il termina avec un large sourire :

— Ne vous en faites surtout pas, les enfants, tout ira bien...

Justine voulut courir après lui, mais Victor la retint sèchement :

— Il sait ce qu'il fait, remarqua-t-il, l'air contrarié. Laisse-le continuer son chemin, c'est son affaire à lui, pas la nôtre...

Alors, elle se tourna vers Victor et, voyant toute la peine qui marquait son visage, elle murmura, la voix brisée :

— Toi aussi, tu voudrais bien le suivre, pas vrai ? Mais vois notre chère Louise, et notre Cécile, et les petites ; ici, nous avons toutes besoin de toi...

Victor soupira, il en convenait ; pourtant, à rester là, tandis que la mort avait peut-être déjà enlevé Jules, et le Guilh contrairement à ce qu'on avait assuré, alors même que Marius galopait maintenant vers elle, il ne put s'empêcher de se maudire, et de maudire son état :

— Gardien de ferme ! Gardien de ferme et rien d'autre ! gronda-t-il en levant le bras. Ça oui, ma Justine, je voudrais les rejoindre, eux tous, et que la mort me passe sur le corps tout entier pour vous défendre, plutôt que de rester là à l'attendre, sans savoir...

Comment aurait-il su ? Comment aurait-il su, Victor, que son vœu serait un jour exaucé ? Mais que cette mort ne lui serait pas donnée par les Allemands ? En tout cas, après l'au revoir de Marius, il fallut bientôt se réorganiser. Car on ignorait quand il reviendrait : le lendemain, ou plus tard, ou peut-être jamais. Pas même une semaine s'était écoulée lorsque Louise décida que Justine ne dormirait plus de l'autre côté de la cour, seule et trop éloignée d'eux autres. Alors, un matin, elle en informa Cécile et Victor. Justine, bien qu'elle n'eût rien à se reprocher, se sentit aussitôt mal à l'aise. Voilà qu'elle allait s'installer au premier étage de la ferme, dans la chambre qu'occupaient les petites, et que les petites dormiraient dorénavant dans la chambre de leur mère ! C'était le monde à l'envers. Elle en était cependant bien satisfaite, car, ces deux ou trois nuits, l'oreille aux aguets et s'inquiétant du moindre craquement de poutre, elle n'avait sommeillé que d'un œil. Aussi, la fatigue commençait à se faire ressentir sur son travail quotidien. Et c'était bien là la dernière chose qu'elle pût accepter.

Autant que Victor et Cécile, elle participa au déménagement de son lit, bois, sommier et matelas, de son ancienne chambre jusqu'à la nouvelle, puis des lits des enfants, à rouleaux comme le sien, mais moins longs et moins larges, dans la chambre de Cécile. En revanche, de tout ce qui lui était personnel, essentiellement les vêtements et les dessous, elle tint à en faire son affaire. Dans la soirée, la nuit juste tombée et la lune voilée – Renée en avait fait la remarque en la montrant du doigt –, tout était à peu près en ordre. L'ancienne chambre de Justine, où, jusqu'à présent, il y avait eu deux lits, avait été transformée en chambre prête à accueillir un ami de passage. Quant à celle qui avait hébergé Marius, sur l'insistance de Victor, elle avait été rendue au Guilh, son ancien locataire.

— Parce qu'on ne sait jamais, avait-il simplement rétorqué, lorsque Justine lui avait demandé pourquoi il y avait tant tenu. Parce qu'on ne sait jamais...

Louise et Cécile n'avaient rien osé répondre à ça. Parce que Victor, elles s'étaient dit, devait avoir une bonne raison. Une raison qui tenait aux circonstances présentes. Ou à une chose que Marius lui avait peut-être confiée. Un secret, en quelque sorte. Un secret que Victor s'était engagé à ne dévoiler à personne. Justine, dans l'angoisse, avait pourtant insisté, le conjurant presque. Mais Victor, comme la veille, s'était mis en colère :

— Ne m'en demande pas davantage, Justine ! s'était-il écrié, excédé, et prenant Louise à témoin de son impuissance.

Alors, Louise était gentiment intervenue :

— Victor sait ce qu'il fait, ma Justine. Ce ne peut être que pour le bien de nous tous. Pour le bien de Marius aussi, j'en suis certaine.

Elle s'était tournée vers Victor :

— N'est-ce pas, Victor ? avait-elle appuyé.

Mais lui n'avait rien répondu, trop accablé pour continuer à discuter.

Plus tard, dans la soirée, comme tout le monde était supposé dormir, il sortit de la maison, flattant un moment Thelma afin qu'elle n'alertât quiconque, et se rendit dans la chambre du Guilh, où était encore entreposée la malle dans laquelle Justine avait rangé les effets de Marius et les quelques babioles, dont une photo de sa mère, qui ne l'avaient jamais quitté jusqu'alors. Elle était lourde, cette fichue malle, et Victor, pour la descendre, dut la tirer marche à marche jusqu'au rez-de-chaussée, puis encore à travers la cour jusqu'à la grange, au-dessus du garage, où il escomptait la mettre à l'abri des curieux. Aussi la tira-t-il à nouveau le long de l'échelle qui permettait d'y accéder, degré après degré, suant tant qu'il pouvait et manquant la lâcher à plusieurs reprises. Arrivé en haut, il alluma une lampe à pétrole et, à l'aide d'une fourche, il déblaya bientôt une bonne partie du foin, tout au fond, contre un mur, dégageant ainsi une cache où nul ne viendrait chercher la malle qu'il y fourra peu après, énergiquement, en la poussant à renfort de coups de pied. Puis il remit le foin en place, et la fourche également, et il éteignit la lampe.

A ce moment, tandis que la lune, pleine comme une grosse bouille, venait de se dégager des nuages qui l'avaient trempée jusqu'ici, Victor s'aperçut que la chambre de Louise était encore éclairée. A coup sûr, elle avait dû les apercevoir, lui et la malle, mais loin de s'en inquiéter, au contraire, ça le fit plutôt sourire. Louise debout, derrière ses volets, depuis combien d'années était-ce ainsi, presque chaque soir ? Depuis la disparition de Ferdinand, peut-être. Ce manège, Victor le connaissait bien, sans toutefois se l'être expliqué. Mais il n'en avait jamais été choqué.

Avant de rentrer, il retourna dans la chambre du Guilh, où il paracheva l'ouvrage accompli avec Justine dans la journée. Parce que le Guilh, c'était aussi les bouquins. Des pages et des pages qu'il dévorait avec appétit, dès qu'il avait cinq minutes de liberté devant lui. D'où tenait-il cette passion ? Victor n'aurait su le dire, mais il la respectait. Comme il avait toujours respecté la foi de Louise, bien qu'il ne crût en rien, et surtout pas en Dieu. Alors, sur la table en noyer où le Guilh avait coutume de laisser un livre ouvert à côté de deux ou trois autres, ça dépendait, et d'un bloc de papier, il ouvrit *Les Thibault* de Martin du Gard. C'était la cinquième partie, celle intitulée *La Sorellina*. Mais il n'y prêta guère d'attention. Il l'avait extrait au hasard d'une trentaine d'autres livres qui figuraient sur une étagère. A présent, selon son souvenir, la chambre du Guilh était redevenue telle qu'il l'avait laissée le jour où il avait été rappelé au 92. Victor jeta encore un dernier coup d'œil, puis il éteignit l'électricité et ferma enfin la porte.

Dehors, comme maintenant la lune derrière des nuées de granit, les ombres avaient disparu. Sûrement, vu le silence doux et ouaté qui régnait alentour, la neige retomberait bientôt, peut-être même pendant la nuit. Victor remarqua qu'une lueur provenait toujours de la chambre de Louise. Se tenait-elle encore debout derrière ses volets ? Avait-elle continûment suivi son va-et-vient ? Combien de questions sans réponse avait-elle dû se poser alors ? Et de quelle machination plus ou moins sombre l'avait-elle supposé capable ? Victor haussa les épaules et, sans plus se soucier de Louise, il traversa la cour lentement, parfois à tâtons de crainte de glisser ; un moment, il discuta avec la chienne comme avec une amie, à voix basse et penché vers elle, tout en la caressant entre les oreilles, là où elle avait le poil ras et serré ; puis il rentra et, déchaussé, regagna sa chambre à pas feutrés.

— Pas très chaud, ici, grogna-t-il malgré lui.

Pourtant, une fois couché, la couverture remontée jusque sous le menton, il s'endormit presque aussitôt. L'âme en paix. Avec ce sentiment qui soulage, même s'il n'a pas toujours grand sens, du travail accompli.

Le lendemain matin, il assura à Louise, qui lui demandait s'il avait passé une bonne nuit, qu'il n'avait fait aucun rêve tellement son sommeil avait été lourd et profond. Et, comme d'habitude lorsqu'il lui répondait sans lever la tête, maussade, le nez plongé dans son bol de chicorée au lait, elle lui jeta un regard qui en disait long.

L'hiver dura ses trois mois de rigueur, pas un jour de plus, pas un jour de moins, comme s'il était pressé de s'en aller. Le printemps lui succéda sur-le-champ et, dès ses premières heures, il se présenta en Livradois comme en Forez, en habits de tiédeur et de pluie. Aussi, pour le bonheur également partagé, bien que de façons diverses, de Marguerite et de Renée, la sève montante eut tôt fait de redonner des couleurs à la nature. A nouveau, Cécile put emmener les deux fillettes à la promenade. Jamais trop loin cependant, car les bois étaient à présent peu sûrs. Certains de la Milice, les vendus aux Allemands, avaient déjà sévi dans les parages. Ils ne recherchaient pas vraiment le commun des mortels. Mais ce commun leur permettait parfois, une fois torturé, supplicié, de retrouver des maquisards. Ou, sinon les maquisards eux-mêmes, ceux qui les protégeaient, parents ou amis. Et ainsi de suite.

Cécile n'allait donc jamais bien loin. Et, d'ailleurs, l'aurait-elle voulu, que cela lui eût été bien difficile. Parce que Renée, à peine la ferme quittée, ne faisait jamais un pas devant l'autre sans s'enthousiasmer soudain devant la plus négligeable des fleurettes qui s'offrait à sa portée. Elle se baissait alors pour la cueillir, prenant toujours soin en lui coupant sa tige de ne pas en meurtrir la corolle, puis, après l'avoir examinée attentivement, elle décidait ou non de la donner à sa mère. Ainsi en fut-il d'abord des violettes, puis des primevères et des pâquerettes, des pervenches aussi, et des renoncules. A peine en avait-elle cueilli une qu'elle se précipitait généralement sur une autre. Et comme elle avait de quoi faire, la saison le voulait ainsi, si Cécile lui avait cédé à chaque fois qu'elle s'exclamait devant une fleur comme par hasard plus gracieuse que les précédentes, au bout d'une heure, au grand dam de Marguerite qui en l'attendant, impatiente de sauter, de gambader, de danser parmi les chênes et les hêtres, lacérait à coups de branchettes arrachées les jeunes pousses qui se trouvaient sur son passage, toutes les trois n'auraient guère progressé que de quelques mesures.

Cécile n'aimait pas que Marguerite s'en prenne ainsi aux arbres et aux plantes, et même aux animaux, qu'elle poursuivait en riant aux éclats, comme cet oiseau blessé qu'elle avait achevé, le jour de son anniversaire – de leur anniversaire, à elle et à Renée, ce 17 avril 1943 –, pour éviter, avait-elle prétexté, tandis que Cécile la grondait vertement, qu'il ne souffre plus longtemps ou qu'un vilain renard ne vienne à le dévorer. Accrochée à sa mère et tremblante, Renée en était restée interdite. « Pourquoi t'as fait ça ? » avait-elle demandé, tout effrayée, portant sa main à sa bouche et le front tout plissé, à Marguerite. « On aurait pu le prendre avec nous et le soigner », avait-elle dit encore, au bord des larmes. Cet après-midi-là, qui aurait dû être un après-midi de fête parmi les plus joyeux, d'autant qu'au retour un gâteau que Louise avait confectionné en cachette et que Justine avait orné de bougies récupérées au fond d'un tiroir – à Valliergue, on n'avait pu lui fournir ce qu'elle recherchait – attendait les fillettes, s'était terminé en punition et sanglots. Punition pour Marguerite et gros sanglots de la part de Renée qui, déjà oublieuse du malheureux oiseau, en avait voulu à sa mère de réprimander sa sœur, lui arrachant des mains les primevères qu'elle avait eu le temps de cueillir pour les offrir aussitôt à sa grand-mère, éperdue de joie.

— Quelle bonne petite tu fais ! s'était exclamée Louise.

— Une chipette, tout de même, avait ajouté Cécile.

Un long silence s'était alors établi, pendant lequel on s'était regardées tour à tour, Renée un peu sur le qui-vive, gênée et ne sachant quoi faire de ses bras, Louise et Cécile plutôt amusées par son attitude embarrassée.

Enfin, Cécile avait soupiré :

— C'est vrai qu'elles ne se ressemblent guère…

— Mais elles ont aussi le temps de changer ! en avait terminé Louise, plantée devant la table, avec son gâteau.

Oui, Marguerite et Renée ne se ressemblaient guère. A la douceur de Renée s'opposait déjà, à l'évidence, le caractère volontaire et farouche de Marguerite. Physiquement, elles n'avaient de point commun que la taille. Marguerite avait maintenant six ans et Renée trois. Trois ans de différence exactement, puisque chacune était née un 17 avril, le jour de la Saint-Anicet. Pourquoi le même jour et pourquoi ce jour-là plutôt qu'un autre ? S'il y avait eu une raison, en tous les cas, elle n'était connue que de Dieu seul. Toujours est-il que ç'avait été à chaque fois un très beau jour de très beau temps, et que les étés qui avaient suivi s'étaient révélés, fidèles au dicton, aussi beaux qu'eux sinon davantage. Etonnamment, elles étaient donc de la même taille ou presque : Renée, beaucoup plus grande que les enfants de son âge, et Marguerite, à l'inverse, beaucoup plus petite. Ce qui avait le don de l'irriter pour peu qu'on en parlât en sa présence. En revanche, Renée était toute ronde, tandis que Marguerite était aussi fine que ces badines dont elle jouait avec audace, l'œil sombre et souvent sévère. Car son iris était aussi bleu foncé, ourlé de noir, que celui de Renée était brun pâle, presque liquide. Le nez de l'une était rectiligne, quasi parfait ; celui de l'autre, on parle de Renée, se terminait en trompette, les narines aussi arrondies qu'un « Oh ! » de stupeur. Du côté des cheveux, les différences étaient non moins flagrantes : ceux de Marguerite tiraient sur le brun-roux ; ceux de Renée sur le blond filasse. L'aînée les avait raides et plutôt rares, tandis que la cadette était frisée. De la sorte, c'était en vain aux yeux de Louise que Cécile s'acharnait à obtenir de jolies anglaises avec les cheveux de Marguerite et à façonner, chaque matin, une coque qui en fût vraiment une avec ceux de Renée. Bien sûr, Renée était toute désolée de la nature de ses cheveux, tandis que Marguerite était bien contente, quelques heures plus tard, de retrouver, couvrant ses fines épaules, ses mèches raides et longues.

« Elles ont bien le temps de se fabriquer toutes seules, répétait Louise, dès qu'une occasion se présentait.

— Et Marguerite, surtout, d'être plus gentille avec sa sœur », ajoutait alors Cécile.

Louise écartait les bras, hochait la tête.

« Attends au moins qu'elle ait sept ans, veux-tu ?

— L'âge de raison ? »

Louise esquissait alors un sourire. Mais à quoi bon poursuivre ? La conversation aurait été sans fin. Pour Cécile, pensait Louise, ce qui comptait avant tout, et c'était bien naturel, c'était le retour de Jules. Jules qui lui avait réécrit début janvier et qui, depuis lors, n'avait cessé de lui envoyer, comme il le faisait auparavant, ses longues lettres à l'écriture serrée, tracée au crayon de papier. Mais des lettres qui ne lui disaient jamais rien de lui, de sa vie, qui ne savaient que poser des questions, lui demander comment elle allait, comment allaient les filles, et Louise, et Victor, et Justine, et Marius, et le Guilh, dont il réclamait tout aussi régulièrement des nouvelles. Des lettres de feu qui lui proclamaient, lui criaient son éternel amour, un amour de chaque instant, un amour de chaque jour et de chaque nuit. Des lettres qui ne lui avaient jamais expliqué pourquoi il avait été transféré d'un Stalag dans un autre, ni comment il était traité, ni pourquoi, pendant deux mois, elle n'avait rien reçu de lui, pas une lettre, pas le plus petit mot, rien, rien. A travers ses propres lettres à elle, à travers les larmes qui les tachaient, les nimbaient de leur sel, n'avait-il donc jamais perçu ses angoisses ? Cécile était à bout. Nerveusement épuisée. Elle dormait de moins en moins, se tournait, se retournait dans ses draps ; parfois, sans raison, au milieu de ses nuits, son front, ses cheveux se mouillaient de sueur. Pourtant, elle en convenait, les enfants ne la gênaient pas, qui s'enfonçaient dans le sommeil comme des bienheureuses pour ne se réveiller, le matin suivant, que lorsque tout le monde, déjà, était levé depuis longtemps. Victor aux vaches, avec Justine. Et Louise partie à la messe, quand c'était le jour, ou bien se recueillir au cimetière, ou encore ramasser l'herbe qu'elle donnerait le soir aux lapins. Ma pauvre Cécile, pensait Louise, dans la désolation de la voir compter les semaines, puis les jours, et bientôt les années ; et quand elle restait assise pendant de longues minutes à regarder la porte ou bien la fenêtre, espérant sans doute qu'à un moment ou un autre elle reconnaîtrait ce pas lourd de fatigue, encore fidèle à son oreille. Celui de Jules, quand il rentrait des labours le soir tombant et que son ombre, un peu confuse, que la lueur vieux rose du soleil à son dernier rayon rendait parfois indistincte, se dessinait bientôt derrière les carreaux, à l'instant même où, ravi comme à son habitude, il poussait la porte et entrait…

« Remue-toi un peu », la conjurait Louise. Mais, non, Cécile restait là, assise sur sa chaise et tenant Renée sur ses genoux, tandis que Marguerite, toujours plus active, plus agaçante que jamais, lui tournait autour, réclamant son père, ou bien Victor, qu'elle aurait voulu rejoindre là où il était, dans les champs ou ailleurs, et aider à conduire les bœufs, le Rouquin et le Violet, comme lui savait faire ; ou bien Justine, qui à grandes fourchées balançait le foin du haut de la grange, qu'elle porterait ensuite, en balles énormes au-dessus de sa tête, jusqu'à l'étable. Ainsi en était-il advenu des matins de Cécile et de ses enfants, au début du mois de mai 1943, tandis que l'information ne passait plus jusqu'à Valliergue, qu'il était interdit d'écouter une radio dès lors que les autorités de Vichy ne l'avaient pas autorisée à émettre, que Victor bientôt ne pourrait plus acheter *La Montagne*, et que les miliciens, qu'on appelait aussi « francs-gardes », et la Gestapo infestaient depuis des temps infinis les bois du Livradois et de toute l'Auvergne, et remontaient parfois, armés jusqu'aux dents, le cours de la Dore. Car Victor, de loin, à trois reprises déjà, les avait surpris à cet étonnant manège qui consistait à fouiller les abords de la rivière et la rivière elle-même jusqu'en ses eaux profondes, là où naguère, à l'aplomb de la ferme, Jules, son frère Simon et le Guilh avaient imaginé refaire le monde.

Ainsi en était-il advenu des matins bleus de Cécile, aussi bleus, aussi intenses que les yeux de Marguerite ou que ces rayons de soleil lorsque, selon l'angle qu'ils adoptaient pour traverser les carreaux de la fenêtre et capturer dans leurs champs les particules d'air en suspens, ils semblaient soudain prendre matière ; ainsi en était-il advenu de ces matins, quand Cécile, toute en tourment, ne les passait pas à répondre à Jules, à lui écrire ses lettres et, dans ces lettres, à le supplier de ne rien entreprendre qui pût mettre sa chère vie en péril, et à attendre – elle que l'impatience de mêler son corps au sien, d'unir sa peau à la sienne, de le retenir entre ses membres, mortifiait pourtant –, à attendre que tout cela finisse, parce que, un jour, elle se défendait d'en douter, tout rentrerait dans l'ordre, et qu'alors ils seraient de nouveau réunis.

Parce que le 11 mai tombait un mardi, Louise avait demandé au curé de Valliergue de dire la messe à l'intention de Ferdinand le dimanche suivant. « Nous y ajouterons également une pensée pour nos morts, victimes de cette guerre abominable, si cela ne vous déplaît pas ? » avait poursuivi le brave homme, un brin de malice dans le regard, un peu comme si lui-même en avait eu l'idée. « Oui, oui, bien entendu », avait alors répondu Louise, un rien chagrinée que cette messe ne pût plus être dite à l'unique intention de son défunt mari. La coutume le voulait pourtant ainsi depuis mai 40, elle le savait très bien, et ce d'autant plus qu'elle avait été la première à formuler une demande similaire, désireuse à ce moment d'unir dans une même pensée la mémoire de Ferdinand à la destinée de Jules et du Guilh, que la guerre avait éloignés de la ferme. Seulement, par extension peut-être abusive, dès 41, le curé avait jugé bon de substituer « nos morts » à Jules et au Guilh, un peu comme si ces derniers, eux aussi, ne devaient jamais revenir à Valliergue. Il est probable qu'il ne s'était aperçu ni de sa maladresse ni du choc qui en avait résulté pour Louise – elle en avait pourtant blêmi –, mais celle-ci, par égard pour l'Eglise et son ministre, n'avait rien dit de sa contrariété.

Quoi qu'il en fût, ce dimanche, un jour où alternaient ondées et éclaircies, une cruelle nouvelle affligea Louise et, plus qu'elle encore, Cécile et Justine, ainsi que Victor.

Après la messe, tout le monde s'était rendu au cimetière. A l'exception de Victor, qui, au regret de Louise, mais ce n'était pas l'unique fois, ne s'était déplacé ni pour la messe ni pour le cimetière, se refusant à abandonner la ferme toute une matinée ou presque au brigandage toujours possible des miliciens. Les trois femmes, Louise, Cécile et Justine, sans oublier les fillettes qui tantôt couraient devant, tantôt se plaignaient d'être fatiguées, rentraient donc tranquillement à pied, comme elles étaient venues. Car il n'avait pas été question non plus de faire l'aller et retour en Celtaquatre, l'essence, de plus en plus rare, étant devenue bien coûteuse au marché noir. « On doit économiser le peu qui nous reste », avait grondé Victor avant que la question n'ait été soulevée. Cécile avait même cru l'entendre maugréer à voix à peine audible :

« Manquerait plus que ça que, pour des histoires de bon Dieu, on doive aussi ruiner toute une maisonnée… » Elle en avait d'ailleurs souri, mais sans trop le montrer, et lui en avait fait autant, voyant que son avis était tombé dans une bonne oreille.

Comme Louise marchait à côté de Cécile, celle-ci vint à repenser à cette dernière scène. Le genre de saynètes dont Victor, l'acariâtre, n'avait jamais été avare.

— T'es bien radieuse aujourd'hui, ma fille, observa Louise. Par ces temps, ce n'est pas si souvent.

— Crois-tu ? se défendit Cécile.

— Si je crois ? Pauvrette, tu ne te regardes donc point dans la glace ? Tu ferais misère à Jules s'il te retrouvait dans cet état. Parce que moi, sais-tu, j'ai bon espoir. Oh, ne me demande surtout pas pourquoi ! C'est ainsi, voilà tout…

Il y eut un temps, une courte respiration à peine froissée par le pas des marcheuses, puis, l'attention soudain accaparée par ses petites-filles, Louise répéta, pour elle seule :

— Oui, j'ai bon espoir.

Alors, Cécile soupira doucement, s'en voulant presque de sourire malgré elle.

— Aujourd'hui, je ne sais plus…

— Pourtant, ce visage souriant ? s'étonna Louise.

Cécile hésita, soupira une nouvelle fois.

— Je suis fatiguée, maman. Fatiguée parce que je ne sais plus où j'en suis. Regarde autour de nous, là, maintenant. On est à quatre cents mètres de la maison et les fauvettes gazouillent sous le couvert des charmes. Et, là-haut, regarde encore, le torcol achève tranquillement de construire son nid dans le nœud évidé de cet arbre. Et plus loin, n'est-ce pas une pie grièche qui saute de branche en branche ? Et ce grand nacré qui volette, déjà couleur d'automne, à l'affût du chèvrefeuille dont il aspirera le nectar... Où est la guerre, dans tout ça ? Peux-tu me le dire ? Alors, je suis fatiguée, oui, je suis désespérée d'attendre. Parce que là, tout de suite, nous vivons comme si rien, jamais, ne pourrait, ne se hasarderait à venir troubler notre existence. Et pourtant...

Cécile hésita encore, puis elle se serra davantage contre sa mère, comme elle aurait fait pour se réchauffer.

— Je ne sais même plus ce que je voulais te dire, reprit-elle, en chuchotant, un peu au hasard, les mots qui se présentaient à son esprit et la mine contrite. Je me laisse emporter gentiment par cette nature qui nous entoure, et je me dis que Jules est parti au marché aux bestiaux, qu'il a été retardé par des amis à lui, ou par Simon qu'il aura rencontré en route... Parce que, ici, maman, comment peut-on croire encore à la guerre ? De quoi manque-t-on ? La mitraille nous est inconnue et, si on a parfois la crainte au ventre, on s'arrange pour se la dissimuler à soi-même. On pense alors à une mauvaise digestion, à quelque chose qui n'est pas bien passé, nous qui mangeons mieux et plus sain que la France entière. Mieux encore, on ne s'étonne même plus de voir untel ou untel nous mendier une poule ou un lapin ou des œufs frais, qu'on ne refuse d'ailleurs jamais. Mais non pas à cause de la guerre, non, seulement parce que ça a toujours été comme ça à la ferme, on ne refuse pas, c'est l'usage, qu'on soit Chautard, ou bien Rochette, puis Ferrandon. Et pourtant…

Cécile continua ainsi pendant quelques pas, tandis que Justine, appelée par Renée, s'était penchée au-dessus d'elle qui observait une myriade de punaises des bois, rouge et noir, collées les unes aux autres, encombrant le moindre espace laissé vacant entre les racines superficielles d'un vieux tilleul. Cécile continua, cependant que des larmes donnaient à ses yeux la matité du ciel fondu et qu'elle s'accrochait de plus en plus à sa mère, de peur de s'effondrer soudain sur le chemin. Cécile continua de s'exprimer ainsi jusqu'à ce qu'elle fût alertée par ces mots que venait de prononcer Justine en réponse à une question que Renée lui avait posée :

— On les appelle aussi des gendarmes, avait dit Justine.

— Et ils sont méchants comme eux ? avait encore demandé Renée, accroupie devant les bestioles.

Cécile continua de parler, aux oiseaux, aux arbres, au lézard apeuré qui détalait devant elle ;

elle continua de parler pour elle-même, jusqu'à cet instant où, tandis que Renée s'extasiait devant ces gendarmes qui, étroitement serrés entre les racines d'un vieux tilleul, prenaient le soleil entre deux ondées, elle entendit crier Marguerite. Marguerite, alarmée ou presque, qui répétait, pointant le bras vers la ferme déjà bien distincte – quelle distance leur restait-il à parcourir à présent ? trois cents mètres au grand maximum –, que des gens s'agitaient là-bas et qu'il y avait une grosse voiture garée devant l'entrée de la cour…

— L'auto de papa ! brailla-t-elle soudain.

Aussitôt, Cécile, quittant le bras de Louise, courut rejoindre Marguerite.

— Que dis-tu… ?

— Là-bas, là-bas, maman, regarde…

Elles firent ensemble une dizaine de pas puis, juste après une coudée, l'enfant s'arrêta et répéta :

— Regarde !

Oui, il y avait bien une automobile. Une auto de taille relative, plus petite que la Celtaquatre. Mais plus personne autour.

— Ce n'est pas celle de papa, observa Cécile. D'ailleurs, ma puce, il n'y a que Victor qui aurait pu la sortir. Et quelle raison aurait-il eue, tu veux bien me dire ?

Marguerite resta songeuse.

— A qui elle est, alors ? demanda-t-elle enfin.

Cécile n'en savait fichtre rien ! Elle s'inquiéta soudain.

— Donne-moi la main, fit-elle.

Puis, pressant Marguerite de la suivre, elle se remit aussitôt en route. A qui donc pouvait-elle appartenir, cette automobile ? Sa gorge se serra bientôt, une sueur froide mouilla ses tempes. Et s'il était arrivé quelque chose à Victor ? Parce que ni elle ni Louise n'étaient dupes de ce qu'il traficotait certaines nuits. Même qu'une fois, Cécile n'en avait rien dit au matin, elle avait cru l'entendre causer avec le Marius. Lui qu'on n'avait plus revu sans que quiconque s'en inquiétât, ni Victor ni personne d'autre à Valliergue. Alors, elle réalisa à quel point il était dangereux d'entraîner Marguerite avec elle et, redoutant de l'exposer au danger, elle lui lâcha subitement la main.

— Attends plutôt ta grand-mère, lui dit-elle.

Puis, comme pour se faire pardonner :

— J'irai plus vite sans toi.

La gamine en resta pantoise. Elle commença à pleurer et voulut s'élancer pour rattraper sa mère. Justine la retint par la manche.

— Bonnes gens… se lamenta-t-elle. Qu'est-ce qui nous arrive encore ?

Puis, toute bouleversée, elle se tourna vers Louise qui arrivait à sa hauteur.

— Voilà notre Cécile partie comme une folle ! Si nous restions là un moment, ma Louise ? Car il n'est point temps d'exposer ces gamines…

La remarque était de bon sens.

— Oui, oui, répondit Louise, qui regardait loin devant elle.

Cécile venait de s'arrêter.

Bientôt, elle fit de grands gestes avec les bras, leur indiquant de venir la rejoindre. Elle avait reconnu la voiture des Besse, les parents de Guillaume. Alors, la petite troupe se remit en route, Marguerite et Renée en avant, Louise et Justine allant plus tranquilles.

— Ce sont les Besse, les rassura Cécile. Ils seront sûrement venus prendre des nouvelles.

Mais à ces mots le sang de Louise ne fit à nouveau qu'un tour. Elle porta ses mains à son visage.

— Mon Dieu, murmura-t-elle. Que dis-tu ?

— Quoi donc, maman ? s'alarma Cécile.

— Ma fille, tu ne comprends pas ?

— Comprendre quoi ?

— Le chagrin qui doit les accabler, ma Cécile. S'ils sont venus pour avoir des nouvelles de Jules, c'est probablement parce qu'ils en ont reçu du Guilh, et pas des bonnes. Tu penses, ils ne se seraient pas déplacés pour nous dire que tout va bien, des fois que tout aille mal pour nous... Ce ne sont pas des personnes à vouloir meurtrir le cœur des autres.

La mine de Cécile s'était défaite elle aussi.

— C'est affreux ce que tu dis là, maman. Si Jules apprenait ça, tu imagines un peu ? Ils s'affectionnaient tant, tous les deux. Ce n'est pas possible, non, non, notre Guilh ne peut pas… Ce n'est pas vrai, maman, ce n'est pas vrai !

Mais quand elle ouvrit la porte de la ferme et vit la mère du Guilh se projeter d'un seul élan vers elle pour la prendre dans ses bras, elle sut que le pire était bel et bien survenu.

— Ils… nous l'ont tué, articula péniblement la malheureuse. Ils nous l'ont tué…

Ses sanglots faisaient peine à entendre.

Victor, qui avait accueilli les Besse en attendant le retour des femmes, s'approcha de Louise.

— Je me suis permis. Je ne pouvais pas les laisser dehors. Voyez l'état de ces pauvres gens. Pourtant, ça fait déjà six mois que le Guilh a été tué par cette fichue engeance…

Puis il se parla à lui-même, dodelinant du chef et s'apitoyant sur son sort :

— Ah, si vous saviez comme je m'en veux de ne plus servir à rien ! D'être là, à seulement traire des vaches et guider deux vieux bœufs…

Oui, malgré les bruits qui avaient couru, le Guilh n'avait pas échappé à la boucherie du 27 novembre 1942. Cela ne faisait pas encore tout à fait six mois. Ce jour où les Allemands, à Clermont, avaient attaqué la caserne du 92. Le Guilh avait été abattu d'une simple balle dans la tête. Son corps parmi les décombres. Au milieu d'autres corps. Par dizaines. De tous ces bougres qui n'avaient pas réussi à prendre le large. Ou qui n'avaient pas été faits prisonniers. A Valliergue, depuis lors, nul n'avait su ce qu'il était advenu du Guilh. Ou si quelqu'un l'avait su, ce qui n'était pas improbable, l'annonce n'était pas arrivée jusqu'à la ferme. A moins que Victor, pour épargner Louise, Cécile et Justine, ne l'ait tenue cachée. Quelle importance ?

Cette nuit-là, une nuit de pleine lune, Cécile, pendant des heures, ne cessa de songer à Jules. A présent, dans les lettres qu'elle lui écrirait chaque dimanche, pourrait-elle continuer à lui mentir ? Continuerait-elle à lui mentir comme elle lui mentait depuis de longues semaines, à lui dire que le Guilh se portait bien, qu'il leur écrivait régulièrement, et qu'il passait les voir lorsqu'il avait une permission ? Et qu'il jouait alors avec les filles et les emmenait parfois à la promenade ? Continuerait-elle à lui inventer des histoires, à se creuser la cervelle pour lui écrire que son ami l'attendait avec impatience, et que l'idée de se voir installer là-haut, à la jasserie Rochette, ex-Champommier, dans un avenir que le Guilh espérait bien proche, avait mûri en lui comme un fruit rouge et gorgé de sucre ? Pendant des heures Cécile avait ruminé ces questions. Et quand, enfin, elle avait été sur le point de s'endormir, ç'avait été avec la certitude quasi inébranlable qu'en agissant ainsi elle avait toujours agi pour le mieux. Le Guilh devait donc continuer à vivre comme il n'avait cessé de vivre, au-delà de la mort, depuis ce 27 novembre 1942. Il continuerait à vivre jusqu'au retour de Jules. Ensuite, ensuite, on verrait bien. Ainsi, dans un demi-sommeil, Cécile avait commencé à écrire sa prochaine lettre : *Hier, sais-tu, les parents de Guilhaume sont venus nous rendre visite. Nous avons passé en leur compagnie une agréable journée ensoleillée. Ne manquait que toi pour que notre bonheur fût à son comble*... Oui, c'était ainsi que commencerait sa prochaine lettre. Elle ne dirait pas que le Guilh était là, au milieu d'eux tous. Mais Jules ne pourrait que l'entendre de cette façon. C'était le plus important. Pour lui. Pour son moral. Et le moral de ceux qui enduraient les mêmes tourments. En attendant que cette guerre se termine. Que Jules, une fois revenu, tienne de nouveau Cécile dans ses bras ; et renaissent avec lui les saisons de naguère. Puis Cécile avait enfin cédé à la fatigue, et elle s'était endormie jusqu'au matin. Les paupières lourdes, mais un fin sourire sur les lèvres. « Hier, sais-tu, les parents du Guilh sont venus nous rendre une petite visite... » En se réveillant, elle n'avait rien oublié. Alors, elle repoussa très vite ses draps et elle commença à écrire. Elle écrivit jusqu'à ce que Renée, réveillée à son tour, s'impose à elle en tirant sur sa manche et lui grimpe sur les genoux.

5

Les gants blancs de l'officier allemand

Dans les semaines qui suivirent, les événements semblèrent se précipiter. Comme il était devenu impossible sous peine de représailles d'écouter à la radio les informations du moment, du moins celles qui ne provenaient pas de sources autorisées par le gouvernement de Vichy, Louise et Cécile comptèrent bientôt sur Victor pour les leur rapporter. Aussi, il n'était pas rare, le matin, lorsqu'elles se levaient, que la chambre de celui-ci fût désertée depuis déjà une paire d'heures. Parce que, alors, monté sur sa bicyclette, il était parti à Valliergue, à la pêche aux nouvelles, selon ce qu'il prétendait ensuite. En fait, à Valliergue ou dans des contrées plus éloignées, pour de véritables raisons dont il ne disait jamais rien mais que les occupants et leurs partisans, Cécile en était convaincue, n'auraient sans doute pas appréciées si une mauvaise langue l'ayant appris le leur avait rapporté. C'est ainsi qu'à la fin du mois de juin 43, elle et Louise sentirent le froid les parcourir, malgré la chaleur qu'il faisait en ce début d'été, lorsqu'elles surent que des résistants avaient été arrêtés huit jours plus tôt, à Caluire, une petite ville de la banlieue nord de Lyon. Ce n'était pas la première fois que Victor évoquait les noms de Jean Moulin, de Raymond Aubrac ou du colonel Lacaze. D'autres encore avaient été arrêtés ce même soir, mais Victor, trop pressé de rentrer, avait oublié comment ils s'appelaient. Son inquiétude pour Marius et ses compagnons, en revanche, n'avait jamais été aussi grande. De même, il redoutait maintenant que les gendarmes ne viennent perquisitionner la ferme à la recherche d'indices les assurant de la présence encore récente de Marius. Il craignait également que les vies de Marguerite et de Renée ne fussent mises en danger à cause de lui. Quand il en fit part aux deux femmes, il était presque tremblant tant il était ennuyé.

— Tout ça, c'est de ma faute, reconnut-il. Il y a souvent des gens auxquels on ne devrait pas se fier. Surtout par les temps qui courent.

Après avoir marqué un silence, prêt à affronter la colère de Louise, il ajouta d'une voix blanche :

— Je me demande… s'il ne vaudrait pas mieux mettre les petitounes à l'abri quelques jours, ou quelques semaines…

La belle intention que Victor avait là !

Louise haussa les épaules. S'il avait souhaité qu'elle éclate, il n'aurait pu mieux s'y prendre.

— Sont bien plus à l'abri à nos côtés que n'importe où ailleurs ! gronda-t-elle. Manquerait plus que ça, qu'on les éloigne à présent ! Mon Dieu,

Victor, quelle idée ! On est bien assez fortes pour les protéger. Qu'est-ce que t'en dis, Cécile ?

— Je dis que tu as raison. Et de toute façon, à qui pourrait-on les confier sans crainte ?

— Moi aussi, je suis bien d'accord, ajouta Justine, trop contente de mettre son grain de sel, bien qu'on ne le lui ait pas demandé. Pour sûr, je serais point tranquille du tout si elles venaient à ne plus habiter avec nous autres. Et puis, Victor, dis-nous donc à qui tu pensais quand tu parlais des gens à qui faudrait pas trop causer. Parce qu'on a aussi besoin de savoir. Qu'on doive tenir notre langue, ça oui, on connaît, mais si tu nous disais ceux qu'on doit éviter de regarder ou simplement leur faire bonjour quand on les croise, ce serait plus avisé. N'est-ce pas, ma Louise ? Enfin, moi, c'est ce que j'imagine…

Il y eut alors un long silence. Un silence pesant et de réflexion profonde, surtout pour Victor. De fait, quand il se décida à répondre, Justine, détournée, avait déjà repris son ouvrage près de la cuisinière.

— C'est la Delphine, lâcha-t-il enfin comme à regret.

Alors, Justine sursauta ; elle intervint encore :

— La mère de Marius ? s'écria-t-elle. La plus méchante bête de Valliergue ! C'est donc elle ?

— Eh bien quoi, la Delphine ? s'enquit Louise.

— Parle donc, Victor, insista Cécile. Elle aurait raconté des choses au sujet de Marius, c'est ça ?

Embarrassé, Victor marqua une pause. Puis :

— Des élucubrations, oui, comme elle sait en fabriquer. Vous la connaissez comme moi…

— Pas trop, non, interjeta Louise. Mais dis toujours.

— C'est parti du jour où Marius est venu habiter ici. Il n'en avait pas informé la Delphine. Peu après, elle m'a demandé. Et je lui ai répondu. Ensuite, elle a fait courir des bruits.

— Quels bruits, bon sang ?

— Que Marius l'aurait délaissée à cause de vous. Pour des opérations pas très propres. Liées à cette guerre, à ces gens qui nous occupent. Et que l'idée de seulement venir pour vous aider, c'était de pures sottises.

Louise bondit.

— Mais de quelles opérations s'agit-il ? Raconte encore, Victor, veux-tu bien ?

Mais Victor soupira.

— C'est-y vraiment utile, ma Louise ?

— Pardi, que c'est utile ! J'ai bien le droit de savoir ce qu'on nous reproche, non ?

— Des choses que Vichy n'aimerait pas bien apprendre, et la Milice, et les Allemands non plus. Que vous feriez aussi passer des gens pas très nets par vos chambres d'en face pour les faire se sauver ensuite à travers les maillons que la Gestapo appuyée de nos forces de police a mis en place durant tous ces derniers mois pour justement les coincer.

— Et en quoi est-ce que ça l'ennuierait, cette bête, si même c'était vrai ? Au reste, je ne sais même pas de quoi tu parles, Victor. Qu'est-ce que c'est, ces « gens pas très nets », tu peux me dire ? Ces deux ou trois que Marius a remis un matin sur la bonne route pour leur éviter le pire ? Eh bien, tu diras à la Delphine que je regrette seulement que son fils, il ne soit pas venu plus tôt besogner chez nous. Parce qu'à lamper comme il a pu lamper, ces années passées à ses côtés, elle n'a pas dû y être pour rien. Et que s'il est à présent sur le droit chemin, vu l'âge qu'il a, il était grand temps qu'il s'éloigne d'elle. Et quoi encore ? Que la ferme, ce serait aussi un repaire de maquisards ? C'est ça ?

Machinalement, Victor opina.

— Non, non, corrigea-t-il aussitôt. Faut pas vous méprendre. Mais que sans vous, et sans moi, le Marius ne passerait pas son temps comme maintenant dans les campagnes à faire sauter des ponts, à saboter des voies ferrées…

Cette fois, le nouveau silence qui s'imposa, lourd comme pas un et menaçant, fut encore plus long que le précédent. Les trois femmes tour à tour se regardaient, médusées, réalisant que, sans rien leur en dire, Victor et Marius ne se contentaient pas de se revoir par fidélité ou simple amitié. Mais qu'ils complotaient aussi contre les Chleuhs et sûrement ces salopards de collabos qui sévissaient dans le secteur et traversaient parfois Valliergue à toute allure. Heureusement, sans s'y arrêter. « Des malfaisants, oui, et rien d'autre ! » marmottait Louise certains matins lorsque, revenue de la messe mais les genoux encore tout tremblants de peur, elle en avait croisé une escouade. Souvent quatre ou cinq, serrés dans une de ces sinistres Citroën noires dont tous, à présent, appréhendaient le seul bruit du moteur. Où allaient-ils donc si vite, ces malfaisants ? Martyriser des innocents ? Des femmes ? Des enfants ? Et pourquoi ? Par haine des Juifs, des communistes ? Par idéal national-socialiste ? Ou pour l'appât du gain ? Sans doute, dans l'esprit de chacun, devait-il y avoir un peu de tout ça.

Louise soupira. Elle voulut commencer à parler, mais ses mots se heurtèrent un moment dans sa bouche. Alors, elle finit par sourire, engageant Cécile et Justine à en faire autant, et elle entoura d'un bras les épaules de Marguerite. Puis elle fixa longuement Victor. Comme elle aurait fixé un résistant. Un de ces hommes dont la seule présence lui aurait fait chaud au cœur. Elle avait tant besoin de ça depuis ces temps où Ferdinand l'avait quittée. Tant besoin d'admirer quelqu'un. Puis elle se tourna lentement vers Cécile. Mais Cécile pouvait-elle la comprendre ? Parce que Cécile avait Jules, et parce que Jules reviendrait, tôt ou tard. Louise n'en doutait pas. Elle n'en doutait plus depuis qu'elle avait appris la mort du Guilh. Parce que le destin ne pouvait être plus absurde qu'il ne l'avait déjà été. Et puis Cécile avait aussi ses deux enfants. Elle avait Marguerite et Renée. Deux belles poupées qui, chaque jour, gagnaient en vigueur et en beauté. Alors, ces paroles qui ne voulaient pas sortir dans le bon ordre, Louise les balaya d'un geste prompt de la main. Puis elle s'inclina vers Marguerite et, la serrant un peu plus contre elle, lui remit en place une mèche de cheveux.

— Pas vrai, mignonne, que tu ne voudrais pas quitter ta famille ? lui glissa-t-elle dans l'oreille.

Elle l'embrassa sur le front.

— Tu voudrais nous quitter ? fit-elle encore.

Alors Marguerite leva la tête et prit un air déterminé.

— Moi aussi, je voudrais faire sauter des ponts avec Victor et Marius ! déclara-t-elle soudain. Comme ça, je suis sûre que papa, il nous reviendrait plus vite.

Puis, sérieuse, elle demanda à Cécile :

— Dis, maman, j'ai pas raison ?

Alors Cécile lui tendit les bras. Et tandis qu'elle tenait Marguerite sur sa droite et Renée sur sa gauche, la vie reprit son cours comme si de rien n'était. A ceci près cependant qu'à compter de ce jour, malgré les risques encourus, à la ferme on ne s'entretint plus uniquement à mots couverts. Parce que chacun à sa façon, armé du même espoir, livrait une même guerre.

L'arrestation de Jean Moulin et de ses compagnons avait marqué Louise et Cécile surtout parce qu'elle avait terriblement troublé Victor. Jusqu'à ce moment, ni l'une ni l'autre n'avaient eu l'occasion de prendre vraiment conscience de ce que Jean

Moulin représentait pour la Résistance. Et si ce dramatique événement ne s'était pas produit, Victor ne se serait peut-être même jamais cru obligé d'évoquer sa personnalité, et moins encore les éventuels dangers que couraient à présent par sa faute à lui, Victor, les gamines, tout comme leur mère et leur grand-mère. Des dangers qu'il n'aurait jamais supposés tant il avait pris de précautions tous ces derniers temps, au plus profond des nuits, pour que rien ne transpire des entrevues auxquelles il se rendait avec Marius et quelques autres. Ce sur quoi il s'était fait de belles illusions, Cécile ne tarda pas à le lui apprendre et Louise à le lui confirmer. Toujours est-il que, quelques jours plus tard, Victor s'était arrangé, d'accord avec Louise, pour qu'un homme demeurât constamment à proximité de la ferme si, pour une raison ou une autre, lui-même devait s'en éloigner. Deux de ses amis, des costauds du même âge, tous deux de Valliergue et animés du même esprit, avaient accepté sans se donner la peine de réfléchir. L'un des deux, un certain Raoul Montel, veuf et vivant chichement de ses poules, s'était même offert pour s'occuper des bêtes tout le restant de cette fichue guerre, assurant avec fermeté, à qui voulait l'entendre, que, selon lui, elle serait terminée d'ici une année. Et qu'alors la France aurait retrouvé sa liberté. Qui aurait osé le contredire ? On avait trop envie de le croire ! Pour Victor, l'essentiel c'était qu'ainsi il y eût toujours quelqu'un pour le prévenir au cas où.

Parce que la Milice, surtout constituée de *gourlons*[1], comme il le répétait, une grimace au bord des lèvres, était toujours capable de faire irruption dans le secteur. Un lieu au relief accidenté, entouré de bois jamais bien fréquentés et qui l'étaient encore moins à présent, et suffisamment écarté du village pour qu'ils puissent, sans crainte d'être surpris, s'adonner à leurs exactions favorites, voire à des exécutions sommaires. Louise avait accueilli Raoul tout aussi spontanément qu'il s'était proposé à son service. D'abord, parce que c'était une sage prudence de l'avoir à disposition, bien que le nombre de bêtes, s'agissant des vaches, ait grandement diminué depuis le début de la guerre – une nécessité imposée par le manque de bras, mais dont Cécile, dans ses lettres, n'avait rien soufflé à Jules –, ensuite parce que les prétentions financières de Raoul n'avaient pas été excessives. Quant à l'autre ami de Victor, il avait été convenu qu'il ne se déplacerait pas. « Rien ne vaut mes jumelles pour savoir ce qu'il se passe chez les Ferrandon ! » avait prétendu le vieux Chassaigne, jurant à Victor qu'elles ne le quitteraient plus désormais. Le vieux Chassaigne en question n'était autre que le Chassaigne de la ferme située de l'autre côté du val. A coup sûr, en cas de besoin, vu la distance à parcourir à pied, cinq kilomètres tout de même, tandis qu'à vol d'oiseau il ne devait guère y avoir plus de

1. Bouses séchées, accrochées à la queue des vaches.

trois cents mètres, son secours ne serait pas d'une belle efficacité. Mais, du moins, si Victor était aux champs, qu'il s'agisse de labour, de fenaison ou de moissonnage, il saurait pouvoir l'informer sans trop d'encombre. Moult explications s'étaient ensuivies, embrouillant grandement Louise et Cécile. Alors, pour interrompre le bavard, elles avaient hoché la tête, d'un air circonspect, ajoutant qu'elles se chargeraient de leur côté, accompagnées de Justine, de ne jamais laisser seules Marguerite et Renée.

Ainsi, à partir du début juillet 43, les événements se précipitèrent. Pas à Valliergue en particulier, mais tout alentour dans le Puy-de-Dôme. Que ce soit du côté de Thiers ou de Clermont, de Billom ou d'Issoire, voire encore d'Ambert. Et cela faisait dans le cœur de beaucoup comme un étau d'établi dont on aurait lentement resserré les mâchoires. Voulait-on les étouffer ? leur écraser la poitrine ? ou seulement les terroriser ? Il était écrit, décidément, que cette guerre ne ressemblerait à aucune autre. Parce que chaque semaine apportait, en même temps que des sabotages et des attentats, son lot de frayeurs impossibles à contenir, impossibles à mesurer : la vengeance aveugle d'un ennemi, pareil à une hydre, ce monstre fabuleux à plusieurs têtes. Un ennemi chez qui les langues se mélangeaient, l'allemand au français et le français à l'allemand. Où le français se mettait au service de l'allemand, mais sans qu'on le sache jamais, sans se dévoiler, dans la fausseté, la fourberie, l'hypocrisie les plus abouties. Sauf lorsqu'il était trop tard. Lorsque l'accusation, la dénonciation pointaient le doigt, celui d'un Français aussi bien que d'un Allemand, en direction de tel ou tel, connu ou inconnu, aimé ou détesté, mais dont le sort, à ce moment, ne laissait plus indifférent. Car c'était alors l'annonce d'une condamnation, d'une déportation ou d'une exécution à venir, après d'horribles tortures. Comme l'avait déclaré Victor : « On ne peut plus se fier, se confier à quiconque ! » Parce que, trop souvent, cela se terminait par des cris de douleur, des hurlements de mères ou d'enfants martyrisés dans leur chair.

Est-ce bien utile, tout ça ? Est-ce bien utile ? se demandaient certains, désespérés, rebutés à jamais de retrouver chaque matin, en ouvrant leur fenêtre, la cruauté des hommes et leur vorace appétit. Pourtant, à chaque fois que l'on se posait la question, l'âme sinon la raison reprenait aussitôt le dessus et l'emportait toujours. « Ma fille, disait Louise, c'est la France qu'ils tentent de libérer. Et en libérant la France, ils finiront par nous ramener aussi nos prisonniers, nos fils, nos maris, nos pères... » Nos pères, oui, pensait bien fort Cécile en regardant ses fillettes. Car, elles aussi, elles avaient un infini besoin de retrouver le leur.

Les attentats et les sabotages, sitôt réprimés par les rafles et les arrestations, se succédaient. Déjà, parmi ces nombreux événements, il y avait eu le couvre-feu établi par la préfecture en mesure de représailles, suite à l'attentat du 20 juin commis dans une rue de Clermont contre deux soldats allemands qui rejoignaient leur cantonnement. Pendant une semaine, plus personne n'avait pu circuler dans les rues de 21 heures jusqu'à 5 heures du matin, les restaurants et les cafés ayant dû quant à eux fermer leurs portes à partir de 20 heures. Le 26 juin, du fait d'un autre attentat perpétré cette fois au domicile du professeur Jean-Michel Flandin[1], attentat dont deux officiers allemands avaient été les victimes, trente-sept étudiants de l'université de Strasbourg, réfugiée à Clermont depuis le début de la guerre, avaient été arrêtés rue de Rabanesse, où était localisé leur foyer. Bien qu'ignorants de ce qui s'était passé, ils avaient été conduits dans la prison du 92, puis, pour nombre d'entre eux, déportés sans délai. Le 14 juillet, plus de mille cinq cents Clermontois et étudiants manifestèrent contre le régime. Le 25 juillet, Victor rapporta que Marcel Michelin avait été arrêté l'avant-veille. Les installations du *Moniteur*, le journal de Laval, furent sabotées le 31 juillet par Camille Leclanché et Raymond Labaune, résistants plus connus de tous sous les noms de Buron et Irma. Le surlendemain, Victor et ses compagnons

1. Professeur agrégé de lettres à l'université de Clermont-Ferrand, résistant, chef régional du Service de renseignements des MUR (Mouvements unis de la Résistance).

des Volcans trinquèrent à l'annonce de cette bonne nouvelle. Le 10 août, après l'évasion de seize maquisards, le rétablissement du couvre-feu fut encore décrété. Le 28 août, Alexandre Varenne, jugeant que les articles de son quotidien étaient par trop victimes de la censure, décida de stopper la parution de *La Montagne*. A quelque temps de là, dans la nuit du 2 au 3 septembre, le général de Lattre s'évada de la prison de Riom où il était enfermé depuis le 9 janvier pour y purger la peine de dix ans à laquelle il avait été condamné. De quoi choquer les verres une deuxième fois ! Cependant, au cours de l'après-midi précédent, c'était surtout pour le maquis des Ardents, installé au bac de Montmeyre, au-dessus de la petite commune de Ceyssat, que les cœurs s'étaient affolés. Abrités dans des baraquements de fortune, les maquisards, principalement de très jeunes hommes, avaient été attaqués par la Gestapo, assistée en cela, comme bien souvent, par les forces de police locales, qui connaissaient la région. Surpris, les malheureux n'avaient pas eu le temps de s'égailler dans la campagne. Trois d'entre eux, chacun d'une vingtaine d'années, avaient été tués, trois autres blessés. L'opération s'était soldée par une douzaine d'arrestations. C'était la première attaque des Allemands contre un maquis auvergnat.

Une semaine plus tard, le matin du 10 septembre, vers 11 heures, Raoul Montel, qui venait de curer l'étable après avoir conduit les vaches dans un enclos tout proche, entendit un tintamarre de tous les diables, qu'il supposa de prime abord provenir du ciel.

— Vont nous bombarder, à présent ! grommela-t-il à part lui en redressant la tête.

Mais avant même qu'il ait eu le temps de comprendre ce qui se passait, deux véhicules en provenance de Valliergue, escortés de deux motocyclistes en uniforme allemand, déboulèrent dans la cour de la ferme pour s'arrêter en plein milieu, à quelques mètres du noyer. Du premier véhicule, une Kübelwagen[1], descendit aussitôt un officier allemand. Et du second, une Traction noire, sans oublier d'en claquer les portières, s'extirpèrent, sans surprise pour Raoul, deux gourlons de la Milice qui, sitôt debout, enfoncèrent les mains dans les poches de leur veste pour y saisir nerveusement par la crosse les revolvers qu'elles étaient censées dissimuler. Ce mouvement quasi instinctif, Raoul le connaissait pour l'avoir déjà remarqué dans des circonstances analogues. La meilleure manière, leur avait-on sans doute enseigné, d'intimider leurs interlocuteurs et de les maintenir à distance respectueuse. Cependant, d'un geste bref, l'officier leur fit signe de ne pas bouger. Ce qui sembla déchaîner plus encore la colère de Thelma, qui, troublée un moment par le nuage de poussière qui avait

1. Ou « voiture bassine », véhicule léger militaire allemand de la marque Volkswagen. Il s'agit certainement ici du modèle 82, décapotable, le modèle le plus courant.

accompagné les intrus, aboyait jusqu'à s'en étrangler, prête à leur sauter dessus et tirant fort sur sa chaîne. Imperturbable, l'officier s'approcha de Raoul.

— Je suis bien chez madame Rochette ? s'enquit-il dans un français impeccable.

Alertée par les aboiements de la chienne, Louise venait justement d'ouvrir la porte de la maison.

— Oui, fit-elle. C'est bien ici.

— Pourrais-je parler à… commença-t-il.

Louise le coupa :

— Je suis madame Rochette, fit-elle. Louise Rochette. Que désirez-vous ? demanda-t-elle avant de se tourner vers la chienne : Tais-toi, Thelma, veux-tu ?

Puis, s'adressant de nouveau à l'officier allemand :

— Je vous écoute, monsieur…

— Vous avez trois chambres, je crois…

— Que vous souhaiteriez occuper, c'est ça ? Il n'y a donc plus rien de libre à Valliergue ?

Les questions avaient été sans détours.

L'officier, un homme jeune, blond et de belle carrure, aux yeux couleur d'acier, resta interdit un instant.

— Madame, je comprends, reprit-il, l'air embarrassé. Mais ce n'est pas pour moi. Je pourrais les visiter ?

Louise avait-elle le choix ?

Elle rentra une seconde dans la maison, en ressortit bientôt, une clé à la main. Puis elle demanda à Raoul de rester près de la chienne.

— Vous n'avez qu'à me suivre, fit-elle à l'adresse de l'officier.

L'un des miliciens leur emboîta le pas.

Ils traversèrent la cour en silence. Arrivée à l'étage, Louise ouvrit la porte de chaque chambre. Celle de Justine, puis celle de Victor et, enfin, celle qu'avait occupée le Guilh. Tout en montant l'escalier, l'officier avait enfilé des gants blancs.

— Vous risquez de vous salir, remarqua Louise quand il pénétra dans la chambre de Justine.

L'officier se contenta de sourire.

Louise ajouta encore :

— Si la lumière ne vous suffit pas, vous ouvrez les volets. Pour moi, c'est trop pénible à présent.

Puis la visite, pendant laquelle aucune autre parole ne fut échangée, commença. Tandis que l'officier considérait le mobilier, les lits, les tables et les chaises, le placard dans la chambre de Justine, les armoires dans celles de Victor et du Guilh, le milicien se tenait dans le couloir, empêchant Louise d'entrer. Elle observa toutefois que l'officier passait le bout des doigts sur tous les meubles, y compris sur le bois des lits. Dans la chambre du Guilh, après avoir tâté le matelas, il s'arrêta sur le livre ouvert que Victor avait posé sur la table.

— *La Sorellina*, fit-il pour lui-même.

Un moment silencieux, il commença à lire :

— « Et pourtant, nous n'avons rien trouvé dans sa vie qui ait pu motiver son départ : il semblait heureux ; il avait passé ses vacances, au calme, avec nous... » Oui, je me souviens, c'est Antoine qui parle ; il parle de son frère...

Puis, quelques pages plus loin, Louise entendit l'officier reprendre, à voix à peine audible :

— « Antoine vacilla, et, cédant à une seconde de panique, descendit quelques marches. Il respirait avec effort : une tendresse, surgie des profondeurs, se dilatait soudain dans sa poitrine, l'étouffait... » Roger Martin du Gard... *Jean Barois*, *Les Thibault*... Je connais tout de lui. Un grand écrivain français. Il y a beaucoup de grands écrivains en France...

L'officier reposa le livre, toujours ouvert.

Il sembla hésiter avant de quitter la place. Il regarda autour de lui, comme cherchant à retrouver l'esprit, l'âme de celui qui, un temps peut-être encore récent, avait vécu là. N'y parvenant pas, agacé aussi par le milicien qui l'observait, ce fut presque rageusement qu'il passa le majeur de sa main gauche sur l'étagère où le Guilh rangeait ses livres.

— J'ai fini, dit-il. Nous pouvons descendre.

Louise ferma la porte et glissa la clé dans la poche de son tablier. Quand elle se retourna, l'officier était déjà remonté dans la Kübelwagen, assis à l'avant, près du chauffeur. Dans leur Traction, les miliciens n'attendaient plus que le signal du départ. Les motocyclistes également.

L'officier avait maintenant retiré ses gants.

Après une légère hésitation, il les tendit à Louise.

— Le ménage n'est pas fait souvent, observa-t-il d'un ton qui se voulut affable.

— Nous vous les rendrons quand vous reviendrez, répondit Louise. Ils seront alors comme neufs…

Les moteurs démarrèrent.

Etrangement, Louise crut deviner dans le regard de l'officier allemand comme une lueur de délivrance, une certaine joie, profonde, mais qu'il lui était interdit d'exprimer. Il fit signe au chauffeur. La Kübelwagen commença à avancer.

— Prenez garde à vous, fit encore l'officier.

Puis, comme le véhicule s'éloignait, il se retourna et cria :

— Quand vous la reverrez, s'il vous plaît, saluez bien de ma part la personne qui lisait *La Sorellina* !

Alors, presque malgré elle, Louise leva le bras.

— Me voici totalement idiote ! rugit-elle après coup.

— Pas si idiote que ça, ma Louise, fit Raoul Montel avec gravité. Parce que moi, je dis que sans lui et sans toute cette poussière sur ses gants, aujourd'hui ou demain, nous tous ici autant que nous sommes, on ne pèserait plus très lourd…

Cécile et Justine apparurent alors sur le pas de la porte, les deux gamines toutes perdues dans leurs jupons. Puis ce fut au tour de Victor et de ses bœufs de pointer leur nez. Plus tard, pendant le repas de midi, Raoul se chargea de lui narrer par le menu la peur bleue qu'ils avaient vécue.

Victor était aussitôt devenu fou de rage.

— Foutu Chassaigne ! maugréa-t-il soudain en sortant de table. A quoi donc qu'elles lui servent, ses jumelles ? A pioncer ? M'a même pas averti ! Rien de rien, alors que j'étais là-bas, au Grand Champ, pour ainsi dire sous ses yeux ! Pour sûr, je m'en vais lui conter la chansonnette à ce pas bien cuit, et pas plus tard que tout de suite !

Mais Cécile se leva à son tour.

— Faut rien en faire, mon Victor. Ici, avec Raoul, on est bien à l'aise. Et puis, il n'y a pas que ça.

Interloqué, Victor recula d'un pas.

— Quoi de plus encore ?

— Ce que l'Allemand a recommandé à ma mère, quand il est reparti. *Qu'on prenne garde*. C'est ce qu'il a dit. Parce que le coup des gants blancs, c'était pour montrer à tous, à ceux de la Milice, je l'ai bien vu derrière la fenêtre, que nos trois chambres, elles sont inoccupées, et depuis longtemps, et qu'on n'y protège pas des gens qui pourraient être recherchés…

— Et pourquoi donc il nous aurait mis en garde ?

Cécile haussa les épaules.

— Ça, comment le savoir ? Peut-être que la guerre lui a déjà fait du mal, à lui aussi. Ou bien la précédente. Qu'il n'en voulait pas plus que nous autres. Ou qu'il ne les aime pas plus que nous, ces Français qui trahissent…

— Cécile a raison, Victor, appuya Justine. Ce n'est pas maintenant qu'on va se disputer avec Chassaigne.

— Sans parler des petites, ajouta Raoul.

Alors, tout en grommelant, Victor se rassit.

Le calme revenu, il tendit sa tasse à café. Justine la lui remplit d'une préparation qu'elle avait elle-même confectionnée, à base d'orge et de glands grillés. Raoul fit non de la main. Du vrai café, il en avait encore chez lui. Il n'était pas pressé de goûter à la mixture de Justine. Cécile ne refusa pas, Louise non plus. Après tout, c'était toujours une boisson chaude ! Pas plus désagréable au goût que la chicorée.

Cécile s'était assise, mais à l'écart.

Renée s'approcha d'elle, le pouce droit dans la bouche, toujours le même, déjà tout mité. Cécile tenta de le lui ôter, mais la fillette commença à chougner. Alors, Cécile la souleva et la posa sur ses genoux.

De son côté, Marguerite s'éloigna ; elle s'installa sur la première marche de l'escalier, au fond de la salle ; et elle entreprit de dépiauter une poupée en chiffon.

Dans le silence qui s'était instauré maintenant et qu'une plainte ou un soupir rompaient de temps en temps, chacun tentait de reprendre son souffle comme après une longue course. Mais la soirée, puis la nuit à venir suffiraient-elles à vider de leurs poumons l'effroi qui les tourmentait tous alors, les grands comme les petits ? Rien n'était moins certain.

C'était déjà la fin de l'été ; et la rentrée des classes qui aurait lieu le 1er octobre, bien que ce fût un vendredi, était le signal pour Marguerite d'une vie nouvelle. Ce jour-là, il lui faudrait se lever tôt, se débarbouiller en vitesse. Puis elle partirait, avec Cécile et Raoul. Parce que Raoul s'était proposé de les accompagner. Il installerait Marguerite sur sa bicyclette, derrière lui, dans un siège fixé tout exprès au-dessus du garde-boue. Cécile resterait un peu en retrait. Elle tiendrait ainsi compagnie à sa fille qu'elle imaginait à l'avance un peu fébrile à l'idée d'être séparée de sa famille une bonne partie de la journée. Par chance, la pièce qui tenait lieu d'école, il n'y en avait qu'une seule pour les vingt-huit enfants de cette rentrée scolaire 43, située au rez-de-chaussée de la mairie, n'avait pas été réquisitionnée par les Allemands. Ni par la Milice, malgré les efforts de son chef local. C'était là que Cécile avait appris à lire et à écrire, à compter aussi. Et que ses enfants, Marguerite, puis Renée, puis les deux en même temps, feraient pareillement. Cela les conduirait jusqu'au certificat d'études. Ensuite, ce serait le brevet, puis le bachot. Où ça ? Dans l'une de ces villes un peu importantes du voisinage. Le Livradois et le Forez n'en manquaient pas. Ambert, Billom, ou peut-être Thiers. Des idées, en tout cas, qui plaisaient bien à Cécile et la distrayaient de son quotidien. Son unique contrariété, peut-être, à ce moment, c'était de savoir que l'instituteur qu'elle avait eu, un jeune homme à l'époque, dont elle était tombée amoureuse, du moins les premières années, comme toutes ses camarades, à cause de ces jolies moustaches qu'il portait avec élégance, ne serait pas à Valliergue, pas même un court instant, pour recevoir les enfants. Retraité de quelques mois, une pneumonie mal soignée venait en effet de l'emporter. C'était du moins ce qui se disait. En réalité, bien qu'on ignorât tout de sa disparition, on était convaincu qu'elle avait été plus valeureuse qu'on n'osait l'assurer.

Victor n'avait pas su retenir son amertume et il avait fini par rendre visite au père Chassaigne, avec la ferme intention de lui déverser son trop de bile sur le paletot. Pour ce faire, il avait choisi la veille de la rentrée des classes, le 30 septembre, parce que, le lendemain matin, il y avait toute possibilité pour que Raoul fût non pas à la ferme mais à Valliergue, avec Cécile et Marguerite, et sans doute pas encore de retour avant 10 heures. Un matin par conséquent pas comme les autres, où le père Chassaigne, aussi distrait qu'il fût, n'aurait pas intérêt à oublier ses fameuses jumelles. Ainsi marmonnait Victor tout en grimpant les derniers lacets qui le conduisaient vers son compère. Et plus il grimpait, plus il marchait vite, emporté par son discours intérieur. Un discours qui prévoyait les rétorques plus ou moins amènes que le père Chassaigne ne manquerait pas de lui adresser. Parce que, entre eux deux, depuis que l'Auvergne les avait vus paraître, ça avait souvent cogné de bons coups. Sans être sanglant, ça non ! Ni méchant pour de bon. Ils s'aimaient trop pour ça, comme bien souvent les hommes : à la vie à la mort ! Combien de fois ne se l'étaient-ils pas juré, ce serment ? La preuve encore, ce 30 septembre où l'un avait eu besoin d'engueuler l'autre et où l'autre, déjà à sa place, le cul sur un tabouret et en train de faire le guet – pas si fou ! –, avait sitôt répondu présent. Ainsi marmonnait Victor, maintenant tout essoufflé. C'est qu'il avait parcouru pas mal de chemin pour arriver jusqu'ici. Toujours la même histoire ! Impossible de venir en ligne droite à cause du val, trop abrupt du côté de la ferme, mais surtout indompté du côté de chez Chassaigne. Alors forcément, devoir passer par Valliergue, c'était comme aller trois fois à la messe en une journée. Tout essoufflé, qu'il était, Victor, quand il aperçut Chassaigne tranquillement assis au milieu de son pré, à deux pas de sa maison, la tête couverte d'un béret et les jumelles rivées à ses yeux. Pour de bon, de là où il était, il dominait Ferrandon – c'est ainsi qu'il désignait la ferme –, au point qu'il ne pouvait rien louper du va-et-vient de chacun. La sentinelle rêvée, bien que sans capote sur le dos ni guérite pour s'abriter de la pluie ! Chassaigne n'en avait que plus de mérite. C'est ce que pensait Victor, toute sa maussaderie refoulée, quand, arrivé au niveau de Chassaigne, qui faisait mine de ne pas l'avoir vu venir, il bafouilla, le souffle court :

— Tu... tu te fous de moi, dis ?

— Pourquoi donc je me foutrais de toi ? C'est comme ça que tu me salues ?

Chassaigne n'avait pas quitté ses jumelles.

Il grogna encore :

— Je fais mon boulot, tu vois, rien de plus.

— Ecoute un peu...

Chassaigne haussa les épaules.

— J'ai rien à écouter, Victor. Pour l'autre jour, j'ai vu tout ce qui se passait. Mais là où t'étais, tu ne pouvais pas m'apercevoir. Alors j'ai eu suffisamment de mouron dans la caboche comme ça, à me demander comment ça se terminerait, pour que tu m'en causes pas davantage.

Chassaigne avait parlé bas. Ce n'était pas son habitude. Et maintenant, les jumelles posées sur ses genoux, il regardait Victor en faisant une drôle de mine. La mine de quelqu'un qui aurait eu quelque chose à ajouter mais sans savoir comment s'y prendre. Finalement, il tendit le bras vers ce qui ressemblait à un buron, une construction carrée, en pierre sèche et recouverte de lauzes, qui lui servait de remise à outils. De taille réduite, une vilaine porte en fermait l'accès.

— Va voir là-bas, fit-il en secouant la tête. T'ouvres la porte doucement. Surtout, pas de bruit. Tu reviens ensuite.

Victor s'exécuta.

La porte grinça légèrement.

A l'intérieur, c'était le noir complet. Victor voulut entrer, mais il buta contre un objet métallique. Après quelques secondes, les yeux acclimatés à la demi-obscurité du lieu, il distingua une forme sombre, allongée sur le sol.

Il referma la porte.

Le père Chassaigne, qui ne l'avait pas quitté du regard un seul instant, attendit qu'il fût revenu près de lui.

— Alors ? demanda-t-il.

— Qu'est-ce que tu veux que je dise ? fit Victor. Là-dedans, il y a un type, mort ou vivant, j'en sais rien.

— Vivant, je te rassure, fit Chassaigne, goguenard.

— Qui donc, alors ?

— Tu me croirais pas.

— Je le connais ?

— Pour sûr, mon bon...

Voilà que Chassaigne faisait des manières. Des cachotteries de gamin. Comme si l'époque qu'ils vivaient en était encore aux bonnes surprises. Victor commença à marquer son impatience. Il se rappela pourquoi il avait fait tout ce chemin, pourquoi il avait dû s'essuyer le front à plusieurs reprises, pourquoi il avait si mal aux pieds. Chassaigne avait beau assurer le contraire : s'il avait voulu, quand les Allemands avaient fait irruption dans la cour de la ferme, il aurait sûrement trouvé le moyen de l'avertir. Alors que là, rien du tout. Pas le moindre écho.

— T'es un beau salaud, tout de même, grommela-t-il. Ils auraient tous pu y passer.

Chassaigne avait blêmi. Il arrêta Victor.

— Remets pas le couvert, dit-il. Je t'ai déjà expliqué. Pour les jours à venir, on va s'arranger. D'ici, je vois tout ce que vous faites au Ferrandon. Dès qu'il y en a un qui sort, je sais qui c'est. Heureusement qu'on a mieux à faire, parce que, sinon, je te jure, on ne s'ennuierait pas. Mais quand tu es dans les champs, votre domaine est trop vaste. Des terres, vous en avez partout. Et puis je ne peux pas rester là tout le temps ; il faut aussi que tu comprennes que j'ai parfois envie de pisser…

Ce disant, le sourire était revenu sur son visage. De nouveau, il désigna la remise. Il soupira :

— Je suis peut-être un vieux salaud, t'as raison…

Puis il laissa tomber :

— Tu ne l'as pas reconnu… Pourtant, c'est ton patron.

Estomaqué, Victor resta immobile un moment, puis il faillit hurler. Mais au lieu de ça, comme pour s'en empêcher, il porta ses mains à hauteur de sa bouche.

— Oui, c'est Jules, continua Chassaigne. Il nous est arrivé hier, la nuit bien avancée. Si près du but… Comme tu m'avais fait signe dans l'après-midi que j'aurais le plaisir de ta visite ce matin, on l'a empêché de poursuivre. De toute façon, je ne sais pas dans quel état vous l'auriez récupéré. Tu verras, il est transparent. Doit avoir un estomac gros comme un gésier. Avec trois cuillerées de soupe au chou, il était rassasié. Une goutte de vin lui a donné le vertige. C'est lui qui a voulu se coucher dans la remise. Pour ne pas nous mettre dans l'embarras.

Victor avait pris la place du père Chassaigne ; il s'était assis sur son tabouret. Penché en avant, les coudes sur les cuisses, il répétait tout bas :

— Jules, Jules, c'est notre Jules qu'est de retour…

Comme ça risquait de durer, le père Chassaigne décida de le bousculer un peu :

— Faut t'en remettre, fit-il.

— Tout de même. Si je m'attendais…

— S'est évadé, pardi ! Je suis pas étonné. Personne, ici, en sera étonné. Pas le genre à tourner en rond derrière des barbelés. Deux fois, qu'il s'est évadé. C'est ce qu'il nous a dit. La deuxième, c'était la bonne…

— De retour, notre Jules, continuait Victor, qui n'en revenait toujours pas. De retour chez lui…

Il avait les mains toutes moites ; il les essuya sur son pantalon et se redressa ensuite. Il fit quelques pas en direction de la remise. Chassaigne le retint :

— Il ne tardera plus à se réveiller. Laisse-le roupiller encore un moment… Je présume qu'on va le rechercher. Les Allemands, Gestapo et compagnie, c'est sûr, ils débouleront encore au Ferrandon. Faudra veiller, Victor.

— Je suis tourneboulé, mon ami.

— Viens donc boire un coup.

— Tu ne surveilles plus, alors ?

Chassaigne hocha la tête.

— A cette heure, Raoul est toujours là. Tes femmes ne craignent rien. Viens, je te dis.

Il marqua un temps.

— Des nouvelles de Marius ?

Victor hésita.

— Pas trop, non. Et ton fils ?

— Maurice ? C'est vrai, je ne te l'ai pas dit. STO. Il voulait prendre le maquis. Mais je l'ai raisonné. J'ai peut-être eu tort, je ne sais pas. Il était contrarié, en tout cas. Mais c'était à cause de Jeanne, tu comprends, et de leurs deux gosses. Sont à la maison, d'ailleurs. Jean et Michel. Tu vas les voir. Jean, il doit bien avoir l'âge de la Marguerite. C'est leur première rentrée scolaire, c'est ça ? C'est pour eux que je n'ai pas voulu que Maurice joue au mariole. Ils me l'auraient déjà tué. Il est maintenant dans les Alpes. Il est parti là-bas pour neuf mois. Encore sept à tirer. Pour Jeanne, c'est longuet. Mais je me dis que d'ici ce moment il y aura peut-être du nouveau. Qu'est-ce que tu en penses, du général de Gaulle ? Moi, j'y crois de plus en plus. Mais je suis trop vieux…

Victor l'avait laissé parler. Là, il l'interrompit :

— Qu'est-ce que tu racontes ? Trop vieux ? Toi, Marius et moi, on est de la même année. Moi, je fais ce que je peux, sans doute pas assez, c'est sûr, mais j'aide tout de même, l'air de rien. J'ai des nuits courtes, mais je ne regrette pas.

— Elles sont au courant ?

— Les femmes, tu veux dire ? Bien sûr, qu'elles le savent. Mais on n'en cause pas, ou seulement en passant, l'air de rien ; l'essentiel, c'est qu'on se comprenne.

Chassaigne approuva :

— C'est mieux comme ça.

Puis il ajouta, l'air confus :

— Mais, moi, avec la Jeanne et les gosses ? Je ne peux pas les laisser tout seuls. Leur arriverait quelque chose, je m'en remettrais pas. Tu vois ce que je veux dire ?

Victor lui donna une tape sur l'épaule.

— T'as pas à t'excuser, Chassaigne. Je réplique seulement à ta remarque. Trop vieux, ça non. Tu ne peux pas le dire. Mais on fait chacun à sa mesure, chacun à sa cadence. Comme on peut. Comme on doit. Et puis, notre Jules, tu l'oublies déjà ? Dis-toi que cette nuit tu nous l'as sauvé du pire. T'imagines les heureuses, quand elles vont le revoir ? Sacré bon sang, j'en tremble de partout. Rien que d'y penser. Rien que d'imaginer les visages effarés qu'elles vont lui offrir. La Cécile. Louise. Justine. Et les petiotes. Tiens, regarde, je te dis que je me sens tout mou… Par exemple, notre Jules, de retour. J'y crois toujours pas…

Chassaigne se mit à glousser.

— Eh bien, fit-il, en attendant qu'il se réveille, cette fois, on va se le prendre, notre verre ? Entre donc !

Jules ronflait comme un sonneur. Et la remise bruissait de sa respiration. Une respiration tranquille, presque ravie, qui n'avait jamais été aussi libre – libre comme l'air, on aurait cru –, malgré l'exiguïté de l'espace dans lequel il s'était glissé. A quoi, à qui rêvait-il à ce moment ? A ses enfants ? A Cécile ? A Victor ? Au Guilh, qu'il espérait tant retrouver ? Ou au vilain tour que lui et deux de ses camarades de captivité avaient joué à leurs gardiens, trois semaines plus tôt ?

Avant cela, bien avant, l'évasion de Bad Orb avait été un échec. Plus qu'un échec, une catastrophe. Ils l'avaient tentée à cinq. Trois avaient été repris à même pas deux kilomètres du Stalag IX B. Les deux autres, des irréductibles, avaient osé la fuite éperdue. Mais les balles les avaient rattrapés. En pleine tête pour l'un, entre les omoplates pour l'autre. Jules et ses camarades, Etienne, natif de Bourgogne, et Auguste, de Picardie, avaient dû ramener les cadavres à bout de bras. Ensuite, ils avaient tous les trois été mis à l'écart, ensemble, dans la nuit profonde ; puis séparés, et enfermés chacun dans une prison, et quasi nus. C'était en novembre 42. Jules avait cru que pour lui tout était fini. Qu'on ferait bientôt de lui et de ses compagnons un exemple. Ça n'aurait pas été la première fois. Des exécutions, devant les prisonniers rassemblés tout exprès, en rangs serrés, et forcés à garder les yeux grands ouverts, il en avait déjà vu quelques-unes. Au lieu de ça, trois jours plus tard, on les avait expédiés au Stalag IX C, situé plus au nord. A Bad Sulza, en Thuringe. Probablement pour les dresser. On les avait donc entassés avec d'autres captifs dans un wagon à bestiaux, debout les uns contre les autres, épaule contre épaule, incapables d'esquisser le moindre geste. Il avait fallu plus d'une journée pour effectuer le trajet. Sans rien boire. Ni rien manger. A se faire dessus, malgré les ventres creux, lorsque se retenir n'était plus supportable. Plus d'une journée, pendant laquelle Jules n'avait cessé de ruminer, tentant de ne rien entendre d'autre que le sifflement de son propre souffle sur la nuque de l'homme au crâne rasé contre le dos duquel son buste s'écrasait. Pendant ce trajet, combien d'âmes avaient pris la fuite, profitant des aérations pratiquées dans les parois latérales du wagon ? Et combien de corps ainsi délaissés s'étaient affaissés jusqu'à disparaître et n'être plus, bientôt, sur le plancher du wagon, que des tas d'oripeaux sur lesquels certains, au bord de l'asphyxie, parvenaient non sans mal à grimper pour happer quelques goulées d'air frais ? Plus d'une journée, pendant laquelle Jules ne pensa qu'à Etienne et à Auguste, et au plan qu'à eux trois, de nouveau ensemble – il ne pourrait en être qu'ainsi –, ils mettraient en œuvre pour s'évader une deuxième fois.

Quand ils étaient arrivés à destination, le lendemain, il faisait déjà nuit. Après le déshabillage et l'épouillage, des opérations que tous devaient affronter, on lui avait rendu ses vêtements. Ils étaient trempés, et bien qu'ils fussent glacés il avait dû les enfiler : car ils ne sécheraient que sur son dos, grâce à la chaleur que dégageait son corps. Un corps pourtant bien maigre, où l'on distinguait à présent les côtes et les os du bassin. Le hasard avait voulu qu'Etienne se retrouvât bientôt à son côté, puis Auguste. Aucun des trois n'en avait été étonné. Comme s'ils y avaient toujours cru. De quoi leur regonfler le moral ! Pour l'instant, ils grelottaient et n'avaient qu'une idée en tête : dormir. Bientôt, ils avaient traversé le camp, longé des baraques en bois, pareilles à celles qu'ils avaient connues à Bad Orb. Entre chaque baraquement, on avait suspendu des lampes qui se balançaient au gré du vent. Ensuite, ils devaient être trois cents, peut-être davantage, ils avaient marché pendant deux longs kilomètres sur un chemin malaisé, plongés dans la nuit complète, tantôt se prenant les pieds dans des ornières, tantôt s'enfonçant jusqu'au dessus des souliers dans de profondes flaques d'eau. Si jamais l'un d'eux venait à chuter, il ne se relevait que sous des coups de crosse répétés. Des coups que les gardes assenaient à l'aveuglette en raison de l'obscurité ambiante et qui pouvaient atteindre aussi bien un arrière-train qu'un thorax ou une tête.

Enfin, ils distinguèrent de nouvelles lueurs. Des lampes oscillaient mollement, suspendues entre deux bâtiments, diffusant une clarté jaunâtre. Cette fois, les bâtiments semblaient avoir été fabriqués en dur. On croirait de la brique, pensa Jules. En fait, il s'agissait d'une usine désaffectée depuis longtemps, déjà ravagée par la nature, effectivement constituée de deux vieilles bâtisses que séparait une vaste cour, à présent transformée en bourbier tant le sol regorgeait d'eau. Les prisonniers, on les avait fait s'aligner sur trois rangs ; puis, après un appel rapide, ils avaient été distribués, sans tenir compte du numéro matricule de chacun, en fonction des places disponibles dans les deux bâtisses, soit à l'étage, soit au rez-de-chaussée. Mais là où une centaine d'hommes étaient censés se coucher, seulement soixante-quinze paillasses avaient été disposées à la hâte. Sans trop avoir cherché de places, Jules et ses deux compagnons s'étaient allongés sur le carrelage. Et quelques minutes plus tard le sommeil les avait emmenés jusqu'au lendemain matin. Un matin sans nuages, de grand et beau soleil. Un matin qui avait présagé ce début d'automne 43 où Jules, après un juste repos, s'éveillerait à presque midi, l'heure du dîner[1], avec de joyeux babils d'enfants pour l'accueillir.

Les enfants ? Les petits-enfants du vieux Chassaigne, Jean et Michel, à qui leur mère venait d'ou-

1. Ce terme désignait autrefois, et encore aujourd'hui, dans certaines régions, le repas de midi, le terme « souper » étant réservé au repas du soir. Quant au déjeuner, il se pratiquait le matin.

vrir la porte, lassée de les apostropher pour qu'ils se tiennent tranquilles.

— On vous appellera quand le repas sera servi… Allez jouer dehors en attendant, leur intima-t-elle, ajoutant aussitôt, à l'intention de Victor : Parce que vous mangerez bien un bout avec nous, dites-moi ? Et avec Jules aussi, qui ne devrait plus tarder à nous revenir de son long somme. Qu'est-ce qu'il en pense, le père ?

— Tout comme toi, ma Jeanne, répondit l'autre.

Et, se penchant vers Victor :

— En voilà une qui me gâte, et courageuse comme dix. Ça non, je n'ai pas à me plaindre. Encore un petit coup ?

Chassaigne tendit la main vers la bouteille. Plus vive que lui, Jeanne l'avait déjà mise hors de sa portée.

— Ça alors ! s'offensa-t-il.

— Boirez assez quand on sera à table ! répliqua Jeanne. Vous devriez plutôt suivre l'exemple de Victor. En voilà un qui ne boit que lorsqu'il a soif.

— Et moi qui faisais des compliments sur ta personne…

Jeanne haussa les épaules.

— Sûrement que je les mérite, père Chassaigne. Mais, franchement, quel rapport ? Ce n'est pas pour vous ennuyer, vous le savez aussi bien que moi. Attendez le retour de Maurice, et vous verrez alors sa façon de penser !

Chassaigne hocha la tête, mécontent.

A son tour, il allait répliquer, mais Jeanne, d'un geste de la main, lui fit signe d'en rester là.

— Je n'entends plus les enfants… dit-elle.

Inquiète, elle regarda par la fenêtre, se pencha d'un côté puis de l'autre. N'apercevant plus personne, elle ouvrit la porte et elle s'immobilisa dans l'embrasure, les bras sur les hanches, son appréhension déjà envolée.

— C'est notre Jules ! fit-elle. Il s'est enfin réveillé ! Et le voilà maintenant qui se raconte à nos garçons…

Victor l'avait déjà rejointe.

Sur le pas de la porte, il s'arrêta un court moment. Le temps nécessaire pour se convaincre que l'homme qui parlait aux enfants était bien Jules. Le Jules Ferrandon qu'il avait connu, au visage rond et jovial, aujourd'hui émacié, au teint gris, et aux joues creuses que comblait à peine une barbe hirsute. Pas vraiment ressemblant, tout ça ! D'autant que la corpulence elle-même n'y était plus. A croire que le bonhomme avait fondu dans ses vêtements, une veste informe et un pantalon trop large, en même temps que le saindoux. Pourtant, lorsque Jules tourna la tête dans sa direction, malgré le soleil qui lui faisait ciller les yeux, son doute s'estompa de lui-même, parce que l'évidence était là, et il sentit des larmes lui couler doucement sur les joues. Des larmes folles, des larmes de contentement comme il n'aurait jamais imaginé en avoir. Et, bientôt, tous les deux s'élancèrent l'un vers l'autre. Et sous les yeux des enfants, qui pleuraient aussi, et de Jeanne, qui tremblait d'émotion, ils s'étreignirent longuement. Si longtemps que le père Chassaigne mit à son tour le bout de son nez sur le seuil de la maison.

— Sacré bon sang, est-ce que c'est possible ? vociféra-t-il alors. Croyez qu'elles sont prudentes, vos effusions ? Que sur la route, juste au-dessus, les charognards de la Milice et les autres circulent par camions entiers bourrés de soldats !

Furibond, il respirait avec force.

Jules et Victor s'étaient écartés.

— Rentrez en vitesse, continuait Chassaigne, qu'on a des choses à penser pour mener cette journée à bien. Parce que notre Jules, son affranchissement, le véritable, c'est là-bas, chez lui, de l'autre côté du val, avec sa femme et ses gamines, qu'il le ressentira pour de bon.

Là-dessus, tous rentrèrent dans la maison et s'installèrent autour de la table, Victor et Jules aux deux places que Jeanne avait prévues pour eux, côte à côte. Et pendant que Chassaigne remplissait les verres, bien content de tenir à nouveau sa bouteille, Victor ne put s'empêcher de poser sa main sur la main de Jules, et de la serrer fort dans la sienne, avec tendresse, comme il l'aurait fait, probable, pour réchauffer celle de son fils.

6

L'innocence de la parole

Victor n'avait su envisager qu'une solution : la descente sur la Dore, par ce versant, le plus dangereux sans doute, qui descendait en pente douce de chez le père Chassaigne à travers des prés d'herbes hautes, sans arbres ni bosquets, jusqu'à des abrupts rocheux, bientôt couverts de feuillus épais, que Victor et Jules n'avaient jamais pratiqués. Tout d'abord dubitatif, Chassaigne avait fini par admettre, lui aussi, que, si c'était là le chemin le plus risqué, d'autant qu'il ne devrait se parcourir qu'à la nuit tombée, c'était également le plus assuré, si l'on voulait éviter les mauvaises rencontres. Ce qui semblait indispensable. Ce n'était pas pour rien, en effet, que Jules était descendu de la camionnette qui l'avait emmené depuis Thiers, une dizaine de kilomètres au-dessus de Valliergue. C'est que, précisément, n'était-ce qu'en raison de son accoutrement, il avait préféré continuer à pied, sans courir le risque d'être interpellé voire reconnu par quiconque, en n'empruntant que des sentiers rarement fréquentés, parfois même difficiles à suivre. Le chauffeur, un homme de cinquante ans, au faciès étrange, plat et carré, le nez et le menton à peine dessinés, s'était d'ailleurs arrêté à l'entrée de l'un de ces sentiers couverts, où il avait sans doute pressenti que Jules s'enfoncerait sitôt descendu. Sur la route, avait relaté Jules, le front soudain soucieux en y repensant, ils n'avaient échangé aucune parole. Rien de plus qu'une poignée de main solide, quand Jules était monté dans la camionnette ; puis une autre, tout aussi solide que la précédente, lorsqu'ils s'étaient séparés.

— C'est vrai, continua Jules, en tapant du poing sur la table, que son silence, à ce type, était lourd, presque méchant. Crois-tu, mon Victor, qu'il serait capable de...

— C'est sa figure qui te fait dire ça, l'arrêta Victor. Il ne faut plus y songer. Comme l'a dit Chassaigne, faudra veiller, voilà tout, à ce qu'on ne commette pas d'erreurs...

— Ça oui, approuva Chassaigne.

Il ajouta, presque désolé pour Jules :

— Même que le mieux, ce serait aussi que tu ne couches pas dans le lit de ta Cécile. Que personne, absolument, sache que t'es dans les parages. Parce que, je l'ai dit à Victor, sûr qu'on va te rechercher d'ici deux, trois jours. Ou peut-être même qu'ils sont déjà en train de flairer par où t'es passé...

Comme Chassaigne, Victor et Jules parlaient ainsi, Jean et Michel, les enfants de Jeanne et Maurice, n'en perdaient pas une miette, si intrigués qu'ils avaient été, la veille, par la survenue de Jules.

Jeanne, qui avait à faire avec ses vaches, les avait laissés, sagement assis au bout de la table.

— Ne bougez pas, leur avait-elle recommandé.

— Ça ne craint rien, avait fait Chassaigne, amusé par l'air sérieux qu'ils avaient en regardant Jules.

— Je préfère dire, tout de même, avait ajouté Jeanne.

Chassaigne avait opiné d'un signe.

— Va donc, ma Jeanne.

Pour l'heure, il discutait, surtout avec Victor, parce qu'il était toujours question de cette descente jusqu'à la Dore par des chemins qui n'existaient pour ainsi dire pas et de toutes les façons invisibles la nuit, même par temps de pleine lune. Ce qui les inquiétait, c'était la résistance de Jules. Sa résistance aux chutes, principalement, s'il venait à dégringoler.

— Sans compter que je pourrais bien chuter avant lui, fit Victor. Et, dans ce cas, qu'est-ce qu'on deviendrait ? Tu peux me le dire, mon ami ?

Il avait posé la main sur le bras de Chassaigne.

— Ne te préoccupe pas de ça, fit celui-ci. Avec Raoul, en bas, on est en rapport. Je te l'ai pas dit, Victor, mais, Raoul et moi, on se cause. On se cause tout le temps.

— Comment ça ?

— Je t'expliquerai plus tard, Victor. Sache seulement que si l'on ne vous récupère pas à l'heure convenue, on partira à votre recherche, lui de son côté, moi du mien.

Ebahi, Victor ouvrit de grands yeux. Et les gamins se mirent alors à rire.

— Ils se moqueraient bien, les loupiots ?

— Et ils auraient raison, plaisanta Chassaigne. En attendant, Cécile, elle attend son homme et prépare déjà la potée. Donc, ce soir, avant la nuit tombée, vous vous tirez d'ici ! Mais avant ça, notre Jules, tu vas ôter tes hardes et en changer. Je vais les brûler dans la cheminée. Tu changes tout, jusqu'à ton caleçon. Je vais te donner des choses à moi. Hier, tu ne serais pas rentré dedans, mais gaulé comme tu es aujourd'hui, elles t'iront sans embarras. Parce que je me dis que ce serait mieux si on ne te voyait pas – on ne sait jamais ce qui peut arriver – comme t'es affublé maintenant. Dans cette veste et ce pantalon. Et puis tu vas aussi te laver et te raser. Comme ça, en plus que personne ne pourra te reconnaître, au moins tu sentiras bon et tu auras une belle gueule à offrir à Cécile et à tes filles.

Chassaigne s'arrêta ; il avait parlé vite et était tout époumoné. Victor était toujours abasourdi. Jules, de son côté, ne trouva rien à redire. Quant aux enfants, à présent, ils étaient pliés en quatre, à cause de la tête que faisait Victor ; mais ils étaient aussi remplis d'admiration pour leur grand-père parce que, l'air de rien, il s'imposait à eux tous comme un fin stratège.

Cependant, pour Jean et Michel, le héros du moment restait Jules : il avait osé s'évader, et pas seulement une fois. Il avait affronté les pires ennemis de la France. Les Allemands. La Milice, même s'ils ignoraient ce qu'elle représentait. Les ennemis de leur grand-père. De Jeanne, leur maman. Et de leur père, Maurice, qu'ils avaient emmené de force dans les Alpes, d'autres montagnes que celles du Forez, plus lointaines encore que les puys qui profilaient dans le lointain bleuté leurs silhouettes massives. Il s'était évadé et, avant le repas, il leur avait raconté de quelle belle manière, avec deux de ses compagnons, Etienne et Auguste, l'un de Bourgogne, l'autre de Picardie, ils étaient passés à travers les balles. Tous les trois, ils avaient marché longtemps, pendant des nuits et des nuits, s'étaient cachés durant des jours et des jours, du lever du soleil à son coucher. Et puis, sans savoir trop comment cela s'était produit, un matin, ils avaient soudain réalisé qu'ils étaient rentrés en France. Alors, ils avaient décidé de se séparer. Auguste, le Picard, avait bientôt viré vers l'ouest. Etienne et Jules, au tout début, avaient filé de concert sur la gauche des Vosges. Mais Jules, plus éprouvé qu'Etienne, incapable de respirer, les bronches atteintes par le froid, la pluie, avait dû s'arrêter. Ainsi, il avait été accueilli dans un petit village d'Alsace. Un village qui avait pour nom Molsheim, situé non loin de Strasbourg. Les fermiers qui l'avaient hébergé et soigné s'appelaient Hamm. Des éleveurs de porcs, surtout, et récoltants de tabac. Et puis, cinq jours plus tard, Jules une fois remis, Joseph Hamm, l'éleveur de porcs, était venu lui dire qu'il connaissait un employé des chemins de fer. Un homme de toute confiance. Et qu'avec des camarades à lui, employés des chemins de fer également, ils avaient mis en place un réseau pour que les évadés d'Allemagne, prisonniers de guerre, juifs, communistes ou autres, enfin, pour que tous ces gens, poursuivis par les nazis, puissent retourner chez eux en courant le moins de risques possible. Jules avait alors sauté sur l'occasion. Le surlendemain, il avait quitté Strasbourg. De nouveau dans un wagon à bestiaux, mais cette fois dans une cache habilement dissimulée dans le plafond du wagon, au-dessus d'un troupeau de vaches brunes et blondes qui n'avaient cessé de meugler…

Les enfants auraient bien voulu savoir la suite, savoir comment Jules, leur nouveau héros, avait fini par monter dans le camion que conduisait l'homme au faciès étrange pour aboutir bientôt jusque chez eux, au-dessus de Valliergue ; ils auraient voulu savoir aussi comment il avait vécu dans ces camps mystérieux qui s'appelaient, pour l'un, Stalag IX B et, pour l'autre, Stalag IX C, mais, avant même qu'ils ouvrent le bec, Chassaigne avait soudain décrété que ça suffisait, ils en avaient certainement assez entendu comme ça, et que Jules, maintenant, devait se préparer. Victor était aussi de cet avis. Il pensait même que Jean et Michel en avaient appris beaucoup trop. Sûrement, Chassaigne et lui avaient été imprudents. Fallait-il leur dire, à ces mioches, de ne parler à personne de tout ce qu'ils avaient entendu ? Qu'il y avait des choses, parfois, à ne jamais divulguer ? Comme des secrets ? Mais ne serait-ce pas au contraire les inciter à répandre un peu partout la nouvelle que Jules s'était évadé et qu'il était maintenant de retour ? Victor n'en était pas plus certain. Un moment, tandis que Jules se levait pour suivre Chassaigne, il se mordit les lèvres, impuissant à prendre une décision. Puis il se tourna vers Jules, qui s'éloignait un peu comme un somnambule, le pas malhabile, la tête encore embrumée par tout ce qu'il avait vécu, ces derniers jours, ces derniers mois, ces dernières années. Des visions de souffrance et de mort, d'hommes enchaînés, battus ou fouettés, de cadavres entassés sur des charrettes ou bien laissés au bord des routes. Des visions de guerre dont il ne se débarrasserait pas avant longtemps.

Dans leur enthousiasme, ni le père Chassaigne ni Victor n'avaient envisagé la traversée de la Dore. Parce qu'il faudrait bien la passer, si Victor et Jules devaient emprunter le chemin le plus court pour se rendre à la ferme. Aussi, lorsqu'ils parvinrent sur les rives de la rivière, sous un ciel superbement étoilé, quelle ne fut pas la déconvenue de Victor ! Déconvenue mêlée d'irritation contre lui-même et Chassaigne, et même contre Jules, qui n'avait rien relevé d'infaisable à leur projet, lui qui connaissait pourtant les lieux pour y être venu à maintes reprises du vivant de Ferdinand Rochette et avoir nagé dans ces eaux, avec son frère Simon et Guilhaume, son ami, avant que la guerre n'éclate. Victor ne put retenir un juron. Car il fallait à présent remonter le cours jusqu'au pont de Valliergue.

— Quel sacré imbécile je fais ! se reprocha aussi Jules.

— Fatigué ? demanda Victor.

— Pas vraiment, non.

— En tout cas, tu me le dis ; on se repose quand il faut.

Etait-ce un bien, était-ce un mal ? Qui donc cet après-midi avait évoqué la pleine lune ? Car sa clarté blanchâtre, couleur d'albâtre, inondait maintenant la rivière ; et les berges en profitaient si bien que la marche des deux hommes en était grandement facilitée. Mais rien de tel non plus pour trahir leur présence. Ce dont Victor s'inquiétait de plus en plus, tandis qu'ils progressaient et voyaient le pont se rapprocher.

— Certaines nuits, ils y placent deux, voire quatre sentinelles, chuchota Victor. Il faut alors attendre le petit matin, lorsque le jour se lève, pour sortir de Valliergue ou y entrer, si on ne veut pas être soupçonné de manigances...

— De conspiration contre eux, tu veux dire ?

— Et contre qui, sinon ? De conspiration, oui, contre eux et ces saletés de collabos ! De leur saboter le boulot et aussi le moral ! Ils n'ont pas encore compris qu'à un moment ou à un autre il faudra bien qu'ils foutent le camp. Et que notre Auvergne, elle doit rester notre Auvergne ! Et que notre Auvergne, elle est en France, pas en Allemagne ! En tout cas, ça, c'est dans notre tête, pas ailleurs, et ce n'est pas près d'en sortir !

Emporté malgré lui, Victor avait haussé le ton.

— Si on avançait ? dit Jules.

— C'est vrai, je m'énerve. Je m'énerve.

— Et ça n'est bon pour personne.

— Oui, je sais bien. Ta Cécile me le dit souvent, et elle n'a pas tort. Mais de nous voir dans l'état où nous sommes, ça me rend pas fier, que veux-tu. Pas fier du tout…

Par chance, cette nuit-là, le pont était désert.

Mais c'est méfiants malgré tout, l'oreille à l'affût du moindre bruit et la pupille plus vive que jamais, qu'ils gravirent la berge par le sentier qui longeait la culée du pont, un sentier guère plus large que deux mains, mais dont Victor, même les yeux bandés, n'aurait pas déplacé la moindre caillasse, tant il avait eu l'occasion d'en mémoriser le relief au cours de ces dernières années.

Bientôt, ils arrivèrent au niveau de la route.

Et alors la clarté que la lune répandait sur les choses les inonda soudainement, les exposant à la vue du premier péquin venu, bien intentionné ou non, qu'il fût dans les parages immédiats, à l'une ou l'autre des extrémités du pont, derrière une fenêtre des bâtisses avoisinantes ou dans les hauteurs toutes proches, dissimulé par les feuillus. Une arme aurait été braquée sur eux qu'elle n'aurait pu les louper.

D'instinct, Victor se baissa.

— Baisse-toi, toi aussi, fit-il, péremptoire, avec un geste du bras, tout en s'adressant à Jules, mais sans prendre la peine de tourner la tête pour s'assurer qu'il était bien à sa suite. Et, surtout, hâtons-nous de gagner l'autre rive.

Jules approuva d'un marmonnement sourd.

Et tous deux, les jambes pliées, le torse penché vers l'avant, la tête ne dépassant pas le parapet du pont – autant de précautions inutiles mais que l'instinct leur commandait –, ils s'élancèrent sans plus respirer jusqu'au sentier qui leur permettrait de rejoindre la berge opposée, un sentier semblable au précédent, qu'ils devraient dévaler, à nouveau dans l'ombre, sans bruit et surtout sans tomber, mais le plus vite possible.

En moins de deux minutes, ils y étaient.

Jules voulut souffler un moment ; tout d'abord adossé à une butée du pont, il s'assit ensuite au bord de l'eau, attentif à son bouillonnement, et il demeura silencieux. Parce qu'il se rappelait qu'à cet endroit, à la verticale du pont, un amas de roches s'opposait au courant, obligeant la Dore à le contourner. L'eau giclait alors en fortes lames, presque marines, jusque sur la berge. Il ferma les yeux, et le pont lui apparut bientôt, lumineux comme aux petits matins qu'il avait connus naguère, au lever du soleil, à cette heure où le

Jour, dans la légende qui lui revenait à l'esprit, se montrait sous l'apparence d'un jeune homme dénudé, se préparant à sauter dans la rivière. Alors, il respira bruyamment, il s'enfla les poumons tant qu'il put comme pour se libérer à jamais de cet air corrompu, moisi, dont il s'était nourri malgré lui en Allemagne, dans la Hesse, puis en Thuringe, et, rouvrant enfin les yeux, il pensa à Cécile qui l'espérait, à ses filles, Marguerite et Renée, et à Louise, et à Justine aussi, et à ces quelques centaines de mètres qu'il lui restait encore à parcourir pour arriver jusqu'à elles et les serrer dans ses bras. Il se leva, ses genoux tremblaient.

— Allons-y, dit-il à Victor. Nous n'avons que trop tardé.

Victor acquiesça.

— Trop tardé, oui... Et la poule, je crois bien qu'elle sera toute racornie, quand on la sortira du four !

Jules hocha la tête.

— Mais quand même goûteuse, j'en suis sûr.

— Ah, ça, tu peux compter là-dessus ! fit encore Victor en souriant. Parce que notre Justine, tu dois te souvenir, elle ne sait point faire du raté dans sa tambouille.

Sur quoi, ils se remirent en route, Victor marchant en avant, Jules se tenant à trois pas derrière, mais cette fois non plus en remontant la Dore, mais en la descendant.

Il leur fallut pas moins de trois quarts d'heure avant de distinguer le noyer, au milieu de la cour, les bras tendus vers le ciel et nimbé de cette couleur toute de tristesse et d'argent vieilli que la lune donne aux choses. Trois quarts d'heure avant de repérer Thelma, et de l'entendre pousser ces petits cris de bonheur que Jules lui reconnut avant qu'il ne la vît vraiment, tirant comme une folle sur sa chaîne. Parce que la chienne, malgré tous ces temps, n'avait rien oublié, certainement, du pas de son maître, de cette démarche tranquille, un peu lourde, qui l'avait toujours accompagnée, que ce soit dans la cour ou bien dans les champs. Une démarche pourtant aujourd'hui empreinte de fatigue, tandis qu'elle était hier de force contenue.

— Ah, ma belle ! Ma belle ! fit Jules.

La chienne, dressée contre lui, continuait de gémir et lui léchait la figure à coups de langue frénétiques.

— Ma belle ! répéta-t-il encore à plusieurs reprises.

Puis, il se tourna soudain vers Victor.

— Je crois bien que mes jambes vont me lâcher, tu sais. J'ai tant peur de les effrayer...

C'est qu'il était maintenant devant la porte qui, une fois ouverte, lui offrirait – il ne pouvait en douter – le plus beau des bouquets, comme d'un feu d'artifice, puis d'autres, de joie, de sourires, de larmes, auxquels il répondrait avec ses mots à lui, du moins s'il les retrouvait, des mots qu'il avait préparés depuis qu'il s'était évadé, et même auparavant, tandis qu'avec ses compagnons il échafaudait le plan qui leur permettrait de s'échapper du Kommando[1] où on les avait affectés, mais des mots qui ne lui revenaient plus, des mots pourtant tout simples, sans vraie recherche, des mots d'amour, des mots de tous les jours, comme des caresses ; des bouquets de joie, de sourires, de rires où se mêleraient des larmes, que ses mots plus ou moins bien choisis représenteraient à leur façon un peu maladroite, figeraient pour l'éternité. Parce que des retrouvailles comme celles-ci, ça ne devait surtout pas s'oublier. Mais voilà qu'il se sentait perdu, comme désarmé, qu'il retardait encore cet instant tant espéré. Que se passait-il donc dans sa tête ? De quelle crainte était-il envahi ? Redoutait-il que Cécile, en le voyant, se détourne de lui ?

— Je ne sais pas, je ne sais pas, répéta-t-il, d'une voix rageuse qui ne s'adressait qu'à lui-même, cependant qu'il écartait Thelma de sa figure.

— Qu'est-ce que tu ne sais pas ?

— J'ai peur, je te dis.

Victor s'impatientait.

— Entre donc, Jules. Elles sont là, derrière cette porte, et elles t'attendent. Comment peux-tu les

1. Détachement de prisonniers de guerre, dépendant d'un Stalag, à destination d'un lieu de travail. Ce pouvait être dans une ferme ou dans une usine, pour des travaux de terrassement, voire pour travailler dans une mine, ce qui était le cas de Jules Ferrandon, avant qu'il ne s'évade pour la seconde fois, alors détaché au Kommando 1550 du Stalag IX C.

faire languir à ce point ? C'est pas d'un homme, ça vraiment. C'est pas d'un humain, je te jure. Et t'as point besoin de frapper.

Il y eut un silence.

Puis Jules soupira, porta la main à son front.

— Je suis même plus certain qu'ici ce soit encore chez moi, tu comprends ça ? J'ai les guibolles qui tremblent…

Alors, décidé, Victor passa devant lui.

Il maugréa :

— Non, je ne comprends pas !

Et il ouvrit la porte.

— Il est revenu ! claironna-t-il. Il est revenu !

Debout, autour de la table, il y avait Cécile et Louise, et les enfants, et puis Raoul, resté là pour la circonstance. Quant à Justine, elle s'était précipitée vers le four et en sortait déjà la poule. Une poule rôtie à souhait, à la peau rousse et croustillante, comme toujours, qu'elle avait entourée de pommes de terre rissolées, et qu'elle arrosait maintenant de ses sanglots.

Cécile, la première, se précipita.

— Rentrez vite !

Elle referma la porte.

— Ce n'est pas la peine que, dans les hauteurs, on nous voie avec tout cet éclairage…

Affairée, mais sans quitter Jules du regard, comme pour s'assurer que c'était bien lui qu'elle voyait, non un mirage, elle vérifia encore que ni les fenêtres ni les volets ne laissaient paraître de lumière vers l'extérieur de la maison.

Alors, elle s'arrêta. Son visage commença à s'illuminer. Et elle conçut bientôt que ce rêve qu'elle était en train de vivre, auquel elle n'osait pas croire encore une minute plus tôt, n'en était peut-être finalement plus un. Alors, elle s'élança vers Jules, se serra fort contre lui. Et, pleurant à chaudes larmes, elle lui prit le visage entre ses mains, elle l'immobilisa, et elle le fixa longtemps, intensément, comme pour lire à l'intérieur de ses yeux le journal de ces jours qu'on leur avait volés, de ces mois que Jules avait passés si loin d'elle, de sa famille, de son pays, comme pour partager cette histoire qui ne serait jamais la sienne.

Cécile renifle, se mouche, toussote un peu ; elle lui fait un signe.

— Assieds-toi donc…

De la main, elle lui montre une chaise qu'elle a écartée de la table juste avant qu'il n'entre. Sa chaise à lui. Toujours aussi instable. Celle où il avait usage de s'asseoir avant la guerre. Elle pense : Avant qu'on me l'enlève… Mais elle se reprend et rectifie très vite, dans un souffle que nul n'entend :

— Avant qu'on me les enlève tous les deux, lui et le Guilh…

Ses deux hommes ! Et Jules, toujours silencieux, qui se sent soudain faible, s'installe et tend la main vers une bouteille. Parce que la journée a été rude et lui a donné soif. Et qu'il rentre bien tard. C'est ce qu'il se dit, ce qu'ils se disent tous. Si tard, après tant de mois, qu'il ne reconnaît même plus sa Marguerite. Mon Dieu, comme elle a changé ! Et grandi ! Plus belle encore, il s'en souvient, qu'elle n'était en 39, lorsqu'il avait déposé sur son jeune front un baiser d'au revoir ! Oui, la journée a été rude, rude et longue de plusieurs années. Et le labeur si pénible qu'il croit bien aussi, se tournant vers elle, n'avoir jamais eu le temps de prendre la petite Renée dans ses bras. Mais c'est un mensonge qu'il garde pour lui seul. Parce que son émotion est trop ardente, trop vive, qui se changerait bientôt en larmes s'il venait à l'extérioriser maintenant, là, tout de suite. C'est vrai qu'elle est mignonne. Aussi mignonne que le lui écrivait Cécile dans ses lettres. Ses lettres, il les a toutes conservées, il les a toutes sur lui, entre sa chemise et son tricot, mangées par la crasse et tachées de sueur. Elles ne l'ont jamais quitté. Ah, comme il regrette de n'avoir jamais pu poser Renée sur ses genoux ! Comme il regrette à présent de ne pas s'être évadé plus tôt ! Il faudra un jour qu'il le lui dise. Qu'il lui dise que s'il l'avait sue aussi radieuse, car elle est radieuse, ce soir, malgré le sommeil qui lui pèse, il serait revenu bien plus tôt. Peut-être même aurait-il assisté à sa naissance ? Ou pu la voir cinq ou dix minutes plus tard ? Comme il a vu naître Marguerite.

Pour l'heure, il se contente de la soulever, de l'asseoir en face de lui, sur la table. Ainsi, leurs visages sont à même hauteur et ils peuvent se découvrir l'un l'autre rien qu'avec leurs yeux, rien qu'avec leurs oreilles, car la respiration de chacun est rapide et bruyante, sans qu'il leur soit nécessaire de parler. Intérieurement, Renée réfléchit, elle spécule, tout l'indique sur son front plissé en lignes parallèles, elle s'interroge : Qui donc est cet homme ? Puis, comme Jules esquisse un sourire à son intention, elle en tente un également, tout timide. Elle lui sourit et elle ouvre bientôt les bras. Tout bas, les yeux écarquillés, elle questionne :

— Papa ?

Et encore une fois, puis deux. Cécile, alors, n'y résiste pas. A nouveau, elle s'élance, se projette vers Jules, entraînant Marguerite derrière elle.

— Enfin, te voilà revenu, murmure-t-elle. Nous voilà réunis, tous les quatre, avec maman, et les autres…

Mais elle n'achève pas, le visage enfoui entre son cou à lui et sa chemise dont il ouvre le col tant il a chaud brusquement. Non, pas plus que Jules qui semble perdu, pas plus que lui, Cécile ne comprend ce qui leur arrive. Tant de bonheur d'un coup, si soudain, c'est trop ! Et, pendant un moment, Jules s'en veut de ne pas laisser exploser sa joie, ce débordement qui le dévore, muet, qu'il voudrait partager mais qu'il ne parvient pas, est-ce pudeur, ou panique déguisée ?, à exprimer.

Cet après-midi, pourtant, chez les Chassaigne, il se racontait si bien, si généreusement à eux. Se disait si bien à Victor. Et tout à l'heure, encore, lorsqu'il traversait le noir de la nuit et longeait les rumeurs de la Dore. Pourquoi ne parvient-il pas à leur avouer, à Cécile, à ses filles, combien il les aime toutes ? Il serait pourtant si doux, cet aveu.

Plus tard, dans la nuit, Jules demande à Victor des nouvelles du Guilh. Mais Victor lui répond, avec un geste de la main :

— Va savoir où il se cache ?

Puis il ajoute, sur le point d'entrer dans sa chambre :

— Ici, là ou ailleurs, ce serait difficile à t'indiquer...

Et encore, après une hésitation :

— Tiens, c'est au père Chassaigne que t'aurais dû demander...

Alors, Jules s'étonne. Incrédule, il interroge :

— Au père Chassaigne ?

Mais son interlocuteur a disparu. Peut-être est-il déjà dans son lit ? Pourquoi au père Chassaigne ? C'est au Raoul qu'il en parlera demain. Et à Cécile. Oui, à Cécile, puisque dans la dernière lettre qu'il a reçue d'elle, avant de s'évader, elle lui écrivait qu'il était au maquis. Au maquis, mais sans autre précision. Sûrement dans les alentours. Jules sent alors un frisson lui traverser le corps. Un peu comme un éclair.

— Faudrait pas qu'il vienne à se faire tuer, soupire-t-il. Maladroit comme il est, il en serait capable...

A ce moment, il entend des pas. Cécile a couché les filles. Debout, en haut de l'escalier, elle l'attend, les yeux remplis de joie. Aussitôt, Jules oublie le Guilh et monte la rejoindre.

Les semaines suivantes, Raoul ne rentra chez lui que le strict obligé. Un peu chaque jour, histoire de nourrir ses poules et de lever les œufs. Parce que Marguerite, à l'œuvre dans ses caprices, avait décidé qu'il l'accompagnerait à l'école tous les matins et reviendrait la chercher à la sortie des classes, à l'exception du jeudi, bien sûr, jour de repos des enfants. Il ne dormit donc plus chez lui. Pour cette bonne raison, mais pas que. Car si c'était effectivement l'unique explication connue des gens de Valliergue et des alentours, il en était une autre, beaucoup plus sérieuse : le retour de Jules. Retour qu'on s'était bien gardé de dévoiler et qui avait mis la ferme et ses occupants en état d'alerte permanent. « A présent, on te recherche, avait dit Victor à Jules. Ton retour est heureux, c'est sûr, on en a parlé avec le père Chassaigne, mais tu nous as tous mis en danger. Alors, t'es là, mais sans l'être, et personne ne t'a vu... » Jules n'avait pu que l'admettre et sa première réaction avait été de vouloir rejoindre le maquis. Parce que, maintenant, à quoi allait-il servir ? « On n'en est pas encore là », avait alors déclaré Victor, le ton incisif.

Aussi, toujours sur une idée de Victor, qui avait estimé que la présence de Raoul à la ferme était devenue indispensable, ce dernier s'était installé non pas dans l'une des chambres vacantes, ce qui n'aurait pas manqué d'éveiller des soupçons inutiles, mais dans la grange, sous le foin, dans un espace que Jules et lui avaient confectionné, en en étayant les pourtours de lattes de bois assez longues et solides pour délimiter un espace qui pût les accueillir l'un et l'autre, la nuit durant, sans risque possible d'écroulement. Victor, pour qui la grange et ses recoins n'avaient pas de mystère – n'y avait-il pas planqué les affaires de Marius, quand celui-ci avait pris le large ? –, avait même précisé l'endroit idéal où le refuge devait être situé : contre le mur du fond, qui donnait sur les bois, là où avaient été pratiquées deux ouvertures rectangulaires de la taille d'une brique chacune. Bouches d'aération astucieuses qui permettaient au foin de se conserver sain et sec. De la sorte, avait plaisanté Victor, Jules et Raoul ne risqueraient pas de mourir asphyxiés.

Jules apparaissait de temps en temps. Même plus souvent qu'il n'aurait dû. Mais, depuis cette matinée où Victor le surprit, désespéré, dans l'étable, il ne se risqua plus en tout cas à quitter le périmètre de la cour. Il était venu là sans prévenir quiconque, presque inconscient, pour voir ses bêtes et rien de plus. Mais, alors, combien lui en restait-il ? Médusé, dans un premier temps, il n'avait remarqué que les stalles désertées. Ces emplacements où la terre brute avait remplacé l'or de la paille. Ces mangeoires vides de toute nourriture. Les râteliers tout aussi vides. Et puis, bien vite, il avait voulu se rassurer. Il s'était dit que les bêtes, de belles laitières, pour l'essentiel du troupeau, devaient être en pâture. L'essentiel, oui, parce que, levant la tête, il avait fini par les compter, toutes celles qu'il avait sous le nez. Pas plus de dix-huit. Si sa mémoire était bonne, il en manquait donc une bonne vingtaine. Déjà que les chèvres et les cochons, quand il avait appris ! Son cœur avait battu, mais ça n'était pas allé plus loin. Mais là, s'était-il surpris à répéter, rien que dix-huit bêtes ! Puis il s'était bientôt rendu à l'évidence. En cette saison, elles auraient toutes dû être à l'étable. Toutes. Toutes. Alors, il s'était abandonné sur un tabouret et il avait éclaté en sanglots. Il pleurait encore lorsque Victor était entré à son tour et l'avait découvert dans son coin de mur, ratatiné comme un vieillard. « Qu'est-ce que tu fous là ? » il avait crié. Mais Jules n'avait su que lui répondre, la voix chagrinée : « Où sont-elles ? Dis, où sont-elles ? » Alors, Victor lui avait enjoint de se lever et de l'accompagner. Parce qu'il était l'heure de manger. Déjà plus de midi. Et il l'avait engueulé comme il faut : « Tu ferais bien mieux de te reconstituer une santé ! » Ensuite, il lui avait expliqué qu'à un moment, Louise et Cécile n'en pouvant plus, sans parler de Justine à bout de forces chaque soir, il avait fallu songer à se débarrasser de quelques bêtes. Quand donc, exactement, en étaient-ils arrivés à cette extrémité ? Victor ne le savait plus. Tout ça lui semblait si loin, à présent. Peut-être lorsque Marius avait décidé de passer du côté de la Résistance. Oui, c'était sans doute à ce moment-là. Ce que Louise avait refusé tout net, en revanche, c'était de vendre des terres. Parce qu'elle disait que les terres, même non labourées, non exploitées pendant des mois ou des années, avec du courage ensuite, on les reconquerrait toujours. « “Une terre, ça ne peut pas mourir”, assurait-elle d'une voix ferme, remplie d'espoir. Et moi, je n'avais qu'un désir, c'était de la croire », avait encore rapporté Victor. Puis il avait soupiré, désabusé : « Enfin, nous verrons ça un jour, peut-être, lorsque nous aurons retrouvé la paix. » Ainsi, il ne restait donc que ces dix-huit belles laitières. Jules ne s'était pas trompé. Pas une de plus, pas une de moins. Tout de même, ça lui restait un peu en travers de la gorge, cette histoire. Mais à qui faire des reproches ? Pas à Louise, ça non. Pas davantage à Cécile. A Victor, alors ? Déjà que les cochons ! Déjà que les chèvres ! Depuis son retour, ce n'était que du tourment. Pourquoi donc est-ce que Marius n'avait pas été remplacé ? Sûr que Raoul, il n'aurait pas refusé de travailler davantage, à jour plein. Et pas que lui seulement. Mais tout ça,

Jules l'avait ruminé dans sa tête. En silence. Tandis que Victor discourait des chèvres, des cochons, des vaches dont il avait fallu se séparer. En tout cas, une chose était d'évidence : jusqu'à présent, chacun à Valliergue avait subi sa guerre, mais une guerre différente de celle dont lui, Jules, avait pâti.

Alors, comme il était sur le seuil de la porte et que Victor lui laissait le passage, il s'était rappelé cette réflexion amère qu'il avait formulée le soir où il était revenu : « Je ne suis même plus certain qu'ici ce soit encore chez moi. » Et ça l'avait brûlé jusque dans le bas du ventre. Comme si on lui avait arraché les tripes et le reste. Etait-il vraiment rentré chez lui ce soir-là ? s'était-il demandé à nouveau. Tant de choses avaient changé, lui semblait-il. Jusqu'à cette interdiction de se montrer hors de chez lui ! à deux pas de ses propres murs ! Puis il s'était apaisé. Et il s'était promis d'oublier à jamais ces terribles questions. Parce qu'une guerre, c'était toujours une guerre, et que, seules, entre les êtres, en différaient les souffrances éprouvées au fond de soi. Et parce que Renée, la petiote, piaillait à ses pieds pour qu'il la soulève et la prenne dans ses bras.

A midi, Marguerite n'était plus là ; désormais, elle restait à l'école, avec ses camarades de classe. Chaque matin, Justine lui préparait son repas. Elle mangeait, installée sur une table faite de trois rapprochées tout exprès. A ses côtés, ses deux copains préférés, dont Jean, l'un des petits-enfants du vieux Chassaigne. D'autres encore étaient là. Le maître aussi, qui veillait à ce que tout se passe bien. Sans gâchis excessif. C'était lui qui remplissait leurs verres d'eau fraîche. Lui encore qui leur disait de se laver les mains après le repas, et qui nettoyait les assiettes et les couverts, cependant que les enfants les essuyaient et les rangeaient dans une armoire. Ensuite, quand le temps le permettait, ils allaient dans la cour attenante à la mairie. Certains se couraient après, jouaient aux gendarmes et aux voleurs ; les filles s'adonnaient surtout à la marelle. D'autres, plus tranquilles, lisaient assis par terre ou s'inventaient de folles aventures, un peu comme on complote.

En quelques semaines, Marguerite avait bien changé. Sans doute était-ce la fréquentation des garçons. Déjà de nature capricieuse et souvent autoritaire, ce qui ne ressemblait ni au caractère de Jules ni à celui de Cécile, mais n'avait jamais étonné personne, elle jalousait maintenant Renée, lui en voulait presque ouvertement d'être toujours dans les jupes de sa mère ou dans les bras de son père. Dans le même temps, elle se moquait d'elle, parce qu'elle ne savait ni lire ni écrire, exhibant sous les yeux de sa sœur, qui ne comprenait pas ce qu'elle lui voulait et se mettait alors à pleurer, ses rudiments de connaissance, comme des trophées que l'autre ne serait jamais capable de remporter. « Tout ça lui passera, tempérait Louise lorsque Cécile se fâchait. Tu vois bien que c'est une enfant... » concluait-elle. Mais une enfant qui, selon Cécile, avait un fond de méchanceté que rien, selon elle, ne pouvait expliquer. Si ce n'était, peut-être, et elle en revenait toujours à cette même conclusion, son contact avec les garçons. Une façon comme une autre, sans doute, de se consoler. De se dire que Marguerite, quelque part, tenait davantage du garçon manqué que de la petite fille modèle dont elle avait rêvé. Alors, comme elle la regardait par la fenêtre, en train de lancer des pierres dans une flaque d'eau, et puis rire aux éclats si elle parvenait à un simulacre de ricochet, son visage s'éclairait doucement. Parce qu'elle pensait que là-bas, du haut de la grange où il se tenait le plus souvent, à l'abri des regards, Jules devait être bien satisfait de la voir, sa fille, déjà garçonne à son âge, et volontaire, et entêtée comme il l'avait été, tout gamin, quand il avait passé six ans. Oui, c'est vrai, finalement elle ressemble à son père, se corrigeait alors Cécile. Puis, elle se retournait. « N'est-ce pas que Marguerite ressemble à son père ? » demandait-elle. La question s'adressait à Louise, assise dans son fauteuil, non loin de la cheminée. Mais Louise ne se détournait pas de son occupation et se contentait d'émettre un soupir de lassitude. Lassitude qu'elle partageait avec Renée, dont elle arrangeait les cheveux.

Jules s'ennuyait à mourir, râlait après lui-même. Pas même valet dans son domaine ! Plus bon à quoi que ce fût, de toute manière ! Nu, il se tâtait les côtes, les os du bassin, ce ventre qui n'en était plus un, décharné, ces fesses guère plus formées que des noisettes. Ses jambes, surtout les cuisses, étaient aussi grêles que des pattes de poulet, et ses bras dépourvus de muscles. « Tu ferais bien de te refaire une santé ! » lui avait dit Victor. La santé, il l'avait, ce qui lui manquait, c'était la force, le pouvoir. Un peu de graisse à dépenser. Peu à peu, pourtant, il eut l'impression de se retrouver. D'être à nouveau lui-même. Du moins dans sa tête ou dans ce qui lui en restait. Son estomac, sans doute devenu guère plus gros que le poing à force de privation, avait dû regagner en élasticité, car l'appétit lui revenait. Et il ne s'étonna plus de tout ce que pouvaient ingurgiter les filles. A présent, quand il s'échappait de la grange, la nuit, prenant grand soin de ne pas alerter Raoul, pour rejoindre Cécile, ce qu'ils se donnaient d'amour l'un et l'autre était à nouveau partagé. Elle était toujours aussi belle, et sa peau soyeuse à caresser. « Sûrement, un jour, je redeviendrai comme j'étais avant », s'excusait-il gauchement. Mais Cécile, à chaque fois, pour qu'il se taise, s'empressait de poser ses lèvres sur les siennes. Un long baiser silencieux s'ensuivait alors, où leurs langues, en se mêlant étroitement, se confiaient des secrets nettement plus intéressants. Il était si bon, pour chacun, de redécouvrir l'odeur de sel de l'autre ou bien son goût sucré. Si bon, dans l'obscurité, de se redécouvrir, de rechercher puis de retrouver des émotions dont on avait perdu l'idée ou qu'on avait souvent désespéré de ressentir à nouveau. Au petit matin, rassasié, contenté, Jules s'en repartait vers sa paillasse, auprès de Raoul, qui se réveillait presque toujours, mais qui veillait à n'en rien laisser paraître, ronflant un peu plus fort si besoin était. Pas naïf, il se disait que d'ici la fin de la guerre, parce qu'il lui faudrait bien une fin, à cette putain de garce, la famille Ferrandon compterait peut-être un lardon de plus. Et que ce ne serait pas un effet du bon Dieu, ça non. Qu'il n'y aurait là que du naturel. Sur quoi il se rendormait pour une heure.

Un matin, comme ils étaient seuls, Jules demanda à Cécile depuis combien de temps elle n'avait plus reçu de nouvelles du Guilh. Comme elle ne s'y attendait pas, visiblement ébranlée, elle hésita avant de lui répondre.

— Je ne sais pas vraiment, dit-elle enfin. Peut-être un mois ou deux. Mais tu as raison, je n'y pensais plus trop. C'est ainsi depuis que tu es de retour…

Jules hocha la tête.

— Avant que je revienne, tu m'avais écrit qu'il était au maquis. Je crains pour lui, tu sais…

Alors, toujours ennuyée, Cécile se détourna. Et, tout à coup, comme prise d'une activité fébrile, elle décida d'enlever les draps du lit qu'ils venaient juste de quitter.

— Il faut aérer tout ça ! s'écria-t-elle, enjouée. Tu m'aides ?

Elle ouvrit la fenêtre, ajouta, empressée :

— Vite, avant que les petites ne se réveillent !

Comment Jules aurait-il pu être dupe ? Surtout que c'était un dimanche. Un jour tranquille. Un jour sans école. Le manège de Cécile était si flagrant. Ils mettraient bientôt des draps propres, puis ils prendraient leur petit déjeuner ; les fillettes descendraient ensuite et prendraient le leur. Peu après, Jules irait se terrer dans la grange où il rejoindrait Raoul, inquiet, à son réveil, de ne pas l'avoir retrouvé à ses côtés. Là, Raoul l'engueulerait une fois encore. Comme un gamin qui aurait découché, surpris par son père. « Tu nous mets tous en danger, Jules. Tu imagines ? Que les Allemands surviennent en pleine nuit et, alors, de Cécile, de tes filles, de Louise qu'est-ce qu'il adviendrait ? » Jules ne répondrait rien. Il ne répondait jamais à Raoul, quand Raoul lui parlait ainsi. Ni à Victor. Il rentrait alors en lui-même, il se repliait, se claquemurait dans sa coquille…

Non, le ton empressé de Cécile ne le trompait pas. Son enjouement soudain pas davantage. Les filles pouvaient bien se réveiller, ça ne changerait rien. Puisqu'il ne fallait pas parler du Guilh, puisqu'on ne pouvait rien en dire. Alors, Jules n'insista pas. Il se redressa, saisit les draps que lui tendait Cécile.

Mais, de retour dans son abri, la secrète conviction d'avoir perdu son ami le submergea bientôt. Et, alors, le visage tout en douleur, il tomba brusquement sur les genoux, les yeux envahis de larmes ; et il se maudit à part lui d'être encore de ce monde.

Jules pensait à tous ceux qui, pour la France, la véritable, et donc pour lui, pour sa famille, continuaient à se battre et mouraient, pour beaucoup. Il pensait à Vichy, à Pétain, à ce régime de pourris, de vendus aux Allemands, à la Gestapo, à la Milice, et de ne rien pouvoir entreprendre pour les combattre tous lui donnait la nausée. Jules s'ennuyait. Dans son coin, là-haut, sous le toit de la grange, il s'échinait chaque matin à faire de l'exercice. Des pompes, il passait aux abdominaux, et des abdominaux aux pompes. Une heure durant, davantage s'il en avait le courage. Ainsi, il avait l'impression de s'aérer le cerveau. D'être ailleurs. De planer. Voilà au moins une bonne souffrance ! se disait-il lorsque, épuisé, engourdi par l'effort, il s'affalait dans le foin.

Jules s'ennuyait, il rêvassait. Un après-midi, allongé au fond de la grange, il fut attiré par un rayon de soleil, un trait fin de lumière qui s'était infiltré entre deux ardoises de la toiture et qui traversait la grange de part en part, comme un trait de flèche. Dans ce rayon, il crut reconnaître un visage, mais sans pouvoir lui donner un nom. Ou plutôt un sourire, rien que deux lèvres sur un nuage, parce que le reste du visage était à peine perceptible. Un photographe aurait dit « légèrement flouté ». Comme ce copain, à Bad Orb, journaliste de métier, photographe aussi, prétendait-il, qu'on avait exposé en exemple, au milieu d'une cour, la plus vaste, celle où l'on passait chaque matin pour aller pisser à l'autre bout du camp, donc obligé de le voir, de le regarder ; enfermé pendant un jour et une nuit, dans une cage grillagée, étroite, tout juste de la largeur d'un bonhomme et bardée de barbelés ; montré comme au cirque, le torse, les jambes et les pieds nus, en caleçon, les poignets liés ensemble, ficelés au toit de la cage, au-dessus de sa tête. Qu'avait-il donc commis d'impardonnable ? Ses bourreaux eux-mêmes le savaient-ils ? Au terme de la nuit, on l'avait récupéré, le corps en sang. Comme griffé. Des griffures de lynx ou de panthère. Sur les épaules, la poitrine, les cuisses. Le caleçon en charpie. Il était mort un peu plus tard, le lendemain ou le surlendemain, mais pas de ses blessures, d'une congestion pulmonaire. Ses mots, ses mots, toujours : bougé, tremblé, flouté. Souvent prononcés entre un rire et des larmes. Les saligauds, ils l'avaient eu. Un de moins qui les ferait chier. Jules s'était souvenu : c'était avant sa première évasion. Son évasion ratée. Sanglante, elle aussi. En attendant, ce sourire, ce sourire dans la lumière du dehors, à qui donc pouvait-il appartenir ? A qui donc avait-il appartenu ? Pourtant, ce sourire, ces lèvres d'homme, un peu féminines...

Cécile avait poussé un cri.

— Que t'est-il arrivé ? avait-elle demandé à Marguerite en lui voyant le front entaillé au-dessus de l'œil droit et les genoux écorchés. Qui t'a fait ça ? Tu es tombée ?

Raoul n'avait pas encore eu le temps d'expliquer, de prononcer un seul mot. C'était un vendredi, il venait de ramener la fillette. Il n'avait pas encore rangé sa bicyclette. Mais Cécile, délaissant Marguerite, apeurée, l'avait déjà rejoint dans le hangar, là où il la remisait d'habitude.

— Elle s'est battue avec un camarade, dit-il calmement. Il faut qu'on en parle. C'est du sérieux. Pas la bagarre, non, mais la raison pour laquelle ils se sont écharpés.

Puis il regarda autour de lui, comme rempli de méfiance, et il interrogea :

— Jules et Victor, au moins, sais-tu où qu'ils sont ?

— Ma foi, fit seulement Cécile, en écartant les bras.

Rapidement, elle jeta un œil en dehors du hangar ; elle passa en revue les coins et les recoins de la cour.

— Tu ne veux donc rien me dire sans eux ?

— Ce n'est pas vraiment ça…

— Qu'est-ce qui te tracasse tant, mon Raoul ?

Sur ces entrefaites, Louise était venue aux nouvelles.

— T'as vu Marguerite ? s'inquiéta Cécile.

Louise se moqua gentiment.

— Ses vêtements, surtout, qui sont à rapiécer, répondit-elle. Le reste, ce n'est rien. Du superficiel, pas davantage. On va nettoyer ça avec un peu d'alcool. Ça la fera chanter un petit moment. Ensuite, elle n'y pensera plus.

Raoul intervint alors :

— Demandez-lui donc, ma Louise, pourquoi elle s'est battue et avec quel gamin !

— Eh bien, dis-le-nous, toi, au lieu de tergiverser comme tu le fais. A quoi est-ce que ça ressemble ? Moi, je sais bien où il est, le Victor. Et toi, Cécile, tu ne dois pas ignorer où est Jules. Dans son grenier ? A se cacher dans les bois ? A visiter nos terres ? Ils rentreront bien tout seuls et sans personne pour les aller chercher. En attendant, Raoul, tu nous dis ce que tu as à nous dire et Marguerite en fera autant.

Raoul bougonna.

Le ton de Louise, autoritaire, celui d'une maîtresse femme, ça l'accablait toujours un peu.

— Maman a raison, dit Cécile. Viens-t'en boire un coup avant de repartir à l'ouvrage.

Deux minutes plus tard, assis devant son verre, la bouche imprégnée de ce gris de corent qu'il aimait par-dessus tout, issu des vignes que Jules avait reçues de son père, donc déjà bien vieilli, Raoul raconta ce que le maître de Marguerite lui avait rapporté à la sortie de l'école.

La fillette s'était serrée contre lui.

— Je me suis pas trompé ? lui demanda-t-il à la fin de son récit.

Elle fit oui de la tête, un peu boudeuse tout de même.

— Moi aussi, je veux raconter, fit-elle.

La porte s'ouvrit à cet instant. C'étaient Jules et Victor, fatigués tous les deux. Voyant ce beau monde autour de la table, ils se servirent un verre. Marguerite quitta alors les bras de Raoul et rejoignit son père en courant.

— Qu'est-ce que tu t'es fait au front ? s'inquiéta-t-il.

— Elle allait justement nous le dire, fit Cécile.

— Tu t'es battue ?

Marguerite hésita, se tourna vers Cécile.

— Vas-y, ma puce.

Encouragée, Marguerite opina.

— Mais c'était pas de ma faute, commença-t-elle.

— Un garçon t'a attaquée, c'est ça ?

— Oui…

— On le connaît ?

— Oui, oui…

Marguerite raconta alors en détail, avec son langage imagé, qu'elle s'était pris le bec avec Jean – Jean, le petit-fils du père Chassaigne. En entendant ce prénom, Victor se décomposa aussitôt. Mais pas Jules. Car Jules n'avait pas saisi ce que cela laissait déjà supposer. Mais, bientôt, il blêmit à son tour. A un moment, continuait Marguerite, comme l'instituteur avait le dos tourné aux enfants – il dessinait sur le tableau noir des choses qui ressemblaient à des lettres –, Jean s'était penché vers Marguerite pour lui dire tout bas que l'autre jour, il y avait un mois, il ne se souvenait pas au juste, il avait vu son père. Et que son père, à Marguerite, il avait dit comment il était sorti d'une prison où il avait été enfermé longtemps. Et que c'était dans un pays où lui, Jean, n'était jamais allé, qui n'était pas la France, mais presque aussi grand que la France, oui, ou plus grand encore. Du moins, c'était ce qu'il avait compris. Alors, Jean, toujours tout bas pour éviter que l'instituteur n'entende, il avait terminé en demandant à Marguerite comment il allait, son papa, et si elle avait été contente de le revoir après toute sa prison, pas en France, mais dans ce pays qui était tout de même presque aussi grand.

— Alors moi, papa, j'ai pas voulu savoir toute son histoire. Je lui ai dit, à Jean, tout bas aussi, qu'il disait n'importe quoi ; parce que j'ai bien entendu Victor, une fois, qui te disait que t'étais là, mais que t'étais pas là.

— Tu as eu raison, ma poulette. Et c'est pour ça que vous vous êtes battus, tous les deux ?

— Parce que Jean, il voulait pas me croire. Et il m'a dit que j'étais une menteuse. Qu'il avait parlé avec toi. Et que son grand-père aussi, il était là. Et sa maman. Et Victor. Alors, moi, je savais plus. Je savais plus vraiment.

Marguerite s'était mise à pleurer.

Jules la prit sur ses genoux, passa la main dans ses cheveux, sortit un mouchoir de sa poche.

— Et après ? demanda-t-il.

Marguerite renifla, soupira fort.

— Jean, il a crié. Et… et le maître, il s'est retourné. Mais moi, j'avais déjà reçu le coup de règle là…

Elle avait posé un doigt sur son front.

— Et il avait aussi arraché les boutons de ma blouse et un bout de mon tricot, tant il m'avait tiré dessus, en criant toujours que j'étais qu'une menteuse, et que toi…

— Et que moi ?

Marguerite hoqueta, se frotta rudement les yeux ; ils étaient remplis de larmes et tout rouges.

Elle reprit :

— Que, maintenant, tu te cachais de tout le monde. Parce que tu t'es sauvé de ta prison et que les Allemands, ils te cherchent partout.

— Il a dit ça, Jean ?

Mais Marguerite ignora la question.

— Le maître, il nous a séparés, continua-t-elle encore.

— Et puis ?

— Il a dit aussi à Jean de se taire, et de ne plus jamais parler de ça. A personne ! il a dit. Et il l'a renvoyé dans la classe pour me soigner le front tranquillement, et puis ça…

Cette fois, c'était son genou qu'elle montrait, tandis que ses sanglots manquaient l'étouffer.

Alors, il y eut un silence.

Victor et Raoul se regardèrent, puis ils regardèrent Jules. Cécile et Justine se considérèrent également. Louise, de son côté, serrait Renée contre elle. Renée qui suçait son pouce, à mille lieues du mauvais tour que le sort leur réserverait à tous s'ils ne réagissaient pas d'une façon ou d'une autre : Jules à la ferme, c'était à présent de la dynamite, un danger pour lui et pour les siens, un danger pour les Chassaigne aussi, pour Raoul, pour ceux de Valliergue qui n'aspiraient qu'à la liberté. Dans le lointain, comme le silence s'était intensifié, ils entendirent des coups de feu. On avait tiré cinq balles. D'une même arme. Chacun redressa la tête, les sourcils froncés, le souffle coupé. Interdite, Renée murmura qu'elle avait peur, mais elle reprit bientôt son pouce. Cinq balles. Ou peut-être seulement quatre. Ou rien que trois. Et puis la poitrine de chacun se souleva à nouveau. Timidement d'abord, comme pour éviter d'être surprise, puis beaucoup plus franchement. Renée à nouveau s'agita, voulut descendre des genoux de sa grand-mère pour grimper sur ceux de Cécile. Marguerite alla s'asseoir sur la première marche de l'escalier. Ebranlée, consciente que le silence qui régnait autour d'elle était un peu sa faute, elle n'osait plus bouger. Etrangement, une seule et unique question s'imposait alors à elle, qui faisait frissonner son corps d'enfant : sur qui donc on avait pu tirer ? Ce ne pouvait être qu'un innocent. Un innocent. Un homme qui n'avait sûrement rien fait de mal. Comme son papa. Ce père qu'elle était si heureuse d'avoir retrouvé auprès d'elle, pour qui elle s'était fièrement battue, auquel elle ne permettrait jamais qu'on touche.

Cette nuit-là, Jules délaissa Cécile. Mais il ne dormit pas davantage pour autant. Allongé sur sa paillasse, comme Raoul ronflait non loin de lui, il garda les yeux ouverts, incapable de trouver le sommeil, l'esprit tarabusté par ce sourire, par ces lèvres qui lui étaient apparues, l'autre jour, dans un rai de soleil. A plusieurs reprises, comme il était sur le point de sombrer, Jules avait cru que le visage dont la clarté du soleil lui avait voilé l'essentiel allait enfin lui apparaître en entier et qu'il pourrait ainsi lui donner un nom. Le nom du Guilh, peut-être ? De son ami ? Mais à chaque fois il avait dû déchanter, parce qu'une méchante lueur, comme un éclair qui aurait traversé la nuit, lui avait imposé d'ouvrir les yeux. Et alors, obsessionnel, le sourire s'était encore présenté à lui, telle une hantise presque vitale. Un sourire aux lèvres fines. Toujours semblables aux lèvres d'un homme.

L'instituteur s'était assis, mais sur un bout de chaise seulement. Il aurait bien pris son repas avec les Ferrandon, c'était sûr, mais il avait trop à faire pour tarder davantage. Et puis, finalement, sur l'insistance de chacun, il s'était laissé obliger et, du même coup, s'était installé plus confortablement.

— Vous m'en auriez parlé... regretta-t-il. Mais, à présent, je le crains, il est trop tard.

C'était un homme encore jeune, la quarantaine, qui devait d'être à Valliergue à l'infirmité dont il était atteint depuis la naissance. Une légère claudication. L'armée, en 39, n'avait pas voulu de lui. Mais il n'en avait pas été affligé pour autant, si peu militaire qu'il était ; puis il y avait eu la débâcle, suivie de l'appel du 18 juin, un souffle d'espoir, et du régime de Vichy, la trahison... Il n'avait pas voulu insister davantage, mais la complicité à peine dissimulée qu'il partageait avec Victor n'était passée inaperçue ni à Jules ni à Cécile. L'instituteur était en confiance. Jules, pas encore tout à fait. Il n'aurait su dire pourquoi. A l'intérieur de lui, il y avait encore du malaise, des questions sans réponses.

— Pouvions-nous savoir ? demanda-t-il.

Victor l'interrompit :

— Nous y sommes tout de même pour quelque chose, Jules. Les gosses étaient là, Jean et Michel. Qu'avions-nous besoin de causer devant eux comme on a causé ? Et que le petit, après un mois, ait demandé à votre Marguerite comment tu allais, crois-tu donc qu'on n'aurait pas pu s'en douter ?

— Si fait, je dis pas.

— Eh bien, voilà ! Il n'y a rien d'autre à ajouter. Trop contents de te retrouver vivant et bien vivant, on a joué aux cons par désinvolture. Maintenant, faut réparer.

— Oui, mais comment ?

L'instituteur reprit la parole, le ton convaincant :

— Tu pars d'ici, Jules ! Aucune autre solution. De plus, tu ne peux rester là à rien faire plus longtemps. Victor m'en a trop raconté sur toi. T'as du courage. Tous, ici, depuis ton retour, comptent sur toi. Même si on ne t'en a rien dit. Même si tu t'imagines que personne n'est informé.

Il regardait Victor.

Toujours cette même connivence, ce regard en coin.

Il n'y avait plus aucun doute, l'instituteur, avec sa raie bien droite sur un crâne bien blanc, tirée au cordeau au milieu de cheveux noirs, coupés court et gominés, son teint pâle et ses sourcils arqués, faisait partie d'un réseau de résistants.

Jules respira un grand coup, soulagé.

— Ton épopée, continuait l'instituteur, nous nous la sommes passée de groupe en groupe…

Il tutoyait Jules, ne s'en était pas aperçu.

Il voulut s'excuser.

— Au contraire, dit Jules. C'est bien ainsi.

Puis il reprit, après un court silence :

— Je sais que mon pays m'attend. Même si c'est beaucoup dire. Me serais-je évadé sinon ? Alors, je t'écoute. Où aller ? J'ai mon idée, mais peut-être n'est-elle pas bonne. Victor doit bien s'en douter. Ma Cécile également.

— Dis toujours, le pressa l'instituteur.

Mais Victor se hâta de répondre avant Jules :

— Tu penses à la jasserie Champommier, n'est-ce pas ?

— Oui, je vois pas d'autre lieu.

Alors Victor se leva ; il fit quelques pas dans la pièce.

— Tu n'y seras pas tout seul, dit-il. Il y a déjà le père Renard, que tu connais ; il a vieilli depuis que tu t'y es rendu pour la dernière fois. Sa Marie aussi, du reste. Enfin, tout ça, on me l'a répété. Parce que je n'y suis pas allé trop souvent. Et avec le père Renard, quelques bons gars qui risquent leur vie, rien que pour emmerder les Chleuhs.

A cet instant, Cécile se lève elle aussi, glacée par la tournure que prennent les événements. Elle traverse la pièce dans un sens, puis dans l'autre. Elle a du mal à croire ce qu'elle entend. Et elle se dit que ce n'est pas possible, que Jules ne peut pas repartir ainsi. Sans renâcler. L'abandonner à nouveau. Jamais elle n'avait imaginé que ce pût lui être si facile. Non, jamais. Bientôt, elle pense à ses fillettes et elle se dirige vers la fenêtre. Elles sont à l'étable avec Raoul, elles aiment y aller pour l'observer dans son travail, mais d'ici quelques minutes elles seront de retour. Alors, Cécile se mord les lèvres, parce qu'elle ne veut pas, elle refuse qu'elles la voient ainsi, dans l'état d'énervement, de fièvre, où elle se trouve. Les épargner ! Surtout les épargner ! Parce que dans sa tête, là, au niveau des tempes, de ses mâchoires, ça lui fait à présent si mal, si mal. Elle le sent, elle en tremble, quelque chose en elle va exploser.

Inquiet, Jules s'approche d'elle.

Mais elle s'éloigne, recule aussitôt.

— Qu'est-ce qui ne va pas ? fait-il.

Cécile ne l'écoute pas. Face à la fenêtre, les traits tirés par la douleur, elle demande à Justine de se rendre sans tarder à l'étable et d'y retenir encore Marguerite et Renée.

Elle lance :

— Tu trouveras bien un prétexte !

Et puis, brusquement, n'en pouvant plus de contenir sa désolation, elle porte ses mains à son visage, ou plutôt deux poings serrés fort, serrés jusqu'au sang, dont elle se frappe le front. Et repoussant Jules, elle se précipite vers l'instituteur, comme pour le frapper lui aussi. Mais elle s'arrête net devant lui et ne trouve à prononcer que ces quelques mots :

— C'est pour ça que vous êtes venu ?

De pauvres mots sans force, dépourvus de colère, seulement désespérés.

Puis elle s'adresse à Victor :

— Et toi, c'est pour ça aussi que tu me l'as ramené ?

Victor se détourne ; on le dirait honteux.

— Pour déjà me le reprendre, c'est ça ? continue Cécile dans un souffle. Mais est-ce que tu as pensé à nous ? Est-ce que tu as pensé à mes enfants, à moi ? Ne crois-tu pas qu'on a assez donné comme ça ? Combien d'années, dis-moi, combien d'années avons-nous perdues ?

Jules essaie alors de la tranquilliser :

— Il le faut, Cécile. Il le faut.

Puis, après un silence, il reprend :

— Victor l'a dit, l'instituteur aussi. En revenant, je vous ai tous mis en danger. Une fois, tu me l'as raconté, les Allemands sont venus, ils étaient accompagnés de miliciens, et ceux-là, s'ils avaient pu, ils vous auraient fait la peau. Je voudrais pas qu'une prochaine fois se reproduise.

Mais Cécile se bouche les oreilles.

Elle se blottit contre lui ; elle se laisse aller dans ses bras, la poitrine soulevée par les sanglots.

Elle murmure pour elle seule :

— Je le savais. Depuis que tu es revenu, je le savais. Je le sais depuis toujours...

Le cœur en déroute, elle continue de pleurer ; elle pleure jusqu'à ce que son désarroi, qui s'était embrasé tel un fagot de vieux bois, se réduise naturellement à rien.

Un maigre sourire marque son visage.

Elle renifle. Un filet de morve mêlé de larmes lui coule du nez sur les lèvres. Elle se mouche bruyamment.

— Tu nous reviendras encore, dis ? demande-t-elle en se redressant lentement.

Puis, d'une voie apaisée :

— Dans les Hautes Chaumes, ils n'iront pas te chercher, j'en suis certaine, continue-t-elle. Là-haut, c'est trop perdu, n'est-ce pas ? Et notre instituteur il nous tiendra bien au courant de temps en temps ? Ou bien encore notre Victor.

Elle s'arrête, puis elle insiste :

— Pas vrai, Victor ?

Victor baisse la tête, se détourne à nouveau.

— Bien sûr, je reviendrai, dit Jules.

Raoul entre à ce moment. Il est précédé de Marguerite et de Renée et suivi de Justine, qui se rue aussitôt sur son fourneau. Parce qu'il est l'heure de manger.

Jules partit le lendemain, 23 novembre 43, caché à l'arrière d'une fourgonnette. Méconnaissable, les cheveux en broussaille. L'instituteur le conduisit jusqu'à Saint-Pierre-la-Bourlhonne. De là, il tenta de gagner le jas des Renard. Mais, défoncée par endroits, la route devint vite impraticable.

— Je ne peux pas aller plus avant, constata-t-il.

— Merci de ton aide, fit Jules.

— Le père Renard est prévenu. Tu coucheras chez eux, sûrement. Ensuite, tu te rendras à Belle Etoile. Mais là, c'est un peu chez toi, si j'ai bien compris. J'espère qu'on ne t'a rien cassé. Mais je ne crois pas que les gars aient investi l'habitation elle-même. Renard ne l'aurait pas permis...

A ce moment, l'instituteur ouvrit grand ses bras.

Les yeux remplis d'émotion, un peu humides dans les coins, Jules s'avança et prit l'instituteur dans les siens.

Il balbutia :

— Si tu... si tu peux prendre soin de mes femmes...

— T'inquiète, répondit l'instituteur, ému lui aussi. Elles ont Victor et Raoul. Et puis cette foutue cauchemarde, elle va bien finir un jour.

La « cauchemarde », c'était la guerre.

— Si j'étais curé, c'est comme ça que je l'aurais baptisée, expliqua l'instituteur en riant.

— Pourquoi pas ? fit Jules, en riant lui aussi.

Ils se séparèrent.

Une heure plus tard, au sommet d'une côte, Jules aperçut le toit des Renard. Pierre était devant sa porte, les mains dans les poches. A chaque respiration, une fumée blanche s'échappait de ses narines et de sa bouche. A l'approche de Jules, il avança vers lui. Puis il le débarrassa d'une partie de son fardeau.

— T'es chargé comme un baudet !

— Je vois que ça va bien, père Renard. Et votre Marie ?

L'autre hocha la tête.

— Ça va, ça va... Au moins, ici, on est tranquilles. Et chez toi, mon Jules, ta femme, tes filles ?

— Ça va, oui.

— Et ton copain ? Comment il s'appelait déjà ?

— Guilhaume ?

— Oui, Guilhaume. Guilhaume. Un bon garçon pour ta jasserie. Mais c'est pas comme ça que tu l'appelais. Dis-moi donc un peu. Comment c'était ?

Jules hésita.

— Tu te souviens donc plus ? s'étonna Renard.

— Si, si, fit Jules. Mais quelle importance, maintenant ? Il est mort, je crois bien.

— Ah, mon Dieu ! T'es sûr ?

— Oui, j'ai l'impression. Ma Cécile, depuis que je suis revenu, elle m'en a rien causé. Alors, vraiment, je ne sais pas. Mais je crois bien. Elle m'en a rien causé. Dans ses lettres, pourtant, elle m'en disait toujours quelques mots. Mais là, rien, rien du tout pendant toutes ces semaines… Sûrement, elle voulait pas me faire du chagrin. C'est une gentille femme. Parce que je l'aimais, mon Guilh, ça oui, je l'aimais comme un frère, comme s'il avait été moi… On n'aurait jamais dû être séparés… C'est ça qui l'a tué, père Renard, vous comprenez ?

Songeur, le père Renard eut une hésitation, puis, comme s'il en était forcé, il fit un oui de la tête qui en disait long ; et il laissa s'installer le silence.

Pendant les mois qui suivirent, de la fin 43 au début 44, Jules et ses nouveaux compagnons s'occupèrent des Chleuhs à leur façon. Tous, ils avaient des parents, des femmes et des enfants, des amis à venger, et même des inconnus, comme ces raflés de Clermont, de Volvic, de Billom, souvent torturés, fusillés ensuite. La France entière comptait sur eux. On les avait tellement chauffés avec ça, ils avaient fini par le croire. Alors, pour ne pas la décevoir, ils faisaient ce qu'ils pouvaient, sauter des ponts, des routes, des voies ferrées, et parfois des bâtiments investis par l'occupant. Par groupes de trois ou quatre, jamais davantage, ils s'infiltraient, de nuit comme de jour, partout où ils étaient assurés de nuire à la Gestapo, à la Milice ; partout où ils pouvaient enlever aux griffes de la gendarmerie, complice des nazis, ces jeunes hommes, réfractaires au STO, qu'on embarquait dans les trains, parfois à coups de crosse. Le temps était à la vigilance, à la méfiance, plus de mise encore qu'en 42, d'autant plus que pour certains la collaboration, comme un jeu, était maintenant le mode de vie idéal, propre à satisfaire leurs bas instincts, telle la dénonciation. Pendant tous ces mois, Cécile écouta chaque soir la TSF que Victor, dès le départ de Jules, lui avait installée dans un placard, au premier étage de la ferme, derrière d'épaisses couvertures qu'elle dégageait en hâte, espérant avoir des nouvelles de la Résistance et, peut-être, de Jules ; mais des nouvelles de Jules, lorsqu'elle en recevait, ce ne fut jamais, jusqu'à la fin de la guerre, que par l'intermédiaire de Raoul. Raoul qui s'absentait de temps à autre, sans jamais prévenir, puis que l'on revoyait un beau matin, généralement tout sourire. Raoul, plus efficace que les grésillements de la TSF et ses messages auxquels Cécile restait imperméable. Raoul, qui dut annoncer, un jour plus funeste que les autres, à ceux qu'il s'en allait rencontrer en catimini, les combattants, les seuls vrais, ceux qui, dans l'ombre, se battaient pour la France, qu'ils n'entendraient ni ne reverraient jamais plus Victor, mais qui, un autre jour, plus heureux celui-ci, leur apprit que Jules avait désormais un fils, pas très gros ni très grand, mais heureux de vivre.

7

Un regard empreint de certitude

Quatre années, quatre années et bientôt six mois s'étaient maintenant écoulés, et comme chaque année depuis la mort de Ferdinand Rochette, il y avait de cela treize ans en ce 16 mai 48, premier dimanche suivant le 11 mai, anniversaire du jour où Ferdinand s'était soudain écroulé, en plein labeur de campagne, sous les yeux effarés de son gendre, Louise avait emmené toute sa famille à la messe, c'est-à-dire elle-même, Cécile et Jules, ses petits-enfants, Marguerite, Renée et Paulin, le benjamin, qui aurait ses quatre ans dans quelques semaines et n'avait de cesse pour le moment de s'accrocher à la main de son père. Justine les accompagnait également, ainsi que Raoul Montel. En un mot, il y avait là tous ceux qui vivaient à présent au domaine Ferrandon. Parce qu'il n'était plus question, alors, de parler d'exploitation agricole ou de ferme, même si le domaine était encore bien loin d'être redevenu ce qu'il était en 1939.

Ils étaient tous présents, les proches, à l'exception de Marius, revenu sain et sauf de cette « bon Dieu de guerre ! », comme il clamait toujours, notamment quand, devant une assemblée plus ou moins attentive, il se lançait dans ses souvenances comme au milieu d'un grand champ, trop grand, trop vaste pour être labouré en une seule journée. Alors, en en plaisantant, on ne comptait plus guère les fois où, tout d'abord bien entouré, il s'était retrouvé seul, planté comme un piquet, au cœur même de sa narration. Non plus que celles où une vieille connaissance, le voyant s'approcher dans la même rue qu'elle, s'était bien vite détournée de son chemin de crainte qu'il ne l'entreprenne pour la cent unième fois de ses prouesses aussi nombreuses que vaillantes, et peut-être inventées. Oui, ils étaient tous là, à l'exception de Marius, donc, qu'il aurait été injuste de ne pas signaler ici, comme membre à part entière du domaine et – pourquoi pas ? – de la famille Ferrandon, car s'il n'avait réintégré la chambre qu'il avait occupée au domaine que de maigres semaines après son retour, ce n'était la faute ni de Louise, ni de Jules ou de Cécile, et moins encore de Justine, qui aurait été si satisfaite de les voir se réveiller, ces deux chambres à côté de la sienne. C'était en réalité pour une bonne, voire deux bonnes raisons. Des raisons qu'il n'avait jamais véritablement explicitées, mais dont chacun se doutait. Parce que son retour, après une si longue absence, comme le retour de Jules, et de tous ceux qui avaient retrouvé leur famille, ou ce qu'il en restait, ou de ces amis, de vieux camarades plutôt, qu'ils considéraient à tort ou à raison comme partie d'eux-mêmes, n'avait pas été plus évident pour lui que pour les autres, bien au contraire. A commencer par la nouvelle de la mort de Victor qui, pour lui, n'en avait pas été vraiment une, parce que le drame, lorsqu'il était survenu, peu après le départ de Jules pour Belle Etoile, avait traversé le maquis avant même qu'au domaine ils aient compris ce qui venait d'arriver. Mais un drame qu'il avait revécu, sitôt son retour au domaine et depuis, maintes et maintes fois relaté par Raoul. Il est vrai aussi que la Louise et les autres, sans oublier les petites et Cécile, qui attendait alors son Paulin, actrices impuissantes de la scène la plus horrible qui leur ait été donné de vivre, ne cessaient de lui en redemander le déroulement, image par image, sans rien omettre des paroles qui s'étaient échangées et des gestes de chacun, comme s'il s'était agi d'un film dont elles n'avaient saisi qu'à demi la subtile cruauté. Raoul s'installait alors à la table, face à son monde et, un verre à la main, après s'être raclé la gorge comme il faut, il commençait invariablement ainsi : « Pas besoin d'une bonne mémoire pour se rappeler quand l'exécution a eu lieu : c'était le 23 janvier 1944, exactement deux mois après que l'instituteur de Valliergue avait conduit le Jules jusqu'à Saint-Pierre-la-Bourlhonne, dans sa carriole toute déglinguée… »

Pas une exécution, un meurtre !

C'était là ce que Raoul corrigeait aussitôt avec fermeté, lorsque, le coin de l'œil humide, les sourcils encombrés de fronces et les mâchoires contractées, il en racontait les péripéties. S'il se souvenait ? Hé, comment donc ! A ce moment, il se tenait debout, au centre de la cour, adossé au tronc du noyer, tout nu le noyer, sans plus aucune feuille, et malgré le soleil et ses rayons blancs vifs qui lui faisaient comme une aube, personne, non, personne ne lui avait porté attention, pas même les fillettes quand elles étaient apparues, pleurnichant, au train de leur mère. D'ailleurs, ce jour-là, pourquoi donc Marguerite n'était-elle pas allée en classe ? Raoul n'en savait plus rien. Il n'en avait plus rien su dès le lendemain, lui qui, cependant, l'emmenait tous les matins à l'école et la ramenait le soir. Comme si son cerveau avait décidé d'effacer toute trace de l'inintéressant du jour.

— Si je n'étais pas resté immobile contre mon tronc d'arbre, j'y serais passé aussi ! disait-il. Parce qu'il fallait les écouter, les gourlons et ceux de la Gestapo dans leurs uniformes noirs, bien trop cintrés... Rien à comparer avec cet officier aux gants blancs qui avait sauvé la mise à ma Louise. Un occupant, ça oui, mais qui avait de l'éducation. Alors que là, je les voyais, je les entendais, l'avertissement était évident, pas question de ruser avec eux, et puis, les pires, c'étaient les nôtres, ces Français qui vous auraient tué père et mère !

Une fois descendus de leurs véhicules, les Traction, toujours les mêmes, et les Kübelwagen de service, ils s'étaient approchés de Victor, occupé à remmancher une fourche, et l'un d'eux, un de pas loin de Valliergue dont Raoul avait toujours tu le nom – de toute façon, à ce qu'on disait, c'en était un qui ne pourrait plus faire de mal à personne –, lui avait ordonné d'appeler sa patronne, la Louise Rochette, mais sans bouger d'où il était, et de lui dire de se presser, car ils avaient mieux à faire qu'à s'occuper des ennemis de la France. Encore une chose que Raoul n'avait pas digérée volontiers. Victor, un ennemi de la France ? Et puis quoi de plus ? Elle était bien savoureuse celle-là ! Pour ça, oui ! Et pourquoi pas aussi Louise, et Cécile, et Justine, ou les gamines ? Raoul avait senti son sang lui monter à la tête. Mais à quoi bon se manifester ? Il n'y avait aucune raison.

— A nouveau, ils avaient voulu fouiller les chambres vides. Perquisitionner, c'était leur mot. Et puis l'intérieur de la maison, le rez-de-chaussée comme le premier étage. A l'époque, comme pendant tout le temps où Jules était resté au domaine, j'étais censé rentrer chez moi tous les soirs. N'importe qui l'aurait dit dans le voisinage, aurait juré m'avoir vu arriver le matin et repartir l'après-midi écoulé. Alors, déjà qu'ils n'avaient prêté aucune attention à ma petite personne pourtant bien présente sous le noyer, ils ne s'étaient pas davantage préoccupés de savoir où je pouvais pieuter chacune de mes nuits.

Comme il parlait ainsi et que ça durait un bout de temps, Raoul s'interrompait souvent pour s'humecter la langue et les lèvres qu'il prétendait avoir sèches. Mais certains disaient qu'au vrai, c'était pour que le plaisir dure un peu et que piaffent d'impatience ceux qui l'entouraient, pressés de savoir la suite.

— Parce que, donc, tu ne rentrais pas chez toi ? finissait par demander l'un de ceux-là, agacé par le silence.

Raoul souriait, il haussait les épaules.

— Et comment j'aurais pu ?

— Et tes poules, alors ? Comment que tu les nourrissais ? Et comment que tu les levais, tes œufs ?

Arrivé à ce point, qui ne manquait jamais, Raoul préférait négliger le questionneur et ses questions. Et ne pas parler des tours de passe-passe que la guerre et le père Chassaigne avec ses jumelles, plus fidèle à son poste que Victor ne l'avait souvent cru, lui avaient fait inventer et qu'il n'aurait jamais eu l'occasion d'imaginer sinon. Alors, il reprenait, l'air fatigué de qui aurait cédé malgré lui à un caprice d'amis.

— Quand ils ont été de retour, disait-il, du moins ceux qui n'étaient pas restés à garder Victor et les femmes, dont Justine que je reluquais, plus morte que vive, et brisée bien plus par la peur que par le froid, j'étais toujours contre mon tronc d'arbre. Bien entendu, ils avaient les mains vides. Qu'auraient-ils pu dénicher ? Le caleçon du Jules, abandonné par mégarde sur le dossier d'une chaise ? Et encore, un caleçon, ça peut appartenir à n'importe qui. Ou bien le Jules lui-même, en train de roupiller tranquillement dans son lit ? Parce que, naturellement, sans rien en dire sur le moment, c'était bien lui qu'ils pensaient trouver, ou, sinon lui, des traces de son passage, aussi infimes fussent-elles, qui leur auraient conféré tous les droits, d'emprisonner, d'interroger, de torturer l'un ou l'autre de ceux qu'ils tenaient devant eux, puis de le liquider ensuite…

Ils avaient fouillé partout, vidé les tiroirs des commodes, les étagères des armoires, bougé les lits, soulevé les sommiers, crevé le matelas de Cécile, éventré celui de Victor. De l'étable, où ils s'étaient rendus également, on avait entendu des beuglements épouvantés. La grange – par bonheur, pour partie seulement ! – avait été vidée de son fourrage. Le poulailler situé non loin et la resserre aux outils, le garage, le hangar central, le bûcher, la bergerie, où il n'y avait plus une chèvre, tout avait été visité, revisité, bouleversé, chaviré, mis sens dessus dessous. Jusqu'au fumier, qu'ils avaient éparpillé sur dix mètres alentour. Rien, rien n'avait été épargné. Et l'officier allemand, intervenu au domaine à la requête appuyée de la Milice, elle-même représentée par cinq de ses hommes dont celui que Raoul avait reconnu, était à présent furieux d'avoir été dupé, mystifié par plus faible que lui, ce souriceau d'Auvergne qui s'était déjà offert deux évasions, dont une réussie, et qui, maintenant, faisait sûrement partie d'un de ces réseaux de soi-disant résistants, des terroristes et rien de plus, dont le seul but, pas même caché, était de les déstabiliser, eux, les Allemands, leurs vainqueurs, et cette France nouvelle, cette France pacifiste, au passé magnifié, qu'ils étaient en train de remettre en place grâce à des hommes de choix, des hommes de valeur : le maréchal Pétain, Pierre Laval, Philippe Henriot, combien d'autres encore, tous collaborateurs de qualité...

Les talons joints, les bottes luisantes, écartées en forme de V, l'officier s'était figé devant Cécile, respectueusement. S'il était furieux, il savait se contenir. Aucun tressaillement de son visage ne laissait paraître sa nervosité. Il n'avait plus qu'une hâte : partir d'ici, où ils n'avaient plus rien à faire, où ils n'auraient sans doute jamais dû venir. Des comptes, s'il en avait à régler avec quelques-uns, ce serait ailleurs et plus tard.

Non, de cet instant précis, Raoul n'avait rien oublié. Ni des paroles de l'officier ni de celles qu'avait prononcées un milicien aussitôt après. Sans doute le chef d'entre eux, car il s'était placé à la hauteur de l'officier allemand. C'était un homme typé, grand et de belle carrure, à moins qu'il ne dût celle-ci au manteau de drap noir dont il était vêtu et qui lui tombait jusqu'aux chevilles. Un homme ridicule avec ses souliers vernis, dérobés certainement à l'une de ses victimes, à présent souillés de crotte. Un homme au visage émacié, à la barbe noire et courte, au nez étroit, effilé, coupant comme une lame, au front partagé en deux par une épaisse mèche de cheveux aussi raides que sa barbe. Un homme au visage latéralement agrémenté de deux vastes pavillons gris-rose qui lui servaient d'oreilles, un homme que Raoul, à la fin de la guerre, avait recherché très longtemps mais en vain dans toute la région, désireux avec d'autres qui l'avaient connu eux aussi dans de sinistres circonstances de lui faire la peau, profitant en cela de la confusion inhérente à la Libération. Un homme dont il n'avait, pas plus que les paroles, oublié ni la silhouette ni les traits.

— Madame, avait dit l'officier, nous savons que votre mari, Jules Ferrandon, est revenu en France. Nous savons, en effet, qu'il s'est évadé du camp où il était retenu en Allemagne. Nous en avons été informés et c'est pourquoi nous le recherchons. Vous devez nous aider, madame…

A côté de lui, le milicien s'était alors montré agacé. Etaient-ce les paroles de l'officier ? Ou bien le ton, certes affirmé mais courtois de celui-ci, qui l'avait irrité ?

L'officier avait cependant poursuivi :

— Madame, il y va de son intérêt. Car il est pour nous un prisonnier. Un prisonnier de guerre. Et des prisonniers de guerre évadés, madame, nous saluons la bravoure.

Cécile s'était mise à trembler.

Que devait-elle faire ?

Elle s'était tournée vers Louise, puis vers Victor. Tous deux étaient restés silencieux.

Rapidement, elle avait pensé à un piège.

Alors, comme naguère lorsqu'elle se confrontait à une situation délicate et qu'elle serrait sa tête contre celle de sa mère, elle avait d'abord serré ses filles contre sa jupe, puis elle s'était agenouillée, se plaçant à leur niveau, et avait attiré la tête de chacune contre la sienne, leurs chevelures se mêlant bientôt à ses larmes, leurs douleurs aux siennes, leur impuissance à tout comprendre à sa propre impuissance.

— Mes puces, mes puces, leur avait-elle dit tout bas.

Ensuite, quand elle s'était redressée, elle avait eu la vision de la mort. Une mort imbécile, pressentie, qui s'était installée à ses pieds, aux pieds de ses filles. Couleur rouge vif, elle s'était installée là, dans la cour, à quinze pas du noyer, sans un cri, sans rien. Parce que les cris, les hurlements, c'était toujours après la stupeur, après l'effroi, après une éternité de seulement quelques secondes, qu'ils s'installaient à leur tour. Alors, sans lâcher ses enfants, Cécile s'était mise à trembler. Et tout son corps, soudain, s'était refroidi.

Impatient d'en finir, le milicien, celui qui devait être le chef, l'homme grand et typé, avait regardé Cécile se relever. Il l'avait observée fixement, sans rien dire, attendant qu'elle achève de se déployer, de déployer son corps, sa jupe, de grandir infiniment, remplie de lassitude, puis il avait pris la parole. Il avait dit, singeant le ton affirmé, cassant, de l'officier allemand, mais sans la politesse, il avait dit :

— C'est aussi votre intérêt, madame Ferrandon, de nous indiquer où se cache votre mari, si ce n'est pas ici ou dans les parages immédiats. Car de toute façon, nous le retrouverons, madame Ferrandon, nous le retrouverons. Vous saisissez ?

Il y avait eu un silence.

Puis l'homme avait repris, cette fois plus menaçant :

— Si besoin est, vous le savez, nous ne manquons pas de moyens pour contraindre les récalcitrants. Par exemple, il serait dommage que vos belles laitières soient bientôt réquisitionnées pour leur viande. Certains, ici, meurent de faim. Certains ne peuvent même pas obtenir les rations quotidiennes auxquelles ils ont droit. Et souvent à cause de gens comme vous…

Il s'était interrompu, comme hésitant ; ses traits déjà creusés s'étaient marqués de haine ; l'espace d'un éclair, son regard empreint de cruauté était passé de Cécile à Victor, puis de Victor à Louise, pour se fixer à nouveau sur Cécile, puis Victor et Justine. Justine qui marmottait, priait pour que tout cela cesse, qui priait pour les petites, pour leur mère, pour eux tous, qui priait le Seigneur et qui, les paupières baissées, se refusait à voir, à entendre le plaisir, la jubilation, la jouissance du milicien de les savoir à sa merci, tous autant qu'ils étaient.

— Des gens comme vous, il avait continué, des paysans, des fermiers qui se goinfrent impunément, qui s'enrichissent sur le dos des autres et les affament... Nous avons les moyens, madame Ferrandon. Nous savons comment faire. On nous a appris, nous sommes de bons élèves.

A nouveau, il s'était arrêté.

Puis son regard s'était porté sur Marguerite et Renée.

Alors, il leur avait souri.

— Vous avez de belles gamines, avait-il remarqué soudain. De bien jolies gamines...

Puis il avait tendu la main.

Effrayée, Cécile avait reculé d'un grand pas ; elle serrait ses filles contre elle, les protégeait de ses bras, avait enfoui leur visage dans les replis de sa jupe. Mais l'autre, feignant de n'en rien voir, le regard maintenant brillant, la mine sirupeuse, avait avancé d'autant, la main toujours tendue.

— N'approchez pas, l'avait adjuré Cécile. Je vous en prie, ne touchez pas à mes enfants...

Mais lui, cynique, avait répondu :

— Pensez-vous donc, madame Ferrandon, que nous ferions du mal à vos enfants ? Comme vous vous trompez ! Nous leur ferions du mal, nous, alors que c'est grâce à votre aînée que nous avons acquis la certitude du retour de votre mari ? Votre aînée et quelques autres braves personnes ? Des patriotes, madame Ferrandon ! Des gens qui travaillent, qui œuvrent pour la France. La France nouvelle que nous bâtissons. Que vous devriez vous aussi nous aider à construire !

Il s'était encore avancé, s'était penché vers Renée.

— Chère petite tête…

C'est à ce moment que tout avait basculé. Lorsque le milicien, la main bientôt posée sur le front de Renée, avait répété ces trois malheureux mots : « Chère petite tête… »

Quel démon était alors passé dans la cervelle de Victor ? Quel fichu démon avait décidé de sa mort ? Brusquement, il avait levé sa fourche, et il s'était écrié :

— Nom de Dieu ! T'as donc pas entendu ce qu'on t'a demandé ? On t'a demandé de ne plus approcher ! N'approche plus, je te dis ! N'approche plus !

Ses dernières paroles :

« Nom de Dieu ! T'as donc pas entendu… »

Un bras vigoureux avait alors bousculé l'officier allemand et le chef des miliciens. Conjointement, un coup de feu était parti. Et Victor s'était écroulé, frappé d'une balle en plein front, pas tout à fait au milieu. Ç'avait été aussi simple que ça.

Quand Raoul en arrivait là de son histoire, souvent il n'en pouvait plus, même quatre années plus tard ; une sueur froide lui coulait sur les tempes et de chaque côté du nez.

— Je l'ai vu tomber, continuait-il. Il n'a même pas titubé un moment. Stoppé net dans son élan, il s'est affaissé sans avoir eu le temps de comprendre qu'il allait mourir, parce qu'il était déjà mort. Il est tombé, mais sans lâcher sa fourche, qui s'est bientôt couchée à côté de lui.

Le gars qui avait fait feu était resté tout con, son pistolet à la main. Aussi con que les Allemands et les miliciens qui l'accompagnaient. C'était le gars que Raoul avait tout de suite reconnu. Un jeune homme de dix-neuf ans. Blond comme le soleil. Beau comme le diable. Une gravure superbe. Mais une gravure sans intérêt. Du côté des Ferrandon, ç'avait été la stupeur, puis l'effroi. Puis les fillettes qu'on avait vite emmenées au loin, tandis qu'on soulevait le corps de Victor pour le rentrer dans la maison et l'allonger bientôt sur son lit. Quant à Raoul, il finissait l'histoire toujours avec cette image à laquelle il tenait : sans le noyer au tronc duquel il s'était agrippé, projetant ses bras vivement dans son dos au moment où le coup de feu avait retenti, il se serait écroulé lui aussi, comme Victor. Il se serait effondré, et il aurait pleuré. Une affliction qui lui aurait peut-être coûté la vie. Comment savoir ? Comment savoir encore si les Allemands et la Milice ne s'étaient pas aperçus de sa présence au pied du noyer ? Que risquaient-ils, eux ? Absolument rien. En revanche, par l'exemple qu'ils lui avaient imposé, sa sauvagerie, sa barbarie, ne pensaient-ils pas l'engager à se tenir tranquille à l'avenir ?

Marius n'était pas allé à la messe ; il était cependant convenu que les Ferrandon le rejoindraient au cimetière. C'était prévu ainsi parce qu'il n'entrait que rarement dans une église. La dernière fois, c'était pour l'enterrement de Delphine, sa mauvaise langue de mère. Ceux qui l'avaient regrettée se comptaient sur les doigts d'une main. Parce que tous savaient comme elle avait manigancé avec la Milice, cette engeance qu'elle avait obstinément refusé d'associer aux Allemands, incapable qu'elle était d'admettre que les uns pussent œuvrer dans l'intérêt des autres et inversement. Combien de temps était-elle décédée après le retour de son fils ? Un peu plus d'un mois, probablement. Même Marius n'aurait su le dire avec précision. En tout cas, pour une drôle de fin, assurément, c'en avait été une ! et peu banale ! Mais dont il ne parlait presque jamais, même s'il y pensait souvent. Ils auraient pu être si heureux ensemble, mère et fils. Et elle aurait pu si bien vieillir, la Delphine, veuve trop tôt, avec celui qu'elle avait si longtemps appelé son P'tit, ou son P'tit bout, ou encore P'tit bout de chou si elle en prenait le temps. Et puis un jour, comme il s'en était revenu des Ardennes ou bien des environs, il avait bien grandi depuis, c'était en novembre de 1917 – cette guerre-là, à propos, il l'avait faite avec son copain Victor, et un autre de Valliergue, mais dont il ne se rappelait plus le nom ; une pourriture de guerre en tout cas, comme toutes, qu'ils avaient affrontée sous l'uniforme, pas peu fiers d'être parmi les élus, du moins au début, parce que, après, dans la bouillasse des tranchées, la pluie, le froid, le gel, et tous ces morts sous les bombes qui pétaient en éclats, ç'avait été autre chose –, elle l'avait franchement regardé de travers. Comme si elle lui en avait voulu de se présenter sans l'avoir prévenue auparavant, et, surtout, encore en vie.

— Qu'est-ce que tu fabriques ici ? lui avait-elle demandé d'un ton rogue, les poings sur les hanches. T'es donc plus à la guerre, à jouer les malins avec ton fusil ?

Un accueil qu'il aurait bien voulu ne jamais avoir. Il avait tout fait pour l'effacer. Mais ça n'avait pas marché. Lui qui s'attendait à l'un de ces bisous *léchus* dont elle avait la manière, eh bien là, rien du tout. Une engueulade et rien de plus, parce qu'il était arrivé un peu trop tôt, sans doute à une heure où la Delphine et le coquin qu'elle recevait dans son lit pour lui tenir chaud n'étaient pas encore levés. A 11 heures du matin, tout de même ! Alors, Marius avait déposé ses affaires dans un coin, près de la porte d'entrée, pour ne pas trop gêner le passage, puis il était reparti et s'était rendu aux Volcans, où là, au moins, il avait été reçu à bras ouverts. Alors, il en avait profité pour boire jusqu'au soir. Et le roupillon de la nuit, il l'avait finalement passé sur la banquette, au fond de la salle.

C'est à ce moment qu'il avait commencé à conter ses histoires. Ses souvenances, comme il aimait à les qualifier. Des souvenances qu'il conduisait de 14 à 17, qui parlaient donc de sa guerre, la seule véritable. Celle qui lui avait piqué sa jeunesse. Et l'amour de sa mère par la même occasion. Parce que pour celle qui venait de s'achever, on n'avait eu besoin de lui que pour le maquis. Et, encore, parce qu'il était allé le chercher. Même chose pour Victor et Raoul. Et tous ceux de cette classe d'âge. Il avait raconté ses histoires, des histoires d'hommes qui se languissaient souvent de leur femme, ou de leurs parents, ou bien des enfants qu'ils auraient voulu voir grandir, avec lesquels ils auraient pu jouer, courir dans les champs, dans les bois. De ce point de vue, entre 14-18 et 39-45, il n'y avait guère eu de changement dans le désespoir des uns et celui des autres. Seules avaient changé la guerre et ses méthodes. Et aussi les moyens mis en œuvre.

C'est ainsi que Marius, en 1917, quand il était revenu à Valliergue, remercié comme un malpropre par sa mère, avait ensuite passé sa vie au service des fermiers du coin, promis aux travaux des champs ou à l'entretien du bétail, ou parfois à l'abattage des arbres lorsqu'un forestier avait besoin d'un bon bûcheron. Son temps libre, il le laissait filer ensuite assis à une table des Volcans où il se racontait, se racontait encore, et avait recommencé à se raconter, mais plus tard avec de nouvelles histoires, après la libération de Thiers, qui avait eu lieu le 25 août 1944 et à laquelle il avait participé dès le matin, au Moutier, là où le combat avait commencé. Encore une de ses souvenances, à la fin de laquelle il rappelait toujours, comme s'il s'agissait d'un glorieux fait d'armes, qu'il avait lui-même abattu le chauffeur d'un véhicule allemand qui passait à proximité de l'endroit où lui et ses camarades du maquis du Grand Cognet s'étaient placés en attendant les ordres. C'est d'ailleurs à ce moment qu'il avait retrouvé Jules Ferrandon. Jules, qui appartenait à un autre groupe de maquisards, mais lui aussi sous les ordres du capitaine Bonnet[1]. Jules qu'il avait à nouveau perdu de vue, car aussitôt reparti avec les siens dans la nuit du 26 août pour libérer Clermont.

La libération de Thiers acquise, Marius avait décidé de rentrer à Valliergue. Il était fatigué et s'était d'un coup senti trop vieux pour continuer à jouer les malins, comme le lui avait reproché sa mère, à son retour en 1917. Au domaine, on l'avait revu avec joie. Et l'on n'espérait plus que Jules pour que la famille fût à nouveau au complet. Ce qui n'avait pas tardé. Parce que Jules avait franchi le seuil de la demeure dès le 31 août. De

1. Le capitaine Bonnet avait sous ses ordres une colonne de cent dix hommes appartenant au 103e bataillon Francs-Tireurs et Partisans (FTP), dont les trente-deux hommes du maquis du Grand Cognet.

retour de Clermont, il avait abandonné ses camarades, jurant de les revoir bientôt, et les avait laissés remonter sans lui jusqu'à la jasserie de Belle Etoile, où l'attendaient pourtant ses effets. Sûr que là-haut, s'était-il dit, les volets devaient battre à tout rompre, mais que valaient-ils à côté du bonheur retrouvé ? Trop pressé de revoir enfin Cécile et ses filles, et de savoir à qui, de Cécile ou lui, pouvait bien ressembler Paulin, leur dernier-né qui ferait bientôt ses trois mois, il avait cavalé comme un dingue durant les derniers cent mètres qui les séparaient encore.

Après les effusions, les épanchements à n'en plus finir, on s'était rendu à la raison et remis au travail. Avec Raoul et Marius, Jules ne manquait pas de bras, c'était une chance, bien qu'ils ne fussent plus tout jeunes. Raoul s'était décidé à quitter sa ferme définitivement. Il n'en avait encore rien dit, mais il avait dans l'idée de la léguer, avec les terres qui allaient avec, à Paulin. Le gamin lui plaisait bien, malgré son âge. Trois mois, seulement, mais il le considérait déjà comme son petit-fils. Il appréciait également Renée, mais c'était une fille, appelée par conséquent à suivre son homme. Pour Marguerite, en revanche, sans qu'il en dévoilât rien, il restait mi-figue, mi-raisin. Il en était insatisfait et s'en voulait presque, mais qu'y pouvait-il ? Boudeuse, pas toujours plaisante avec sa sœur, et même autoritaire. Avec Cécile non plus, elle ne se montrait pas toujours très gracieuse. A son goût, elle lui répondait trop souvent, comme l'aurait fait, du moins se l'imaginait-il, une gamine de la ville qui aurait tout su sans rien savoir. Une gamine d'école primaire ! Arrogante, avec ça. Mais bon ! grommelait-il soudain dans ses moustaches, lassé de toujours ressasser les mêmes refrains, mieux valait évidemment songer à autre chose. A ce pauvre Marius, par exemple, qui ruminait, n'en pouvait plus d'occuper à présent la chambre de Victor.

— Je ne peux pas rester là, lançait-il parfois au milieu d'un repas, comme s'il répondait à une question que personne ne lui avait posée. Non, je n'ai plus ma place ici. Pour le travail, oui, ça je veux bien. Mais dormir, ça me ronge…

Assise en face de lui, comme toujours lorsqu'ils étaient à table, Louise soupirait, la fourchette en suspens.

— Quoi de plus encore, Marius ?

— Quoi de plus ? répétait-il en regardant son assiette. Je ne peux pas être dans sa chambre, je peux pas dormir dans son lit. Il m'avait fait venir ; c'était pour l'aider. Maintenant qu'il n'est plus là, vous pouvez me dire à quoi je sers ? Je vous prends du temps, de la place, de l'argent…

— C'était pour l'aider, Marius, mais surtout pour nous venir en aide, corrigeait Louise.

Il haussait alors les épaules, bougonnait encore un peu. Un silence s'installait, électrique d'abord, détendu ensuite. Puis chacun se remettait à mâchouiller. Et Jules reprenait bientôt le fil d'une conversation imaginaire :

— Ce sera rapidement l'automne, disait-il à la cantonade. Il va falloir qu'on s'y mette tous si on veut que les terres à blé soient prêtes pour les semailles.

Ensuite, il s'adressait directement à Raoul :

— J'ai pensé à de la luzerne, pour le printemps prochain. Ça nous ferait une belle fauche pour les bêtes. Penses-tu qu'on aura de quoi en alimenter les champs du Compains ? Là-bas, pour le fourrage, les sols sont riches. Tu vois, un peu ? Juste à l'arrière de ta maison ? Trop riches, tu crois ?

Raoul hésitait, il n'était pas vraiment d'accord.

— Vaut mieux que ça.

— Qui ?

— La terre, le sol.

— Ah… faisait Jules, médusé.

Au même moment, on entendait ricaner Marius, le nez toujours plongé dans son assiette.

— Tu n'y connais plus rien à la culture, notre Jules. J'ai beau avoir bu mes trois verres de vin, pourtant, malgré le maquis, je vois encore plus clair que toi.

Sans rien répondre, Jules et Raoul l'observaient.

Marius avait-il vraiment ravalé sa morosité ?

On s'interrogeait, on en doutait un peu.

Alors, prudents, ils s'imposaient un silence, même Louise et Cécile, et Paulin, qui se retenait de vagir.

Puis, bientôt rassérénés, tous finissaient par s'esclaffer, et, comme chaque matin depuis qu'ils étaient à nouveau réunis, la journée redémarrait sur un bon pied, sans nuages jusqu'à la nuit tombée, sans pluie, sans orage.

Un midi, pourtant, alors qu'on s'était juré de ne plus jamais parler de la mère de Marius devant lui, voilà que Justine prononce son nom et dit qu'elle a encore lâché son fiel contre untel dans le bourg. De quoi s'agit-il ? On ne sait pas trop. De toute façon, c'est un fait, dès qu'elle clabaude, ça part au quart de tour, et plus rien pour rattraper les offenses.

— C'est une vieille carne ! jure Marius.

Vu que c'est sa mère, on le suppose bien placé pour le savoir. Et puis, à maintenant quatre-vingt-trois ans, on se demande bien ce qui pourrait encore l'atteindre.

— Une vieille carne ! répète-t-il, comme quelqu'un qui voudrait s'en convaincre et ne plus avoir à y revenir.

Parce que c'est sa mère, malgré tout. Alors il insiste, il veut absolument qu'on lui dise quel forfait elle a encore commis. Et contre qui. Mais on ne lui répond pas. Ce serait mettre le feu aux poudres, comme on dit. Et s'il y en a une qui n'est pas dans son affaire, c'est bien Justine. Quelle gourde, oui, quelle gourde elle a été ! Elle en est consciente et s'en mord les lèvres. Le ton monte, surtout du côté de Marius, qui veut absolument savoir ce qu'on lui cache. Qu'est-ce qu'elle a donc encore fait, sa bon Dieu de bon Dieu de mère ? Au bout du compte, Raoul s'énerve à son tour. Ils ont le même âge ; par conséquent il en a le droit. Alors, cette fois-ci, la discussion ne se termine pas en rigolade. Il tape un franc coup sur la table. Vlan ! Du plat de la main. Parce qu'il en a assez, assez des fulminations permanentes de Marius. Qu'il y a encore quatre, cinq semaines, ils étaient bien au calme, ici, sans lui. Comme c'est un samedi et que les fillettes sont là, non à l'école, du moins pour Marguerite, elles tressaillent, elles sursautent, et se lèvent, effarouchées, l'une rejoignant Louise et l'autre se blottissant contre sa mère qui berce Paulin dans ses bras. Mais Cécile, bousculée, et craignant pour le nouveau-né, repousse Renée. Le geste est sans doute un peu vif. Alors Renée se met à brailler. Et Paulin qui dormait n'imagine rien de mieux que de s'y mettre également.

— Tu n'as qu'à lui demander à elle, bougre de corniaud ! crie Raoul à l'intention de Marius. Qu'est-ce que tu veux savoir ? C'est pour ensuite aller t'excuser à sa place auprès de sa victime ?

Puis ce sont les mots de trop :

— Une belle garce, oui, ta mère ! Et qui leur en a fait baver, aux Rochette et aux Ferrandon, ils pourraient te le dire, bien plus que tous les Allemands réunis ! Sans parler de Victor…

Marius bondit.

— Qu'est-ce qu'il vient foutre là, Victor ?

Il a tant crié que Raoul reste interdit un instant. Puis c'est plus fort que lui : il faut crever l'abcès.

— Je vais te le dire, moi, ce qu'il vient foutre là !

Cécile veut le retenir.

Elle lui prend la main, la serre dans la sienne ; mais il s'en dégage sèchement.

— Il y a ce qu'on t'a dit, continue Raoul. Et puis ce qu'on ne t'a pas dit. Mais je crois qu'on a eu tort. Parce que la première visite qu'ils ont eue ici, quand t'es parti avec ces gens, je suis sûr que tu t'en souviens...

— Je m'en souviens, oui, des Juifs, je crois bien, qui s'étaient égarés depuis Paris ou peut-être Orléans...

— Eh bien c'est ta mère qui les a envoyés, ceux de la Milice. Ta mère, oui, qui leur avait raconté que toi et les Ferrandon, vous protégiez les Juifs, les communistes, enfin tous ceux qui fuyaient la France occupée. Et que c'était à cause d'eux que tu traficotais comme un malpropre avec les résistants.

— Et pourquoi donc qu'elle aurait fait ça ?

— Elle prétendait que c'était de leur faute si tu l'avais abandonnée. A Valliergue, tout le monde était au courant de ses boniments...

— Et Victor ?

— J'y viens, Marius, j'y viens.

Raoul fait une pause, en profite pour vider son verre.

Marius insiste :

— Alors ? fait-il. Tu racontes ?

— Alors ? répète Raoul.

Il s'essuie les lèvres et reprend, plus pondéré :

— Quand elle apprend que les Allemands n'ont pas trouvé trace ici de ton passage, la Delphine, elle est furieuse. C'est que Victor, il avait fait le grand nettoyage et planqué tes affaires comme il faut. Elle est furieuse et n'a pas dit son dernier mot. Les mois s'écoulent. Elle ne t'a toujours pas revu. Les années passent, aussi. Une, puis deux. En novembre de 1943, elle apprend que notre Jules est de retour. Elle n'a pas eu de mal : les enfants ont tout déballé et la nouvelle n'a eu qu'à fuser jusqu'à elle. Alors, cette fois, les Ferrandon, elle se jure de ne pas les rater. Elle court à la mairie. C'est là que les Allemands du coin ont leur quartier général, là aussi que la Milice a réquisitionné un bureau. Mais tout ça, tu le sais. Bref ! Delphine y va de son poison. Elle y va sans réserve. Puis elle s'en retourne…

Finalement, Raoul n'en dit pas trop. Pas plus qu'il n'en faut. Mais suffisamment pour accabler Marius. Parce qu'il n'a pas besoin d'en apprendre plus pour comprendre que l'intervention de sa mère a précipité les choses. Et que sans elle, ce qui est arrivé ne serait peut-être pas arrivé. Ou que ça se serait déroulé différemment, sans casse.

Alors, un moment abattu, il recule sa chaise et se lève. Et comme tout ça lui a donné soif, il se verse un verre de vin. C'est du bon, du corent, issu des vignes de Jules.

— Je me rends au bourg, dit-il.

Il enfile sa canadienne, met sa casquette.

Justine est inquiète.

— Ou vas-tu ? lui demande-t-elle.

— Comme si tu l'ignorais, il fait sans même la regarder.

Alors, elle, à voix basse :

— Mon bon, surtout, ne fais pas de sottise.

Mais lui se met à rire.

— Je vais prendre l'air, rien de plus. Qu'est-ce que tu crois ? Parce que, avec toutes vos raconteries, vous m'avez donné bien chaud. Tu comprends ça, ma Justine ?

Justine fait oui de la tête, mais elle n'en croit rien.

Et elle a raison.

Marius, en chemin, rumine. Il avance à grandes enjambées. Des enjambées qui vont au rythme de sa pensée, qui s'accélèrent quand fument ses narines, ralentissent lorsque sa colère s'atténue. Quand il arrive à l'entrée du bourg, il donne l'impression de galoper. Parce qu'il n'a tout de même pas fait tout ce qu'il a fait pendant cette guerre, qui n'était pas la sienne, pour apprendre que sa mère a collaboré avec l'ennemi par pure vengeance, pire, avec des Français qui trahissaient leur pays. Assurément, il va lui falloir s'expliquer. Et des détails, pour s'expliquer, il faudra aussi qu'elle en fournisse, et des solides. Il passe devant les Volcans, raide, le regard au ras du sol, décidé à ne saluer personne. En revenant, peut-être. Mais seulement, seulement quand la Delphine aura vidé ce sac rempli d'humeur qu'elle traîne derrière elle depuis maintenant des lustres. Un moment, pourtant, dans les années trente, lorsqu'il avait regagné la maison, le dernier coquin de la Delphine s'était alors carapaté avec quelques sous, Marius avait cru la retrouver comme dans son enfance, à l'époque où son père à lui était encore vivant. Mais combien de temps ça avait duré ? Combien de temps avant qu'il ne s'abonne aux Volcans pour oublier ce qu'elle lui lançait de grossièretés à la figure ? Par méchanceté ? Parce qu'elle voulait que son existence, à lui, soit aussi ratée, aussi pourrie que l'était la sienne ?

Le voilà à présent à la hauteur de la rue des Agneaux. Il balance : c'est la rue qu'il prenait encore en 1939, quand, dès le matin, au saut du lit, il apercevait sa mère dans la cuisine et se disait qu'il l'avait déjà assez vue pour la journée ; la rue qu'il a prise jusqu'à ce qu'il n'en puisse plus de voir sombrer la France, jusqu'à l'appel du 18 juin 1940, jusqu'à ce que la Résistance et ses idées de liberté le capturent dans leurs filets pour ne plus le lâcher, jusqu'à ce que Victor lui déboîte la mâchoire d'un coup de poing aussi magistral que mérité. Il balance, mais pas longtemps, et il se dirige vers la rue du Pavé, celle où habite Delphine.

La rue où elle est née, où elle vit depuis toujours, et où il est né, lui aussi.

Il frappe. Il entre presque aussitôt, pense qu'il n'aurait sans doute pas dû. Assise à sa table, elle est désorientée et ne le remet pas sur l'instant. A cause de sa vue, qui a certainement baissé. Alors, il approche et fait un pas, peut-être deux, il s'arrête à un mètre d'elle ou peut-être davantage, et il s'entend lui dire d'une voix flûtée, presque enfantine, qu'il ne reconnaît pas :

— C'est moi, maman.

— Comment ça, c'est toi ? fait-elle.

Elle s'est levée et elle s'est avancée à son tour. Elle observe Marius, constate que c'est bien lui. Elle marque un temps, puis son visage jusqu'alors inexpressif s'attriste.

— Je te croyais mort, tu sais…

Silence. Elle reprend :

— Je crois que c'était mieux comme ça. Ce n'est pas ce que tu penses, toi aussi ?

Puis, après une pause :

— Depuis quand, dis-moi, n'avais-tu pas franchi le seuil de cette maison ? Elle et moi, tu nous avais oubliées, n'est-ce pas ? Tu étais donc si bien chez les autres ?

Mais elle n'attend pas de réponse et, tournant le dos, rejoint déjà sa chaise où l'attend sa broderie.

Elle n'a plus vu son fils depuis tant d'années.

Elle l'a rayé, effacé, il n'existe plus.

Marius se sent alors impuissant, il écarte les bras, il aurait pourtant envie de dire encore deux ou trois choses. Lesquelles, il l'ignore. Des choses qui n'auraient rien à voir avec la raison pour laquelle il s'est déplacé jusque-là. Rien à voir avec sa colère. Des choses banales. Sans doute empreintes de douceur. En rapport avec la santé de Delphine, avec son âge. Mais il se rend compte que ce serait inutile. Et même ridicule. Il se rend compte qu'il s'adresserait au néant et que le néant lui-même, s'il devait lui parler, ne l'écouterait probablement pas. Alors, il recule, il recule jusqu'à la porte de la maison, qu'il ouvre et referme doucement, tout doucement derrière lui, lorsqu'il se retrouve dehors, dans la rue du Pavé où jouent quelques enfants.

Le lendemain matin, Delphine était morte.

Une voisine qui lui apportait des œufs et une salade encore trempée de rosée l'avait découverte chez elle, allongée sur le carrelage. Elle était sur le dos, avait la bouche grande ouverte, et ses mains semblaient serrer sa gorge. A côté d'elle traînait le pain encore tiède qu'elle venait d'acheter.

Informé dans l'heure qui avait suivi, Marius, qui n'était pas encore à l'ouvrage, avait sitôt enfourché sa bicyclette.

Le docteur Gelas l'attendait.

— Elle s'est étouffée, avait-il expliqué, laconique.

Marius avait voulu savoir : étouffée ? On ne s'étouffe pas comme ça. Etranglée, voulait probablement dire le docteur. Mais par qui ? Pourquoi ? Pour lui dérober son argent ? La voler alors qu'elle était si peu fortunée ?

— Non, avait répondu le docteur. Tu ne comprends pas. Ta mère s'est étouffée elle-même. Regarde plutôt.

Il s'était penché au-dessus du corps, au-dessus du visage, de cette bouche grande ouverte qui dévoilait quelques chicots usés, brisés par endroits.

— Tu vois, avait poursuivi le docteur. C'est sa langue. Elle s'est étouffée avec sa langue. Sa langue qui s'est contractée, qui est tombée dans le fond de sa gorge…

Marius s'était penché, lui aussi.

Il avait répété, incrédule :

— Sa langue, tombée dans le fond de sa gorge… ?

Mais il était surtout resté épouvanté par les yeux de Delphine, dont les paupières étaient encore ouvertes, et par ses mains qu'elle tenait serrées autour de son cou.

Le docteur Gelas avait repris :

— Ça n'arrive pas souvent, je dois dire. Je crois que c'est la deuxième fois de toute ma carrière que je constate une fin de ce type. En cas de crise d'épilepsie, ça peut arriver. Là, c'est autre chose, évidemment. Ça a dû être affreux. Je pense à un choc. Une réaction nerveuse.

Fataliste, il avait observé :

— Elle aurait glissé sur le côté, juste un peu, plutôt que sur le dos, comme elle est là, sa langue se serait sans doute suffisamment dégagée pour laisser passer l'air… Enfin, c'est comme ça… Tu fais le nécessaire auprès de la mairie ?

Marius avait fait oui. Il avait hoché la tête. Un autre oui, encore. Puis il avait dit, en regardant le docteur :

— Hier, je suis venu la voir. Il y avait tellement longtemps. Elle m'a dit qu'elle me croyait mort. Vous pensez que ma visite a pu… ? Elle m'a paru pourtant si calme.

— Le calme qui cachait la tempête, Marius. En fait, je n'en sais rien. Tout est possible.

— Oui, oui, bien sûr.

Les yeux de Marius luisaient tristement.

Le docteur Gelas lui avait tendu le certificat dans lequel, ses constatations relatées, il concluait à la mort naturelle de Delphine. Puis, s'apprêtant à partir, non par indifférence mais parce que des vivants l'attendaient au fond de leur lit, il avait donné une tape amicale sur l'épaule de Marius.

— Marius, Marius, dis-toi que c'est bien pour tout le monde. Pour elle et pour toi. Tu ne la voyais jamais, pourtant elle était une plaie ouverte dans ton cœur. Qui l'ignore à Valliergue ? Tu pourrais me le dire ? Et elle était un fardeau pour elle-même… Elle est morte, enlevée par où elle avait péché… Voilà bien ce qu'on va se dire, mais en pensant à toi seulement.

Nouvelle tape amicale.

Puis le docteur était parti, sa valisette à la main.

Marius avait alors soulevé le corps de la Delphine, l'avait déposé sur son lit. En en prenant bien soin. Tout doucement. Sa jupe, son corsage, ses chaussures, il les avait arrangés. Il avait aussi allumé deux bougies et tiré les rideaux de la chambre. En sortant, il s'était encore demandé comment faire pour que les paupières de sa mère restent enfin baissées. Son regard était si terrible, et marqué par la panique. On ne pouvait pas l'enterrer comme ça. Ce n'était vraiment pas possible. Et il avait encore pensé, sans pouvoir à présent retenir ses larmes, qu'elle avait été légère, tellement légère dans ses bras.

Marius attendait la sortie de la messe. Il était allé se recueillir sur la tombe de sa mère, la Delphine. Un recueillement rapide, sans réelle ferveur. Puis sur la tombe de Victor. Mais pas pour prier. Marius n'avait jamais su. Pour bavarder un moment avec lui. Que s'étaient-ils dit ? Marius l'avait déjà oublié. Et puis, ça ne les regardait que tous les deux. Victor, dont il n'avait plus occupé la chambre depuis le mois d'octobre de 1944. Sa vie avait alors changé du tout au tout. Le matin, il déjeunait tôt, puis il enfourchait sa bicyclette vers 8 heures ou un peu avant, quand la saison l'imposait. Le soir, il rentrait après avoir mangé ou bien avec, dans sa besace, ce que Justine lui avait confectionné. Il était heureux et ne demandait rien de plus. Heureux parce qu'il était chez lui, dans sa maison de la rue du Pavé, au cœur du bourg, cette maison qui l'avait vu naître et qu'il avait ravaudée à sa convenance, après avoir ôté, des armoires, des commodes et aussi du grenier, tout ce qui lui avait rappelé la Delphine et les hommes, nombreux, qu'elle avait connus après son père. Ce qui en revanche ne lui avait rappelé qu'elle ou bien elle et son père, il l'avait conservé. Des bibelots ou de vieilles photos jaunies, souvent crayonnées au dos. Il en avait posé sur quelques meubles. Essentiellement des photographies à peine lisibles qui représentaient souvent ses parents quand ils avaient entre vingt et trente ans. Ou encore des sujets en porcelaine décorée d'amours ou de satyres, de bergers et de bergères.

Marius attendait maintenant depuis un quart d'heure, quand le grand portail de la Chabasse s'ouvrit, en même temps que sonnaient les cloches. Il fit quelques pas. Les mains dans les poches, la mine fraîche, il s'était fait beau comme un dimanche. Il avait même taillé sa moustache et, pour satisfaire Justine, dégraissé la protection intérieure de sa casquette.

Dans les premiers sortis se trouva le vieux Chassaigne, lui aussi sur son trente et un. Jeanne et ses deux garçons ne devaient pas être loin. Maurice, guère davantage. Ils vinrent le saluer, le sourire dans le regard.

— Alors, Marius, toujours sceptique ?

— Mécréant, même ! railla Maurice. Regarde nos enfants, tu crois donc que ça leur fait du mal ?

Marius rectifia :

— J'aime pas les curés, Maurice, c'est pas pareil.

— Ça ne devrait pas t'empêcher d'entrer, fit Jeanne. C'est beau, une église, tu sais. T'es pas obligé de faire des prières si tu ne veux pas. Allez, on te laisse. Mais faudrait passer nous voir, un de ces jours. Avec Raoul. Et avec Jules. Ils seraient contents tous les deux, le père et Maurice. Allez…

Ils s'éloignèrent, l'église se vidait, le carillon commençait à se fatiguer. D'autres de ses amis parlèrent à Marius. Ce qu'il devenait ? On le voyait si peu dans le bourg, maintenant qu'il y était revenu. Et au domaine, ça marchait comment ? Toujours pas facile, la reprise, depuis la fin de la guerre, mais Jules, au moins, avait-il le moral ? Et le Raoul, comment est-ce qu'il allait ? Dans l'église, au tout premier rang, on avait aperçu Louise Rochette. N'avait-elle pas un peu vieilli, elle aussi ? On lui trouvait les traits tirés. Mais fallait bien reconnaître que toutes ces épreuves elles en avaient usé, du monde, et pas que.

Marius venait de voir Cécile, et la Louise juste derrière elle qui tenait Marguerite et Renée par la main. Alors, il fit un signe à ceux qui l'entouraient et les laissa continuer entre eux. Parce que Paulin lui aussi l'avait aperçu, qui, dans les bras de Jules, s'agitait, gesticulait pour descendre et courir le rejoindre. Mais Jules pensait qu'il y avait encore trop de monde alentour et que le gamin aurait risqué d'être poussé, renversé par mégarde et peut-être blessé. C'est pourquoi Marius avait si rapidement abandonné ses amis à leur papotage. Pour venir à la rencontre de Jules et de Paulin. Parce que son Paulin, il voulait le prendre dans ses bras à lui, le tenir, le soulever, l'amuser. Et parce que Paulin, au regard éclatant, l'adulait comme il adulait Raoul.

— Pépé, papé, pépé ! s'égosillait-il en posant les doigts sur le nez de Marius ou sur ses verres de lunettes.

Hélas, pépé et papé étaient les seuls vocables qu'il voulait bien prononcer... Avec Mimi, aussi, quand il appelait son nouveau jouet, un chaton de trois mois, gris perle, dont on remarquait les côtes, que Raoul avait sorti de sa casquette, un matin, s'en revenant du bourg. Mimi, comme si c'était une chatte, alors que Marguerite et Renée lui avaient démontré que ce n'était pas le cas, écartant vigoureusement les pattes de derrière du pauvre animal et désignant, au cœur d'une touffe laineuse, le secret qui s'y cachait. Mais Paulin n'avait pas voulu en démordre. Et Mimi était toujours Mimi, comme lui était toujours Paulin.

Un an plus tôt, le docteur Gelas en avait parlé aux parents :

— Paulin a un retard significatif, leur avait-il expliqué. Il va tout de même avoir ses quatre ans. Il est très en retard, très en retard, vous savez. Peut-être faudrait-il consulter…

Mais ce retard, Jules avait refusé tout net de l'entendre et il avait claqué la porte. Parce que Paulin, c'était son fils, sa fierté, celui qui prendrait sa relève un jour.

Enfermée dans son triste silence, Cécile ressassait plein de choses, des sottises, comme si c'était sa faute, à elle, si Paulin n'était pas tout à fait comme les autres. Le docteur, pourtant, avait insisté : non, elle n'y était pour rien. Il pensait plutôt à une surdité, non pas des deux oreilles, puisque Paulin réagissait, tournait la tête quand on parlait de lui, mais d'une seule. Ou peut-être que la cause en était l'un de ses yeux. Une défaillance à vérifier. En fait, il ne savait trop quoi dire. Surtout que Paulin était né dans des conditions tout de même assez difficiles. Des conditions dont Jules ne savait rien. Il était encore dans les Hautes Chaumes, à ce moment-là. Paulin était né avant terme. Malingre. Affreux. Si peu vif à l'arrivée qu'il avait fallu lui claquer les fesses à plusieurs reprises pour qu'il pousse enfin son premier cri.

« Il faut que vous consultiez, répétait le docteur à chacune de ses visites. A Clermont, à l'hôpital, je peux m'y rendre, je vous prendrai un rendez-vous. »

Mais Cécile s'insurgeait toujours autant.

« A Clermont ? Mais comment voudriez-vous que j'y aille ? Jules ne m'y emmènera jamais… »

Et puis là, tout récemment, le docteur n'avait pas cédé.

A l'occasion d'un passage dans une ferme peu éloignée, il avait poussé jusqu'au domaine.

Jules était sur le point de partir au foin.

— Tu fais bien d'être ici, avait dit le docteur. Rentrons chez toi et écoute-moi un peu.

Autour d'un verre, devant Cécile et Louise, tandis que Paulin s'amusait avec Mimi, le docteur leur avait expliqué que pour lui, ce qui comptait, c'était l'intérêt du gosse, pas le leur.

— Et surtout pas ta fierté, Jules !

L'autre avait voulu riposter. Parce que Paulin, maintenant, il disait aussi Mimi.

Mais le docteur, incisif, l'avait stoppé dans son élan :

— Demain matin, je vais à Clermont. Pas pour Paulin, pour un autre de Valliergue. Mais j'en profiterai pour le prendre, ce rendez-vous qui traîne depuis bien trop longtemps. Je vous l'ai dit, le gamin est en retard. Alors, il faut savoir pourquoi. Ce n'est peut-être qu'un blocage, rien du tout...

— Un blocage de quoi ? l'avait interrompu Jules.

— Je te dis qu'il faut savoir, tête de mule ! Et si tu ne peux pas les emmener, Cécile et lui, ou si tu ne veux pas, et bien c'est moi qui le ferai, t'es d'accord ?

— J'ai le choix, au moins ?

— Non, Jules, tu n'as pas le choix. Je vous apprécie trop, les Rochette et les Ferrandon, bien que toi, tu ne sois pas né à Valliergue. J'ai trop d'attachement pour vous tous, pour te laisser le choix de ne pas t'occuper de ton fils comme tu le devrais. Alors, laisse-moi faire…

Ce 16 mai 1948, pour son plus grand plaisir, Paulin trôna une bonne heure sur les épaules de Marius, une jambe passée de chaque côté de son cou. Marius lui tenait les mains et rigolait tout ce qu'il pouvait. Si heureux de s'entendre appeler pépé ou papé. Paulin trôna ainsi de la Chabasse jusqu'au domaine, mais tout de même tantôt sur les épaules de Marius, tantôt sur celles de Raoul. C'est qu'il vous fatiguait, le gamin, à gigoter sans discontinuer, parfois dangereusement. Ils marchaient avec Cécile, Marguerite et Renée. Parce que les autres, Louise et Justine, étaient rentrées avec Jules dans la Celtaquatre. Ils marchaient, tandis que les deux fillettes allaient, moroses, silencieuses. Certainement à cause de leur frère dont les gesticulations, plus que leur présence, retenaient l'attention de leur mère. Pendant la messe, déjà, le babillage de Paulin avait presque tout le temps couvert la voix du curé. Et là, dans son for intérieur, Marguerite en avait assez. Elle avait assez de l'entendre sans arrêt et de ne jamais rien comprendre de ce qu'il disait. Assez de les voir tous tourner autour de lui. Assez des bêtises de Marius et de Raoul. Assez de ce chaton que Raoul lui avait donné à lui, Paulin, et pas à elle, alors qu'elle était l'aînée. Ce chat qui sentait mauvais, et courait maintenant dans toute la maison. Un jour, elle le jetterait au feu ou au fond du puits. Et alors il pourrait le chercher, il pourrait le chercher longtemps, même !

Comme elle ruminait ainsi, Marguerite avait ramassé des cailloux qu'elle roulait à présent dans ses mains. Elle les roulait tout en observant Raoul, le dos de Raoul, ses larges épaules sur lesquelles était juché Paulin. Paulin qui riait aux éclats et s'agitait, s'agitait pour que Raoul avance plus vite, plus vite, encore plus vite, et se mette à galoper comme un vrai cheval dont Marius aurait maintenu les rênes. Mais un cheval que Marguerite détesta rapidement de plus en plus, même s'il n'existait pas, même s'il n'était qu'une invention de sa part, le fruit de sa colère. Un cheval sur le dos duquel elle n'avait jamais eu le droit de monter quand elle était petite, à l'âge de son frère. Alors, parce qu'elle le détestait, parce qu'elle aurait voulu le voir tomber avec son cavalier, qu'il se casse une jambe ou se rompe le cou, elle laissa la fureur monter en elle, et elle serra soudain les lèvres, tout en fronçant les sourcils. Puis, après une brève hésitation, une hésitation de quelques secondes, le temps pour elle de justifier, de donner un sens à son acte, elle leva le bras et lança les cailloux de toutes ses forces dans la direction de Raoul et de Paulin.

8

Dis-moi l'envol d'un ange

Le docteur Gelas était ressorti dépité de chez son confrère de Clermont, pourtant un ponte dans son domaine, parce qu'il lui avait affirmé, sans discussion possible, qu'il ne pourrait rien entreprendre dans l'intérêt de Paulin.

— Ce gosse est en retard, c'est un fait, avait-il savamment conclu. Mais qu'y pouvons-nous, mon ami ? Vous-même m'avez expliqué les conditions difficiles de sa naissance : prématuré, pas vraiment bleu, mais peu s'en fallait...

Il y avait eu un silence.

Gelas n'était pas homme à s'avouer vaincu :

— Ne croyez-vous pas, malgré tout ? avait-il insisté. N'y a-t-il vraiment rien à tenter ? Comme si la guerre ne leur avait pas suffi, il faut aussi que le destin s'en mêle...

Mais l'autre l'avait interrompu, fort de son savoir :

— Sans compter la semence du père. C'est surtout à cela que je pense. A la qualité de la semence, mon cher Gelas, la qualité, la qualité, tout est certainement là. Ne s'en revenait-il pas de captivité ?

Evadé, m'avez-vous précisé ? Et qui plus est par deux fois ? Mais un costaud seulement revenu avec la peau sur les os... D'ailleurs, ne lui en reste-t-il pas encore quelques séquelles ? Il faut parfois savoir se retirer à temps... C'est presque inexcusable, vous en conviendrez.

Indigné, le docteur s'était exclamé :

— Que voulez-vous dire, cher confrère ? Se retirer à temps ! Se retirer à temps ! Enfin, tout de même...

Mais l'autre avait souri, l'œil ironique.

— Vous m'avez compris, Gelas, vous m'avez compris, avait-il achevé, tout en reconduisant le docteur vers la porte de son cabinet.

Puis, juste avant d'appeler le patient suivant :

— Tenez-moi au courant, néanmoins.

Gelas, que tout le monde à Valliergue appelait docteur, jamais docteur Gelas, ni monsieur, moins encore Gelas tout court, était un brave homme, peut-être le plus brave homme de la contrée. Un homme que tout Valliergue connaissait depuis toujours et respectait. De la génération des Marius, Raoul et compagnie, comme eux, il était sorti entier de 14-18 et, à partir de 40, comme eux encore, il avait résisté à sa manière, en soignant tout un chacun, sans discrimination – question de déontologie –, mais avec une préférence nettement marquée, bien que discrète, car il tenait à la vie, pour ceux qui, à l'époque, ne fréquentaient ni les Allemands ni les collabos.

A la sortie de l'hôpital, Cécile et Paulin l'attendaient.

— Il ne fallait pas t'éloigner ainsi, avait-il aimablement reproché à Cécile. Ce que me contait mon confrère, il y a un instant, n'avait rien de confidentiel. Bon, montons dans la voiture, je vais te raconter tout ça sur le chemin.

Mais au lieu de tout raconter, Gelas était resté sans rien dire pendant un bon nombre de kilomètres.

Passé Billom, il s'était enfin décidé :

— C'est bien ennuyeux, ma petite Cécile...

Assise sur la banquette arrière de la voiture, à cause de Paulin qu'elle tenait contre elle, Cécile avait soupiré :

— Je m'en doute bien, docteur, sinon vous m'auriez déjà causé depuis un bon bout. Est-ce que j'ai tort ?

— Bah ! Sûr que non, tu n'as pas tort.

— Dans ce cas, dites-moi donc. Ou plutôt, non, ne me dites pas. Notre Paulin, il est comme ça, il n'y a rien à y faire, voilà ce que vous allez me dire. Le souci est écrit sur votre front, je le vois dans le rétroviseur. Alors, docteur, ce n'est pas la peine...

Gelas avait haussé les épaules.

— Si tu ne te tenais pas au milieu de la banquette, mon souci, tu ne l'apercevrais pas, avait-il répliqué, feignant la bonne humeur. Et comme ça, tu ne me dérangerais pas dans ma conduite. Parce que, installée comme tu es, si je dois doubler, je suis incapable de savoir si je peux déboîter ou non…

Mais le sourire qu'il avait alors esquissé s'était effacé aussi vite qu'il avait paru ; et il était bientôt revenu à son affaire, grommelant déjà, tout en passant sa langue sur des moustaches qu'il avait épaisses et brunies par le tabac :

— Tu sais ce que c'est que la science…

La réponse de Cécile n'avait pas tardé :

— Elle fabrique les bombes et les mauvaises nouvelles. Une sentence, docteur, que vous m'avez dite un jour.

— Tu as raison, je crois bien qu'elle est de moi. Et je crois aussi qu'elle n'est pas si fausse.

Gelas avait hésité :

— Mais ce que je veux te dire, c'est qu'il lui arrive aussi de se tromper, à la science, et qu'elle ne me rend pas toujours fier de ce que je suis, ni des hommes qui s'en entichent.

Puis, soudain résolu, il lança :

— Ben, sais-tu ? Je vais m'en occuper, moi, de ton petiot. Il n'est pas bête. Pas si bête que certains voudraient nous le faire croire. Je vais m'en occuper, moi.

— Et comment donc, docteur ?

— Je n'en sais rien encore, Cécile. Mais, depuis que je suis médecin – je ne l'ai jamais été ailleurs que chez moi, ici, où je suis revenu après mes études, ça fait combien ?… trente à trente-cinq ans tout de même –, eh bien, peux-tu me dire si j'ai jamais laissé tomber quelqu'un ? Jamais, je te l'assure ! Et ce n'est pas maintenant, si près des soixante-dix, que je vais commencer ! Ce petiot, moi, je l'aime, que veux-tu. Pas parce que c'est ton fils, non, ni le fils de Jules. Quoique ! Mais parce qu'il a signé le retour de notre liberté. Et ça, ça n'a pas de prix. Comme ses sourires, quand il nous regarde, qu'on soit beau ou vilain, toujours plus nombreux que ses pleurs. Parce que pour lui, nous tous, on doit avoir un cœur gros comme ça, incapable qu'il est de différencier le beau du vilain, le bien du mal ou le jeune du vieux...

Pour Cécile, Gelas tournait autour de la vérité comme autour du pot, mais la chose était claire :

— Vous voulez me dire que mon Paulin est *simple* parmi les *simples* ? avait-elle interrogé. C'est ça ?

Pris de court, Gelas s'était trouvé bien embarrassé.

— Ne me fais pas dire ce que je n'ai pas l'intention de te dire, Cécile. Ton fils est comme il est, voilà tout.

— Mais Jules n'acceptera jamais ça ! avait lancé Cécile.

— Il n'acceptera jamais quoi ?

— Que son Paulin soit un nigaud, docteur.

Gelas avait alors levé la main droite, lâchant dangereusement le volant une seconde.

— Ouh là là ! Tais-toi donc. C'est pas son problème à Jules, tu ne l'as donc pas encore compris ?

— Pas son problème ?

— Aveugle, il est, continua Gelas. Aveugle et bien heureux de l'être. Comment te dire ? De tout ça, il ne veut rien entendre. Il a peut-être même raison, c'est possible, et peut-être bien que je me conduis comme lui, comme un idiot aveuglé par mon savoir, par ma prétention, par ce dont je m'imagine être capable, comme lui par l'amour qu'il porte à son rejeton...

Puis, encore plus décidé que précédemment :

— Mais je te promets de m'en occuper de ton Paulin, et que l'instituteur fera de même avec lui.

Cécile n'écoutait plus Gelas.

La tête penchée en avant, son visage se perdait à présent dans les cheveux de Paulin, qu'elle avait hissé sur ses genoux. Des cheveux fins que le moindre souffle de vent soulevait toujours dans un désordre soyeux, et dont elle aimait respirer la douce tiédeur quand elle avait l'esprit affligé. Une tiédeur grasse, à la senteur un peu laiteuse que Paulin avait conservée depuis sa dernière tétée, comme s'il avait déjà eu pour volonté, aussi inconsciente qu'elle fût, de ne jamais grandir ou de ne pas grandir comme ses sœurs.

Cécile n'écoutait plus Gelas, dont la voix un peu grave se mêlait au bruit du moteur de la 4 CV Renault qu'on lui avait livrée deux mois plus tôt. Bleu ciel, sa nouvelle voiture. Une couleur à laquelle il avait tenu, pour l'espoir et la joie, l'énergie, la légèreté, la sérénité dont elle était le symbole et dont il aurait voulu être le messager, une exigence qui lui avait valu d'ajouter trois mois de patience aux trois autres mois déjà annoncés par le vendeur avant d'en prendre enfin livraison. Cécile n'écoutait plus Gelas, parce que, pour une fois, il ne lui apprenait rien. Rien de l'indicible affection que Jules portait à son fils. Un amour aveugle, oui, c'était le mot juste, mais il l'avait tant espéré, cet enfant, ce garçon, ce fils qui deviendrait un jour son meilleur camarade comme naguère l'avait été Guilhaume. Guilhaume, son Guilhaume, si grand, si mince, et pourtant si solide, que la guerre lui avait enlevé si injustement. Le Guilh, comme ils avaient toujours eu coutume de l'appeler. Cécile n'écoutait plus Gelas, parce qu'elle pensait, repensait à la frayeur qu'elle avait éprouvée au plus profond de son ventre lorsque Victor s'était écrasé à ses pieds, mort sur l'instant, abattu comme une bête, fauché avant d'avoir imaginé que cela fût possible, fauché tandis qu'il les défendait, elle, Cécile, ses deux fillettes, et l'enfant qu'elle portait. Une douleur cruelle, aiguë, qu'elle ressentait encore, avec autant d'intensité, se plaignait-elle, quand sa mémoire lui imposait soudain la vision de Victor inanimé sur le sol, la tête bientôt nimbée de sang. Et elle disait qu'alors c'était comme si on lui avait tordu, essoré l'estomac, les intestins, pareils à des draps gorgés d'eau, tout juste sortis d'un lavoir, tandis qu'en leur milieu, comme prisonnier, captif de ses entrailles de mère, on tentait d'étouffer, de broyer cet enfant de quelques semaines à peine, qu'elle et Jules avaient mis en route peu avant que le destin ne l'obligeât à la quitter à nouveau pour gagner la jasserie de Belle Etoile, cette bâtisse et ses enclos qu'il avait accordés à son Guilh, presque avec tendresse, et rejoindre le maquis des Hautes Chaumes. Cet enfant, se réprimandait Cécile dans ses moments de désarroi profond, son Paulin si malmené, si brusqué, qu'elle et son ventre, jusqu'au jour de sa naissance, un 11 juin, n'avaient pas su protéger comme il l'aurait fallu.

Et puis la voix du docteur Gelas avait retenti :

— Nous sommes arrivés ! s'était-il exclamé, enjoué. Tout le monde descend !

Cécile, toute à ses pensées, avait sursauté, le gratifiant cependant d'un sourire, et Paulin, heureux de se retrouver chez lui, s'était pris aussitôt de frénésie.

— Mimi bouhue, Mimi bouhue ! avait-il crié, montrant du doigt son compagnon.

Ce chat gris perle dont il ne se séparait plus depuis que Raoul lui en avait fait cadeau.

Gelas avait bientôt ouvert la portière, après laquelle Paulin commençait à s'énerver.

— Monsieur est servi, avait-il dit.

Mais Paulin, l'ignorant, n'avait fait qu'un saut.

— Mimi bouhue, Mimi bouhue, avait-il repris, galopant déjà en direction du chaton qui semblait l'attendre, flegmatique, assis à quelques pas du noyer.

— Que dit-il donc ? avait alors interrogé Gelas.

— C'est le nom qu'il a donné à ce chaton, avait répondu Cécile. Ils sont devenus inséparables, comme s'ils s'étaient mutuellement adoptés. Pour Paulin, c'est Mimi, Mimi bouhue…

— Bouhue ?

— Oui, avait fait Cécile, amusée par la mine du docteur.

— Mais encore ?

— Bouhue pour bourrue, vous comprenez ?

Gelas avait semblé réfléchir.

— C'est donc une petite chatte ?

— Non, docteur, c'est un petit chat au poil un peu hirsute, comme vous le voyez. Mais notre Paulin n'en démord pas. Il a décidé que ce serait sa Mimi, et c'est sa Mimi. En attendant, cet animal a une patience d'ange.

Pensif, Gelas avait acquiescé de la tête.

— Bourru ? C'est vous ou quelqu'un de la maison qui avez dit que… Mimi avait le poil bourru ?

— Oui… c'est peut-être ma mère.

Qu'en avait alors conclu le docteur Gelas ? Il n'en avait rien dit à Cécile, se contentant seulement de remarquer, tandis qu'il était sur le point de s'en aller, que le chat ne s'était pas sauvé en voyant Paulin accourir vers lui et que de la part d'un chat, animal de nature sauvage et craintive, c'était tout de même assez surprenant. Sans tenter de comprendre ce que Gelas avait voulu exprimer par là, Cécile, le regard vague, un peu perdu, avait approuvé.

Dans les mois qui suivirent, Jules poursuivit le redressement du domaine, un travail qu'il avait entrepris dès la paix retrouvée. Il avait longuement réfléchi, mais pour aller de l'avant selon son idée, il lui avait d'abord fallu obtenir l'accord de Louise. Car sans cela, il en avait prévenu Cécile, il serait resté fidèle au projet de Ferdinand Rochette, un projet qui reposait davantage sur des terres de labourage, donc sur des récoltes, que sur les prairies. Ça lui aurait fait mal au cœur, mais la mémoire de Ferdinand, pour Jules aussi, pas seulement pour Louise et Cécile, c'était du sacré sur lequel il ne serait jamais revenu. Ajouté à cela que de toute façon, la maîtresse des lieux, c'était encore Louise et, conséquemment, il devait le plus grand respect à son bon sens.

— C'est certain, lui avait-elle accordé un soir, bien des années plus tôt, avec une légère moue. Raoul se fait vieux et Marius également. Quand le Guilh était là, vos deux jeunesses réunies, vous pouviez labourer, semer, récolter tout ce que vous vouliez. Vous en aviez la force et le courage. Je t'avais donné ma confiance, lorsque tu nous as ramené ce bon jeune homme, et je ne m'en suis jamais repentie. Alors, ce n'est pas maintenant, Jules, que je te conseillerai de n'en point trop faire à ta guise.

Louise avait poussé un bref soupir.

— Et puis nous autres aussi, nous étions courageuses. Tu l'admettras. Ici, chacune avait sa tâche et l'accomplissait sans regimber. Mais vois notre Justine, aujourd'hui, vois Cécile et vos enfants, et moi… Je suis fatiguée, Jules. La vie m'a donné plus de fatigue que je ne lui en demandais. Mes genoux me font souffrir. J'ai des mains remplies d'os qui leur sont poussés au fil des ans et m'empêchent de plier les doigts. Alors, tu dis toujours que tu veux aller de l'avant ? Eh bien, vas-y !

Puis, soudain intriguée :

— Ainsi, à la place de nos bonnes terres, c'est donc de la pâture que tu veux nous racheter ? Mais pour quel bétail, dis-moi ? Pour nos vieilles limousines ?

— J'ai mon idée, ma Louise.

— Je me doute bien, sans quoi tu ne m'aurais pas entreprise comme tu l'as fait tous ces temps.

Cette discussion remonte à trois années.

Jules s'était alors rendu à Marsac. A une dizaine de kilomètres d'Ambert. Il y avait rencontré un camarade à lui, Etienne Varette, résistant de la première heure, gaulliste comme pas un et maintenant maire de sa commune, qu'il avait connu lors d'embuscades perpétrées contre les Allemands. De sacrés souvenirs qu'ils s'étaient donnés avec quelques autres ! Des souvenirs qui avaient fait du bruit. Et pas seulement dans les oreilles des poseurs de poudre !

— Tu te rappelles, dis ?

Petit bonhomme, Varette était bâti comme une barrique, ce qui ne l'empêchait pas d'être aussi vif que leste. Et bien que peu porté sur le vin, il avait le visage rubicond des bons vivants.

— Dis, tu te souviens, au moins ? avait-il insisté, accompagnant sa question d'une tape sur l'épaule de Jules.

Jules n'avait pas oublié.

— Trop de sang tout de même, avait-il répondu.

— Bah, c'était jamais que du sang d'Allemands !

— Des hommes comme nous, Etienne. Des Allemands qui se seraient bien passés de la guerre.

Nouvelle tape, mais cette fois sur l'avant-bras de Jules.

— T'as peut-être raison.

Puis, sitôt après :

— Alors, c'est pour quoi que tu es venu, Jules ?

— Je te l'ai dit au téléphone. Tes bêtes. Tu m'en as tant vanté les qualités que tu m'en as donné une envie pressante.

— Eh bien, c'est tout simple…

Varette n'était pas marié et il vivait avec ses parents. Son père, encore actif, et sa mère tout autant. Seule étrangère à la famille : Yvette, célibataire comme lui et d'âge voisin. Elle avait quitté la ferme familiale au milieu de la guerre. Parce qu'elle était incapable de s'entendre avec son père. La faute à qui ? Quand Varette avait appris l'intention de ses parents de la prendre à leur charge, il ne s'en était pas préoccupé. C'était leur problème à eux autres, pas le sien.

— En plus de ça, tu l'as aperçue en entrant, l'Yvette était déjà accorte, j'en ignorais rien. Alors, tu comprends bien que, même si les choses du sexe n'étaient pas ma préoccupation première à l'époque, j'allais pas raconter à mon père que je ne voulais pas d'elle dans mon alentour. C'est comme ça qu'elle est arrivée par chez nous. Et comme ça aussi, je veux dire grâce à elle, qu'on est passés à présent à soixante-dix-neuf bêtes. On ne fera guère davantage. Mais c'est déjà pas si mal.

Jules avait hoché la tête : c'était là, justement, le troupeau qu'il comptait se constituer peu à peu, tout d'abord en vendant les terres labourables les plus éloignées du domaine.

— On ne peut pas être partout, comprends-tu ?

— Tu dis vrai, Jules. Mieux vaut faire bien ce qu'on peut faire vraiment, plutôt que vouloir embrasser trop grand. Viens donc les voir, nos bêtes. On n'en a qu'une trentaine dans notre pâture voisine, mais je vais t'expliquer leur intérêt. La meilleure des races, tu vas vite saisir.

Quand ils étaient arrivés à la pâture, trois cents mètres après la ferme, chacun avait son verre à la main et Varette la bouteille glissée dans une besace.

— Regarde-les, nos salers, avait-il fait avec un sourire lumineux. Sont-elles pas belles ? Et paisibles avec ça ? Les bêtes de l'avenir, tu peux m'en croire. C'est mon grand-père qui a eu l'idée de les amener jusque par chez nous. En 1921, si j'ai bien retenu sa leçon. Il n'avait pas encore toutes les terres dont on dispose aujourd'hui... La salers, tu vois, elle n'est pas trop grosse, mais pourtant bien musculeuse, et sous sa belle robe d'acajou elle te fabrique l'une des meilleures viandes qui soient au monde, juste persillée comme il faut...

Il s'était tu un moment, quasi admiratif devant ses bêtes dont il donnait l'impression de s'être entiché.

Puis il avait repris :

— Toutes celles qui sont ici, dans cette prairie, je ne dois pas me tromper, elles auront leur veau dans l'année. Eh bien, si je te disais qu'elles me feront ça tranquillettes, sans que j'aie besoin de les y aider, tu me croirais ou tu me croirais pas ? Ce dont je suis certain, en tout cas, c'est que tu ne pourrais pas m'en dire autant de tes limousines ou de tes ferrandaises. Sur dix et même sur cinq, faut toujours qu'on en couche une ou qu'on en relève une autre, quand il n'est pas nécessaire, en pleine nuit, alors qu'on a du sommeil dans tout le corps, d'y enfoncer le bras tout entier pour récupérer la patte du veau à naître qui s'est enfoncée jusque dans le pis. Dis-moi que je me trompe, Jules ? Dis-moi que tu ne l'as jamais fait ? Toi qui travaillais les vignes avant de marier ta Cécile, ça a dû drôlement te changer...

Jules avait alors éclaté de rire.

— Ça oui, pour me changer, ça m'a changé ! J'ai eu plus chaud la première fois quand j'ai dû plonger le bras dans le cul d'une vache que lorsque je taillais la vigne de mon père avec la main du même bras !

— Ouaaah ! avait pouffé Varette. C'est le Ferdinand, en te voyant, qu'a dû bien rigoler !

Là-dessus, ils étaient retournés à la ferme. Sur le chemin du retour, les verres vidés puis remplis à nouveau, Varette avait continué à vanter ses salers, un peu à la manière des maquignons sur les champs de foire. D'ailleurs, n'avait-il pas une arrière-pensée ? Rien d'impossible à ça. Car il y allait bon train en matière de qualités : robustesse de la race ; aptitude à la marche pour grimper jusqu'aux pâturages les plus ardus, donc à la transhumance ; adaptation aux températures les plus élevées comme aux plus basses ; capacité des mères à puiser dans leurs réserves naturelles pour nourrir correctement leur veau, même en période d'alimentation difficile. En homme de l'art, aux compétences évidentes, Varette était intarissable. Parce que ses bêtes, maintenant Jules en était convaincu, il les aimait vraiment comme on aime ce qu'on a de plus cher et qui nous procure le plus de joie. Il les aimait, le cœur rempli de générosité.

— Oui, comme jamais il m'aimera, avait glissé Yvette en passant près d'eux, l'œil moqueur.

Varette avait écarté les bras.

— Bah, avait-il fait, tu sais bien, mon Yvette, que nos vaches, elles sont notre réussite à tous les deux…

Alors, Yvette, malgré la charge de rondins qu'elle portait à l'épaule, s'était arrêtée.

— Et que cette réussite, tu la donnerais bien à partager avec ton ami Jules. Je te donne pas tort, mon Etienne. Surtout qu'il est pas mal appétissant, le monsieur, et qu'il serait bon qu'il vienne nous voir plus souvent à Marsac.

Jules avait rougi, un peu gêné.

Gaillarde, Yvette avait relevé sa charge de bois et repris son chemin, le pas alerte.

— Ce qu'elle ne t'a pas dit, c'est que je la marie au mois de septembre prochain, mon Yvette. Et j'en suis pas peu fier, tu peux me croire. Une belle fille comme ça, dans mon lit, pour moi tout seul, t'imagines un peu ?

Jules avait imaginé, mais ç'avait été à sa manière ; alors, se retenant de sourire, il s'était contenté de féliciter Varette. Ensuite, craignant d'être surpris par la nuit, il l'avait salué et était remonté dans la vieille Celtaquatre.

Deux mois plus tard, un mardi, en fin de matinée, une bétaillère s'était garée dans la cour du domaine. C'était Varette qui la conduisait. Jules et Marius s'étaient présentés à sa portière avant même qu'il n'en fût descendu.

— Deux belles génisses sevrées à plaisir et un taurillon que je te garantis bon reproducteur...

Varette planait littéralement.

Pour le coup, fou de plaisir, Jules, qui tenait Paulin dans ses bras, en aurait presque fait autant, se demandant si ce qu'il vivait alors n'était pas un rêve.

— Tu bois un coup ? il avait demandé.

Mais non, les sous vite empochés, Varette avait tenu à repartir aussitôt. Alors, toujours dans les bras de son père, Paulin lui avait fait au revoir avec les mains, tandis que Marius emmenait les trois bêtes à l'étable, dans un endroit préparé tout exprès, espacé des limousines, il y en avait douze encore, dont Jules avait projeté de se séparer avant les rigueurs de l'hiver.

Tout ça remonte donc à moins de trois ans.

Depuis, Varette s'est effectivement marié et il a eu une fille, prénommée Violette. Gracieuse comme l'est toujours sa maman, elle est également grassouillette comme son papa.

Non content de se marier, Varette n'en est pas resté là avec Jules. Depuis qu'il a amené les trois premières salers, il a encore augmenté le troupeau de six autres jeunes bêtes dont un nouveau reproducteur, plus charpenté, aux muscles plus longs, plus ronds que le précédent, donc très prometteur.

Ainsi, le cheptel des Ferrandon s'élève maintenant à vingt-cinq bêtes : treize salers, dont quatre génisses nées ces derniers mois, et deux taurillons reproducteurs ; les douze limousines dont Jules pensait se séparer, il les a finalement gardées.

Les mois, les années filent encore.

Le 11 mai 1950, c'est un jeudi, le docteur Gelas entre chez les Ferrandon sans frapper. En fait, c'est ainsi qu'il entre toujours, un peu comme s'il était chez lui. D'ailleurs, agirait-il autrement qu'on le rappellerait vite à l'ordre. Parce qu'il a tenu sa parole et qu'on lui est redevable d'un loupiot, comme il appelle Paulin, bien dégrossi. Comme Jules et Cécile, Gelas est satisfait de son protégé. Pourtant, il se pose encore des questions. Comme celles-ci, par exemple : quand Paulin entrera à l'école, dans cinq mois tout juste, sera-t-il capable de suivre ses camarades de classe ? Et d'apprendre aussi rapidement qu'eux ? Tiendra-t-il leur cadence ? Jusqu'à présent il n'en a rien dit à personne, mais tout ça le tourmente. Parce que, le 11 juin prochain, le jour de ses six ans, Paulin aura toujours ce langage si difficile à formuler et, dans le regard, cette gentillesse nigaude, maladroite, comme le sont parfois ses gestes, ou démesurée comme l'est sa tendresse pour Mimi. Gelas n'en dit rien. Il n'en dira rien ni à Jules ni à Cécile, ni à personne d'autre, hormis à l'instituteur.

Gelas est entré, mais il n'a été accueilli par personne. Pas même par Paulin qui, d'habitude, ne se fait jamais attendre ; alors il s'est assis et il relit pour la énième fois, dans *La Montagne* dont il a déployé les feuilles sur la table, la déclaration de Robert Schuman[1]. Cette déclaration qui l'a mis en fureur, quand il en a pris connaissance hier soir. D'ailleurs, ses mains en frémissent encore, à l'idée qu'on puisse si aisément faire fi du sacrifice de tous ces hommes, partis à la guerre malgré eux et, sinon morts sur le terrain, revenus en pitoyable état après des années et des années de captivité, qu'on puisse si vite effacer la souffrance de ces femmes, de ces enfants, de ces vieux dont certains, pour survivre, Gelas n'en a rien oublié, étaient réduits à lécher les bottes de ces messieurs, Allemands et collabos. Oui, il la relit, cette déclaration. Il la relit ligne à ligne, et c'est à peine s'il lève la tête lorsque Jules entre en courant, tenant Paulin par la main.

— Excusez-nous… dit-il. C'est à cause du veau…

Jules est essoufflé.

— A cause de quoi ? demande Gelas sans lever la tête.

Il continue de lire et bougonne tout seul.

De son côté, Paulin s'est déjà installé près de lui et avec ses poings serrés il tape gaiement sur la table.

1. Déclaration prononcée par Robert Schuman, le 9 mai 1950, dans le salon de l'Horloge du Quai d'Orsay. Cette déclaration est considérée comme l'acte de naissance de l'Union européenne.

— Ecoute un peu, Jules, reprend Gelas, qui ne prête aucune attention au gamin. C'est le discours de Schuman, le ministre des Affaires étrangères. En as-tu eu connaissance, au moins ? Ecoute donc, je te dis : « En se faisant depuis plus de vingt ans le champion d'une Europe unie, la France a toujours eu pour objet essentiel de servir la paix. L'Europe n'a pas été faite, nous avons eu la guerre… » Une Europe miraculeuse, rien que ça ! Et pourquoi pas ? Mais pour ça, il aurait d'abord fallu qu'elle nous change les Allemands du tout au tout ! Ne croit-on pas rêver, quand il est question d'un peuple qui n'a jamais cherché qu'à dominer le monde entier et nous autres en particulier ?

Gelas fait silence, puis il reprend, l'index posé trois lignes en dessous :

— Et de ça encore, qu'est-ce que tu en penses ? Je lis, ce n'est pas long, une phrase, mais c'est lourd de signification : « Le rassemblement des nations européennes exige que l'opposition séculaire de la France et de l'Allemagne soit éliminée : l'action entreprise doit toucher au premier chef la France et l'Allemagne. » Et allez donc ! Bientôt, tu verras, ce sera de notre faute si le nazisme s'est développé chez eux comme le choléra avant de vouloir nous annexer. L'opposition séculaire de nos deux pays ? Peux-tu me dire lequel a emmerdé l'autre depuis le début des temps ? Sans le nazisme, moi je dis que ç'aurait été tout pareil !

Gelas interroge, vitupère, mais il continue sa lecture pour lui seul, à voix inaudible. Mine de rien, il espère une réponse. Mais comme rien ne vient, il titille Jules :

— Tu fais la sourde oreille ou quoi ? dit-il. Vas-tu prétendre que t'es d'accord avec tout ça ?

— C'est pas trop le moment, docteur, allègue Jules. J'ai Marius et Raoul qui m'attendent.

— Du moment, t'en avais bien assez pour montrer le veau à Paulin. On marche sur la tête, et ça ne t'inquiète pas ?

Jules soupire.

— Docteur, vous savez comme moi que les Allemands, ceux qui nous ont occupés, ils n'étaient pas tous des nazis, et que les Français n'ont pas tous été de bons résistants.

— Oui et alors ? Ça change quoi ?

— Ça change, docteur, qu'on va tout de même pas se taper sur la gueule tous les vingt ou trente ans. Et que nos enfants, les miens, les générations à venir, on peut aussi leur donner l'espoir d'une vie sans guerre. J'ai pas raison, docteur ?

— Tu devrais faire de la politique…

— La politique, je sais pas ce que c'est.

— Ton copain de Marsac, Etienne Varette, il en fait bien. Tu me disais qu'il était maire…

— Il n'a qu'une gosse, docteur. Ici, on est nombreux. Raoul et Marius font ce qu'ils peuvent. Justine plus grand-chose. Mais on les aura avec nous jusqu'au bout, on leur doit trop. Ma belle-mère s'épuise. Je ne comprends pas bien, mais elle a toujours le chagrin de Ferdinand Rochette pour lui ronger le cœur. Un an de plus aujourd'hui qu'il est tombé devant moi. Dans le champ, justement, que j'ai vendu hier. On a encore beaucoup de terres. On en a beaucoup trop, mais on en a besoin. Car pas assez de bêtes encore pour vivre de leur seul profit. En deux ans, on est passé de vingt-cinq à trente-trois, et on n'a plus que six limousines. C'est pas mal. On revient de si loin...

Jules s'arrête, il se penche vers Paulin, qui s'est endormi. Les bras croisés sur la table et la tête posée dessus, il sourit aux belles histoires que Gelas lui raconte quand il vient le voir, entre deux leçons d'éveil.

— Laisse-le donc, fait le docteur. C'est bien qu'on puisse parler tous les deux. Ce n'est pas si souvent. Pourtant, je suis certain que tu en aurais parfois besoin. Pour toi, ce serait une bonne façon d'expirer le mauvais air qui demeure toujours dans les poumons, sans qu'on le sache.

Il s'arrête, puis reprend à nouveau :

— Au moins, je vois que tu es satisfait de la progression de ton troupeau. Je me trompe ?

— Ça, non, docteur, vous ne vous trompez pas, mais il y a tant et tant à produire encore. Pour nous, parce qu'on voudrait bien être à notre aise comme naguère. Et pour les enfants aussi. C'est la Renée qui me fait tracas. Elle, à moins qu'elle ne fasse des études, faudra qu'elle se marie avec un bon gars.

Le docteur se met à rire.

— Tu n'irais pas un peu vite, par hasard ? Elle est née quand déjà ? En 40, elle a dix ans seulement. Et Marguerite en 37, en classe de quatrième au mois d'octobre prochain…

— Marguerite, elle aura le domaine, docteur, comme Louise a hérité de son père et comme Cécile héritera de ma belle-mère. Mon Paulin, lui, je l'ai déjà installé. Il ira, sûr, à Belle Etoile. Le beau cadeau que je veux lui offrir à mon gamin. Tout est à refaire, mais on y arrivera. Je suis tenace, vous le savez bien.

— Je le sais, Jules, je le sais…

Une idée qui laisse Gelas tout songeur, soudain.

— C'était la jasserie Champommier, si je ne m'abuse ?

Jules s'assoit en face de lui, oublieux de Marius et de Raoul qui l'espèrent quelque part.

Il hésite, et soudain ses yeux brillent.

— Sinon, c'est le Guilh qui l'aurait eue. Devant la bâtisse, une lande rocailleuse, infinie, battue par les vents, sans autres bornes que celles imaginées par les hommes. Je la lui avais promise. Je l'avais tant eu dans la tête, docteur, ce jour de joie où on lui en aurait remis les clés. Et pas seulement elles, les bêtes aussi. Un beau troupeau…

Jules s'arrête. Sa voix tremble trop, sa gorge se resserre. Continuer lui est soudain impossible.

Alors, il tend la main au travers de la table pour atteindre les bras de Paulin. Mais il rencontre la main de Gelas. Une main franche, solide, qui balaie la sienne avec les doigts, sans violence.

— Laisse-le se reposer, je t'ai dit.

Gelas fait silence. Puis il reprend, tenant fermement la main de Jules dans la sienne, le regard fixe :

— Cécile ne t'en a jamais parlé, hein ?

Jules hésite.

— Du Guilh ?

— Parbleu ! Tu le sais bien.

— Non, docteur. Jamais. Quand elle m'écrivait, je suis revenu avec ses lettres, elles sont dans la grange, je veux pas qu'on y touche, c'était toujours pour me rassurer, me dire qu'il allait bien, qu'il était au 92, à Clermont, avec des camarades. Ou qu'il venait ici, en fin de semaine, quand il avait une permission. Un jour, il me semble, il y a longtemps que je n'ai pas relu ses lettres, Cécile m'a appris qu'on l'avait envoyé au front. Ou qu'il avait pris le maquis. Au juste, elle ne savait pas. Ensuite, à nouveau, il a donné signe de vie. C'est ce qu'elle m'écrivait. Mais, depuis que je suis revenu, il n'y a plus rien eu. Calme plat, comme on dit. A chaque fois que j'ai voulu savoir, que ce soit auprès de Victor ou de Cécile, et de Raoul, aussitôt j'ai senti de la gêne. Alors, j'ai fini par comprendre que tout ce que Cécile m'avait écrit, ç'avait dû être pour me faire plaisir. Peut-être bien par amour, qui sait...

— Mais toi tu y penses encore, et souvent.

— Ça oui, docteur. Un temps, j'ai espéré que ça s'effacerait. Maintenant, je me dis qu'il faudra vivre avec jusqu'au bout. Avec son image, ses yeux, son sourire, ce cœur qu'il avait gros comme on n'imagine pas. Vous croyez que c'est mal ?

— Quoi donc ?

— De se sentir comme ça ? Avec un bras en moins ou une jambe coupée, alors qu'on est toujours entier ? Oui, c'est ce que je ressens tous les jours. Pas tout le temps. Pas quand ma Cécile elle m'enlève au-dessus des nuages. Mais, tout de même, oui, souvent, souvent comme vous avez dit, docteur. J'y pense et ça me fait des douleurs atroces, là où mon bras est parti, où on m'a coupé la jambe, comme de l'électricité qu'on me passerait dans le corps, une vraie torture.

Il y a un silence.

Jules tente de reprendre sa main, mais il n'insiste pas.

— Tout à l'heure, soupire-t-il, je disais de ma Louise et de son Ferdinand. De ce sentiment tenace qui la tient. Qui nous tient debout l'un et l'autre. Qui nous dit de marcher encore et encore. J'ai l'impression que c'est pas loin d'être la même chose, non ? Vous comprenez ce que je veux dire, docteur ? Ce n'est pas le même manque, mais le résultat est là.

Cette fois, sa main, il la reprend.

Il n'avait pas l'habitude de parler si longtemps et, déjà, il s'en veut. Quelle faiblesse ! Quelle lâcheté ! D'avoir parlé et, surtout, de s'être raconté à un autre, fût-ce à Gelas, de s'être découvert comme ça, comme un blé tendre. Et d'avoir maintenant les yeux qui coulent, les narines qui reniflent. Alors, brusquement, il se redresse et se lève.

— Sacrebleu, docteur ! Vous m'avez fait oublier le Marius et son acolyte ! Qu'ils doivent bien se demander ce que je fous avec mon Paulin à regarder téter les veaux, ou bien à causer avec un toubib qui ne veut même plus leur soigner la trique ! Parce que c'est ça, m'a dit Cécile, vous vous retirez ? Au moins, notre Paulin, vous n'allez pas nous l'abandonner ?

Gelas esquisse un sourire.

— Je n'ai plus la science bien fraîche, observe-t-il, fataliste. Alors, oui, je quitte. Mon remplaçant arrive demain. Si tu désires, je vous le présenterai. Il est jeune, il a la trentaine, et il en veut, plein d'ardeur, comme un qui n'aimerait pas la maladie. Pour les gens d'ici qui traînaillent peu au lit, c'est du bon.

Sur quoi Gelas pose le regard sur la tête de Paulin.

— Mais celui-là, non, tu te rassures, je ne vais pas le quitter de sitôt. D'ailleurs, faudrait peut-être qu'il se réveille, à présent… Pas vrai, loupiot ?

Un peu secoué par Gelas, Paulin ouvre un œil, puis le second. Il se redresse, déjà bien gaillard.

Roupillait-il vraiment tandis que son père s'entretenait avec le docteur, ou faisait-il plutôt semblant ? Bientôt, il remarque sa Mimi bouhue, couchée sur la première marche de l'escalier. Alors, il l'appelle. Une seule fois suffit. Le chat pointe aussitôt les oreilles, il les oriente vers la droite, ensuite vers la gauche ; lui aussi, il se redresse, puis il se lève, et il s'étire après avoir arrondi son dos. Et il émet des brou-brou qui remontent, sourds et caverneux, du profond de sa gorge. C'est sa réponse à Paulin, qui éloigne son ventre du rebord de la table pour lui permettre de venir s'installer sur ses genoux.

— Allez, j'y vais, dit Jules.

— Je prends soin d'eux, conclut le docteur.

Alors, Jules ouvre la porte. Un dernier regard vers Gelas et son loupiot. A nouveau, le goût du bonheur transparaît sur son visage. Il sort, ferme la porte derrière lui. Demain, avec Cécile et Paulin, il ira faire un tour à Belle Etoile où, pendant quelques heures, ils s'étourdiront d'air et d'espace.

Louise Rochette passait parfois des journées entières dans sa chambre, près de la fenêtre qui donnait sur la cour et d'où elle pouvait suivre le va-et-vient de chacun. Elle restait ainsi, coincée entre les bras du fauteuil dans lequel sa mère était morte, une nuit d'automne, il y avait des lustres de ça. Ce 11 mai 1950 et toute la semaine suivante, les douleurs qui lui martyrisaient les articulations, notamment celle du genou droit, l'avaient empêchée de se rendre sur la tombe de son Ferdinand. Alors elle n'avait eu de cesse de fulminer après elle-même, indisposée à l'idée de ne pas encore l'avoir rejoint. Qu'est-ce que j'ai donc à m'accrocher, à me traîner comme ça ? s'agaçait-elle, comme si l'existence – son entourage compris, fille, gendre et petits-enfants qu'elle adulait pourtant – n'avait plus d'importance ni pour elle ni pour autrui. Elle ruminait, remâchait, elle s'en voulait toute seule, souvent à voix haute, de ne pas être enfin morte. C'est que son Ferdinand était parti depuis déjà quinze années ! En 1950, il aurait eu soixante-trois ans. Et elle allait en avoir soixante et un. Quinze années de perdues, où ils auraient pu se retrouver là-haut ! Il lui avait tant manqué en se sauvant si vite ; elle lui en avait tant voulu par la suite. Ainsi, tout en s'appliquant à ravauder de vieilles chaussettes, et sans négliger de lorgner la cour de temps en temps, elle avait longuement soliloqué. De vieilles chaussettes, percées au talon, que Ferdinand avait portées, et qu'un jour, s'il avait jamais froid aux pieds, ce qui pourrait bien lui arriver, Jules trouverait peut-être à enfiler. Ainsi encore, les paupières rougies par l'effort, elle était restée accrochée au même talon pendant une semaine entière. Car les articulations de ses doigts, par crises inopinées, refusaient elles aussi de fonctionner. « C'est la rouille ! disait-elle quand elle trouvait la force d'en plaisanter. Mais, le plus souvent, au printemps finissant de cette année 50, elle s'en était plutôt prise à l'incompétence du remplaçant de Gelas. « L'arthrose ! L'arthrose ! pestait-elle. C'est tout ce qu'il sait dire, ce petit nouveau ! Comment s'appelle-t-il déjà ? Je préférais notre docteur. Il était plus capable, et aussi moins pressé de s'en retourner à son cabinet... » A ces mots, Cécile qui prêtait régulièrement l'oreille, sans prévenir sa mère, planquée derrière la porte de sa chambre, non par indiscrétion, seulement pour veiller sur elle et à ce qu'elle ne manquât de rien, s'éloignait sans bruit, à pas feutrés, et surtout tranquillisée. Elle remonterait dans une heure, à moins que ce ne fût le tour de Justine. Parce qu'elles deux, en ces périodes aiguës où les rhumatismes de Louise lui imposaient de rester immobile, ce qui ne ressemblait vraiment pas à son habitude, craignaient aussi la survenue d'une catastrophe, bien qu'elle ne fût pas encore d'un âge avancé, mais la fin si soudaine de Ferdinand était toujours gravée dans les mémoires. Elle le resterait longtemps, du reste. D'où cette surveillance, aussi discrète qu'attentive.

Plus discrète de la part de Cécile que de Justine, cette dernière ne résistant guère à faire la causette quand l'occasion s'en présentait, ce qui ne ratait jamais avec Louise, toujours à ressasser des choses un peu grises. A propos de Paulin, parfois, son souci premier : « Il ne restera pas à l'école, se lamentait-elle avec des gestes. Quand le docteur s'entretient avec lui, en bas, et que je suis clouée dans cette chambre, je les entends bien, tous les deux. Il est niais, cet enfant, ma pauvre Justine, il est niais, et on ne pourra jamais rien en tirer... » Justine opinait, n'osait trop affirmer le fond de sa pensée, surtout par égard pour Jules, qui se leurrait à plaisir. A propos de Marguerite, également, dont Louise abominait de plus en plus le caractère : « Je l'aime bien, cette gamine, là n'est pas la question, mais as-tu vu comme elle revient du lycée, chaque vendredi ? Arrogante avec sa mère, hautaine, et toujours à vouloir accompagner son père dans ses travaux, aux labours comme ailleurs, et pourquoi ça ? Tu peux le dire ? Par jalousie pure. Parce qu'elle est jalouse à un point qui m'épouvante, Justine. Comme si son frère et sa sœur allaient lui manger la laine sur le dos. Or il y en a pour tous ici, Jules devrait le lui faire comprendre, il y en a pour tous, mon Ferdinand y avait pourvu... » Encore une occasion pour Justine, experte en méfiance, d'opiner sans en ajouter trop. Car si elle avait dit tout ce qu'elle pensait, à coup sûr Louise aurait pris le contre-pied de ses propres réflexions. Et, alors, elle se serait crue, Justine, elle se serait crue obligée d'en remettre par-dessus le couvercle. Pas par animosité, ça non ! Par clairvoyance et rien de plus. Des paroles, en tout cas, qu'elle n'aurait pas voulu voir courir de son fait par les rues de Valliergue.

Depuis qu'elle avait appris que Paulin ne serait pas un enfant comme les autres, Justine n'avait eu qu'une question en tête : pourquoi ? Ou plutôt non. Ce n'était pas le pourquoi de la débilité dont souffrait l'enfant qui la besognait. Parce qu'à ce pourquoi elle avait déjà donné un nom. C'était tout bonnement une faute. Mais de quelle faute s'agissait-il ? Et quand avait-elle été commise ? Et comment ? Et où ? Et par qui ? Cette idée de faute, elle ne lui était pas arrivée dans la tête comme on lance une pierre pour faire du mal, sans vouloir rappeler le geste de Marguerite que Cécile lui avait rapporté, il y avait plusieurs années de cela ; elle la tenait de Cécile elle-même qui, un matin, à la traite des vaches, l'avait pensée si fort que le vacarme des giclées de lait dans le fond des seaux n'avait su la couvrir : « Qu'est-ce qu'on a fait pour mériter ça ? » s'était plainte Cécile, la voix démoralisée.

Depuis ce moment, Justine s'était fabriqué des doutes, passant de soupçon en soupçon, imaginant, supputant, se refusant à admettre, écartant, puis se remettant à méditer, surtout le soir, une fois dans son lit, allongée sur le dos, le drap et la couverture remontés jusque sous le menton, et la lumière bientôt éteinte. Dans sa tête, ça tournait, ça tournait tristement jusqu'à ce que le sommeil la prenne et la débarrasse des inventions insensées, où la honte menait seule la danse, qu'elle se reprochait, dès le matin suivant à son réveil, d'avoir imaginées. Pourtant, le soir d'après, tandis qu'elle tentait à nouveau, mais sans jamais y parvenir, de penser à d'autres choses, rien ne lui paraissait alors plus évident : Paulin ne ressemblait ni à Jules ni à Cécile. Ni à aucune de ses sœurs. Pas plus, tout bien considéré, que Renée ne ressemblait à ses parents. Il n'y avait finalement que Marguerite pour tenir et de l'un et de l'autre, hormis le caractère que l'on ne retrouvait chez personne, ce qui n'était qu'un bienfait de Dieu. La faute, cette faute, elle ne pouvait donc être que de Cécile. Cécile, cette enfant qu'elle avait vue naître, qu'elle avait tenue dans ses bras, si frêle, si fragile, si pure. Comment avait-elle pu ? Avec qui ? Quand ? Et où ? Paulin, victime innocente, condamné à la raillerie des enfants de son âge et à l'animosité bien connue des adultes. Mais une faute, chaque matin, que Justine chassait de son esprit d'un geste brusque de la main.

En 1950, Jules avait échangé les bœufs contre un tracteur Ferguson Petit Gris. Dès qu'il en avait l'occasion – essentiellement en fonction du temps qu'il faisait et de la température –, que ce fût pour les labours, la fauche de l'herbe ou le transport de la tonne à eau destinée à abreuver les vaches qu'il avait placées en enclos pour deux ou trois mois, il hissait Paulin sur ses genoux, et s'en allait travailler avec lui, parfois pour la matinée ou l'après-midi, parfois pour la journée entière. De l'avis de Cécile, une journée entière, pour Paulin, c'était trop de fatigue. De plus, Raoul et Marius, assurait-elle, étaient là, qui avaient toute liberté de procéder à certains travaux à la place de Jules, dont les plus écartés de la ferme. Mais Jules, aussi entêté que pouvait l'être son fils et peu disposé à discourir, ne voulait rien entendre, persuadé au contraire que l'enfant avait tout à y gagner.

— Regarde comme il est heureux, disait-il en penchant le front vers Paulin.

Et Cécile se laissait faire : comment résister à leurs mines réjouies ? Au bonheur du père et aux pantomimes ravies du fils ? Les seules fois, pourtant, où elle refusait de céder, c'était les jours où Gelas avait annoncé sa venue dans la journée.

— Il est si brave, cet homme.

Mouvement d'humeur de Louise qui, passant par hasard à proximité, secouait négativement la tête.

— Même si c'est illusoire, remarquait alors Cécile en la suivant des yeux, le docteur éveille Paulin à la parole, à la réflexion. Je crois que c'est très important pour son avenir.

Jules opinait : la remarque de Cécile ne s'adressait pas à lui. Elle s'adressait à Louise, qui trouvait toujours un prétexte pour continuer son chemin et ne pas répondre : Justine était censée attendre après elle ; ou bien, parce que la marche lui était salutaire et qu'il était bientôt 5 heures de l'après-midi, elle partait au-devant de Raoul, qui ramenait Renée de l'école.

— Dans ce cas, on va faire un tour, disait Jules.

Toujours d'accord, Paulin appelait Mimi qui trottait jusqu'à lui, puis grimpait sur son dos et se couchait, les pattes de part et d'autre de son cou. Et les voilà, du moins s'il faisait beau, qui empruntaient le chemin que Jules et Ferdinand avaient tracé avant la guerre, tout autour de la bâtisse, et qui descendait ensuite jusqu'à la Dore. Ce chemin, Jules l'avait débroussaillé avec Marius dès septembre ou octobre 1945. Depuis, ils l'entretenaient régulièrement, au printemps et surtout en automne, mais Jules était le seul à le prendre, Marius et Raoul le jugeant maintenant trop dangereux. A cause de la pente, trop accentuée une fois dépassé l'à-pic rocheux, et, surtout, de leur âge.

— Avec un bâton, pourtant ! protestait Jules, qui aurait parfois souhaité les emmener avec lui.

Mais non, rien n'y faisait.

Alors, si le temps y était, Jules tendait la main à Paulin et, tous les deux, prenant soin de ne pas chuter, descendaient lentement le chemin. Pour l'enfant, dont le cou se perdait dans la fourrure épaisse de sa Mimi, c'était probablement là les meilleurs moments de sa destinée. Ceux où il restait attentif à tout ce que lui expliquait son père, à la moindre intonation, à la moindre vibration de voix. Parce que, s'il ne comprenait pas tout ce que Jules lui expliquait des plantes et des insectes, des oiseaux qui craillaient ou pépiaient au-dessus d'eux dans le couvert des arbres, cueillir une fleur, que ce fût une pervenche ou une épervière, un sceaude-Salomon ou une anémone des bois, demeurait pour lui un éblouissement sans nom qui demandait cependant, exigeait toujours d'être plus merveilleux encore, plus étonnant encore, et que seul Jules, par les mots qu'il prononçait, les réponses qu'il apportait, embellissait jusqu'au ravissement. Un ravissement, sans que Jules en connût le pourquoi, qui conduisait parfois Paulin jusqu'aux larmes. Alors, comme honteux de sa faiblesse, il se pressait contre les jambes de son père qu'il enveloppait de ses bras et, bien que Jules ne saisît que la moitié des courtes phrases que balbutiait son fils, il avait le sentiment qu'une grande frayeur l'habitait, lui glaçait le sang. Mais qu'y pouvait-il ? Qu'y pouvait-il, dès lors qu'il se sentait incapable d'en comprendre le sens, sinon tenter de le consoler ? Alors, simplement, il se baissait, se mettait au niveau de l'enfant et, tandis que le chat, tout ronronnant, passait tranquillement des épaules de l'un sur les épaules de l'autre, il posait sa joue sur le doux visage de Paulin.

— Qu'est-ce qu'il a, mon poussin ? demandait-il.

Paulin reniflait, soupirait par à-coups.

— On continue ? demandait encore Jules.

— Oui, oui, répondait Paulin, qui séchait bientôt ses larmes avec la manche de son pull.

Quelques pas encore, puis ils débouchaient sur la rive de la Dore dont le remuement d'amont, au niveau du pont, déjà tranquillisé par la distance, parvenait à leurs oreilles comme un chuchotis mystérieux et lointain de jeunes filles. C'est la voix des nymphes, se rappelait alors Jules en songeant à cet après-midi d'avant la guerre où son frère, le Guilh et lui, aussi nus que la nature les avait conçus, s'étaient livrés aux ardeurs du soleil ; ces nymphes qui, depuis que le monde existait, fomentaient dans leur cœur, pour retenir le Jour à la sortie de son bain, l'irrésistible appât qui, enfin, ferait de lui leur triomphe. Cette légende qu'il racontait à Paulin tandis que celui-ci, tout en l'écoutant, s'escrimait à vouloir tremper les pattes de sa Mimi dans la rivière, et qu'il avait racontée à tous ceux qu'il aimait ou avait aimés, et qu'il tenait de Ferdinand. Oui, oui, de Ferdinand, se convainquait-il parfois en hésitant, ou de Cécile, ou de qui d'autre sinon ? Peut-être bien de Louise ? Voilà qu'il n'était plus vraiment certain. Plus certain de sa mémoire. Mais quelle importance ? songeait-il aussitôt, puisque maintenant l'avenir, son avenir, c'était celui de Paulin, son enfant, son fils, ce fils que Cécile lui avait amoureusement donné. Alors, à cette pensée qui lui revenait souvent et le comblait, il ôtait sa chemise et s'allongeait un moment sur les galets, cependant qu'à deux mètres de là, guère davantage, Paulin continuait de jouer avec sa Mimi ou bien la délaissait soudain pour le rejoindre et s'étendre à son côté, la tête reposée sur sa poitrine et la face submergée de lumière, de cette lumière pure, teintée de paille, à peine tremblée, qui les berçait tous les deux. Un instant plus tard, pour le protéger des rayons du soleil, Jules ombrait le visage de l'enfant d'une main tenue immobile au-dessus de lui.

Chaque vendredi, pendant la période scolaire, Marguerite revenait d'Ambert où elle passait la semaine, interne au lycée Blaise-Pascal. Il était généralement 17 heures quand le car s'arrêtait à Valliergue, devant la mairie. Selon les saisons ou les travaux de chacun au domaine, il arrivait qu'elle dût rentrer à pied ; mais alors, afin qu'elle ne fût pas seule sur le chemin, Raoul l'attendait avec Renée. Plus généralement, Jules venait la chercher avec sa nouvelle automobile, une Ford qu'il avait achetée d'occasion, en remplacement de la Celtaquatre. Quand Marguerite l'apercevait, garée non loin de là, elle se précipitait vers son père qui l'attendait, la main déjà sur la poignée de la portière pour la lui ouvrir, comme il l'aurait fait à une princesse. Elle l'embrassait, puis, une fois assise près de lui, son sac et son cartable jetés sur la banquette arrière, elle lui demandait comment s'était déroulée la semaine et quels travaux il avait effectués dans les champs. Elle s'intéressait aussi aux bêtes, voulait savoir si le troupeau s'était agrandi d'une ou plusieurs acquisitions ou si un veau était né. Elle s'inquiétait encore de savoir si elle pourrait l'accompagner le lendemain, là où il avait prévu de se rendre. Durant le trajet, assez court il est vrai, Jules n'avait le temps de rien dire, pas même celui de répondre par un oui ou par un non. Car ce qu'elle désirait ardemment, Marguerite, c'était, pendant les deux jours qui suivraient, le rappeler à elle, lui devenir indispensable. Lui montrer à quel point, pendant la semaine écoulée, il lui avait manqué. Pas comme père, mais en ce qu'il représentait le domaine Ferrandon dans son ensemble. Ce domaine que, malgré son jeune âge, mais bien consciente de ses droits, elle se voyait diriger tôt ou tard d'une poigne assurée, plus ferme que celle de son père, en tout cas, qui œuvrait comme un beau diable avec un Raoul perclus, un Marius fatigué, une Justine impotente, qu'elle avait aimée et qu'elle aimait toujours, certes, mais qui, à quatre-vingts ans, il fallait le reconnaître, ne trayait plus les vaches qu'avec des difficultés pénibles à voir. Ainsi, Marguerite descendait bientôt de la voiture et rentrait dans la maison, le cartable sous le bras et à la main le sac où elle avait placé son linge sale, ne prêtant aucune attention à Diane, la chienne qui avait remplacé Thelma, pourtant tout excitée de la retrouver. Marguerite entrait dans la maison, elle embrassait sa mère et sa grand-mère sans trop s'attarder, puis elle montait dans sa chambre qu'on avait pris soin de réchauffer, si besoin s'en était fait sentir, ou d'aérer, sans plus, lorsque la saison s'était montrée clémente. Elle ne réapparaissait jamais qu'à l'heure du repas, une fois ses devoirs terminés. Et s'il arrivait qu'ils ne le fussent pas, dès la dernière bouchée avalée, elle regagnait sa table de travail pour ne se coucher que la nuit parfois bien avancée. Une ardeur qui, contrairement à ce que tous supposaient, n'était pas d'aller jusqu'au bac, ce vers quoi elle tendait cependant, ayant pour idée, comme Cécile, de s'arrêter une fois cette étape réussie, mais de disposer librement du samedi et du dimanche pour ne plus quitter son père d'une semelle, apprendre de lui tout le savoir dont elle aurait besoin quand elle prendrait sa suite, et gagner ainsi en expérience. Un fonctionnement intellectuel auquel Jules avait volontiers adhéré, n'imaginant pas une minute que Marguerite, en agissant de cette manière, n'avait dans la tête que d'évincer plus sûrement sa sœur et son frère. Renée, cette loche, et Paulin, ce débile, dont elle tirait une intolérable honte. Simplement, Jules la trouvait sévère avec l'un comme avec l'autre, surtout avec Paulin, lorsque celui-ci la regardait grimper gaiement sur le tracteur à côté de son père et qu'elle lui disait alors de se tenir tranquille dans la cour.

— T'es agaçant à la fin ! lui lançait-elle, tandis qu'il se lamentait. Et puis, je ne comprends rien à ce que tu dis !

Jules la regardait.

— Il est encore petit, soupirait-il.

Mais Marguerite, sans attendre :

— Alors, on y va, papa ?

Jules s'inclinait.

— Tu as raison, disait-il, avant d'ajouter, considérant le ciel : Si l'on veut labourer ce matin les champs du Haut Plant, je crois bien qu'il ne faut plus tarder. Nous verrons cet après-midi à conduire la tonne jusqu'à l'abreuvoir de la Sagne.

Le tracteur démarrait. La charrue relevée à l'arrière, il hoquetait à deux ou trois reprises, puis, après quelques renvois de fumée âcre, le ronflement de son moteur s'installait calme et régulier sur le chemin du Haut Plant.

Paulin, demeuré seul au milieu de la cour, une grosse larme au coin de l'œil, s'en retournait alors jusqu'à la maison où Mimi, couchée sur une chaise, l'attendait. Il y retrouvait aussi Justine et Cécile. Et Renée, qui lui demandait s'il voulait jouer avec elle. Parfois, Raoul faisait son entrée, soit pour boire un coup, soit pour demander une chose ou une autre à Cécile ou à sa mère. Pendant un moment, les poings sur les hanches, il observait alors les enfants. Les voyant désœuvrés, il les invitait bientôt à le suivre à l'étable ou dans la grange. Et là, pour les occuper, il leur inventait de menus travaux à réaliser tout en s'amusant.

Dès qu'il se sentait libre, que nul ne rôdait autour de lui, et s'il faisait beau, Paulin en profitait pour descendre jusqu'à la Dore. Il savait que cette escapade lui était interdite et que la pente était dangereuse, surtout lorsque le sentier s'insinuait sous les roches en suspens, là où le moussu de la terre, même à la belle saison, restait suintant d'humidité, mais il ne pouvait résister au plaisir, le seul vrai peut-être qu'il fût capable d'éprouver, d'aller sur les pas de son père et de se retrouver tout en bas, les pieds nus sur les galets. Ainsi, une fois certain de n'être repéré ni de Raoul, si souvent à ses trousses, ni de Marius, qui ne travaillait plus que dans les environs proches de la cour, Paulin, sans demander son reste, cavalait, cavalait jusqu'à l'ombrage des futaies pour s'y abriter et, très vite, gagnait ensuite les premiers mètres en pente douce du sentier. Après quelques minutes, lorsque la déclivité s'accentuait un peu trop, conscient du danger, il ralentissait l'allure et, alors, il se prenait bientôt à lambiner, le museau tantôt au ras du sol, presque à renifler la terre, tantôt tourné vers le ciel, s'essayant à retrouver, mais sans jamais y parvenir comme il aurait voulu, ce que Jules lui avait appris les semaines et les mois précédents, des insectes, des plantes et des fleurs, des arbres et de la nature des feuillages, selon qu'ils étaient persistants ou non, et des animaux aussi, bêtes à deux ou quatre pattes, à poils ou à plumes. Hélas, arrivé non loin de la Dore, son bonheur, très souvent, s'était déjà transformé en douleur profonde qui, tout d'abord, lui resserrait la gorge, puis en colère sourde qu'il avait du mal à retenir. Une colère qui lui prenait la tête et la poitrine entre les mâchoires d'un étau. Parce qu'il ne comprenait pas pourquoi rien ne lui revenait jamais, si ce n'était en désordre et sous l'aspect d'une bouillie, de ce que son père lui avait expliqué l'avant-veille, ou la veille, lorsque ce n'était pas le matin même, et qu'il avait écouté avec tant d'application. Une colère qui le rendait malheureux, qu'il savait inutile, qui lui faisait mal pour rien ; une colère contre lui-même, contre l'enfant qu'il était, et contre laquelle, tout en continuant d'avancer, il combattait de tout son courage. Une lutte qu'il menait jusqu'à ce que la Dore, par le bruissement de l'eau ici, son claquement contre les rochers plus en amont, et le silence dont elle s'entourait en aval, dès qu'elle était plus sage, l'évacue de façon aussi spontanée qu'obscure. Alors, le gamin, un instant immobile au sortir du couvert, se redressait ; son visage, ébloui, fasciné par le miroir changeant de la rivière, se détendait doucement. Apaisé, il ôtait bientôt ses souliers et glissait ses chaussettes dans les poches de sa culotte. Les pieds nus, il s'asseyait sur les galets dont il avait égalisé la surface auparavant, comme il avait vu faire son père, pour y être plus à l'aise. Puis il restait ainsi un temps infini ; il lançait les galets les plus petits, tentait de les faire ricocher, riait aux éclats quand l'un d'eux tressautait deux ou trois fois de suite au-dessus de l'eau. Derrière lui, presque toujours, la Mimi se tenait, assise à une distance respectueuse. Par moments, se retournant vers elle, il lui disait de venir. Mais c'était les rares fois où l'animal, placide d'allure, mais sans doute aussi apeuré à l'idée d'approcher la Dore de trop près, refusait de le rejoindre. On aurait cru, la voyant ainsi, qu'elle restait là, toujours assise au même endroit, toujours paisible, les yeux à peine ouverts mais le regard ne s'écartant jamais de Paulin, et la queue gracieusement serpentine, pour veiller sur lui, sur cet enfant pas vraiment comme les autres, qui s'exprimait avec toujours autant de difficulté et n'évoluait plus guère, et ne retiendrait jamais ni les lettres ni les chiffres. Sinon, pourquoi aurait-elle si souvent tenu à le suivre ? Pourquoi aurait-elle piaillé son désespoir quand il partait sans elle ? Pourquoi l'aurait-elle couvé du regard avec tant d'insistance ? Pourquoi, encore, lorsqu'il était l'heure de remonter, se serait-elle levée d'un bond et l'aurait-elle accompagné, toujours à quelques mètres de distance devant lui, et se retournant si régulièrement, comme pour s'assurer de sa présence ? Une remontée parfois fébrile et remplie d'appréhension, notamment lorsque, lancée d'en haut comme un trait de flèche, leur parvenait la voix de Marguerite. Une voix empreinte de fureur, et non de crainte comme l'aurait été celle de Jules ou de Cécile. Marguerite, qui descendait alors jusqu'à eux pour mieux houspiller Paulin et lui gâcher cette part de bonheur qu'il avait osé s'accorder.

Justine est morte au mois d'avril de 1952. Un matin, comme elle n'apparaissait pas dans la cuisine à son heure habituelle, Louise la découvrit sans vie au bas de son lit. Elle appela alors Gelas, qui lui répondit qu'il n'était plus en droit de constater les décès : elle devait s'adresser à son successeur, le docteur Desseigne. Ce qu'elle fit, mais de mauvaise grâce. Elle avait toujours aussi peu confiance en ce médecin. Les formalités effectuées, Justine fut enterrée dans son caveau familial, à Cunlhat. Fille unique de père et mère qui l'étaient eux-mêmes, elle n'avait plus aucun parent connu. Louise prit donc à sa charge l'ensemble des frais inhérents aux funérailles. A son grand étonnement, elle en fut remboursée par les économies que Justine, peu dépensière, avait accumulées tout au long de son existence. Telles avaient été ses dernières volontés, exprimées dans une lettre, pas vraiment un testament, qu'elle avait confiée au notaire de Courpière, longtemps avant la guerre, un jour qu'elle s'y était rendue.

Singulièrement, dans les semaines qui suivirent la disparition de Justine, Louise, un moment ébranlée, sembla vouloir la rayer de sa mémoire, ne revenant jamais que sur le regret de l'avoir laissée réintégrer sa chambre, la paix revenue, de l'autre côté de la cour. Prévenue rapidement, disait-elle, par des appels, des cris de douleur ou des gémissements, elle serait intervenue plus tôt. A quoi Cécile, réaliste, répondait : « Plus tôt, mais peut-être aussi trop tard. » Et puis, bientôt, le 11 mai arrivant, il n'en fut pour ainsi dire plus question.

Car ce 11 mai, un dimanche ensoleillé, précurseur d'un été qui se révélerait torride, le curé de Valliergue consacra la messe à la seule mémoire de Ferdinand Rochette, disparu depuis déjà dix-sept ans. Certains s'interrogèrent du regard. Et Justine ? Justine qui ne s'était jamais consacrée qu'aux Chautard, puis aux Rochette, enfin aux Ferrandon, qu'était-elle devenue dans tout ça ? Etait-ce un oubli ? Etait-ce volontaire ? Cécile elle-même fut fâchée que sa mère n'ait pas demandé au curé de rappeler son souvenir, ne fût-ce que par une courte phrase. Mais de cet oubli, qu'il ait été volontaire ou non, Louise Rochette n'eut pas à se justifier. Elle n'en eut pas besoin, parce que personne ne lui en parla, ni les habitants du bourg ni au domaine. Raoul et Marius, cependant, consternés eux aussi, auraient bien voulu savoir. Savoir ce que leur vieille Justine, peut-être, un jour, par mégarde, se croyant seule devant sa cuisinière, avait lâché de cette faute prétendue que Cécile, s'était-elle persuadée, avait dû commettre durant la guerre ou avant elle. Mais avec qui ? Et où ça ? Quelques mots lâchés à haute voix, au hasard de ses pensées ; des mots qui n'étaient destinés à personne, que personne n'aurait dû entendre, mais que Louise, sans rien en dire à quiconque ensuite, aurait saisis au vol.

Jules respire ! Le début de l'été a été rude. Rude pour tout le monde, mais il s'en est tiré mieux que beaucoup d'autres. Pas une seule de ses bêtes n'a été affectée par la chaleur accablante qui s'est abattue sur la France entre le 20 juin et le 7 juillet. Le 2 juillet, dans la contrée, on a relevé plus de 41 degrés à l'abri ; et l'ombre du noyer, les jours d'avant comme les jours d'après, ne dispensait plus aucune fraîcheur. En une nuit, tous ici s'en souviendront, les pâtures les plus vertes ont pris l'aspect d'une paillasse désolée. Dès le lendemain, au moindre souffle de vent, comme dans les déserts africains, on a vu les touffes d'herbe, devenues jaune pâle, décolorées par le soleil, se soulever, soudain arrachées du sol, et rouler sur la terre craquelée, puis s'envoler parfois, enlevées par des colonnes de poussière qui assombrissaient le ciel. Mais tout ça, grâce à Dieu, c'est à présent terminé. On ne veut plus y penser. Et même si l'eau manque encore dans les puits de quelques-uns, c'est le cas chez les Chassaigne, on s'y refuse résolument.

Oui, Jules respire, et ce matin d'août 52, à son réveil, il a rendu ses mains aussi douces, aussi légères qu'un duvet pour caresser les seins de Cécile, ses lèvres plus subtiles que l'air pour lui recouvrir le ventre de baisers, et son corps tout entier plus amoureux que jamais pour bientôt se glisser en elle. Quand ils se lèvent, il est pourtant de bonne heure, les enfants sont déjà dans la salle, au rez-de-chaussée. Louise est là, elle aussi. Elle se tient debout devant la cuisinière, la place habituelle de Justine. Elle prépare le café, cependant que Marguerite achève de mettre sur la table tout ce qui sera nécessaire à un petit déjeuner copieux, le beurre et la fourme, la confiture et les tranches de pain.

Depuis de belles semaines maintenant, Louise ne se ressent pour ainsi dire plus de ses douleurs aux genoux, et ses doigts, aux articulations, lui paraissent moins encombrés par leur excédent d'os. Du coup, son humeur a bien changé ; et Renée, qui n'osait plus se coller à elle, à nouveau ne cesse de lui tourner autour. Pour le moment, Paulin est assis par terre, sur le carrelage. Il joue avec son camion en bois auquel il manque une roue à l'arrière, tandis que Raoul, installé à table, se penche vers lui et lui fait des mines en attendant qu'on lui apporte le café dans le bol en faïence qu'on lui a attribué. Marius, qui vit toujours dans le bourg, fait bientôt irruption. Car s'il a réintégré sa maison depuis la mort de sa mère, pour les repas et même le petit déjeuner c'est ici que ça se passe et pas ailleurs. Il fait un grand bonjour à tout le monde et s'assoit à côté de Raoul. Pendant ce temps, Jules, souriant, s'est assis lui aussi, mais de l'autre côté de la table.

En voilà un qu'a dû avoir bien du plaisir, cette nuit ou ce matin… songent les deux anciens, qui échangent un clin d'œil. Mais Jules les a vus faire. Alors, il se met à rire franchement. Puis il se tourne vers Paulin.

— Et notre galopin ! fait-il. Il ne dit plus bonjour à son papa ? Ni même à sa maman ? A-t-il fait un bisou à sa grand-mère et à ses sœurs, au moins ? Et à ses vieux tontons ?

Hilare, Paulin lève la tête.

Il n'en faut pas davantage pour qu'il abandonne son camion et rejoigne son père.

— Il a passé une bonne nuit ? lui demande alors Jules, qui le prend par les épaules et le hisse à sa hauteur.

Paulin fait oui et l'embrasse, mais le oui comme les baisers qu'il dépose sur les joues de son père sont mouillés.

— Petit cochon, rigole Jules en s'essuyant.

Puis il oublie bientôt le fiston, qu'il a tout de même pris la peine d'installer près de lui, et c'est à ses vis-à-vis qu'il s'adresse maintenant, comme tous les matins, pour leur exposer à chacun ses intentions du jour et pas seulement. Parce que Jules aime le partage, c'est son tempérament. Avec son beau-père Ferdinand, pour ça, ils s'entendaient. Pas de cachotterie. Plutôt que gendre et beau-père, on aurait cru de vieux compères.

— On l'a bien moqué, pourtant, observe Jules. On le pensait acheter n'importe quoi dès qu'il avait trois sous. N'empêche que Belle Etoile, notre Paulin, quand il sera grandelet, après le service, il y sera comme aux anges.

Marguerite lève la tête.

Elle n'a pas tout compris, si ce n'est que son père a des projets pour Paulin, pas pour elle ni Renée. C'est ce qu'elle imagine toujours, sans jamais chercher plus loin.

— Notre jasserie de là-haut, poursuit Jules tout en trempant son pain beurré dans le café au lait, s'arrange comme il faut. J'en suis heureux. Même que le vieux Renard, pourtant fatigué lui aussi, y met de ses forces à chaque fois qu'on y va.

Il se tourne vers Cécile.

— N'est-ce pas, Cécile ? T'en penses quoi ?

Cécile a la bouche pleine.

— Pour ça, oui, répond-elle enfin. Même qu'il finira par se tuer pour nous autres.

Marius secoue la tête.

— Je doute un peu, fait-il, amusé. Mais c'est véridique, par contre, qu'on se riait bien du Ferdinand et de ces granges efflanquées qu'il s'octroyait pour quatre sous, et de ces terrains qui ne valaient rien que leur étendue de pierraille...

— N'empêche que ces terres, pour les vaches qu'on a maintenant, on les a recédées au prix fort. Et que si on ne les avait pas eues à revendre, on n'en serait sûrement pas où on en est, avec tout ce lait que le ramasseur nous enlève chaque matin.

Louise pose son bol. Elle intervient, la voix claire :

— C'est vrai, mon gendre ! Jusqu'à ce jour, ce ne sont pas les bonnes idées qui vous ont manqué. J'ai même entendu dire qu'avec nos salers, on ferait à nouveau des envieux.

Tout joyeux à ces mots, Jules se penche vers Paulin.

— Dis, tu entends ça, mon Paulin ? Que ta grand-mère elle se fend d'un compliment pour ton père ?

Puis, se redressant, pas peu crâne :

— Pas une n'a souffert du chaud, ma Louise, vous avez raison. Ce sont bien les meilleures bêtes que nous avons là. Les plus solides. Et ça, on le doit aussi à Etienne, mon copain de Marsac. Parce que sans lui, je le dis franchement, l'idée des salers, je l'aurais jamais eue. Du lait, des veaux, et une viande, c'est certain, qu'on dira bientôt partout en France qu'elle est la plus succulente qui soit.

Marius se lève alors. Car le travail n'attend pas. Raoul le suit. Déjà, ils ouvrent la porte et vont pour sortir.

— Il y a de la clôture à conforter du côté du Pénafet, indique Marius. A deux, on sera pas de trop.

Jules leur fait signe d'aller.

Mais la porte, au lieu de se refermer derrière eux, s'ouvre au contraire toute grande ; et l'instituteur entre bientôt.

— Qu'est-ce qui nous vaut ? s'exclame alors Jules.

— Je vous dérange ?

— Que non ! répond Cécile. Installez-vous là, devant Jules, les places sont encore tièdes. Un café ?

— Ce ne sera pas de refus.

L'instituteur a gagné des cheveux blancs, comme il a gagné des échelons. Parce qu'il est maintenant directeur de l'école. Une jeune institutrice l'a rejoint, il y a trois ans de cela. Il aurait pu partir à Ambert, sa nouvelle affectation, son école aurait eu une dizaine de classes, mais il a refusé, préférant rester à Valliergue, à cause de ses habitants, de la guerre aussi : ici, c'est devenu chez lui ; aux heures les plus sombres, les plus cruciales aussi de son existence, il n'y a rencontré que des amis ; et lui, de son côté, il a tout entrepris pour sauver ceux qui pouvaient l'être, d'Auvergne ou bien d'ailleurs, pour soulager la souffrance, souvent au péril de sa vie. Et puis, les gens de Valliergue, sans lui, sans sa légère boiterie, cette claudication qui rend son pas si reconnaissable dans les rues du bourg, qu'auraient-ils pensé s'il les avait quittés pour Ambert ? Alors, quand on lui a proposé son nouveau poste, il a eu le sentiment qu'en acceptant il leur ôterait un peu de leur histoire. Il a dit non et il ne le regrette pas.

— Alors, répète Jules, qu'est-ce qui nous vaut ?

Louise est sortie avec les filles.

Cécile s'est rapprochée de Jules : tous les deux, ils savent bien que si l'instituteur est venu de si bonne heure, ce n'est pas seulement pour une tasse de café.

— Oui, donc ? insiste Cécile.

L'instituteur fait silence, il hésite, il regarde Paulin, toujours assis à côté de Jules. Puis il y va franchement :

— Le petit, fait-il en désignant l'enfant d'un mouvement du menton, à la rentrée, on ne pourra pas le reprendre.

Il y a un nouveau silence, puis Cécile :

— Mais pourquoi ça ? questionne-t-elle, incrédule.

D'un coup, elle est devenue toute pâle.

Effaré, Jules prend ses mains dans les siennes ; elles sont froides, il tente de les réchauffer.

— Cécile, voyons, vous le savez bien, répond l'instituteur, désolé. Il est incapable de suivre. Il ne suit pas. Il ne suivra jamais. Il a eu huit ans, je ne me trompe pas ? Mais il ne sait encore ni lire ni écrire. Il n'y arrivera jamais, Cécile. Il ne pense qu'à s'amuser, ce gamin. Nous en avons déjà parlé, non ?

Cécile opine, se redresse.

— Si, bien sûr. Mais... mais pourquoi aujourd'hui ?

— Cécile a raison, dit Jules. Pourquoi aujourd'hui ?

— L'académie, Jules...

— Quelle académie ?

— Des parents se sont plaints. Paulin perturbe la classe. J'ai reçu la note de l'administration ce matin. Je dois l'exclure. Les parents ne veulent plus de lui avec leurs enfants. Parce qu'il les empêche d'apprendre comme il faut, tu comprends ?

Jules manque suffoquer :

— Les parents ? Les parents des enfants de Valliergue ? Ils ont écrit ça ? Mais à qui ? A toi ? Qu'est-ce qu'on leur a fait pour qu'ils nous en veuillent autant ?

L'instituteur soupire.

— Qu'est-ce que tu me racontes, Jules ? Ce n'est pas à moi qu'ils ont écrit. Ce n'est pas moi qui décide. Et pourquoi veux-tu qu'on t'en veuille ? Sûr, la réussite de ton beau-père, on me l'a répété, en a fatigué plus d'un. Pardonne-moi, Cécile. Et la vôtre à tous les deux, depuis la guerre, ne plaît pas à tout le monde non plus. Mais la question n'est pas là...

— Elle est où, alors, cette question ? fulmine Jules, la voix grave. C'est notre Paulin qui les dérange ? Leur suffit pas déjà de se moquer de lui dans les rues ? Tu crois peut-être que je l'ai pas remarqué ? Il est un peu simple, je ne dis pas, mais il est pas plus con qu'un autre, baste !

Embarrassé, tourmenté, l'instituteur s'attendait bien à cette froide colère. Une colère qui ne se déclare pas. Qui reste en dedans. Qui vous fusille les tripes. De celles qui réfrènent les larmes et font le plus de mal à ceux qui les encaissent. Mais la décision a été prise. Une décision qu'il croit malgré tout justifiée. Parce que le cas de Paulin relève davantage du domaine de la médecine que de celui des écoles. Il en est convaincu. Alors, maintenant, à quoi bon discutailler encore et encore ? Il a dit ce qu'il avait à dire, ça n'a pas été de gaieté de cœur, mais il ne voit pas ce qu'il pourrait ajouter.

Il voudrait se lever, en avoir le courage, mais il n'ose pas bouger. Il a trop d'amitié pour Jules. Surtout que Jules, pendant la guerre, à son retour de captivité, plus maigre et plus épineux qu'un barbelé, il les a bien tous protégés, ceux qui, maintenant, se foutent doucement de sa figure par-derrière, laissant dire qu'avec plus de jugeote, vu l'état dans lequel il était à son retour, s'il avait laissé sa Cécile tranquille, eux autres n'auraient pas hérité d'un crapaud si vilain. Et que s'ils en paient maintenant une facture plus amère que celle de leurs salers, on ne va tout de même pas pleurer sur leur sort. Une saloperie de désobligeance qui court depuis que le docteur Gelas et Cécile se sont rendus à l'hôpital de Clermont avec Paulin. Ce qui n'est pourtant pas d'hier. Alors, le docteur, par mégarde, aurait-il ensuite commis quelque indiscrétion, si mortifié qu'il a été, à l'époque, de ce que lui avait déclaré son collègue ? L'instituteur n'en sait rien, mais il pense que ce n'est pas impossible.

Au mois d'octobre 52, Paulin ne reprit donc pas le chemin de l'école. Marguerite en revanche reprit celui du lycée. Mais elle était à présent accompagnée de Renée, qui rentrait en classe de cinquième. Ainsi, chaque lundi matin, on les voyait prendre le car, direction Ambert, et, chaque vendredi, descendre de ce même car et revenir toutes les deux, soit à pied, soit en voiture si on venait les récupérer, selon la saison, le temps qu'il faisait alors, et les possibilités de chacun. Paulin était toujours le premier à les accueillir ; en général, il tenait sa Mimi bouhue dans les bras et la présentait à ses sœurs, désireux qu'elles lui fassent également un baiser sur le haut du crâne, entre les oreilles. Si Renée s'exécutait avec plaisir, il n'en allait pas de même de Marguerite.

Et puis, tout à coup – était-ce parce que, ce samedi 13 juin 1953, le soleil dardait trop fort ? –, la vie s'écroula chez les Ferrandon. Pourtant, la matinée que Jules avait passée avec Marguerite, tandis que Renée accompagnait sa grand-mère dans le potager pour y cueillir les haricots verts qu'ils mangeraient à midi, avait été des plus sereines. Longtemps, Marguerite avait manifesté son intérêt à propos de ces vaches, les salers, dont son père était encore si fier d'avoir été le premier à en conseiller l'élevage dans la contrée.

D'ailleurs, ce matin-là, dans l'air tiède qui teintait de rose pâle, au lointain, les courbes légèrement tremblées des volcans, leur ouvrage avait été de mener une partie du troupeau des prairies de la Sagne jusqu'au Pénafet, dont Raoul et Marius avaient conforté la clôture un an plus tôt. Combien de bêtes ? Une trentaine sur les cinquante-cinq qui s'annonçaient pour bientôt, parce que deux d'entre elles mettraient bas sous quinzaine. De belles rouquines, pourvoyeuses de veaux superbes, de taurillons déjà puissants, ils l'avaient démontré, et de ce lait, haut en crème, inégalable, riche et savoureux, que Jules rêvait à présent d'être à même de transformer en fromage. Les vingt-trois autres bêtes, Raoul, assisté de Diane et de ses jappements permanents, les avait conduites à la pâture du Bas Plant, moins éloignée du domaine.

Ainsi, pendant quelques heures, en l'absence de Marius qui avait eu à faire dans le bourg, Cécile était restée seule à la ferme, où la besogne ne manquait jamais. Seule avec Paulin, qui s'était installé près de la porte, à l'ombre de la niche, pour divertir la Mimi, sa trop aimée Mimi bouhue, qu'il agaçait avec une brindille que Renée avait attachée au bout d'une ficelle.

Il était alors midi et demi. Tous étaient rentrés, y compris Marius, qui, même le samedi, qu'il eût ou non de l'occupation, ne manquait jamais un repas bien mitonné, lorsque Jules s'aperçut que Paulin manquait à l'appel.

Aussitôt, il s'alarma.

— Paulin ! Paulin ! appela-t-il.

Aucune réponse ne lui parvint.

— Il ne doit pas être bien loin, fit alors Marguerite en tentant de le rassurer.

— C'est pas dit, répondit Jules.

— Il sera parti se promener avec le chat, poursuivit cependant Marguerite. Faut pas que tu t'inquiètes. Je pars tout de suite à sa recherche avec Renée.

Toutes les deux, qui connaissaient les habitudes de Paulin, s'éloignèrent à pas tranquilles en direction du sentier qui descendait jusqu'à la Dore.

De son côté, Jules entra dans la maison, posa ses affaires et monta à l'étage. Quand il en revint, il avait le visage toujours aussi soucieux. Il s'approcha de Cécile.

— Je pensais le trouver là-haut, dit-il.

Cécile lui prit les épaules.

— Pourquoi est-ce que tu t'en fais ainsi ? lui demanda-t-elle. Tu sais bien comment il est.

Mais Jules resta muet, taraudé par un pressentiment.

Marguerite et Renée avaient presque gagné les berges de la rivière. Par instants, s'insinuant dans l'épaisseur des feuillages, des éclats de lumière les éblouissaient, qui disparaissaient aussitôt. Tout était paisible, presque trop.

— On entendrait voler un ange, dit Renée.

Marguerite plaisanta :

— Les anges n'existent pas, observa-t-elle.

Renée lui secoua le bras juste à ce moment.

— Regarde, là !

Son regard s'était soudain concentré sur la pointe de galets où Jules descendait parfois avec leur frère.

— C'est... c'est notre Paulin ! articula-t-elle difficilement. Je suis sûre que c'est lui. Il faut appeler papa. Nous devons remonter, appeler du secours. Vite, vite…

Mais Marguerite, au contraire, la maintint contre elle.

— Attends, fit-elle.

Allongé dans l'eau, sur le ventre, le corps de Paulin était reconnaissable à sa culotte bleue et à cette chemisette à rayures qu'il avait enfilée le matin ; d'où elles étaient, il semblait ne tenir à la rive que par la pointe de ses souliers, tels deux ancrages marqués dans les galets, suffisants pour l'empêcher de céder au courant. En retrait, le poil luisant, la Mimi se tenait assise. Elle miaulait et fouettait violemment le sol avec sa queue.

Renée voulut se dégager. Rien n'y fit : les bras de Marguerite lui enserraient la poitrine avec force.

— Laisse-moi. Laisse-moi…

— Attends encore ! insista Marguerite.

Savait-elle au moins ce qu'elle faisait alors ? Pourquoi elle agissait ainsi ? Son regard avait changé, devenu fixe, ses paupières semblaient ne plus ciller, les traits de son visage comme figés dans la pierre. Le sort de Paulin était-il entre ses mains ? Y songea-t-elle un instant, aussi bref qu'il fût ? Un étrange sourire marqua enfin ses lèvres.

A nouveau, Renée s'agita ; elle gémit :

— Laisse-moi partir…

Elle voulut repousser Marguerite, la bousculer à coups de coude ; mais Marguerite la lâcha, sans plus de résistance. Alors, Renée se mit à courir et elle commença à remonter le sentier. La voyant grimper à grande allure, Marguerite ne put contenir un juron. L'espace de quelques secondes, Renée lui avait déjà pris dix mètres d'avance. Bientôt, de là-haut, on entendrait ses appels, ses hurlements. Ses « Papa ! » que les frondaisons n'étoufferaient plus. A son tour, Marguerite s'élança et elle appela elle aussi, à pleins poumons, pour qu'on vînt secourir leur frère.

Jules et Raoul ne tardèrent pas.

Ils commencèrent à dévaler la pente.

Cécile apparut derrière eux, mais elle s'arrêta aux abords du sentier, car Renée s'était jetée sur elle en sanglotant.

— Paulin est mort ! Paulin est mort !

— Ne dis pas ça ! s'écria Cécile. Pourquoi tu dis ça ? Pourquoi tu dis ça ? Je t'en supplie, tais-toi !

Jules et Raoul devaient être en bas, sur la rive de la Dore.

Marguerite sortit bientôt du sous-bois.

— C'est horrible, fit-elle, essoufflée. Notre Paulin...

Mais, l'apercevant, Renée s'écria :

— N'approche pas !

Marguerite fit celle qui n'avait pas entendu : comme Renée, elle s'élança dans les bras de Cécile ; et comme sa sœur, la tête nichée dans le cou de sa mère, elle se mit à pleurer.

Il y eut alors un long silence. Le silence de l'attente. Ou de l'espérance que chacun, déjà, savait inutile. Seule la tiédeur du jour, comme insensible, poursuivant son ouvrage, continua de frémir dans l'air, d'agiter les feuillages, d'éclater les minuscules corolles vertes ou jaunes qui fleurissaient encore le sous-bois. Puis il y eut le vol du héron au-dessus du domaine, le claquement sec de ses ailes, inopportun, déplacé à un tel moment, et son ombre trop vaste qui passa sur eux tous comme un linceul. Puis le bruit des pas, leur lenteur, le poids de la fatigue que tous reconnurent, et celui de la dévastation qui pesa bientôt sur les épaules de chacun jusqu'à les accabler, imposant à Cécile de plier les genoux, à Louise de dissimuler son visage, à Marius, qui en avait tant vu dans son existence, de se détourner brusquement lorsque Raoul et Jules se montrèrent, Raoul tout d'abord, et Jules derrière lui qui tenait Paulin dans ses bras. Paulin, dont le visage était tuméfié, parcouru de griffures.

— Non, non, le chat n'y est pour rien, fit Jules, comme pour lui-même, la voix à peine audible, la gorge serrée.

Tous, à l'exception de Cécile, qui marchait à côté de lui, soutenant la tête de Paulin et son bras gauche qui ballait légèrement, se placèrent à sa suite. Une fois dans la maison, Jules se dirigea vers la chambre que Justine avait occupée pendant la guerre, au rez-de-chaussée, et là, il allongea son fils sur le lit. Puis il s'assit et, tendrement, ne songeant à rien, du bout des doigts, il lui remit en place les cheveux, en rectifia la raie.

— Il... ne savait pas, il ne savait pas... balbutia-t-il. Notre Paulin, c'était l'innocence...

Il ne prononça rien de plus ; étouffés par la douleur, les mots ne passaient plus ses lèvres ; il prit les mains de Cécile, qui se tenait debout, près de lui, et les pressa fort dans les siennes. Renée s'approcha d'eux. Marguerite resta sur le pas de la porte, adossée au chambranle. Sa respiration était paisible. Le regard austère, énigmatique, elle fixait attentivement sa sœur.

Pour Jules, comme pour Cécile et Louise, le temps semblait s'être subitement immobilisé. Mais, sans doute, plus encore pour Jules que pour les deux femmes. La guerre les avait-elle rendues plus endurcies, plus expertes en désolation ? Ça n'était pas impossible. Ce qui est sûr, en tout cas, c'est que, remplies de chagrin comme elles étaient, elles avaient tout de même réalisé aussitôt l'immensité de leur drame, cette tragédie dont elles devraient, vigoureuses, se relever sans tarder, le travail au domaine ne pouvant pas attendre, tandis que Jules, lui, était demeuré sidéré, comme si la foudre, par un ciel dégagé, s'était abattue sur son toit. « Il ne savait pas, il ne savait pas... » avait-il balbutié, son Paulin dans les bras. Mais lui, à ce moment, que savait-il alors de cette triste réalité qu'il était en train de vivre ? Qu'en avait-il compris ? Rien. Rien du tout. Dans sa tête, il s'était fait comme un blocage. Parce que la mort – ce mot terrible –

n'était pas parvenue jusqu'à son esprit. Cette garce qu'il avait pourtant si souvent côtoyée pendant sa captivité ! A laquelle il avait pourtant si souvent échappé ! Non, à ce moment, il ne savait rien encore de cette réalité. Rien de la mort qui venait pourtant de l'atteindre. Victor, le Guilh, il ne les avait pas vus mourir. De la mort de Ferdinand il se souvenait à peine. Toujours, comme une anguille, indemne ou blessé, il s'était glissé, agile, d'entre ses griffes pour recouvrer la liberté. Alors, comment, aujourd'hui, aurait-il pu s'imaginer la tenir dans ses bras ? Comment aurait-il pu l'accepter ? Comment aurait-il pu ne pas en repousser l'idée ? Seulement, voilà, bien qu'il refusât de se le dire, elle venait bel et bien de le rattraper. Elle s'en était même prise au plus innocent d'entre tous. A Paulin. Comme elle avait emporté le Guilh, quelques années auparavant. Son ami, puis son fils. L'un après l'autre. Ceux qu'il aimait comme sa chair. Sur qui il avait conçu tous ses espoirs, bâti toute son ambition. Comme pour se venger de lui, inopinément, la mort, souvent trompée, s'était finalement invitée.

Assis sur le bord du lit, là où reposait Paulin, Jules s'était battu contre elle. Contre lui-même. Contre l'insoutenable. D'un signe qu'il leur avait adressé, Marguerite et Renée avaient lentement reculé, puis elles s'étaient retirées de la chambre, sans murmure. Sans comprendre pourquoi leur père désirait être seul. Elles avaient fermé la porte derrière elles et lui était resté là, jusqu'à la nuit tombée, ne cédant qu'à la venue du docteur Gelas et de son remplaçant, puis à celle, plusieurs fois répétée, de Cécile. De combien de temps avait-il eu besoin pour admettre enfin que Paulin, son enfant, son garçon, ne respirerait plus jamais ? Posément, presque sereinement, comme dans un rêve, il s'était laissé dériver au fil de l'eau, comme allongé dans une embarcation, peut-être au fond d'une barque, entre veille et sommeil. Les bruits de la maison, en rumeur diffuse, étaient montés jusqu'à lui pendant encore de longs moments. Puis ils s'étaient estompés, lui avait-il semblé, de plus en plus lointains. Et, enfin, lorsque la barque, dans un choc qui l'avait fait sursauter, s'était échouée sur un rivage inconnu, il avait serré plus fort contre lui les jambes, les bras, les mains de Paulin, le recouvrant presque de tout son corps, et il avait éclaté en sanglots. Comme un gosse, il avait alors crié fort sa douleur. Une douleur furieuse qui provenait du fond de son enfance et qui haïssait Dieu. Ainsi, jusqu'à ce que Cécile accoure, tremblante, et se jette sur lui, mêlant ses pleurs aux siens.

9

Dans des sentiers tracés sans contrainte

Le temps a passé, déjà deux années pleines, mais il n'a rien effacé. Rien de la douleur de Cécile, qui n'a pris conscience de la dimension du drame que le jour où Paulin, confiné dans son cercueil, un peu comme il aurait joué à cache-cache, fut mis en terre au-dessus de Ferdinand, son grand-père, avec tant de fleurs blanches, surtout des roses, qu'on se serait bientôt cru à un mariage. Rien de la douleur de Louise, silencieuse, ni de celle de Renée. Rien de la douleur de Raoul, qui lui avait destiné sa maison ; il en avait informé Cécile et Jules. Rien de la douleur de Marius, qui, l'après-midi de l'enterrement, comme il attendait devant le portail de la Chabasse que la cérémonie fût achevée, en avait voulu au ciel, lui montrant ses deux poings, de n'avoir jamais été aussi bleu. Au ciel, non à Dieu, puisqu'il ne croyait à rien, tandis que beaucoup d'autres, sans le montrer, avaient bien plus abominé Dieu que le ciel, aussi insensible qu'il avait été ce jour-là à la dureté du monde. Rien des soupirs de Marguerite, ni de l'accablement où Jules était tombé. Rien non plus de l'épuisement du docteur Gelas, ni de l'enfermement où s'était rencogné l'instituteur, comme au fond du placard à punitions qu'il réservait à ses mauvais élèves. Rien du silence que s'infligeaient les rues du village, lorsque paraissaient Louise Rochette, l'un ou l'autre des Ferrandon, Marius ou bien Raoul. Rien au bout de ces deux années ne s'était effacé de ce qu'ils avaient éprouvé de remords ou de peine, car tous, ils le savaient, avaient eu leur part de responsabilité.

Plus forte que la mort, la vie avait repris son cours ordinaire. Car si elle s'était montrée impuissante à effacer le drame et les cicatrices qu'il avait laissées derrière lui, elle était tout de même parvenue à tirer des sourires à chacun, y compris aux plus affectés, tels Jules, Cécile ou encore Renée. Ainsi, peu à peu, tout ça avait été rangé, intact mais bien profond, dans la tête des uns et des autres, si bien que très vite, parce qu'à la campagne rien ne peut jamais attendre, on se mit à parler d'autres choses, de tout et de rien, du temps, par exemple, puisque le baromètre l'indiquait au beau fixe, des travaux des champs, en avance ou en retard, on n'en était plus trop certain, par rapport à l'an passé, ou bien encore de cette potée qui bouillottait sur le feu depuis le matin et ne demandait qu'à être dégustée de bon appétit.

Ainsi, encore, dans Vallicrgue, les palabres sévères et remplies d'ironie qu'on avait tenues si longuement, et dont Jules, sans rien en montrer jamais, avait bien souffert, avaient cessé de courir de maison en maison, ou de rue en rue. Ainsi, enfin, Jules avait fini par renouer avec les Volcans, dont les habitués, toujours les mêmes, aux trognes plus alourdies, plus ravinées qu'autrefois, et à la tignasse maintenant grisonnante, l'avaient tout d'abord accueilli sinon avec réticence du moins avec réserve, l'imaginant plus rancuneux qu'il n'était, et puis, bientôt, pour eux tous, ç'avait été comme le retour interminable d'un camarade dont la musette mal affermie sur les épaules aurait été remplie ras la gueule de bonnes histoires. Et des histoires, des vraiment bonnes, il en avait fallu plus que jamais pour combler les silences et que, sur l'insistance de Jules, l'instituteur, certains après-midi, bientôt plus ou moins *fiolé*[1] par la chopine qu'il avait vidée, s'en vienne partager leur intérêt avec tout ce beau monde. Un monde d'anciens, du moins pour ceux qui avaient connu les deux guerres, auquel, au mois de juillet de 1955, commençaient à s'adjoindre quelques jeunots curieux. Curieux de Jules, entendu comme père de Marguerite – un beau parti, Marguerite !, on s'était passé le mot, et pas trop vilaine non plus, ce qui ne gâtait rien –, et de son savoir-faire en toute matière, digne héritier de son beau-père, Ferdinand Rochette, nul à présent n'en discutait plus. Du reste, l'aurait-on même tenté, manière de voir, que l'un quelconque des présents, au bar comme à la table, levant son verre à la santé de tous, aurait vite écarté la question.

1. Enivré.

Assurément, Marguerite en émoustillait plus d'un. Pas trop grande, mais la taille mince et le mollet bien fait, elle avançait une jolie poitrine, et son cou, gracile et bien dégagé des épaules, supportait un visage devenu ovale avec les années, aux pommettes marquées sous des yeux qui, eux, exprimaient toujours un même regard empreint de certitude et dépourvu d'indulgence.

De certitude, depuis toute petite, Marguerite n'en avait jamais eu qu'une seule : le domaine lui échoirait, tôt ou tard ; la disparition de Paulin n'avait fait que la conforter dans cette idée ; et l'indolence de Renée, qui démoralisait leur père, ne risquait pas d'entraver sa route. Renée devrait dénicher un mari ailleurs, cependant qu'à elle, Marguerite, il lui faudrait un homme capable, un homme qui lui apportât du bien, comme son père en avait apporté à sa mère, et qui ne fût pas sujet à licence.

Un moment, elle avait penché pour Jean, l'aîné des petits-enfants du père Chassaigne, celui avec lequel elle s'était battue en classe, ce qui avait valu à Jules de prendre le maquis en catastrophe. Elle devait avoir quatorze ans, et tous les deux étaient entrés au lycée, à Ambert. En fait, il l'avait intéressée parce que les filles, lorsqu'elles le voyaient – quelle chance elles avaient ! –, c'était toujours dans le car, le lundi matin et le vendredi après-midi, lorsqu'on les emmenait ou les ramenait d'Ambert, lui tournaient sans cesse autour, à celles qui s'assoiraient à côté de lui, à sa droite ou à sa gauche, ou bien derrière, ou bien sur les sièges, juste devant lui, quitte à attraper un torticolis rien qu'en se retournant pour le regarder, tandis que lui, arrogant, hautain, pour les faire râler, prétendait n'avoir d'yeux que pour elle, Marguerite, qui, exprès, prenait place avec ses copines sur les sièges les plus éloignés, tout au fond du car.

Marguerite avait beau faire mine de ne pas écouter ce qu'il pouvait leur raconter, en réalité elle avait toujours une oreille en état d'alerte, quand ça n'était pas les deux. Aussi, un beau jour, en fin de semaine, comme elle avait entendu ce qui se disait autour de Jean, une dénommée Aliette l'avait entrepris, la voix suffisamment forte pour que tout le car l'entende :

— Mais, sacré bon sang, qu'est-ce que tu lui trouves donc de si bien que ça, à ta Marguerite ?

Pour la première fois, Jean s'était défendu :

— C'est des blagues, je te dis !

— Quoi, « des blagues » ? avait beuglé Aliette, les sourcils froncés. Tu n'arrêtes pas de nous faire croire qu'elle est ta copine, la seule, et que ça sera pour la vie, alors que vous n'êtes jamais ensemble ! Et qu'elle est ci, et qu'elle est ça… Tu l'as déjà embrassée, au moins ? Sur la bouche ? On dirait que vous vous cachez. Elle te fait peur ou quoi ?

Puis, elle s'était adressée à la ronde, en hurlant presque :

— N'est-ce pas que c'est vrai, les filles ?

Mais Jean avait répliqué avec véhémence :

— Je te dis que j'ai rien pour elle, rien du tout, et que tu me fais chier avec tes histoires !

Il avait marqué un temps, comme pour évacuer un début de colère. Pourtant, il avait bientôt repris, se voulant rigolard :

— Quand on était dans la même classe, en préparatoire, la première chose qu'on a faite, je me souviens, ç'a été de se bagarrer. Parce qu'elle me mentait, aux copains et à l'instit aussi. Alors, tu voudrais aussi que je sorte avec elle ?

Sur ce, il s'était levé de son siège, avait cherché où Marguerite était assise, et, l'ayant trouvée, l'avait prise à témoin :

— Hein, que j'ai raison ?

Mais Marguerite, que sa réplique avait morfondue :

— T'es qu'un petit con ! Rien d'autre. Comme ton frère.

— Qu'est-ce qu'il vient faire là-dedans, mon frère ? C'est de toi qu'il s'agit, ma mignonne.

Marguerite s'était regimbée :

— Tu me mêles à tes idioties, alors que je t'ai rien demandé du tout. Elle a pas tort, Aliette : t'es pas très net dans ta tête, mon gars ; et t'as pas à prétendre que je t'intéresse si c'est même pas vrai. P'tit con, va, p'tit con !

Alors, Jean avait repris, fielleux, pour tout le monde :

— Un p'tit con qui connaît bien la donzelle, en tout cas. Pire qu'une teigne avec son frère et sa sœur. Surtout avec son frère...

Et, à nouveau, il s'était adressé à Marguerite :

— Tu sais, de là-haut, je veux dire de chez mes parents, on en voit des choses... Et moi, des choses, j'en ai vu souvent, et bien plus que mon grand-père. Sans ses jumelles. Car j'ai de bons yeux. Des choses que je sais, Marguerite, mais personne d'autre...

L'affaire en était restée là. Parce que Marguerite avait repris sa place, se refusant à poursuivre, à la fois trop fière pour discuter plus longtemps en public et atteinte au plus profond d'elle-même : Jean leur avait fait croire, à toutes ces mijaurées, qu'il avait le béguin pour elle, alors qu'il manigançait sa vengeance. Quel salopard, vraiment ! avait ruminé Marguerite, tassée sur son siège. A moins que ce ne fût encore sur une idée du père Chassaigne. Ce vieux délié en aurait bien été capable !

Du coup, pendant des mois, ils ne s'étaient plus ni parlé ni regardés, pas même dans le car qui les emmenait ou les ramenait d'Ambert. Encore heureux qu'ils ne fussent pas dans le même lycée. Et quand ils étaient à Valliergue, pour la fin de la semaine ou en vacances, c'était la même chose : ils s'ignoraient, changeaient de trottoir ou baissaient le nez.

Une fois, cependant, Paulin était déjà mort depuis deux mois, c'était donc en août de 1953, comme Jean voyait venir Marguerite en face de lui, ce n'était pas loin du pont sur la Dore, il s'arrêta de siffloter et traversa la chaussée, allant à sa rencontre. Marguerite était accompagnée d'une camarade un peu plus jeune qu'elle et qui vivait dans le centre-bourg. Jean les retint un moment, un sourire narquois au coin des lèvres, et, regardant Marguerite, il lui demanda :

— Au fait, tu le sais, toi, ce qui lui est finalement arrivé, à ton frangin ? Cet accident stupide. J'ai peine à y croire.

Tout de suite, Marguerite piqua un fard.

Elle hésita une seconde, puis elle interrogea :

— Pourquoi dis-tu ça ?

— Je ne sais pas.

— Comment ça, tu ne sais pas ? Il s'est noyé.

— Oui, ça, on me l'a dit. Il n'y avait donc personne avec lui ? Que son chat ? Au moins pour le sortir de l'eau avant qu'il ne soit trop tard ? Ou du moins pour tenter ?

Il avait posé ces questions, l'air suspicieux.

— Est-ce que je sais, moi ? répondit Marguerite.

Mais Jean s'étonna :

— Eh bien, t'étais pourtant sa sœur ou je me trompe ? Peut-être que Renée saurait mieux me répondre. Si je la rencontre, elle me dira sûrement ce qu'elle en pense…

Sur ces mots, l'air dégagé, il échangea un rapide coup d'œil avec la camarade de Marguerite, un peu choquée, et il reprit sa route, les mains dans les poches et sifflant à nouveau. Au bout d'une quinzaine de mètres, cependant, il se retourna. Sans doute pour savoir quelle direction allaient prendre les deux amies. Curieusement, Marguerite se retourna au même instant. Alors, Jean se fendit d'un large sourire et, les deux bras levés, il fit de grands gestes comme pour chasser des mouches.

Pour le docteur Gelas, qui avait tenu à ce que son remplaçant l'accompagne, le jour de la mort de Paulin, l'accident n'avait fait aucun doute. Et pour son jeune remplaçant, en qui Louise n'avait toujours qu'une confiance relative malgré les soins qu'il lui prodiguait et dont elle n'avait qu'à se louer, la conclusion n'avait pu être qu'identique : Paulin avait profité d'un moment d'inattention de Cécile pour descendre jusqu'à la rivière, et son chat l'avait suivi.

— Il aura voulu lui faire prendre un bain ou, sinon un bain, du moins lui tremper les pattes, avait exposé Gelas, circonspect, en s'adressant à son confrère. Le chat se sera alors débattu. Et Paulin aura tenté de le retenir. D'où ces coups de griffes que l'on remarque en haut de la poitrine et à la base du cou du gamin, puis sur son visage… Qu'en pensez-vous ?

Ils n'étaient que tous les deux, dans la chambre où reposait Paulin, car Gelas avait demandé à Cécile et à Jules de quitter la pièce, ainsi qu'à Marguerite et Renée, et de lui apporter auparavant un linge propre et sec. Ensuite, il avait fermé la porte et, assisté de son confrère, il avait manipulé le corps de Paulin, le positionnant de telle sorte qu'il rejetât tout ou partie de l'eau qui, s'il était encore vivant lors de sa chute, puisqu'il y avait eu chute, et perte de connaissance consécutive à cette chute, avait nécessairement inondé les voies respiratoires aériennes, entraînant bientôt une privation d'oxygène et donc l'asphyxie.

L'expérience s'était révélée concluante. D'entre les lèvres de Paulin, une quantité d'eau s'était écoulée, plus importante que Gelas ne s'y attendait. Alors, tout en remettant un peu d'ordre dans la chambre et sur lui, il avait réitéré sa question :

— Qu'est-ce que vous en pensez ?

Bouleversé, le jeune médecin avait hoché la tête, incapable de répondre. Et puis, à quoi bon ? Sous ses yeux, un malheureux gamin : c'était le premier qu'il voyait dans cet état, allongé sur un lit, et pour l'heure il s'évertuait à reboutonner sa chemise.

— Sa mère s'en occupera, fit Gelas.

— Oui, oui, bien sûr.

— Moi aussi, croyez-moi, j'en prends un sacré coup, même si je n'en montre rien. Mais c'est par égard aux parents. Il faut être fort, vous savez, et dans ces cas-là, ce n'est pas toujours évident. Je l'aimais ce gosse, vous n'imaginez pas.

Gelas s'était tu.

Cette force dont il avait parlé semblait subitement vouloir le quitter, se dissoudre dans l'amertume.

— Depuis qu'on lui avait interdit l'école, je dis bien interdit, je venais tous les deux jours. On restait ensemble le temps qu'il souhaitait. Je lui apprenais les lettres et aussi les chiffres. Il était arrivé à compter jusqu'à dix. Quand je repartais, c'étaient des baisers à n'en plus finir. Souvent humides. Quelle joie, quelle satisfaction, il m'apportait, pour si peu d'effort de ma part !

Derrière la porte, ils avaient retrouvé Cécile dans les bras de Jules. Elle pleurait et Jules, les yeux rougis, se tenait debout devant deux gendarmes qui venaient d'entrer. Parce qu'on leur avait signalé un corps, dans le lit de la rivière, comme accroché à la rive. Juste sous la ferme. Alors, ils étaient venus aux nouvelles. Pour si, des fois ; savait-on jamais…

Aussitôt, Gelas avait pris les choses en main :

— C'est leur gamin, il avait fait à voix basse.

— Oh, je… mince, avait balbutié le plus gradé. Mille excuses. On ne pouvait pas savoir…

Sur quoi Gelas les avait entraînés dans la cour pour leur expliquer ce qu'il s'était probablement passé : Paulin, le chat, les griffures sur le thorax et sur le front, la chute qui avait suivi, l'étourdissement, puis la noyade. Ils avaient tout su et plus encore, et ils s'en étaient contentés, surtout désolés d'avoir troublé les Ferrandon dans un moment si pénible. Et, puis, toujours aussi désolés, ils étaient remontés dans leur voiture, maintenant assez pressés de partir, à cause du rapport qu'ils auraient juste le temps de consigner, s'ils voulaient le remettre le jour même. Mais le remettre à qui ? Ils n'en avaient rien confié, ni à Gelas ni à son remplaçant. Pas plus qu'ils ne leur avaient dit comment et par qui ils avaient été prévenus de l'accident.

Deux années s'étaient donc envolées. Marguerite avait eu son bac. Enfin, la première partie. Pas grand-chose, selon ce que sa mère en pensait. Mais Marguerite avait exclu de poursuivre davantage des études qui ne lui serviraient plus à rien. Parcours modeste, mais parcours dont elle tirait malgré tout quelque fierté. Son professeur de français, que son refus de passer en classe de terminale avait étonné, n'avait-il pas écourté ses vacances d'une journée, en venant d'Ambert où il résidait, rien que pour l'engager à changer d'avis ? Une élève si douée ! Une élève au caractère si affirmé !

Ç'avait été sans réussite. Parce que sa destinée à elle, avait-elle prétendu, c'était la campagne, les champs et les bêtes, et l'air pur du Livradois, toujours aussi coincé, comme dans un lit douillet, entre la chaîne des Puys et les monts du Forez. Son plus grand bonheur, chaque matin, c'était, la toilette expédiée et le bol de lait avalé, de monter sur le tracteur. Elle l'appelait son Ferguson. Ou parfois son Petit Gris. Tout dépendait de son humeur ou de la couleur du ciel. La traite des vaches, deux fois par jour, tôt le matin et tard le soir, sauf le dimanche où seule était effectuée celle du matin, ce qui laissait la demi-journée tranquille, une tâche pourtant bien contraignante, la comblait également. Avec son père, hardie comme elle était, et prévenante, et devenue gracieuse, elle s'entendait maintenant à merveille. Notamment dans le partage quotidien du travail. On aurait cru qu'entre eux deux tout allait de soi. Durant la belle saison, debout dès 6 heures, ils décanillaient une heure plus tard, accompagnés de Marius, direction le Pénafet. A l'arrière du Ferguson : un plateau à paille chargé de bidons vides. Au Pénafet, la décharge des bidons était rapide. Jules y laissait Marguerite et Marius. Il repartait aussitôt pour la ferme, où il récupérait Raoul qui l'attendait avec autant de bidons vides à monter sur le plateau. Sitôt fait, tous deux prenaient la direction de la Sagne. Et là, les bidons déchargés, ils passaient à la traite de la seconde moitié du troupeau. Une trentaine de bêtes au Pénafet. Une trentaine à la Sagne. Le temps n'était pas à traîner. Deux heures à peine écoulées, Jules abandonnait à Raoul les dernières bêtes à traire, direction le Pénafet, où il récupérait Marguerite et Marius ainsi que les bidons de lait qu'ils avaient achevé de remplir. Ensuite, les bidons déchargés à la ferme, Marguerite prenait à son tour le volant du Ferguson, trop satisfaite de le conduire elle-même, et s'en allait avec son père en direction de la Sagne, où ils récupéreraient le Raoul et le fruit de sa besogne : là encore, des bidons de vingt litres remplis jusqu'à la gueule qu'on plongerait bientôt dans le bassin de la cour, en attendant que le préposé de la coopérative vienne les enlever. Ainsi en était-il pendant les plus beaux mois de l'année, ceux où les bêtes duraient en pâture de jour comme de nuit, sans discontinuer, de la fin mars à la mi-octobre. Ceux aussi où elles donnaient le meilleur d'elles-mêmes, c'est-à-dire leur meilleur lait. Et comme, justement, il n'était pas question de traîner, entre les traites, il y avait le repas de midi, une petite sieste aussi, au moins pour Marius et Raoul, d'une trentaine de minutes, guère davantage, et le casse-croûte de 16 heures, sans lequel on n'aurait jamais tenu le coup, ce qui faisait en tout disons une heure et demie, et le reste du jour, c'était le travail aux champs : labourage, ensemencement ou plantation, récolte, fenaison, engrangement, et quoi d'autre encore ? Marguerite n'aurait su le dire tant elle jouissait de la vie, un peu plus épanouie chaque matin. Et plus libre. Aussi libre que ces nuées, grises ou rehaussées de bleu, qui filaient au-dessus d'elle, pluie torrentielle parfois ou grêle désastreuse, mais sans qu'elle s'en inquiétât vraiment : Marguerite ne craignait plus rien ; elle ne craignait pas Renée, qui, moins bonne élève qu'elle pourtant, irait jusqu'au bac et sans doute au-delà, Cécile en tout cas l'y inciterait sûrement ; elle ne craignait plus Paulin, ce nigaud, cet imbécile de frère, le seul qui lui aurait fait de l'ombre et dont elle s'imaginait avoir désenvoûté son père.

Elle ne craignait plus rien, sinon certains mots, le soir, avant de se coucher, lorsque, dévêtue, elle se défaisait les cheveux devant la glace. Des mots terribles qui lui venaient à l'esprit malgré elle, et lui pilonnaient la tête au niveau des tempes, pareils à une migraine, et donnaient une forme, un corps, à des sentiments enfouis au plus profond de son être, des sentiments qu'elle essayait aussitôt de chasser, qu'elle rejetait intérieurement, parfois dans une étrange bataille, une bataille douloureuse, conduite contre elle-même, qui la faisait grimacer, et nier qu'ils aient jamais été les siens. Des mots qu'elle refusait obstinément de prononcer à voix haute, d'adresser à son propre reflet, devant la glace, et qui auraient exprimé, qui auraient affirmé, comme autant d'aveux, ce degré de félicité, de fascination intense, où la mort de son frère l'avait entraînée lorsqu'elle était survenue.

Des sentiments que les travaux de la ferme, dans leur tourbillon continu, lui permettaient de refouler sans contrainte, de tenir secrets sans trop de difficulté, mais dont, à son insu, l'intuition de Cécile, une intuition de mère, n'avait jamais été la dupe. Marguerite s'en doutait-elle ? Les regards, souvent insistants, que Cécile posait parfois sur elle lors des repas auraient pu le lui laisser supposer. Mais aucune allusion, jamais, n'était faite à ce que l'une pensait de l'autre. Du côté de Marguerite, parce qu'elle ne voulait rien gâcher de ce rêve qu'elle vivait tout éveillée. De la part de Cécile, parce que, lui semblait-il, en dépendait le bonheur de Jules, un bonheur de chaque instant qui grandissait avec peine au milieu de terres arides, qu'elle partageait avec lui, comme une illusion qu'elle aurait protégée, et auquel elle tenait par-dessus tout.

Pendant ces deux années, Jules avait appris à connaître Marguerite. Ou c'était plus précisément l'adulte qu'elle était devenue qu'il avait découverte peu à peu, souvent éberlué par cette façon qu'elle avait, tout impérative, d'entreprendre les choses de la ferme. Bien sûr, elle ne pouvait encore tout mener de front, trop fougueuse qu'elle était, parfois étourdie ou distraite, mais désirant toujours bien faire. Mais de la savoir ainsi lui avait donné le courage d'aller de l'avant, toujours et encore, comme si Paulin, avec ses éclats de rire lorsque, juché sur le Ferguson, il s'accrochait à son cou, ses gestes fous et ses longs baisers qui lui mouillaient copieusement les joues, ne s'était finalement éloigné que pour un temps, certes indéterminé, et qu'il les reverrait, les réentendrait tôt ou tard au détour d'un chemin, ou sous l'ombre froide du noyer, ou bien dans la maison, debout sur la dernière marche de l'escalier.

Parce que, sous l'apparence du bonheur où le croyait Cécile, le cœur de Jules était rempli d'une infinie mélancolie. Aussi n'était-il plus jamais descendu jusqu'à la Dorc, où il avait pourtant vécu les plus doux moments de son existence, hormis ceux, Dieu merci, qu'il lui était encore donné de vivre avec Cécile. Souvent, il se revoyait allongé sur les galets, avec le Guilh à sa droite et son frère Simon, ce jour fameux d'avant la guerre où ils avaient discuté politique. Il se revoyait leur conter la légende du Jour, ce beau jeune homme, pareil à un chevalier blanc, que les nymphes du val, follement éprises, tentaient chaque matin de ciel bleu, mais sans y arriver jamais, d'attirer jusqu'à elles au plus profond des eaux. Il se revoyait avec Paulin. Paulin l'enchanteur, toujours escorté de sa Mimi bouhue. Il le revoyait, son gamin, le jour de ses sept ans, lorsque la raison de son âge, au lieu de s'arrêter au-dessus de lui, comme l'aurait fait la main du curé pour bénir sa petite tête, s'était enfuie soudainement, le jugeant indigne, c'était probable, de la recevoir en cadeau.

Jules avait pourtant souhaité que ce fût une belle fête, une fête qu'on n'oublierait jamais, tandis que, par sa faute, elle avait failli virer au drame. Par extraordinaire, ce jour-là, le temps s'était mis au beau. Pas un nuage. Aucun souffle d'air pour soulever la terre d'entre les pavés de la cour encore humides des averses de la nuit précédente. Alors, Cécile et Jules avaient décidé que le déjeuner se tiendrait à l'extérieur. Parmi les invités : les parents de Jules, son frère et sa sœur, mariés tous les deux mais sans enfants, la famille Chassaigne au complet, Raoul et Marius, évidemment. Et puis deux autres personnes du bourg, des amies de Louise qui évoluaient comme elle aux alentours des soixante-dix années. Comme à son habitude, dès l'arrivée des premiers invités, Paulin avait joué les marioles, incapable de tenir en place et d'autant plus désireux d'attirer l'attention sur lui qu'il était à l'origine du remue-ménage ambiant. A la fin du repas, il était près de 16 heures – tout le monde avait bien mangé, bien parlé et surtout bien bu ! –, Jules l'avait envoyé quérir un paquet qu'il avait placé en haut de l'échelle qui donnait accès à la grange. Paulin n'avait qu'à grimper pour s'en saisir, le rapporter, puis découvrir ce qu'il contenait. Sur le moment, à l'idée de se hasarder tout seul sur l'échelle, Paulin avait commencé à chougner.

— Maintenant, tu es grand, l'avait incité Jules.

Grand ? Peut-être. Paulin avait surtout peur.

Pourtant, malgré ses yeux qui s'étaient embués, il était allé jusqu'à l'échelle et, se saisissant des montants, avait entrepris de grimper. Une grimpée que ses courtes jambes rendaient bien maladroite. Au deuxième barreau, pleurnichant un peu plus, il s'était arrêté. Et il s'était retourné, tout flageolant, regardant tour à tour son père et sa mère, et sa grand-mère, plus tremblante que lui, et ses sœurs. A ce moment, Simon s'était levé.

— Attends ! avait intimé Jules à son frère.

— Tu lui bousilles son anniversaire, à ce mioche, avait fait Simon. Pourquoi lui imposes-tu ça ? Tu vois bien qu'il meurt de trouille. Il va se laisser tomber.

Mais Jules lui avait attrapé le bras.

— Attends, je te dis. C'est mon fils, non ?

— Oui, c'est ton fils, tu le répètes assez.

Cécile avait soupiré :

— Simon a raison, Jules. Il est encore petit, notre Paulin...

— Mais il est capable de le faire !

A contrecœur, Simon avait repris sa place.

— T'es trop con !

— Possible, mais je te dis qu'il le fera.

Simon était resté silencieux.

— Laisse ton frère, lui avait demandé sa mère, estimant sans doute que Jules avait une bonne raison d'agir ainsi.

Mais Jules, en pleine confusion avec lui-même, étourdi par l'alcool, incapable en tout cas de concevoir à cet instant que son fils, à sept ans, pût encore avoir peur du vide ou de n'importe quoi d'autre, avait quitté sa place et, s'accompagnant d'un geste qu'en temps normal il aurait voulu d'affection mais qui n'avait été que vif et brutal, il avait crié d'une voix mauvaise :

— Alors, tu montes, oui ou non ?

Epouvanté, larmoyant de plus belle, Paulin avait alors tenté d'attraper le montant de l'échelle qu'il avait lâché une seconde ; mais celui-ci, trop épais pour que ses doigts pussent l'agripper sans faillir, lui avait échappé et il s'était retrouvé les quatre fers en l'air. Sans trop de mal, toutefois. Mais au grand trouble de Louise et de Cécile, qui avaient accouru pour le relever.

Comment Jules aurait-il pu oublier ?

Dégrisé d'un coup, il s'était rendu compte de la stupidité de son comportement et de ses paroles, et il s'en était cruellement mordu les lèvres.

— Vite, vite, avait-il fait sans même réfléchir en s'adressant à Raoul. Cours chercher l'autre échelle et pose-la à côté de celle-ci. J'ai mon idée. Dépêche-toi.

— Laisse le petit ! avait dit Cécile.

— Jules, voyons, l'avait supplié Louise.

Mais c'était dans les bras de son père que Paulin s'était réfugié, non dans ceux de sa mère ou de sa grand-mère. Ces bras puissants entre lesquels il se savait en sécurité.

Alors Jules s'était penché vers lui.

— On va le faire ensemble, tu veux bien ?

Paulin, tout en reniflant sa morve, avait fait non de la tête.

— Si, si, tu vas voir, avait insisté Jules.

Pendant ce temps, Raoul était arrivé avec une échelle.

— Tu la dresses là, lui avait demandé Jules.

A présent, il avait retrouvé sa voix des bons jours, celle qui ne le quittait que rarement. Il avait pris la main de Paulin.

— Alors, on y va ?

Paulin avait hésité. La poitrine encore remplie de chagrin, il s'était essuyé les yeux du revers de sa main libre. Puis il avait fait le premier pas et, levant bien haut la jambe, il avait posé le pied sur le premier barreau de son échelle. Ensuite, le père et le fils, l'un à côté de l'autre, étaient lentement parvenus, de degré en degré, et malgré le vide qui s'était creusé sous eux, jusqu'au niveau de la grange ; aussi lentement que le sourire de Paulin était réapparu sur ses lèvres, et dans son regard si naturellement joyeux. Un sourire et une joie que Jules et Paulin s'étaient offerts, si fous l'un de l'autre, et qui les avaient transcendés, tout auréolés qu'ils étaient de soleil, d'amour et d'espoir.

Jules faisait confiance à Marguerite. Certains dimanches, Cécile et lui la laissaient seule avec sa grand-mère. La compagnie de Raoul et de Marius auprès d'elles deux suffisait alors à les rassurer. Parfois, parce que Jules avait besoin de respirer, selon ce qu'il prétendait, ils prenaient la Ford dès le samedi matin et grimpaient d'une traite jusqu'à la jasserie de Belle Etoile. Pourquoi Belle Etoile, tandis que bien des années plus tôt on la nommait Champommier, du nom des anciens propriétaires ? Jules ne s'en souvenait plus. C'était venu tout seul, quand le Guilh était encore de ce monde. Toujours est-il que, là-haut, Jules se sentait mieux qu'au domaine. Il avait Cécile pour lui tout seul et, pour eux deux, des souvenirs à remâcher : la guerre, la Résistance, le Guilh, Paulin…

Dans la bouche de Jules, le Guilh revenait souvent, à propos duquel Cécile se montrait toujours aussi discrète. D'abord, parce qu'elle n'avait jamais compris ce qui avait pu les unir avec tant de force,

Jules et lui. Une amitié comme celle-là, pensait-elle, n'avait pu être seulement qu'une amitié. Une amitié ordinaire. Il y avait eu autre chose, quelque chose d'inexplicable, très certainement, de robuste, d'inaltérable aussi. Et de respectable. Quand Jules était revenu d'Allemagne, Cécile n'avait-elle pas jugé préférable de ne pas lui en parler ? Comme pour lui épargner une souffrance inutile, ou d'avoir à lui répondre. Comme si elle s'était refusé, par pudeur ou par crainte, elle s'était parfois posé la question, à corrompre un secret qui ne lui appartenait pas. Jules revenait aussi sur la guerre, les souffrances qu'il avait endurées là-bas, mais c'était sans amertume : il n'en voulait à personne. De ses compagnons de résistance, en revanche, il parlait peu. Parce qu'à la jasserie, qui leur avait souvent servi de repaire, les morts comme les vivants, malgré les travaux effectués depuis lors, les peintures refaites, les meubles rafistolés, étaient toujours aussi présents, aussi actuels, comme si la voix de chacun portait encore son haleine de pièce en pièce. Haleine fétide, ou alcoolisée, ou gorgée de fumée âcre. Sans doute Jules n'en aurait-il même jamais parlé s'ils n'avaient soupé, le soir, Cécile et lui, chez le père Renard, devenu veuf quelques mois plus tôt et qui, maintenant, portait peine.

Restait Paulin. Paulin et son chat. Mais de Paulin, Cécile et Jules n'en causaient plus qu'en silence, sans mots ni soupirs. C'était surtout quand ils erraient dans les Hautes Chaumes, à l'heure où le soleil, à l'ouest du couchant, les teintait de rose ou d'orange, ou parfois de ce rouge incarnat, couleur du trèfle, qui présageait des nuages et du vent pour le lendemain. Serrés l'un contre l'autre, ils allaient dans les étroits sentiers que la nature, au gré des rocailles et des buissons, des landes et des pelouses, des sorbiers et des genêts, avait tracés sans contrainte, et sans que la volonté de l'homme y ait posé son empreinte. Au milieu de tout ça, se disait Jules, comme il embrassait d'un seul regard le Forez et son épine granitique, il y aurait eu les bêtes, leur lait, les taurillons, de belles ventes à venir, et puis le Guilh pour les conduire. Ensuite, Paulin serait arrivé. En grandissant, il serait devenu un homme. Il aurait pris une femme. Petite et ronde. Brunette aussi. Pourquoi pas ? Plus que le domaine d'en bas, le dessein de Jules avait été Belle Etoile : elle aurait été sa satisfaction, la réussite qu'il s'était imaginée dès qu'il l'avait découverte, repliée sur elle-même, à l'abri des vicissitudes. Mais qu'en était-il à présent ? Le Guilh ? Paulin ? L'un et autre avaient disparu. Qu'en était-il de Belle Etoile ? Pas même un songe, méditait Cécile, en regardant Jules, des ténèbres dans la tête, lorsque, le dimanche, en fin de journée, il disposait sur la banquette arrière de la Ford, avant de reprendre le volant, ce que le père Renard leur avait donné, comme à des cousins sur le départ pour la capitale, des œufs et une poule à cuire avec des choux.

Un matin d'août 55, le facteur passa plus tôt qu'à son habitude. Il appuya son vélo sur le noyer, au milieu de la cour, à cause de Diane qui aboyait sans cesse après lui, et il appela Jules. Mais c'était l'heure où il était encore au Pénafet. Il n'allait sûrement plus tarder. Surtout qu'il avait rendez-vous avec le marchand de bestiaux, un ami de Courpière et ancien chef de maquis, qui devait prendre livraison dans la journée de deux jolis taurillons. Déçu de ne pouvoir discuter un brin, le facteur était alors reparti, non sans avoir laissé son courrier sur la table, deux enveloppes dont l'une avait été affranchie dans l'Yonne, et vidé un verre de gris. Du corent de l'année écoulée. Il n'aurait rien accepté d'autre : l'avant-veille, il avait vu Simon l'apporter.

— De l'Yonne ? avait fait Louise en retournant l'enveloppe dans tous les sens.

— Montre-moi ? avait demandé Cécile.

Bientôt de retour, Jules avait commencé, avec Marguerite et Marius, de décharger les bidons de lait.

De l'intérieur de la ferme, Cécile lui cria :

— Tu as une lettre de Bourgogne !

— D'où ça, tu dis ?

— Attends ! Le département de l'Yonne, c'est bien la Bourgogne, non ? Et le pays, c'est... Egleny.

Jules continuait à décharger.

— Et au dos, quel expéditeur ? Il a bien dû écrire son nom ? Tu peux le lire ?

— Etienne quelque chose...

— Etienne ? s'interrogea Jules.

Sur l'instant, ça ne lui dit rien. Ce ne pouvait être Varette, son copain de Marsac, qu'aurait-il fait en Bourgogne ? Etienne comment ? Cécile ne parvenait pas à le déchiffrer. Etienne ?… Il en avait connu un autre, pourtant, mais il y avait si longtemps… Et si c'était pourtant celui-là auquel il pensait ? Son cœur s'était mis à battre très fort. Il devait s'en assurer. Alors, il posa sur les pavés le bidon qu'il portait.

— Marguerite, Marius, vous prenez la suite ?

Il rejoignit Cécile.

L'enveloppe entre les mains, il n'eut plus aucun doute.

— Ma Cécile, il faut que je m'asseye…

Il déplia la lettre. Le silence s'installa de lui-même. Un temps plus tard, quand Jules releva enfin la tête, une vive émotion se lisait sur son visage. Il dit :

— Il a pensé à moi, te rends-tu compte ?

— Qui donc, Jules ?

— Viens là, près de moi, continua-t-il. Il y a plus de dix années, ma Cécile, c'était en 43. A la fin de l'été ou au tout début de l'automne. Je n'ai jamais su combien de jours exactement nous avons dû trotter. C'est lui. C'est Etienne, natif de Bourgogne. Avec nous deux, il y avait aussi Auguste, natif de Picardie. Notre captivité, on l'a vécue ensemble. Nos évasions, tout pareil…

Il y eut un silence. Puis Jules tendit la lettre à Cécile.

— Tu veux la lire ?

Bientôt, Cécile la lui rendit.

— Qu'est-ce que tu vas lui répondre ?

— Ici, il aura tout ce qu'il lui faut. Je m'en chargerai. A moins que tu ne me dises non. Si tu veux bien, je lui écris de venir. De l'autre côté de la cour, on a encore deux chambres. Celle de Justine. Et puis celle du Guilh. Enfin, celle-là, je ne sais pas. Mais il faudra bien, un jour, parce que nos vieux, ce n'est pas pour dire, mais tu le sais autant que moi : ils fatiguent de plus en plus. C'est normal. J'ose à peine me demander l'âge de chacun.

Cécile opina, songeuse.

— Moi, je sais, observa-t-elle. Pas loin de quatre-vingts tous les deux. Mais tu l'as dit : on les gardera jusqu'au bout. On le leur doit. Toute leur vie, ils nous l'auront donnée.

— C'est sûr.

Puis, après une hésitation :

— Alors, je lui dis oui ?

— Tu en meurs d'envie, répondit Cécile avec un air complice. Je parierais même que ce courrier nous arrive au bon moment. Tu veux du papier, une plume ?

— Je dis d'abord à Marguerite d'aller à la Sagne y chercher Raoul. Quand elle est au volant de son Petit Gris, on croirait la reine d'Angleterre sur son trône.

Un quart d'heure plus tard, la réponse était écrite.

— Je reviens tout de suite.

Juché sur son vélo, Jules pédalait déjà sur Valliergue quand Cécile sortit sur le pas de la porte. Elle voulait lui crier de ne pas tarder, à cause du marchand de bestiaux qui devait passer vers midi. Au moins s'en souvenait-il ? Le voyant s'éloigner en sifflotant, elle haussa les épaules et rejoignit sa marmite, se prenant à fredonner « Les lavandières du Portugal », le refrain à la mode que roucoulait Jacqueline François sur toutes les radios.

Louise rentra du potager. Renée l'escortait, un potiron dodu sous un bras, une énorme courgette sous l'autre.

— Et cette lettre ? s'enquit Louise.

— Quelle lettre ? feignit de s'étonner Cécile.

Louise rumina, ôtant ses sabots.

— Bon, bon, ça va, dit-elle, j'ai compris. Ta mère est toujours aussi curieuse, mais tu ne la referas pas.

Cécile s'approcha, se pencha vers elle.

— Je n'en ai pas le moindre désir non plus, assura-t-elle en lui posant un baiser sur le front.

Mais Louise continua de ruminer :

— Moi, je dis que vous nous cachez des choses, toi et Jules. Et que ça n'est pas bien. Qu'est-ce que tu en dis, ma Renée ?

Renée écarta les bras.

— Qu'est-ce que tu veux que j'en dise ? Ils font bien ce qu'ils veulent, les parents. Ce sont leurs affaires.

— Et toc ! envoya Cécile.

Une vingtaine de minutes s'écoulèrent.

Et puis Jules fut bientôt de retour. Le marchand de bestiaux venait d'arriver. Ils s'éclipsèrent un moment : le temps de finaliser le prix auquel les taurillons, des reproducteurs de qualité, seraient cédés et de les embarquer dans la bétaillère. Quand ils réapparurent, tout souriant, ils trinquèrent avec tout le monde. Marius et Raoul étaient là, eux aussi. Finalement, le marchand de bestiaux partit garer son véhicule à l'ombrage du noyer, afin que les taurillons n'aient pas à souffrir du chaud, puis il revint pour se mettre les pieds sous la table.

Au terme du repas, Cécile remarqua que le regard de Jules allait de son ami, le marchand de bestiaux, à elle, d'elle à Louise, de Louise à ses filles, puis à nouveau d'elle à son ami. Alors, elle le secoua doucement.

— Tu veux nous dire quelque chose ? demanda-t-elle.

Mais ce fut comme s'il sortait d'un rêve.

— Oui, à toi. Tout à l'heure.

Il se tut, mais reprit aussitôt :

— A toi toute seule. Parce que maintenant, je sais comment on va faire. J'y ai pensé pendant tout le repas. C'est notre Paulin qui aurait été content. Mais bon, il n'est plus là. Je ne devrais plus penser à lui. Mais je suis certain qu'on va arranger ça. Et que Belle Etoile, elle va revivre...

— Pourquoi à moi toute seule ?

— Je ne sais pas. Peut-être parce que c'est une idée folle qui m'est venue. Tu me diras...

Il raccompagna le marchand de bestiaux.

— Avant que tu ne partes, dit-il, je veux te poser une question. Crois-tu qu'un homme seul puisse vivre là-haut, à Belle Etoile ? Pendant la guerre, comment l'appelais-tu ? Le nid d'aigle, ou quelque chose comme ça... Le trou du diable, aussi.

L'autre le considéra, intrigué :

— La bonne question, Jules ! Voudrais-tu t'y retirer ? Au maquis, je dois dire, c'était le repaire idéal. Pas une fois les Allemands ne se sont risqués dans le secteur... Un costaud, oui, je pense bien. Mais qui n'appréhenderait ni le silence ni le vent. Et qui ne s'ennuierait surtout pas des femmes. Belle Etoile, c'était à ta belle-famille, je crois bien ?

— Oui, c'est toujours le cas.

— Alors, tu t'expliques ?

Ainsi Jules en vint-il à dire ce qu'il avait en tête et ne voulait pourtant réserver qu'à Cécile :

— Probable que tu ne te rappelles pas, commença-t-il, mais quand je vous ai retrouvés là-haut, toi et ta bande, que je revenais tout juste de Bad Sulza, évadé que j'étais avec Auguste, natif de Picardie, et Etienne, natif de Bourgogne, je vous ai raconté toute notre histoire...

Comme il parlait, une vague de joie semblait le soulever lentement. Alors, il s'arrêta. Il s'arrêta rapidement, parce qu'il voulait que Cécile l'entende, qu'elle sache ce qu'il avait imaginé pendant le repas. Il demanda à son ami s'il disposait encore de quelques minutes. Ils rentrèrent dans la maison. Cécile s'assit près d'eux et leur versa à boire. Pendant ce temps, Marius était reparti avec Marguerite : inutile de leur dire quoi faire, ils le savaient ; la même chose pour Raoul. Louise s'approcha, s'assit elle aussi. Quant à Renée, elle devait rejoindre des copines : en fait, elle devait retrouver Jean Chassaigne, le petit-fils du vieux Chassaigne. En cachette de Marguerite. A l'entrée du bourg.

— Notre Etienne, reprit enfin Jules, les yeux tout brillants, je l'enverrai à Belle Etoile. Notre marchand de veaux, il dit qu'aux Hautes Chaumes, on peut y survivre tout seul. Et puis, de toute façon, je suis bien bête : je voulais déjà y envoyer notre Guilh s'il nous était revenu. C'est ça que je voulais te dire, ma Cécile. Alors tu comprends que je suis drôlement content...

— Mais t'as lu sa lettre ? s'étonna Cécile. Il t'écrit qu'il était couvreur. Et que maintenant il est tombé de son toit. Et qu'il ne peut plus monter une échelle suite à ça...

— Ça ne veut pas dire qu'il n'est pas costaud, rétorqua Jules, avec un sourire amusé. Et il ne dit pas non plus qu'il n'est plus capable de mettre un pied devant l'autre.

— Quel beau cadeau tu vas lui faire là, si jamais il vient !

— Il m'a sorti du pire au moins trois fois ! Je le laisserai pas tomber. Ça me fait trop plaisir qu'il ait pensé à moi et m'ait retrouvé ici, à Valliergue. Domaine Ferrandon, je lui avais mis sur un bout de papier. Domaine Ferrandon, Puy de Dôme. Rien d'autre. Même sa lettre, elle a eu du mérite à venir jusqu'ici…

— C'est pas ça que je dis ! se récria Cécile.

— C'est quoi alors ? C'est le plus beau cadeau que je puisse lui donner. Celui que je réservais à mon Guilh. Et puis ensuite à notre Paulin. Il y sera heureux, tu verras. Plus heureux que dans sa Bourgogne, d'où il écrit n'avoir plus personne à qui causer, plus de travail, plus rien que nous comme espoir.

Cécile soupira ; Louise tenta de l'apaiser.

Le marchand de bestiaux voulut donner son avis :

— Il faut que vous l'écoutiez, intervint-il d'une voix détachée. Lorsque Jules nous a rejoints, en 43, je crois bien, sans ses conseils, ses avis, vous ne pouvez pas croire… C'était toujours du bon. Il faut l'écouter, ma Cécile…

— Et puis l'Etienne, je l'ai connu, reprit Jules en se frappant le front. C'était un sacré costaud, je te jure ! La première fois, on était alors à Bad Orb, dans les douches – enfin, c'étaient pas des vraies douches ! –, une masse de muscles à peine croyable. Mais une masse que j'ai vue fondre ensuite.

Ses joues, d'abord, qui se sont creusées sous les yeux. Ses côtes, qui lui sont apparues sous la peau. Puis son ventre, comme aspiré par dedans, et sa petite bite qui lui pendouillait entre les cuisses, qu'on l'aurait crue attenante à son bassin, comme un moineau sur son perchoir. Les fesses, enfin, disparues, décomposées, aussi creuses que ses joues. Je ne vous parle pas des guibolles. Comment je le sais tout ça ? A ce moment, on était tous pareils. Des feuilles de papier à cigarettes. Mais on l'ignorait. Point de miroir, donc pas reflet. Alors, pour savoir, pour être sûr qu'on était encore vivant, on regardait les autres. Notre reflet, c'était eux.

Jules s'arrêta, il haussa les épaules.

Puis il parut soudain déconfit.

— Mon plaisir de tout à l'heure, c'est drôle, j'ai maintenant l'impression qu'il a disparu, lui aussi. Vous pensez donc que mon idée de l'envoyer là-haut ce serait une belle connerie ?

— Mais non ! se récria encore Cécile.

De nouveau, elle poussa un soupir.

— Tu ne m'as pas comprise, mon Jules. Je voulais dire que le pauvre, il y connaît sûrement rien au bétail. Ni au travail des champs. Ni même à la pousse d'une salade ou d'un chou. Qu'est-ce qu'il y fera, à Belle Etoile ?

— On lui mènera une vache pleine.

— Et comment elle mettra bas, alors ? C'est lui qui l'aidera ?

— Parce que tu m'as vu aider l'une de nos salers ? C'est fini, tout ça. Elles se débrouillent comme des grandes, même la nuit, au milieu des pâtures.

— Et pour la traite ? Et puis tu crois qu'on peut seulement vivre avec une vache et un veau ? Et trois carottes dans un carré de bonne terre ? Et cinq à dix litres de lait par jour que le passeur ne viendra même pas lui prendre ?

Et alors, soudain, Cécile changea de ton.

Son visage s'éclaira.

Elle se colla contre Jules, épaule contre épaule.

— Mais j'éprouve trop ton cœur, Jules ; et je ne voudrais pas l'ennuyer davantage. Il t'a sauvé, cet homme, et tu feras tout pour lui. Et je sais bien que Belle Etoile, elle était pour ton Guilh, et ensuite pour notre Paulin. Alors, je vais te dire une chose. A toi et à maman, et à notre ami, puisqu'il est là, lui aussi.

Plutôt gêné, en fait.

— Vous voulez que je m'en aille ? demanda-t-il.

— Que non ! Vous profiterez de la nouvelle. Entre nous deux, Jules et moi, j'aurais préféré. Mais qu'est-ce que ça peut bien faire ? Surtout qu'il n'y a que du bon dans ce que je vais dire. Que du bon, comme dans tes conseils, Jules.

Un long silence s'établit alors. Un silence pendant lequel, bien qu'il eût un temps connu Jules mieux que tous les autres ici, mieux que Marius et Raoul, qui pointaient maintenant leur nez dans l'embrasure de la porte d'entrée par où la lumière du dehors, plus mordorée que jamais à cette heure de l'après-midi, éclaboussait le sol pour se répandre ensuite en mille feux éclatants jusqu'au fond de la pièce, le marchand de bestiaux aurait bien voulu se confondre avec les murs, si embarrassé qu'il était de recevoir bientôt une confidence à laquelle sa présence, certainement, ne se prêtait guère. Alors, maladroit, il se risqua :

— Je vous laisse...

Cécile, d'un geste vif, lui attrapa le bras.

— Pourquoi partez-vous ? Vous avez bien le droit vous aussi d'apprendre que j'attends un enfant, non ?

A ces mots, et bien qu'ils ne lui aient pas été directement adressés, Jules poussa un énorme « Oh ! » d'étonnement. Puis, dans un cri encore plus formidable, ce fut un « Ah ! » immense de véritable jubilation, qu'il accompagna aussitôt, la durée d'un éclair, d'une effusion de gestes et de paroles. Ensuite, il n'y eut plus rien d'autre pendant quelques instants que le silence de chacun. Plus rien. Ni du côté de Louise, qui demeura bouche bée. Ni du côté de Marius et de Raoul, qui se regardèrent à plusieurs reprises, en plissant les sourcils, comme pour s'assurer d'avoir bien entendu. Ni de la part de Marguerite, survenue entre-temps, mais qui ne resta pas. Sans doute, en dehors d'elle, la première personne à réaliser l'ampleur de la nouvelle dut être le marchand de bestiaux : ses esprits récupérés, tout ému, tout remué, il prit Cécile dans ses bras et l'embrassa une fois, puis deux, puis il fila discrètement. Si doucement, sur la pointe des pieds, que personne ne s'en aperçut. A sa place, sur tous les visages présents, dans tous les regards, sur toutes les lèvres, n'importe qui serait passé là par hasard aurait pu lire le goût du bonheur. Un bonheur soudain devenu palpable et qui n'était plus feint par personne. Qu'ils ressentaient tous vraiment, comme ils se sentaient revivre après une longue attente.

Pas même huit jours plus tard, Jules sortit la Ford du garage et demanda à Cécile de lui confectionner de quoi manger à l'heure de midi. Pendant ce temps, il alla dans le cellier et en revint avec deux bouteilles bien remplies, de quoi boire et même un peu plus, des fois qu'une connaissance vienne à sa rencontre. Joyeux, brandissant ces deux bouteilles à bout de bras, il les montra à Cécile.

— Crois-tu donc que ce soit raisonnable ? remarqua-t-elle aussitôt, les mains posées sur les hanches.

Mais Jules avait la mine trop heureuse.

— C'est comme tu veux, consentit-elle en souriant. Mais faudra pas que tu roules trop vite en rentrant, voilà tout.

Jules fourra les bouteilles au fond de la cantine où Cécile avait déjà rangé les victuailles.

— T'as rien oublié, au moins ? La saucisse ? L'entre-deux ? Quoi donc encore pour me régaler ?

Cécile le tranquillisa.

— Rien oublié, Jules. J'ai même ajouté un verre à ton verre. Tu vois que je pense à tout.

Il encaissa avec gaieté.

— Au moins, sais-tu où je m'en vais avec tout ça ? poursuivit-il toujours à l'aise.

— A Belle Etoile, je parierais.

L'étonnement !

— Ah, ben ça ! Tu l'as lu sur mon front ?

Cécile haussa les épaules. Puis, en pouffant :

— Tu sais que t'es couillon, dis ?

A Belle Etoile ? Cécile y serait bien allée, elle aussi. Comme ils y grimpaient de temps en temps. Mais elle avait compris que Jules, confiant, le cœur rempli d'espérance, tourneboulé à l'idée qu'il pût avoir un nouvel enfant et que son Etienne natif de Bourgogne pût surgir comme ça, d'un jour à l'autre, souhaitait y aller seul. Et elle avait supposé que dans son état, pour l'enfant, ça ne serait peut-être pas raisonnable. Elle connaissait la route par cœur. Les virages qui n'en finissaient plus. Surtout passé Saint-Pierre-la-Bourlhonne. Elle serait bien montée jusque-là, pourtant. Pour prier un brin dans l'église et y allumer un cierge. Mais la route, ensuite, devenait trop pentue et les virages serrés comme des épingles à cheveux, en succession trop rapide. Et puis, de toute façon, quand ils arrivaient à Belle Etoile, c'était toujours pour arrêter la voiture, certes bien après le jas du père Renard, mais tout de même avec un bon temps de marche à faire encore. Alors, pour cette fois, elle n'a rien dit et Jules non plus, qui l'a confiée à Marguerite et à Louise. Elle n'a rien dit, rien, se réservant cependant pour un autre jour. Pour ce jour, par exemple, où l'Etienne viendrait se perdre jusqu'ici. Pourquoi pas, après tout ?

Pour le plaisir de Jules, Cécile a donc décidé de le laisser filer comme un grand vers ses promesses de renouveau. Des promesses d'amour qu'elle partageait avec lui. Et debout sur le seuil de la maison, une main sur son ventre, l'autre appuyée au chambranle de la porte, elle a regardé la Ford s'éloigner dans un léger nuage de poussière. Puis, la matinée s'avançant, elle n'a cessé d'imaginer l'auto, Jules à son volant, gravissant les pentes, tantôt dénudées, tantôt cernées de forêts épaisses où, de lieu en lieu, entre des landes de genêts et d'ors bénis, de sombres aplats de conifères se mêlaient, en harmonie de feuillée, à la tendresse des acacias. Ainsi, jusqu'à la jasserie, dans les hauteurs du Forez, à mi-chemin entre La Renaudie et le col du Béal. Ensuite, elle se dit que Jules s'était arrêté, comme d'habitude, quelque trois cents mètres au-dessus du jas où vivait le père Renard, c'est-à-dire à l'endroit où le chemin devenait impraticable.

Cécile ne s'était pas trompée. De là, sa cantine sur l'épaule, la tête droite et le nez au vent, Jules se retrouva bientôt chez lui, à Belle Etoile.

Mais au lieu de rentrer et d'ouvrir les volets et les fenêtres pour chasser l'humidité des pièces et leurs vilaines odeurs, il est allé s'asseoir par terre, le dos contre un muret de pierre sèche et le visage face au soleil, sentant soudain monter en lui un trop-plein de vigueur qu'il avait peine à maîtriser. Machinalement, sur sa droite comme sur sa gauche, il a effleuré le sol, cherchant en vain les mains de Cécile. Mais Cécile n'était pas là. Alors, il a baissé les yeux et rencontré la cantine qu'il avait posée sur ses genoux. Aussitôt il l'a ouverte et, sortant une bouteille, s'est versé un verre de vin. Absorbé qu'il était, il n'a pas entendu venir le père Renard. Ne s'est pas davantage rendu compte qu'il s'était assis à côté de lui, jusqu'à ce que celui-ci, tout exprès, éternuât bruyamment.

— C'est donc vous, père Renard ? sursauta-t-il.

— Et qui d'autre voudrais-tu ?

Jules l'a fixé un instant, comme pour être sûr.

— Vous avez raison. Qui d'autre ? On pourrait se demander.

Tous deux rirent de bon cœur.

— En attendant, tu m'en verses un coup ? Tantôt, je t'ai vu passer avec ta grosse voiture. C'est mon Jules qui monte à Belle Etoile, je me suis dit. Et tout seul. Alors, c'est qu'il doit avoir une bonne raison. J'ai fait erreur ?

Jules cligna des yeux.

— Non, père Renard, vous ne vous trompez pas.

— Tu me parais agité, aussi.

— Bien et mal dans ma tête, en fait.

— Tu me diras pourquoi ? Ou mieux vaut que je m'en aille ?

Le temps d'une gorgée.

— Non, restez, répondit Jules, toujours souriant. Maintenant que vous êtes là, je me dis que si je suis venu aujourd'hui, c'était peut-être aussi parce que j'avais envie de vous parler… Vous avez vu cette lande ? Ces arbres ratatinés, tous penchés dans le même sens. Et cette bicoque, derrière nous, qui ne demande qu'à revivre ? Vous sauriez me dire, vous, pourquoi je m'en suis entiché comme un jeune gars de sa première conquête ? Ce coin perdu, sans saisons, fouetté par les vents, ces murets, ces herbes folles… Ne manquent plus que les bêtes. Des salers. Des aubracs, j'y ai aussi pensé…

Rêveur, Jules s'arrêta.

— Tu veux en venir où ?

Alors, Jules, comme s'il attendait cette question, parut soudain se réveiller.

Il se tourna vers Renard.

— Ça vous dirait toujours, un voisin ?

— Ah ça, mon gars, tu sais qu'ici je n'ai plus grand monde à qui causer de mes misères…

— Alors, cette fois, père Renard, j'ai le sentiment que le destin est enfin de votre côté.

— T'aurais retrouvé un Guilhaume ?

— Je crois bien, oui.

— C'est donc pour ça que t'es si agité ?

— Pas que, père Renard.

Emoustillé, Renard tendit son verre.

— Quoi encore ?

Quelques gorgées de plus.

— Il est bon !

— Sûr qu'il est bon ! C'est du mien, que mon frère m'apporte quand il a le temps.

— Alors, tu me disais ?

— Que ma Cécile, elle attend un nouveau petit.

— Félicitations !

— Un garçon, probable.

— T'es si certain ?

— Non, père Renard, pas vraiment, mais je me le raconte tout de même. Parce que malgré le malheur du premier, de notre Paulin, je veux dire, et la mort de mon Guilh, comme vous savez, un jour ou l'autre, ce qui doit nous arriver nous arrive. Vous comprenez ? Mon Paulin, j'avais beau me monter la tête, je savais comme tout le monde qu'il n'était pas normal. Mais je refusais, je refusais... Je l'aimais comme un fou... Et mon Guilh, père Renard, je vous l'ai dit aussi. Pour moi, la renaissance de Belle Etoile, c'était lui. Eh bien, j'avais tort, voilà tout... C'était compter sans la guerre... Mais, maintenant, il n'y aura plus de guerre. Ce n'est plus possible. Tout redémarre comme avant, vous êtes bien d'accord avec moi ? Alors, c'est ce que je voulais que vous sachiez. Ce que je voulais leur apprendre, à ces vieux murs : qu'on ne les avait pas abandonnés. Et qu'après la guerre qu'ils ont vécue comme nous autres, braves témoins silencieux, ils vont bientôt retrouver des vivants, des vrais, pas des hommes en sursis qu'une balle de fusil peut atteindre en plein front, tandis qu'ils sommeillent dans leur lit ou dansent avec leur femme. Oui, père Renard, maintenant que vous êtes là, à côté de moi, et que vous m'écoutez, j'entends déjà les pas de mon Etienne, natif de Bourgogne. Il s'installe, il est dans ces murs. Il les éclaire le jour et pendant la nuit. Et puis, devant nous, dans les enclos, il y a ses bêtes. Des belles, vous pouvez m'en accroire. Et là, derrière, ses fromages, de belles fourmes qui mûrissent. Mais il vous causera de lui mieux que moi, lorsque je vous l'amènerai. Vous vous entendrez bien, c'est sûr. C'est tous les deux, ensemble, qu'on s'est évadés. Avec notre Picard…

Jules était essoufflé. Il avait parlé trop vite, oubliant de respirer, et avait maintenant la gorge sèche.

— Bois donc un coup, lui dit Renard. J'espère seulement que tu ne te fais pas des illusions. Parce que le destin, il est retors. Ce n'est pas moi qui vais te l'apprendre…

Mais Jules ne voulut rien retirer.

— Père Renard, vous le verrez, mon Etienne, je vous jure que vous le verrez sous peu. Inséparables qu'on était, dans les camps. Ça laisse des traces. Et que le gamin le suivra de quelques mois. Le destin, tous ces ans, il nous a fait trop de mal. Il faut bien qu'un jour il finisse par se racheter…

Renard hocha encore la tête.

— Puisses-tu dire vrai, soupira-t-il.

— J'ai confiance, père Renard. Je vous le dis, et ça ne sera pas autrement. A présent, un dernier verre ? Et puis, ensuite, je me rentrerai. Mais tout doux. Comme me l'a recommandé Cécile, si jamais je rencontrais une connaissance. C'est que, d'ici à Valliergue, ça descend raide !

Etienne Guillemin débarqua effectivement du train deux semaines plus tard. Jules était allé le prendre à la gare de Clermont. Sur le moment, ils se cherchèrent, paraît-il. Ils ne s'étaient pas revus depuis plus de dix ans. Ils avaient aussi tant changé, si maigres qu'ils étaient lorsqu'ils s'étaient séparés, à Molsheim, et si bien portants à présent. Alors, quoi d'étonnant ? Ils se cherchèrent, hésitèrent, et puis l'un des deux finit par taper sur l'épaule de l'autre. Leurs retrouvailles furent cependant des plus banales. Comme s'ils ne s'étaient jamais tout à fait quittés.

Au domaine, il fut accueilli par Cécile. Cécile qui le présenta à Louise, comme un ami de toujours. Louise le considéra un moment : sa taille, sa carrure, la tête qu'il avait inscrite dans un rectangle harmonieux, les cheveux déjà bien gris pour un homme de trente-huit, quarante ans, le pantalon bien installé sur un ventre un peu rond. Il avait le teint patiné des gens habitués à travailler dehors, les traits marqués. Une fine moustache ourlait sa lèvre supérieure. Assez épaisse, la lèvre, comme la lèvre inférieure, du reste. Bref, une jolie bouche et des yeux rieurs qui firent se demander à Louise pourquoi il n'était pas encore marié. A moins qu'il ne fût veuf, ou bien divorcé.

Jules l'installa dans la chambre de Justine. Après deux jours, mis en confiance, il dit à Jules qu'il ne voulait pas être une charge, bien qu'il eût déjà démontré son aptitude à apprendre les choses de la ferme. D'ailleurs, il savait déjà traire les vaches ; avec Louise il avait appris à nourrir les poules et les lapins. Jules lui fit part de l'intention qu'il avait de lui confier Belle Etoile, le prévenant toutefois de la solitude qui l'attendait là-haut. Et des grands espaces auxquels il aurait à donner vie. Il lui expliqua quel avait été son projet avant la guerre. Et pourquoi il n'en avait rien été. Il lui expliqua la disparition de Paulin. En quelque sorte, il se débarrassa sur Etienne de tout ce qui lui faisait mal encore, et Etienne comprit qu'il mettait son espoir en lui de voir un jour fleurir Belle Etoile comme fleurissent les colchiques au printemps d'une vie.

Huit jours plus tard, un samedi, Jules et Cécile, que son état n'alarmait plus, proposèrent à Etienne de visiter ce qui allait devenir son domaine. Ce fut l'éblouissement. Le soir, ils soupèrent avec le père Renard, qui avait mis les petits plats dans les grands : pâté d'oreille de cochon, tout d'abord, potée à sa mode, ensuite, et, pour terminer, pompe aux pommes confectionnée par une voisine.

— Qu'est-ce que je vous disais ! lui susurra Jules, tout fier, dans le creux de l'oreille.

Mais avant de juger Etienne digne de son repas, Renard avait opéré une revue de détail identique à celle à laquelle Louise s'était livrée. Avec nettement moins de retenue, cependant. Sur la route du retour, ils se parlèrent très peu. Cécile commença de s'interroger. Elle pensait à Jules et à la déception qui serait la sienne si Etienne refusait sa proposition.

Rentrés au domaine, les langues se délièrent à nouveau. Jules demanda à Etienne s'il voulait prendre un verre avant d'aller se coucher. Ou bien un café, c'était selon. Etienne en profita pour revenir sur ce qu'il avait déjà évoqué. Son avenir, il l'envisageait bien à Belle Etoile, mais il comptait sur l'assistance de Jules et celle du père Renard, pas si éloigné que ça de la jasserie. Il ajouta encore que s'il n'était arrivé qu'avec quelques bagages il n'était cependant pas dépourvu de moyens. A Egleny, son patron le logeait. Mais il le payait aussi. Avec ses économies, Etienne acquerrait par conséquent quelques bêtes. Des salers, puisque Jules ne jurait que par elles…

— Oui, des salers ! confirma Jules avec un sourire amusé.

C'est ainsi qu'Etienne Guillemin s'établit à Belle Etoile : avec une vache pleine que lui donnèrent les Ferrandon et trois autres vaches qu'il acheta à Etienne Varette, l'Etienne de Marsac. Louise y alla aussi de quelques poules et Renée, en rigolant, lui mit dans les bras deux boules de poils : des lapins d'à peine un mois. En fait, tout le monde, chez les Ferrandon, y alla de son coup de main. Mieux encore, Marius, qui se faisait âgé et ne souhaitait plus rentrer à Valliergue chaque soir, se proposa d'aider Etienne tant que son cœur le lui permettrait, c'est-à-dire tant qu'il battrait. Lui aussi s'établit donc à Belle Etoile dans les semaines qui suivirent. Ce fut presque un déménagement. En plaisantant, Jules dit à Marius qu'à défaut d'avoir de quoi manger durant l'hiver, avec tous ses meubles, ils auraient au moins de quoi se chauffer. Ce que Marius apprécia modérément. Pour lui, ce qui importait à présent c'était de transmettre à Etienne une expérience de tout et n'importe quoi, mais au moins déjà vieille de plusieurs dizaines d'années, et puis de revoir très vite Cécile, sa Cécile, avec ce petit bout d'homme qu'elle désirait si ardemment donner à Jules. Jules opina. Il regarda sa montre, et il pensa que, là-bas, au domaine, on devait déjà l'attendre. Alors, avant de repartir, il étreignit Marius et le serra longuement dans ses bras. Marius en fut secoué jusqu'aux larmes.

— Façon de parler, persifla-t-il sitôt après en s'essuyant tout de même le coin de l'œil.

Car il n'avait pas désappris que sa mère, la Delphine, lorsqu'il était gosse, lui avait enseigné de ne jamais pleurer.

Table

Vous souhaitez en savoir plus
sur les livres et les auteurs
de la collection Terres de France ?

Retrouvez toutes les informations sur le site
www.collection-terresdefrance.fr
et abonnez-vous à notre lettre d'information.

Suivez-nous également sur notre page Facebook
et sur notre fil Twitter.

Club des Amis de Terres de France
12, avenue d'Italie
75627 Paris cedex 13

MIXTE
Papier issu de sources responsables
FSC™ C003309

Composition et mise en pages
Nord Compo à Villeneuve-d'Ascq

Achevé d'imprimer en janvier 2016
par la Société TIRAGE - 91941 COURTABŒUF

Dépôt légal : janvier 2016
C13366/02

Imprimé en France